BRITTAINY CHERRY

Durch die kälteste Nacht

Die Romane von Brittainy Cherry bei LYX

Romance Elements:
1. Wie die Luft zum Atmen
2. Wie das Feuer zwischen uns
3. Wie die Stille unter Wasser
4. Wie die Erde um die Sonne

Chances:
1. Wie die Ruhe vor dem Sturm
2. Wie die Stille vor dem Fall. Erstes Buch
3. Wie die Stille vor dem Fall. Zweites Buch

Compass:
1. Durch die kälteste Nacht
2. Gegen den bittersten Sturm
3. Über die dunkelste See
4. Bis zum hellsten Morgen

Mixtape:
1. Denn ohne Musik werden wir ertrinken
2. Denn ohne Liebe werden wir zerbrechen

Coldest Winter:
1. Wenn deine Wärme meine Kälte besiegt
2. Wenn der Frost mein Herz berührt

Problems:
1. Was wir im Stillen fühlten
2. Was wir verloren glaubten
3. Was wir leise hofften

Außerdem erschienen:
Deine Worte in meiner Seele
Wenn Donner und Licht sich berühren
Wenn der Morgen die Dunkelheit vertreibt
Love Letter From the Girls Who Feel Everything – Gedichte & Gedanken

Weitere Romane der Autorin sind bei LYX in Vorbereitung.

BRITTAINY CHERRY

DURCH DIE KÄLTESTE NACHT

Roman

Ins Deutsche übertragen von Katia Liebig

LYX

LYX in der Bastei Lübbe AG
Dieser Titel ist auch als E-Book und Hörbuch erschienen.

Die Originalausgabe erschien 2020 unter dem Titel
»Southern Storms«.

Redaktion: Ralf Schmitz, Köln
Umschlaggestaltung: © Zero Werbeagentur, München unter Verwendung
von Motiven von © Design Pics/Vince Cavataio/plainpicture
Gesetzt aus der Adobe Caslon
Druck und Verarbeitung: GGP Media GmbH, Pößneck

Printed in Germany
ISBN 978-3-7363-1462-7

13 11 9 7 8 10 12

Weitere Informationen unter:
lyx-verlag.de
luebbe.de | lesejury.de

Liebe Leser:innen,

dieses Buch enthält potenziell triggernde Inhalte.
Deshalb findet ihr auf der letzten Seite eine Triggerwarnung.

Achtung: Diese enthält Spoiler für das gesamte Buch!

Wir wünschen uns für euch alle
das bestmögliche Leseerlebnis.

Euer LYX-Verlag

Für alle, deren Herzen ein wenig Trost brauchen.

»Thy fate is the common fate of all;
into each life some rain must fall.«
– Henry Wadsworth Longfellow

PROLOG

JAX

Dreizehn Jahre alt

Sun,

bitte entschuldige, wenn meine letzten Briefe Dich erschreckt haben. Ich weiß einfach nicht, was ich tun soll. Ich habe alles kaputtgemacht und niemanden mehr, mit dem ich reden kann. Mein Bruder hasst mich. Mein Dad hasst mich. Er hasst mich so sehr, ich weiß einfach nicht, was ich tun soll. Ich kann nicht aufhören zu weinen. Am liebsten würde ich für immer davonlaufen und nie wieder zurückkommen. Du hast mal gesagt, ich könnte zu Dir kommen, wenn es nötig ist, erinnerst Du Dich? Kann ich? Kann ich zu Dir kommen? Vielleicht könnten Deine Eltern mich abholen. Du hast ja meine Adresse. Falls Ihr kommt, werde ich bereit sein. Ich hasse es hier. Es ist alles meine Schuld. Ich möchte davonlaufen. Bitte sag, dass ich zu Dir kommen kann.
Hast Du Angst vor mir wegen dem, was ich getan habe? Ist das der Grund, warum Du nie auf meine Briefe antwortest? Es war ein Unfall. Ich schwöre Dir, es war ein Unfall. Ich wollte das nicht. Sie war meine beste Freundin, so wie Du meine beste Freundin bist.
Bitte, schreib zurück.

Es tut mir so leid. Es tut mir so leid. Es tut mir so leid.
Ich möchte nicht mehr hier sein. Ich möchte mich nicht länger so fühlen. Ich hasse es. Es tut mir leid.
Bitte, schreib zurück.
Bitte, Sun. Ich brauche Dich.

Moon

1

KENNEDY

Gegenwart

»Bitte blamier mich heute Abend nicht«, sagte Penn, während er sich zum fünfzigsten Mal die Krawatte neu band.

Die Tapete in unserem Haus war mit Zigarettenrauch und gebrochenen Versprechen gesättigt. So manche davon gingen auf das Konto meines Mannes, andere aber auch ganz allein auf meines. War das der typische Verlauf einer Ehe? Tage, die sich zu Wochen ausdehnten, die sich in Monate und Jahre nicht gehaltener Versprechen verwandelten? Die Worte »Ich will« besiegelten einen Vertrag, dessen Kleingedrucktes niemand wirklich las. Wir hatten die AGB überflogen und einfach nur »Ich stimme zu« angekreuzt, ohne die Konsequenzen zu kennen, die uns erwarteten.

Ich hatte mein Eheversprechen nicht gehalten, aber er auch nicht.

So viele gebrochene Versprechen.

An diesem Abend versprach ich ihm, nicht vor allen Leuten die Fassung zu verlieren. Das Dinner seiner Maklerfirma bot Penn eine perfekte Gelegenheit, mit stinkreichen potenziellen Kunden bei gutem Essen und Wein an einem Tisch zu sitzen und Kontakte zu knüpfen. Je glatter die Dinge an diesem Abend liefen, desto besser standen seine Chancen, sich ein paar gute Kunden an Land zu ziehen. Er wollte mich eigentlich gar nicht dabeihaben, doch sein Boss hatte darauf bestanden, dass alle Mitarbeiter in Begleitung erschienen.

Ich versprach Penn auch, nicht über Vergangenes zu reden, und hatte nicht vor, mein Versprechen zu brechen. Und so nahm ich meine Beruhigungsmittel, machte meine Atemübungen und kniff die Augenlider nur zusammen, wenn wir auf der Fahrt unter einer Brücke durchkamen. Draußen auf dem Freeway fühlte ich mich besser, ja sogar fast normal.

Meine Versprechen waren noch intakt.

Alles war perfekt, so perfekt, wie es bei mir eben sein konnte, und dann lehnte sich Marybeth – die wunderschöne, umwerfende Marybeth – während des Essens zu mir herüber. An unserem Tisch saßen fünf Paare, unter ihnen Penns Kollegin Marybeth. Die anderen waren mögliche Kunden, die mehr Geld wert waren, als ich es mir jemals hätte ausmalen können.

Ich wünschte, ich hätte so Marybeth ähneln können. Sie war perfekt. Die perfekte Mutter, die perfekte Ehefrau, die perfekte Immobilienmaklerin. Sie duftete nach Chanel N° 5, und von ihrem Hals perlten Diamanten. Ihr strahlend weißes Lächeln ließ alle anderen die Lippen aufeinanderpressen, denn sie wussten, dass sie es mit dem Wow-Effekt dieses Lächelns nicht aufnehmen konnten. Marybeth war alles, was ich nicht war, und alles, was ich sein wollte.

Es hatte einmal eine Zeit gegeben, in der ich mich selbst so sehr geliebt hatte, dass ich niemals eine andere Frau um ihr Leben beneidet hätte.

Was war mit mir geschehen? Wann hatten meine Stärken mich verlassen?

Die perfekte Marybeth berührte leicht mein Handgelenk und lächelte mich mit ihren Lippen und den haselnussbraunen Augen an. »Interessantes Tattoo, Kennedy. Was bedeutet es?«

Und in diesem Augenblick hatte sich das Versprechen, das ich Penn gegeben hatte, erledigt. Anfangs war es nur ein kleiner Riss an den Rändern, doch dann zersprang es in tausend Scherben.

»Das ist … Das …« Ich sog scharf Luft ein, und als ich mich umdrehte, sah ich, wie Penn mich anschaute. Ich sah die Enttäuschung in dem intensiven Blick seiner blauen Augen, denn er kannte die Anzeichen meiner Schwächen. Er wusste, wann ich ihm entglitt. Mein Körper zitterte, meine Stimme brach, und jeder Atemzug fiel mir schwer. »Das ist …«

Ich blickte auf mein Tattoo – ein Gänseblümchen mit einem umgedrehten »D« in der Mitte.

»Mein, das ist …« Ich schluckte die Luft, die mir im Hals stecken geblieben war, hinunter und schloss die Augen. Tränen drängten sich in meine Augenwinkel, und ich wusste, dass ich sie jeden Augenblick fließen lassen würde. »Das ist für meine Eltern und meine …« Ich sah zu Penn hinüber, der mir mit seinem Blick laut *Tu's nicht!* entgegenschrie, doch ich konnte dieses Gespräch nicht einfach mittendrin abbrechen. »… unsere Tochter. Das umgekehrte D steht für unsere Tochter.«

Marybeths Mund öffnete sich leicht, als sie verstand. Sie lehnte sich auf ihrem Stuhl zurück, und ich sah die Schuldgefühle in ihren Augen. Natürlich wusste sie von dem Unfall. Alle wussten von dem Unfall; sie zogen es bloß vor, auf Zehenspitzen um das Thema herumzuschleichen, anstatt es offen anzusprechen. Der Tod war den Menschen unangenehm, und ich konnte ihnen nicht verübeln, dass sie nicht darüber reden wollten. Es war ja auch kein einfaches Thema.

Ich zog die Linie des umgedrehten »D« mit dem Finger nach, und die Tränen liefen über meine Wangen. »Meine Tochter hieß …« Ich wollte es ihr erzählen. Ich musste über meine Lieben sprechen, damit sie in mir lebendig blieben. Es tat mir gut, doch manchmal kamen die Worte ein wenig zu unsicher über meine Lippen.

»Kennedy.« Eine Hand legte sich auf meinen Arm und überdeckte das Tattoo. Ich blickte auf und sah Penn, der mir in die Augen blickte und leicht den Kopf schüttelte, während er meinen Arm ein wenig zu fest drückte. »Vielleicht solltest du dich ein wenig zurechtmachen gehen und mal eine Minute frische Luft schnappen.«

Was übersetzt bedeutete: *Du blamierst mich schon wieder – reiß dich zusammen.*

Er empfand keinerlei Mitgefühl mehr mit mir. Wieso auch – nach über einem Jahr? Ihm war es schließlich auch gelungen, unsere Tragödie hinter sich zu lassen. Ich hätte in der Lage sein müssen, das Gleiche zu tun, doch aus irgendeinem Grund bekam ich es einfach nicht besser hin.

Und dabei wünschte ich mir doch nichts sehnlicher als das.

Ich wischte mir die Tränen aus den Augen, was jedoch nur dazu führte, das weitere nachkamen. »Ja. Natürlich. Entschuldigt, ich …« Ich schob meinen Stuhl zurück. »Entschuldigt bitte.«

Marybeth blickte mich schuldbewusst an, und als ich mich zum Gehen wandte, hörte ich, wie sie sich leise bei Penn entschuldigte.

»Nein, nein, du hast nichts falsch gemacht, Marybeth«, sagte mein Mann und tröstete lieber seine Kollegin anstelle seiner Frau. »Sie ist nun mal so. Du hast nichts falsch gemacht. Sie ist einfach zu emotional und muss lernen, sich zusammenzureißen. Ich meine, in ihrem Alter …«

Zu emotional.

In der Toilette starrte ich in den Spiegel und betrachtete überrascht das Gesicht darin, das meinen Blick erwiderte. Wann hatte ich das alles verloren? Wann hatte ich meine Farbe verloren, mein Licht? Waren die Ringe unter meinen Augen schon immer so groß gewesen? Wie viel hatte ich abgenommen, dass meine Wangen so eingefallen waren?

Die Tür wurde geöffnet, und Laura, eine langjährige Kundin von Penns Firma, kam herein.

Laura war älter als ich, etwa Ende fünfzig. Wir kannten uns schon eine Weile, und sie war immer sehr nett zu mir gewesen, auch wenn ich in vielen Situationen seltsam und ungeschickt rüberkam.

»Ist alles in Ordnung, meine Liebe?«, fragte Laura mit ernstem Gesicht. In ihre dunkelbraunen Haare hatten sich die ersten grauen Strähnen gemischt, und wenn sie lächelte, konnte man es körperlich spüren.

Ich lachte leise und wischte mir, so gut es ging, die Tränen aus dem Gesicht. »Ja, entschuldigen Sie. Ich bin einfach zu …«

»Sie sind nicht zu emotional«, unterbrach sie mich und trat mit einem Papiertuch in der Hand zu mir. »Sie übertreiben kein bisschen. Ich habe selbst ein Kind verloren – es war eine Fehlgeburt, aber es war mein Kind, und ich wäre beinahe daran zerbrochen. Mein Mann war damals meine Rettung. Er war mein Fels in der Brandung. Ich will nicht neugierig sein, aber ich habe zufällig gesehen, wie Penn Sie eben behandelt hat. Sweetheart, seien Sie mir nicht böse, aber so sollte kein Mann seine Frau behandeln. Niemand sollte Ihnen gegenüber herablassend sein, wenn Sie am Boden liegen. Er sollte Ihnen aufhelfen, nicht nachtreten.«

Ich wollte etwas sagen, doch ich wusste nicht, wie.

Laura tupfte die Tränen von meinen Wangen und lächelte mir zu. »Wie gesagt, es geht mich nichts an, und Jonathon würde mich umbringen, wenn er wüsste, dass ich mich in anderer Leute Angelegenheiten mische, aber Sie verdienen es, wieder gesund zu werden, und Sie sollten über Ihre Tochter sprechen dürfen, ohne dafür gedemütigt zu werden. Erkennen Sie Ihren Wert. Und dann fordern Sie ruhig noch ein wenig mehr.«

Ich schluckte, als sich mich in den Arm nahm. Erst jetzt spürte ich, wie sehr ich genau das gebraucht hatte. Mein Körper schmolz in Lauras Umarmung hinein, und sie hielt mich fest, während ich in ihren Armen weinte.

»So ist es gut, meine Liebe. So ist es richtig. Unterdrücken Sie es nicht länger, lassen Sie es raus.«

Als ich mich ein wenig beruhigt hatte, ließ sie mich los und sah mich lächelnd an. »Ach übrigens: Ich habe all Ihre Bücher gelesen. Ihre Worte sind ein wahrer Schatz. Ich kann es kaum erwarten, mehr von Ihnen zu lesen.«

In den vergangenen fünf Jahren hatte ich einige Romane veröffentlicht, doch seit dem Unfall konnte ich nicht mehr schreiben. Meine Agentin sagte, ich sollte mir Zeit lassen, die Worte würden irgendwann zurückkehren, doch allmählich begann ich daran zu zweifeln. Ich hatte meine Muse verloren, und mit ihr meine Sprache.

Auf dem Heimweg herrschte Schweigen. Ich drehte Penn den Rücken zu und hielt die Augen während der gesamten Fahrt geschlossen. Erst zu Hause machte Penn seinem Ärger Luft.

»Du hast mir versprochen, dass du das unterlassen würdest«, seufzte er und fuhr sich mit der Hand durch das zurückgegelte Haar. »Du hast mir versprochen, in der Öffentlichkeit nie wieder so eine Szene zu machen! Ich meine, verdammt, Kennedy! Bist du es nicht irgendwann leid, ständig wie eine Psychopathin auszusehen?« Seine Worte trafen mich ins Mark.

Ich hatte sie erwartet, denn sie kamen nach jedem meiner Zusammenbrüche. Anfangs hatte er es noch verstanden, denn er hatte selbst getrauert. Doch mit den Monaten hatte sich sein Verständnis in Bitterkeit verwandelt. Mein Verhalten erschöpfte ihn, und ich konnte es ihm nicht mal verübeln.

Es erschöpfte mich ja selbst, ich wünschte bloß, er könnte sehen, dass ich mich wirklich bemühte, dass ich mein Bestes gab, um normal zu sein, um wieder ich selbst zu sein.

Ich gab mir wirklich Mühe.

Ich sah ihn an und wusste nicht, was ich sagen sollte, denn nach all den vergeblichen Versuchen, mich wieder in mein altes Ich zu verwandeln, wirkte jede Entschuldigung nur noch leer.

Penn warf sein Sakko über den Sessel im Wohnzimmer und begann seine Manschetten aufzuknöpfen. »Ich wünschte, du hättest dir dieses dämliche Tattoo niemals stechen lassen. Es ist nichts anderes als eine abartige Erinnerung an eine grässliche Zeit, Kennedy. Ich verstehe einfach nicht, warum du es dir auf diese Weise jeden Tag vor Augen halten willst.«

Seine Worte waren hart, doch auch die konnte ich ihm nicht verübeln. Schweigend blickte ich auf die Tinte an meinem Handgelenk. Er konnte es nicht verstehen, doch ich brauchte diese ständige Erinnerung. Ich musste mein kleines Mädchen auf meiner Haut spüren, musste das Gefühl haben, sie immer noch bei mir zu haben.

»Hast du gar nichts dazu zu sagen?«, fragte er, während er sich die Hose auszog. Dabei schob er das Kinn vor wie ein enttäuschter Vater, nicht wie ein besorgter, liebender Ehemann. »Gar nichts?«

»Es …« Ich schluckte und blickte zu Boden. »Es t-t-tut mir …«

»Es tut dir leid«, zischte er und schüttelte den Kopf. »Natürlich tut es dir leid. Immer tut es dir leid. Dein ganzes Leben ist eine einzige Bitte um Verzeihung.«

Er war wütend, und ich verstand, wieso, aber warum war er so aggressiv? Vielleicht lag es am Whiskey, den er beim Essen getrunken hatte. Seine Zündschnur war beinah heruntergebrannt.

»Weißt du was? Ich kann das nicht mehr.« Er seufzte und fuhr sich mit beiden Händen durch das Haar, bevor er sich vor mir auf die Couch fallen ließ. Dann zog er eine Packung Zigaretten heraus und zündete sich eine an. »Ich kann das nicht.«

»I-ich weiß.« Ich schluckte und schloss die Augen. »Ich weiß, dass es manchmal nicht leicht mit mir ist.«

»Manchmal? Kennedy. Es ist immer so. Du bist schon lange nicht mehr normal, und es macht mich fertig. Es ist echt schwer mit dir. Du hast seit Monaten nicht mehr geschrieben. Du verlässt kaum das Haus. Dich ins Auto zu bekommen ist fast unmöglich. Das nimmt mir die Luft zum Atmen. *Du* nimmst mir die Luft zum Atmen. Ich kann das nicht mehr. Ich kann nicht …« Er schüttelte den Kopf. »Ich hätte das niemals tun dürfen.«

»Was?«

»Dich heiraten. Wir hätten niemals heiraten dürfen. Meine Eltern haben mich gewarnt, aber ich war jung und naiv, und sieh nur, wo es mich hingeführt hat. Sie haben mich gewarnt, dass du mich nur in eine Falle locken wolltest, aber ich habe nicht auf sie gehört.«

Ich schüttelte den Kopf und sah ihn an. »Penn …«

»Und da sitze ich nun – in der Falle. Ich hätte auf sie hören müssen. Ich hätte schon damals Schluss machen müssen, aber ich war ein Idiot.«

»Du … du bist wütend. Ich weiß, ich habe heute Abend Mist gebaut, aber …«

»Hör auf, Kennedy. Verstehst du es denn nicht? Ich habe dich nur geheiratet, weil du schwanger warst, und jetzt habe ich nicht mal mehr eine Tochter vorzuweisen – und das alles nur deinetwegen«, zischte er und fuhr sich wieder mit der Hand durch die Haare.

Mein Herz fühlte sich an, als wollte es in sich zusammenfallen.

Seine Worte schmerzten, und das obwohl wir uns mittlerweile so weit voneinander entfernt hatten, dass sie mir eigentlich nicht mehr hätten wehtun dürfen. Wir waren uns schon lange nicht mehr nah gewesen, abgesehen von gelegentlichem bedeutungslosem Sex und seinen Firmenevents. Ich konnte mich nicht mehr daran erinnern, wann wir zum letzten Mal gelacht hatten. Mein Herz schlug so gut wie nie für ihn. Und doch … das Gift auf seiner Zunge fraß sich in meinen Kopf. Es sickerte in meine Hirnzellen und vergiftete mein Selbstwertgefühl – nicht, dass davon noch viel übrig gewesen wäre.

Und er hörte nicht auf. Nein, er machte weiter und zerstörte mich mit seinen Worten. »Mein Vater hatte recht – du hättest damals abtreiben sollen. Es hätte uns allen viel Zeit gespart.«

Mein Herz …

Hörte auf zu schlagen.

Und zerbrach.

Zerbrach in tausend Scherben.

Meine Knie gaben unter mir nach, und der kalte, harte Boden fing mich auf. Ich schlug die Hände vors Gesicht und schluchzte, und es war niemand da, um mich zu trösten. Penn war das alles leid. Er war mich leid, meine Panikattacken, meine Zusammenbrüche, meinen Schmerz.

Und in diesem Augenblick sah ich es.

Unsere Beziehung, unsere Ehe, unser Versprechen – all das war vorbei.

Penn erklärte ungerührt: »Vielleicht solltest du heute Nacht woanders schlafen. Und nicht nur heute Nacht. Ein paar Wochen, ein paar Monate … Überleg dir irgendwas, denn hier kannst du nicht länger bleiben.«

»Wo soll ich denn hin?«, keuchte ich.

»Ich weiß es nicht, Kennedy. Zu deiner Schwester oder so.«

Yoana …

Ich hatte sie seit über einem Jahr nicht mehr gesehen. Was würde sie wohl denken, wenn ich nach über einem Jahr Funkstille plötzlich vor ihrer Tür stand? Was würde sie sagen? Warum sollte sie mir helfen? Alles, was sie in den letzten Monaten von mir bekommen hatte, waren sporadische Textnachrichten gewesen, in denen ich ihr geschrieben hatte, dass es mir gut ging, auch wenn es nicht stimmte. Sie schuldete mir nichts, und doch hatte sie mir immer alles gegeben. Sie hatte mir lange Nachrichten geschrieben, in denen sie mir von ihrem Leben erzählt und alle Neuigkeiten berichtet hatte. Doch alles, wozu ich mich hatte aufraffen können, war, ihr ein paar Emojis zu schicken, denn während ihr Leben weiterging, trat meines auf der Stelle.

In ihrer letzten Nachricht hatte sie von ihren Flitterwochen erzählt, die nun endlich, zwei Jahre nach ihrer Hochzeit, stattfinden sollten. Davor hatte sie mich gefragt, ob ich sie nicht mal besuchen kommen wollte. Und davor? Sie hatte mir eine lange Sprachnachricht hinterlassen, in der sie erzählt hatte, dass Nathan und sie ein Haus renoviert hatten und es nun verkaufen wollten. Seit ihrer Hochzeit hatten die beiden sich darauf konzentriert, alte Häuser zu restaurieren. Dass sie zusammenarbeiteten und trotzdem miteinander glücklich waren, erinnerte mich an unsere Eltern. Mama und Daddy waren genauso gewesen.

Und Penn und ich? Wir hätten nicht gegensätzlicher sein können. Als ich ihm gesagt hatte, dass ich Schriftstellerin werden wollte, hatte er mir ins Gesicht gelacht und erklärt, dass ich dafür nicht die richtige Ausbildung hätte. Als ich meinen ersten Vertrag bekam, sagte er, ich hätte bloß Glück gehabt. Als meine ersten Schecks kamen, riet er mir, das Geld lieber nicht auszugeben, denn mehr würde es sicher nicht werden.

Penn ging in sein Arbeitszimmer und kam mit einem Stapel Papiere zurück. »Die hier hatte ich dir schon vor dem Unfall geben wollen, aber dann habe ich mich erst mal zurückgehalten. Unterschreib einfach auf der gestrichelten Linie, und leg sie in den Flur, wenn du gehst.«

Dann verließ er das Zimmer und ließ mich mit meinen Emotionen sitzen, während er den letzten Nagel in den Sarg unserer Ehe schlug.

Scheidungspapiere.

Ich unterschrieb sie mit gequältem Herzen.

Dann packte ich meine Sachen in drei Koffer. Ich nahm nur das Nötigste mit, nur die Dinge, die mir wirklich etwas bedeuteten, rief mir ein Taxi und machte mich auf den fünfundvierzig Minuten langen Weg zu meiner Schwester, die keine Ahnung hatte, dass ich gleich vor ihrer Tür stehen und sie anflehen würde, mich reinzulassen.

Vor ihrem Haus in Rival, Kentucky, stieg ich aus und schleppte meine drei Koffer die Stufen zu ihrer Tür hinauf.

Als ich ihr Auto in der Einfahrt stehen sah, stahl sich ein erleichterter Seufzer über meine Lippen.

Ich klopfte an die Tür. Es war nach zehn, und womöglich schlief Yoana schon. Sie war noch nie eine Nachteule gewesen, eher eine Lerche.

»Wer ist da?«, fragte eine Stimme – Nathan. Natürlich.

»Yoana, ich bin's«, krächzte ich und unterdrückte ein Schluchzen. »Kennedy. Ich … ich brauche …« Ich schluckte meine Angst hinunter und schloss die Augen. »Ich brauche dich.«

Die Tür flog auf, und da stand sie, in ihrem Schlafanzug, und sah mich voller Sorge an.

Meine ältere Schwester sah selbst jetzt, nachdem ich sie mitten in der Nacht aus dem Bett geholt hatte, aus wie eine Göttin. Himmel, wie ich sie brauchte. Ich brauchte sie so sehr, dass es wehtat, ihr in die Augen zu sehen. Augen, die Mamas so ähnlich waren.

»Ist alles in Ordnung mit dir?«, fragte sie, und diese Worte knackten die Schale, in die ich meine Wunden gehüllt hatte. Die Ernsthaftigkeit ihrer Frage schmerzte mich mehr, als ich ausdrücken konnte – die Sorge, die Güte, die Liebe. Das ganze letzte Jahr hatte ich meine Schwester angelogen, ihr nie mitgeteilt, wie es mir wirklich ging, weil ich dumm gewesen war und mit meinen inneren Dämonen gekämpft hatte, und doch fragte sie mich jetzt, ohne eine Sekunde zu zögern, ob bei mir alles in Ordnung war.

Ich öffnete den Mund, um etwas zu sagen, brachte jedoch kein Wort heraus. Tränen strömten über meine Wangen, und ich schlug die Hände vors Gesicht, während ich von heftigen Schluchzern geschüttelt wurde. »Es tut mir so leid, Yoana«, heulte ich und schüttelte vor Scham und Schmerz immer wieder den Kopf. »Es tut mir leid, es tut mir leid, es tut mir leid …«

Meine Schwester schien meine Entschuldigung nicht zu brauchen. Sie bombardierte mich nicht mit Fragen, schalt mich nicht, weil ich mich nicht gemeldet hatte. Stattdessen trat sie vor und zog mich in ihre Arme.

»Es ist gut, Kennedy. Alles ist gut. Ich bin hier. Ich bin bei dir.«

Sie hielt mich fest, und zum ersten Mal seit einem Jahr begann ich wieder zu atmen.

Und dann stellte sie mir eine sehr, sehr wichtige Frage –

vielleicht die wichtigste, die ich seit langer Zeit gehört hatte: »Wein?«

»Ja«, lachte ich und war überrascht, wie echt es klang. »Wein.«

2

KENNEDY

Jeder Neuanfang sollte mit einem Warnhinweis versehen werden.

Achtung: Auch ein Neuanfang kann nicht verhindern, dass Sie von alten Erinnerungen heimgesucht werden, die zu Panikattacken, einem Gefühl des Unbehagens in Gegenwart anderer Menschen und Gefühlsaufwallungen jedweder Art aufgrund von Depression, übermäßiger Dankbarkeit und Wutausbrüchen führen können. Kein Gefühl wird ausgelassen.

Seit drei Tagen wohnte ich nun schon im Gästezimmer meiner Schwester, und Penn hatte noch nicht ein einziges Mal versucht, mit mir Kontakt aufzunehmen. Ich gab mir alle Mühe, die widersprüchlichen Gedanken, die mir durch den Kopf gingen, für mich zu behalten, um meiner Schwester und Nathan nicht zu viel von meinem Leid aufzubürden – das hatten sie nicht verdient. Sie verdienten den Teil von mir, der ihnen einfach dankbar war, nicht das traurige Mädchen, in das ich mich im letzten Jahr verwandelt hatte. Und genau das war auch das Problem mit Penn – er sah meine Traurigkeit und zeigte mir, dass dieser Teil von mir es nicht wert war, geliebt zu werden. Also arbeitete ich noch härter daran, diese Seite zu verbergen. Ich wollte andere Leute nicht länger mit meiner Trauer vertreiben.

Ich wollte, dass sie blieben.

Wenn du nur lange genug so tust, wird es vielleicht irgendwann wahr.

Es ist bewiesen, dass man nur häufiger zu lächeln braucht, damit die Leute denken, man wäre glücklich. Das ist eine einfache Tatsache. In den letzten Tagen hatte ich so viel gelächelt, dass mir davon schon die Wangen wehtaten. Manchmal entschuldigte ich mich und ging auf die Toilette, nur um für ein paar Minuten nicht lächeln zu müssen.

Bisher schien mein falsches Lächeln niemandem aufgefallen zu sein, was wohl bedeutete, dass ich dafür einen Oscar verdient hätte.

»Okay, nicht gucken!«, sagte Yoana, während sie mich durch die Straßen einer kleinen Stadt namens Havenbarrow führte. Sie lag nur fünfzehn Minuten von ihrem Haus entfernt, und sie behauptete, es sei das süßeste kleine Städtchen, das es auf der Welt gab. In den letzten Tagen hatte sie über nichts anderes gesprochen.

»Ist die Augenbinde wirklich notwendig?«, fragte ich ein wenig verwirrt von dem Theater. Yoana hatte kaum ihr Auto in der kleinen Stadt abgestellt, als sie mir schon befahl, die Augen zu schließen. Und dann nahm sie mich mit auf ein Abenteuer.

»Ja! Und jetzt sei still und geh weiter. Wir sind fast da. Warte! Stopp! Auto!«, kreischte sie und riss mich zurück.

»Was zum Teufel?!«, schrie ich, und Yoana fing an zu lachen.

»War nur ein Scherz. Die Straße ist weit weg. Ich dachte bloß, es wäre witzig.«

»Oh, wie sehr ich deinen Humor vermisst habe.« Es klang ironisch, aber ich hatte ihn wirklich vermisst. Tatsächlich hatte ich so ziemlich alles an ihr vermisst, und in den letzten Tagen war sie ein absoluter Engel gewesen.

»Nur noch einmal nach links abbiegen«, erklärte sie, beide

Hände auf meinen Schultern – und drehte mich mit Schwung nach rechts. »Ich meinte rechts, rechts! Okay, noch ein paar Schritte nach vorne. Zwei zurück …«

»Was soll das werden, die Schrittfolge für Paula Abduls ›Opposites Attract‹? Dann muss ich mir aber andere Schuhe anziehen«, erklärte ich.

»Pst. Wir sind da. Rück mal ein Stück nach links.« Ich rückte. »Noch ein Stück.« Ich rückte noch ein Stück. »Okay, super. Und jetzt ein winzig kleines Stück nach rechts.«

»Yoana!«, rief ich.

Sie lachte, und allein der Klang ihres Lachens ließ mich leise mit einfallen. »Okay, okay, tut mir leid. Ich wollte bloß, dass die Überraschung perfekt wird, das ist alles.«

»Okay, sag mir, was ich machen soll. Kann ich die Überraschung jetzt sehen? Nicht, dass du mir irgendetwas schenken müsstest, denn du hast schon mehr als genug getan, indem du mich bei euch schlafen lässt. Und dazu noch, dass du …«

»Kennedy?«

»Ja?«

»Halt die Klappe.«

»Okay.«

»Okay. Danke. Also, ich zähle jetzt bis drei, und bei drei nehme ich dir die Augenbinde ab und zeige dir die tollste Überraschung der Welt. Eins, zwei, drei!« Sie riss mir die Augenbinde vom Kopf, und ich sah, dass wir vor einem Haus standen. Ein wirklich zauberhaftes Haus, frisch gestrichen und mit einem kleinen Zaun um den Garten, in dem ungebremst das Unkraut wucherte. Auf der Treppe saß Nathan mit zwei Flaschen Sekt und dem breitesten Grinsen, das ich je auf seinem Gesicht gesehen habe.

Verwirrt sah ich meine Schwester an. »Was genau geht hier vor?«

»Überraschung!«, kreischte sie. »Das hier ist dein neues Zuhause!«

»Mein neues …« Ich wirbelte zu ihr herum, und mir fiel die Kinnlade runter. »Mein neues was?«

»Dein neues Zuhause. Wie du weißt, haben Nathan und ich vor einiger Zeit angefangen, alte Häuser aufzukaufen und zu renovieren, und das hier war unser letztes Projekt in der zauberhaftesten kleinen Stadt, die die Menschheit je gesehen hat. Wir wollten es verkaufen, aber dann haben wir beschlossen, es noch eine Weile zu behalten, damit du einen Ort hast, wo du wohnen kannst, und der allein dir gehört.« Sie klang, als wäre alles, was sie da sagte, nicht vollkommen wahnsinnig, und lief dabei Richtung Haustür. »Der Garten ist noch nicht fertig, aber die Gärtner kommen in ein paar Tagen, und es gibt so gut wie keine Möbel. Okay, es gibt eigentlich gar nichts, aber ich habe ein paar Sachen bestellt, von denen ich dachte, dass sie dir gefallen könnten. Sie kommen in den nächsten Tagen. Ich habe eine Waschmaschine und einen Trockner bestellt, und Nathan und ich haben dir unseren blauen Vintage-Kühlschrank, ein absolutes Spitzenmodell, aus unserer Garage in die Küche gestellt. Außerdem habe ich Nathan gebeten, dir ein paar Basics zu besorgen – ein wundervolles aufblasbares Queen-Size-Bett, ein bisschen Geschirr und Besteck, einen billigen Küchentisch, alles, was du so im Badezimmer brauchen wirst, und …«

»Warum solltest du so etwas tun?«, stieß ich hervor, noch immer vollkommen überwältigt von all der Freundlichkeit, die Yoana mir entgegenbrachte. »Das ist vollkommen verrückt.« Ich hatte das hier nicht verdient. Ich konnte nicht in einem Haus wohnen, das sie eigentlich hatten verkaufen wollen. So viel konnte ich unmöglich von meiner Schwester annehmen, während ich selbst ihr im letzten Jahr so wenig gegeben hatte.

Wenn überhaupt, dann hatte ich ihr das Wichtigste aus ihrem Leben genommen.

»Warum ich so etwas tun sollte?«, fragte sie überrascht. Sie legte die Hände auf meine Schultern und sah mich aus schmalen Augen an. »Kennedy, du bist meine Schwester. Ich würde alles für dich tun.«

Wenn ich an Erzengel dachte, dann war meine Schwester jedes Mal die Erste, die mir in den Sinn kam. Yoana war eine Heilige. Ein Herz wie ihres gab es nur selten. Sie war innerlich wie äußerlich eine wahre Schönheit, auch wenn den meisten Leuten zuerst ihr Äußeres ins Auge fiel. Yoana McKenzie Lost war das Ebenbild unserer Mutter. Sie hatte Mamas schwarzes lockiges Haar, ihre espressobraune Haut, ihre Rehaugen und das tiefe Grübchen, das ihre linke Wange betonte. Jedes Mal, wenn meine Mutter mir fehlte, hatte ich das Glück, meiner Schwester in die Augen sehen zu können.

Ich dagegen war die perfekte Mischung von beiden Eltern, die Verkörperung ihrer Liebe. Ich hatte Mamas Lächeln und ihren Amorbogen geerbt, und Dads schmale gebogene Nase und seine runden Backen. Mama und ich hatten die gleichen Muttermale auf den Schulterblättern und das gleiche Grübchen am Kinn. Mein gewelltes honigfarbenes Haar war eine Kombination aus beider Genen.

Und meine Augen? Die gehörten meinem Vater. Ich hatte Daddys golden schimmernde Augen, mit ihren braunen und grünen Sprenkeln geerbt, die in der Iris funkelten. Jedes Mal, wenn er mir fehlte, sah ich in den Spiegel.

Meine Schwester und ich waren der lebende Beweis für die epische Geschichte unserer Eltern – ihre größte Liebe. Auch wenn Dad nicht Yoanas biologischer Vater war, so gab es keinen Zweifel, dass er ihr Dad war. Als meine Mutter allein und verloren mit ihrer zweijährigen Tochter dagesessen hatte, hatte mein Vater ihre Herzen im Sturm erobert, und er hatte Yoana vom ersten Tag an geliebt wie sein eigenes Kind.

Es gehört schon einiges dazu, ein Kind zu lieben, das nicht von einem selbst stammt. Mein Vater hat Yoana keine einzige Sekunde lang anders behandelt als mich. Manchmal hatte ich als kleines Kind sogar das Gefühl, als liebte er sie ein wenig mehr als mich. Doch wenn, dann tat er es nicht mit Absicht, und je älter ich wurde, desto besser verstand ich es. In Yoanas Lebensgeschichte fehlte etwas, und Daddy sorgte dafür, dass ihr Buch trotz allem mit Liebe erfüllt war, auch wenn sie ihren biologischen Vater niemals kennenlernen würde.

Sie war seine Tochter – wenn schon nicht dem Blut nach, dann umso mehr im Herzen. Ihre beiden Herzen schlugen im Einklang, und manchmal hätte ich schwören können, dass Yoana Daddys Lächeln hatte.

Es verging kein Tag, an dem ich meine Eltern nicht vermisste, doch zum Glück hatte ich jetzt meine Schwester. Ich wünschte, ich hätte das schon früher erkannt. Stattdessen hatte ich sie auf Abstand gehalten, weil ich fürchtete, sie würde mir die Schuld an dem Unfall geben.

Dank Yoana hatte ich jetzt zum ersten Mal das Gefühl, als würde sich der wolkenverhangene Himmel, der mich das ganze letzte Jahr über begleitet hatte, zu sonnigen Tagen und ruhigeren Nächten öffnen. Ich würde ihr die bedingungslose Liebe, die sie mir entgegenbrachte, für den Rest meines Lebens danken.

Die beiden führten mich durchs Haus, und ich war vollkommen überwältigt, wie schön es war, vor allem im Vergleich zu den Fotos vor der Renovierung, die sie mir zeigten. Als es fast an der Zeit für die beiden war, sich zum Flughafen aufzumachen, um in die Flitterwochen zu fliegen, gab Yoana mir noch eine Liste mit Aufgaben, die ich erledigen sollte, solange sie fort waren.

»Und jetzt wiederhole noch mal, was ich dir gesagt habe«, befahl sie.

»Meditation morgens und abends, egal, was ist, und wenn ich nur fünf Minuten lang atme. Ja, Mutter«, stöhnte ich übertrieben, während ich in Wahrheit unendlich dankbar für Yoanas Liebe war.

Sie trug so viel von unserer Mama in ihrem Herzen. In ihrer Nähe zu sein fühlte sich an, als würde man sich in eine besonders weiche Kuscheldecke wickeln.

»Und der Wald da hinterm Garten – mach dir keine Gedanken, du kannst dort ohne Weiteres spazieren gehen. Er gehört zwar nicht offiziell zum Haus, aber ich kann mir nicht vorstellen, dass es den Besitzer stört. Als Nathan und ich hier gearbeitet haben, haben wir uns darin regelrecht verlaufen, und ich musste immer wieder daran denken, wie Mama und Daddy uns als Kinder mit zum Wandern genommen haben. Erinnerst du dich, wie oft wir uns damals verlaufen haben?«

Ich kicherte. »Oh ja, und wenn Mama sich Sorgen gemacht hat, weil es langsam dunkel wurde, sagte Daddy immer: ›Man kann nicht verloren gehen, wenn man mitten in der Natur ist. Die Natur ist unser Zuhause.‹« Bei der Erinnerung daran musste ich lächeln, doch dann sackten meine Mundwinkel wieder nach unten.

»Sie fehlen mir«, gestand Yoana.

»Mir auch.« Mehr, als ich mit Worten hätte ausdrücken können. Ich zweifelte nicht daran, dass ich so manche Meditationssitzung in diesem Wald verbringen würde.

Als wir noch klein waren, hatten meine Eltern dafür gesorgt, dass meine Schwester und ich jeden Morgen und Abend unsere Energie erdeten. Daddy lehrte uns Yoga, und Mama verschiedene Atemtechniken. Diese Lektionen hatten mein Leben mitgeprägt, doch als dann alles den Bach runterging, war die Meditation das Erste gewesen, das aus meinem Tagesablauf verschwunden war. Schon seltsam, wie leicht die Menschen ihre wichtigsten Prinzipien über Bord warfen, wenn ihre Welt auf den Kopf gestellt wurde.

Die anderen Aufgaben auf meiner Liste lauteten:

- Finde jeden Tag einen Grund, zu lächeln.
- Führe Tagebuch, um langsam wieder zum Schreiben zurückzufinden.
- Sieh zu, dass du jeden Tag ein wenig Sonnenlicht abbekommst, wenn das Wetter es erlaubt.
- Erkunde Havenbarrow.

Yoana stieß mir den Ellbogen in die Rippen. »Okay, wenn jetzt alles geregelt ist, lass uns irgendwo zu Abend essen.«

»Ehrlich gesagt, bin ich ein wenig müde. Und was ist mit eurem Flug nach Costa Rica?«

Ihre Gesichtszüge entgleisten ein wenig, als sie auf ihre Uhr blickte. »Oh. Richtig. Das.«

»Ja, das.« Ich lachte. »Der erste Schritt zu den grandiosesten Flitterwochen aller Flitterwochen.«

Sie sah mich mit einem Welpenblick an. »Bist du sicher, dass du nicht mitkommen willst?«

»Absolut. Glaub mir, ich kann damit umgehen, das fünfte Rad am Wagen zu sein, wenn ich mit euch ins Kino gehe, aber mit euch um die Welt zu fliegen, wäre wohl eine Nummer zu viel.«

»Na gut. Ich weiß bloß nicht, was ich so lange ohne dich machen soll. Schließlich hab ich dich ja gerade erst wiederbekommen.« Sie schwieg einen Augenblick und kaute auf ihrer Unterlippe, während ihre Augen feucht und stumpf wurden. »Ich will dich nicht wieder verlieren.«

»Keine Sorge. Wenn ihr wieder zurück seid, werde ich noch mehr ich selbst sein. Du wirst mich nicht wieder verlieren. Nie wieder.« Ich schniefte ein wenig, als ich sah, wie Yoana von ihren Gefühlen übermannt wurde. »Fang jetzt bloß nicht an zu heulen. Du weißt genau, dass ich dann mit dir heule. Nimm mich einfach noch mal in den Arm und verschwinde endlich, okay?«

Sie zog mich in ihre Arme. »Ich rufe dich jeden Tag an, okay? Die Zeitverschiebung ist mir egal. Und wenn du mich brauchst, wofür auch immer, Kennedy, bin ich für dich da.«

»Ich weiß. Danke. Aber jetzt geh!«, befahl ich und scheuchte das glückliche Paar zur Tür. Ich gab Yoana einen Kuss auf die Wange und nahm Nathan noch einmal fest in den Arm. »Pass gut auf sie auf, sonst bring ich dich um, okay?«

»Aye, aye Captain. Hör zu, in der Stadt gibt es ein paar tolle Läden und Lokale. Und sag Bescheid, wenn dir jemand Probleme macht. Ich weiß, wie unfreundlich die Leute hier in der Kleinstadt sein können. Du bist jetzt meine Schwester, und ich hab kein Problem damit, jemandem vom anderen Ende der Welt aus in den Arsch zu treten.«

Ich lachte. »Abmarsch, ihr Lieben. Ich hab euch lieb. Passt auf euch auf und vergesst nicht, was Mama und Daddy immer gesagt haben: Keine Angst vor dem Unbekannten!«

»Das Gleiche gilt für dich, Schwesterherz. Keine Angst vor dem Unbekannten«, gab Yoana zurück.

Nathan verabschiedete sich und ging hinaus, um Yoana und mir noch einen Moment allein zu geben. Mein Herz brannte, wenn ich daran dachte, dass sie mich jetzt verlassen würde, aber ich tat mein Bestes, es mir nicht anmerken zu lassen.

»Was Penn dir angetan hat, war grausam, und wenn ich könnte, würde ich ihm den Schwanz abschneiden, aber dieses Kapitel deines Lebens ist beendet. Erinnerst du dich, was

Mama und Daddy immer gesagt haben, wenn ein anderer Mensch uns das Gefühl gegeben hat, schwach zu sein?«

Ich nickte, und Tränen traten mir in die Augen. »›Wenn jemand dir das Gefühl gibt, schwach zu sein, tu etwas, das dir das Gefühl gibt, stark zu sein.‹«

»Jawohl. Und genau das ist es, was du gerade tust. Du findest dich selbst wieder. Du fängst neu an, und jeder, der den Mut hat, neu anzufangen, ist stark. Du bist unglaublich stark. Mama und Daddy wären stolz auf dich. Ich bin es auf jeden Fall.«

Ich konnte mich doch immer darauf verlassen, dass Yoana mich zum Weinen bringen würde. »Verschwinde einfach, okay? Sonst hock ich hier noch schluchzend wie die letzte Idiotin allein in einer kleinen Stadt.«

»Okay. Hab dich lieb. Ich rufe an, wenn wir am Flughafen sind.«

Wir verabschiedeten uns erneut, denn voneinander Abschied zu nehmen war immer ein langer Prozess. Als meine Schwester schließlich die Tür hinter sich schloss, holte ich tief Luft und ließ meinen Tränen freien Lauf.

Ich lehnte mich mit dem Rücken gegen das Holz der Tür, schloss die Augen und spürte, wie die Einsamkeit über mir hereinbrach. Offenbar war es egal, wie groß oder klein ein Zuhause war, wie warm oder kalt, oder wie viele Dinge darinstanden – wenn die Einsamkeit über einen Menschen hereinbrach, war es immer unendlich traurig.

In diesem Augenblick meldete sich mein Handy.

Yoana: Hab ich ganz vergessen: Ich habe dir ein Geschenk in die Einfahrt gestellt.

Ich schluckte und ging nach draußen, um mir die Überraschung anzusehen. Und sofort fing ich wieder an zu heulen.

Da stand es, vor meinen Augen – ein Geschenk aus der Vergangenheit: Mamas und Daddys Cabrio. Dieser alte, zerbeulte

Wagen war eine Erinnerung an meine beiden Lieblingsmenschen, die ich verloren hatte. Der gelbe Lack war stumpf, und der Wagen war komplett bemalt. Mama und Daddy hatten uns während unserer Kindheit unsere liebsten Ereignisse darauf verewigen lassen, damit wir sie im Laufe der Jahre immer wieder betrachten konnten.

Langsam ging ich um das Auto herum und betrachtete jede einzelne Erinnerung, die darauf abgebildet war. Geburtstage. Kunstausstellungen. Familienurlaube. Ich spürte, wie ein Lächeln meine Mundwinkel ein wenig nach oben zog. Dieses Auto war eine Erinnerung an den Menschen, der ich tief in meiner Seele wirklich war.

Ich dachte wieder daran, wie wir gemeinsam über den Freeway gefahren waren und Lauryn Hill gehört hatten, während unsere Haare im Wind wehten – ohne Angst und bis zum Rand mit Glück erfüllt. Yoana hatte neben mir gesessen, und ihr Lachen war so ansteckend gewesen. Sie und ich hatten damals auf dem Rücksitz gesessen und Seifenblasen aufsteigen lassen. Mit diesen drei Menschen in meinem Leben und dieser Freude hatte ich unmöglich *nicht* glücklich sein können.

Ich kletterte auf den Fahrersitz und atmete tief ein, während der besondere Geruch mich umhüllte.

Mama.

Ich sah zum Beifahrersitz hinüber, wo ein Korb mit wundervollen Dingen und einem Brief stand. Mamas Lieblingsparfüm war dabei, und das war es auch, das ich roch. Yoana musste die Sitze damit eingesprüht haben.

Lilien und Honig.

Neben dem Parfüm gab es noch eine Flasche Whiskey und ein Glas Kaffeebohnen.

Ich öffnete den Brief und las.

Kennedy,
ich hasse es, dass ich dich so kurz nach unserem Wiedersehen schon wieder verlassen muss, und ich dachte mir, du könntest ein Stückchen Familie gebrauchen, während du dich selbst wiederfindest. Deshalb habe ich dir ein Glas mit Mamas Lieblingskaffeebohnen dagelassen – für morgens. Für abends gibt es eine Flasche mit Daddys Lieblingswhiskey.
Ich liebe dich, Sis. Ruf mich an, wenn du mich brauchst. Ich bin nur einen Flug entfernt.
Und grüble nicht zu viel. Du bist auf dem richtigen Weg, auch an den Tagen, an denen es sich vielleicht nicht so anfühlt.
Yoana

Ich starrte hinauf zu den Sternen, die Havenbarrows Himmel sprenkelten, öffnete den Whiskey und verbrachte den Abend damit, mir bessere Tage von den Sternen zu wünschen. Ich bat Mama und Daddy, mir ein Zeichen zu senden, dass alles gut werden würde, was auch geschah. Ich bat um Rat, um ein Gebet, um ein Wunder.

Ich hätte wirklich ein Wunder gebrauchen können.

Am nächsten Morgen hatte ich das deutliche Gefühl, endlich wieder die Sonne spüren zu können nach so vielen Tagen in der Dunkelheit.

3

KENNEDY

»Pass auf, wo du hintrittst, Louise. Nicht auf die Pflanzen«, flüsterte eine Stimme. Ich gähnte auf dem Rücksitz des Cabrios, in dem ich die Nacht verbracht hatte. Ein Rascheln im Gebüsch hatte mich geweckt.

Erschrocken richtete ich mich auf.

»Oh, sei still, Kate. Das wäre noch das Beste, das ihnen passieren könnte – glaub mir«, zischte die andere Frau. Die beiden schlichen mit Tupperdosen in den Händen um mein Haus herum und schauten durch die Fenster.

»Denkst du, es ist eine große Familie?«, fragte Louise. »Lieber Gott, das Letzte, was wir hier gebrauchen können, sind noch mehr Kinder.«

»Keine Ahnung. Aber den wenigen Möbeln nach zu urteilen, scheinen sie nicht viel Geld zu haben.«

Ich zog eine Augenbraue hoch. Die beiden neugierigen Damen hatten noch nicht bemerkt, dass ich nur wenige Schritte von ihnen entfernt saß.

»Hoffentlich haben sie jemanden, der sich um diesen Schweinestall von Garten kümmert. Nicht, dass wegen den Neuen hier die Grundstückswerte sinken. Die letzte Familie, die in diesem Haus gewohnt hat, hat schon genug angerichtet.« Louise schnaubte verächtlich.

»Kann ich vielleicht helfen, die Damen?«, unterbrach ich das

Gespräch. Die beiden Schnüfflerinnen sprangen vor Schreck fast aus ihren Louboutin-Pumps. Doch sie fingen sich rasch wieder und hielten zum Glück ihre Tupperdosen fest, als sie sich zu mir umdrehten.

»Oh, mein Gott, Liebchen, du solltest andere Leute nicht so erschrecken«, sagte die eine im gelben Sommerkleid – Kate – und schlug erschrocken die Hand an ihr Schlüsselbein. »Ich hab ja fast einen Herzinfarkt bekommen.«

Beinahe hätte ich die Augen verdreht, stattdessen schenkte ich ihr mein bestes Südstaatenlächeln und stieg aus dem Wagen. »Entschuldigen Sie. Ich wollte Sie nicht erschrecken.«

Louises Blick wanderte über meine farbenfrohe Erscheinung und begegnete dann meinem. »Nun, da haben Sie recht. Sie sollten ein bisschen vorsichtiger sein.«

»Ich werde mich bemühen. Also, wie kann ich Ihnen helfen?«

Kate trat vor. Ihre perfekten blonden Locken wippten ihr ins Gesicht. »Oh, ja. Wir sind Ihre Nachbarn! Wir haben gesehen, dass ihr gestern Abend eingezogen seid, und dachten, wir kommen mal rüber und sagen Hallo. Ich bin Kate, und das ist Louise.«

»Nicht verwandt«, erklärten sie zweistimmig und kicherten. »War nur ein Scherz. Wir sind Zwillinge!«

Natürlich waren sie das.

»Ich wohne zwei Häuser weiter links, und Kate wohnt zwei Häuser weiter rechts«, erklärte Louise. »Sie sitzen also genau in der Mitte des Zwillings-Sandwichs.«

Was für ein Glück ich doch hatte.

»Ich bin Kennedy. Ich freue mich, Sie kennenzulernen.«

Sie behielten ihr breites Lächeln bei, während ihre Blicke zum Cabrio meiner Eltern wanderten, dann zurück zu mir und wieder zum Auto.

»Das ist mal ein außergewöhnliches Auto«, sagte Louise diplomatisch, wobei ihr Ton alles andere als neutral war. »Fahren Sie auch damit, oder ist es eher so was wie ein … Statement?«

»Es hat meinen Eltern gehört und trägt einiges an Familiengeschichte mit sich herum. Ich bin noch nicht damit gefahren, aber es kann gut sein, dass ich demnächst mal eine Runde drehen werde.« *Vielleicht morgen, vielleicht in einem Jahr, wer weiß …*

Die beiden Frauen verzogen das Gesicht. »Interessant«, sagten sie, wieder zweistimmig.

»Sind die für mich?«, fragte ich in dem Versuch, das Thema zu wechseln, und blickte auf die Tupperdosen in ihren Händen. Wenn ich aus all den Büchern, die ich gelesen hatte, eines wusste, dann dass diese Zwillinge mir garantiert noch Ärger machen würden.

»Oh, ja. Wir haben Ihnen zwei Kuchen gebacken. Den besten Erdbeer- und den besten Apfelkuchen, die Sie jemals gegessen haben. Wir haben sie gestern Abend noch ganz spät gebacken, nachdem wir gesehen hatten, dass ihr eingezogen seid.«

»Das wäre wirklich nicht nötig gewesen«, sagte ich.

»Aber natürlich, Liebchen. Schließlich sind wir Ihre neuen Nachbarn. Wir nehmen die berühmte Gastfreundlichkeit des Südens hier sehr ernst«, erwiderte Kate, die immer noch stirnrunzelnd meinen Garten musterte.

Louise räusperte sich. »Wo wir gerade von Gärten sprechen …« *Haben wir gerade über Gärten gesprochen?* »Wer kümmert sich eigentlich um Ihren? Ich kann Ihnen die Namen von ein paar Leuten geben, die wirklich gute Arbeit leisten.«

»Vielen Dank, aber es ist alles schon organisiert. Das Haus gehört mir eigentlich gar nicht.«

»Oh je«, jammerte Kate und schlug die Hand vor den Mund.

»Sind Sie so was wie eine Hausbesetzerin? Ich meine, das würde dieses seltsame Auto erklären, aber das ist nicht wirklich legal.«

»Wir sollten Sheriff Reid informieren«, erklärte die andere entschlossen.

Meinen die beiden das jetzt wirklich ernst? Oder soll das ein Scherz sein? Hockt Ashton Kutcher vielleicht irgendwo hinter den Louboutin-zertrampelten Büschen?

»Nein, nein. Was ich damit meinte, ist: Ich miete das Haus für ein paar Monate von meiner Schwester und meinem Schwager, bevor sie es verkaufen. Die Gärtner kommen in den nächsten Tagen.«

»Oh, dem Himmel sei Dank!«, rief Louise. »Ich könnte diesen Dschungel unmöglich noch länger ertragen. Wir haben schon genug mit Crazy Joy Jones und ihrem ungepflegten Garten direkt nebenan zu tun. Wenn ich könnte, würde ich dieser seltsamen Tante das Haus unterm Hintern wegkaufen.«

Sie sagte *seltsam*, als wäre das etwas Schlechtes. Ich dagegen hatte mich schon immer eher zu den seltsamen Geschöpfen dieser Welt hingezogen gefühlt. Sie schienen der Welt weit weniger vorurteilsbehaftet gegenüberzustehen.

Ich blickte hinüber zu dem Haus, das mich vor einer direkten Nachbarschaft mit Louise bewahrte. Es sah genauso aus, wie sie es beschrieben hatte – ein wenig vernachlässigt –, und doch war es irgendwie perfekt. Wildblumen blühten im Garten, als hätte man sie dorthin gepflanzt, um sie zu befreien. Ihre Anordnung schien keinem besonderen Muster oder Grund zu folgen, und doch sah es aus wie ein Kunstwerk.

Die beiden Damen hätten mich vermutlich gehasst, wenn ich ihnen erklärt hätte, wie sehr mir das Haus gefiel. Die Freiheit, die es ausstrahlte, sprach zu meiner eingesperrten Seele. Ich wollte mich so bewegen, wie diese Blumen sich wiegten.

Frei. Ohne Käfig. Mit dem Wind.

»Ihr Mann ist vor ein paar Jahren gestorben, und seitdem hat Crazy Joy ihr Haus nicht mehr verlassen«, erklärte Louise. »Haben Sie mal *Hey Arnold!*, die Zeichentrickserie aus den Neunzigern, gesehen? Da gab es diesen Jungen, Stoop Kid, der Angst hatte, seine eigene Veranda zu verlassen. Das ist Crazy Joy in Person. Seit ihr Mann tot ist, hat sie Angst, ihr Grundstück zu verlassen.«

»Wenn er Joy nicht genug Geld hinterlassen hätte und ihr Haus nicht abbezahlt wäre, wäre sie jetzt garantiert obdachlos. Ich rede ja nicht gern über andere Leute, so wahr mir Gott helfe, aber diese Frau hat nicht mehr alle Tassen im Schrank«, fügte Kate hinzu. »Man erzählt sich, dass sie tatsächlich glaubt, Außerirdische würden eines Tages auf die Erde herunterkommen und die Weltherrschaft übernehmen. Die ganzen Briefe, die sie jeden Morgen auf ihrer Veranda schreibt, sind an Area 51 gerichtet. Vollkommen durchgeknallt.«

Je mehr sie redeten, desto mehr wollte ich diese Frau kennenlernen.

»Was auch immer Sie mit deinem Garten anstellen, machen Sie nicht den gleichen Fehler wie Joy«, warnte mich Kate. »Vor allem damit.« Sie zeigte auf den Nachbargarten.

Ich zog fragend eine Augenbraue hoch. »Womit?«

Sie sah mich mit weit aufgerissenen Augen an. »Sehen Sie es denn nicht?«

»Was?«

»Die blauen Blumen!«, zischte sie und wedelte dabei mit den Händen wie eine Verrückte. »Sie hat blaue Blumen gepflanzt, vorne und in der Mitte!«

Ich wartete darauf, dass Kate ihren Gedanken weiter ausführte, doch ihre Lippen schlossen sich, als wäre das Thema damit beendet.

Louise musste meine Verwirrung bemerkt haben. »Blaue Blumen! Das ist total unnatürlich.«

Oh, mein Gott. Wenn Yoana und Nathan gewusst hätten, dass die beiden hier meine Nachbarn waren, hätten sie es sich garantiert anders überlegt, mich hier wohnen zu lassen.

Ich lächelte den beiden zu. »Ich werde es mir merken. Aber ich gehe jetzt wohl besser wieder ...«

»Ich will ja nicht neugierig sein, Sweetheart, aber haben Sie eben in Ihrem Auto geschlafen, als wir kamen? Haben Sie kein Bett oder so was?«, fragte Louise.

Habt ihr kein Benehmen?

Diese Frau war doch nur darauf aus, die absurdesten Geschichten über alles und jeden zu erfinden. Bisher hatte ich immer nur das Beste in anderen Menschen gesehen – was zugegebenermaßen nicht immer unproblematisch war –, aber Louise und ihre Schwester tendierten ganz offensichtlich dazu, das Schlechteste in anderen zu sehen.

Ich biss mir auf die Zunge und hielt den Mund. Das Letzte, was ich wollte, war, mir meine Nachbarinnen zu Feinden zu machen. Die beiden schienen in der Lage zu sein, die Hölle losbrechen zu lassen, wenn sie glaubten, dass es notwendig war.

»Manchmal mag ich es einfach, unter den Sternen zu schlafen. Außerdem kommen meine Möbel erst nächste Woche. Danke noch mal für die Kuchen. Es hat mich sehr gefreut, Sie beide kennenzulernen.«

Erneut betrachteten sie mich von Kopf bis Fuß, bevor sie gleichzeitig ihr gruseliges Lächeln anschalteten.

Stephen King hätte die beiden geliebt.

»Wir werden uns in nächster Zeit öfter über den Weg laufen, da bin ich mir sicher. Willkommen in Havenbarrow. Und wenn Sie keinen großen Wert darauf legen, mit diesem, äh, Familienerbstück da gesehen zu werden, können Sie sich ja die Cuber-App herunterladen.«

»Sie meinen Uber?«, fragte ich.

Louise lachte und wedelte abwehrend mit der Hand. »Nein, meine Liebe, ich meine Cuber. Wir haben nichts von diesem Uber- oder Lyft-Gedöns hier in der Stadt, aber Connor Roe hat eine eigene App geschrieben. Er ist siebzehn, aber der Junge ist clever – und sein Auto wahrscheinlich etwas … stabiler als Ihres.«

Oh, wenn sie wüsste, dass ich jetzt erst recht mit Mamas und Daddys Cabrio durch die Stadt fahren würde. Ich hatte in meiner Vergangenheit genug Menschen wie diese beiden hier getroffen und nicht viel Platz in meinem Herzen für ihre gehässigen Bemerkungen.

Doch ich war seit dem Unfall nicht mehr Auto gefahren, und, ehrlich gesagt, hatte ich keine Ahnung, ob ich in absehbarer Zeit überhaupt dazu in der Lage sein würde.

»Lassen Sie sich zwischendurch mal blicken, solange Sie hier wohnen. Und vergessen Sie nicht: Sollten Sie zu irgendetwas oder irgendwem in dieser Stadt eine Frage haben, können Sie uns jederzeit ansprechen, Liebelein. Wir sind ziemlich gut über alles informiert, was hier passiert. Kates Mann ist immerhin der Bürgermeister, also ist es unsere Aufgabe, informiert zu bleiben. Und wenn Sie Anregungen für die Gartenplanung brauchen, können Sie gern bei uns vorbeikommen. Nicht vergessen: Zwei nach links und zwei nach rechts!«, sagte Louise, bevor die beiden eilig davonstaksten.

Mentale Notiz: Geh weder nach rechts noch nach links, wenn du das Haus verlässt.

Bis zum Mittag waren noch ein Dutzend weitere Nachbarn mit Tupperdosen vor meiner Tür aufgetaucht, alle unter dem Vorwand, sich mir vorstellen zu wollen. Wäre ich nicht schon vor meinem Umzug nach Havenbarrow von meinem eigenen Leben überwältigt gewesen, dann spätestens jetzt, nach dem vierten glutenfreien, nussfreien, geschmacklosen Bananenbrot.

Nach all den neugierigen Fragen des Vormittags war ich mir sicher, dass die Frauen dieser Stadt genug Material hatten, um beim nächsten Buchclub über mich zu tratschen.

Um diesem ganzen Wahnsinn für eine Weile zu entfliehen, zog ich meine Turnschuhe an und griff nach meinem Tagebuch. Ich konnte gerade keine weiteren Menschen ertragen. Ich musste mich wieder erden und zum Wesentlichen zurückkehren.

Nur ich, mein Tagebuch und der Wald.

4

KENNEDY

Die Natur schenkte mir jedes Mal Frieden. Vielleicht lag es an der Kraft, mit der die Bäume aus sich selbst heraus wuchsen und sich der Sonne entgegenstreckten, daran, wie sie ihre Zweige im Wind tanzen ließen, während ihre Wurzeln fest in der Erde verankert waren, an dem frischen Duft aus Blüten und grünem Laub.

Vielleicht lag es aber auch am Gesang der Vögel. Ich liebte ihre Lieder im Frühling, in denen sie erzählten, wie sie zu neuen Anfängen erwachten. Und ich liebte es, wie frei und zwanglos sie sich in der Natur bewegten, als gehörten sie genau an diesen Ort, ganz gleich, wo sie waren. Das war alles, was ich mir im Leben gewünscht hatte: mich so frei wie ein Vogel bewegen zu können und dabei meine Wurzeln fest in der Erde verankert zu wissen. Es klang albern – diese Vorstellung vom Fliegen und gleichzeitiger Verankerung –, doch ich träumte davon, irgendwo hinzugehören und dort doch frei zu sein.

Seit einer Dreiviertelstunde lief ich nun schon durch den Wald auf der Suche nach einer Stelle, an der ich zur Ruhe kommen und meine Wünsche, meine Träume und meine Hoffnungen niederschreiben konnte.

Ich hatte keinerlei Karte oder Ähnliches und hoffte einfach, alleine meinen Weg zu finden. Das Schlimmste, was passieren konnte, war, dass ich unter einem Baum würde schlafen müssen. Es wäre nicht das erste Mal, und sicher auch nicht das letzte Mal.

Ich zwängte mich zwischen ein paar Ästen hindurch und trat plötzlich auf eine große Lichtung, auf der die unterschiedlichsten Blumen blühten. Und die Blumen, die am stärksten herausstachen, raubten mir den Atem.

Gänseblümchen.

Hunderte und Aberhunderte von kleinen gelben Blümchen, die aussahen, als wären sie mit Absicht dorthin gepflanzt worden. In meinen Augen glitzerten Tränen, während ich versuchte, meine Atmung wieder unter Kontrolle zu bekommen. In der Mitte der Lichtung stand eine weiße Bank, und wie ferngesteuert lief ich über den schmalen Trampelpfad auf sie zu. Es war wunderschön. Wie die Sonne durch die Zweige der umstehenden Bäume schien und die Blumen leuchten ließ, war einfach atemberaubend.

Ich konnte mir keinen besseren Ort vorstellen, um mich hinzusetzen, zu atmen und zu schreiben.

Und so tat ich genau das.

Während ich schrieb und alle Gefühle, die mir einfielen, aus mir herausfließen ließ, vergaß ich die Welt um mich herum. Ich hatte keine Ahnung, wie viel Zeit verging, während ich den Stift über das Papier wandern ließ, und es interessierte mich auch nicht. Mich interessierte allein, meine Gedanken und Gefühle, egal wie verworren sie auch waren, auf Papier zu bringen.

Als der Himmel langsam dunkel wurde, leuchteten die zahlreichen Solarlämpchen auf, die zwischen den Gänseblümchen standen, und verstärkten die besondere Atmosphäre auf der Lichtung noch.

»Was zum Teufel machen Sie hier?«, brüllte plötzlich eine Stimme, sodass ich vor Schreck von der Bank aufsprang. Stift und Buch flogen mir aus der Hand und landeten zwischen den

Blumen. Ich drehte mich um und sah einen Mann hinter mir stehen.

»Oh, hallo. Ich bin …«, begann ich nervös.

»Ich habe nicht gefragt, wer Sie sind«, unterbrach er mich mit leiser, harter Stimme. »Ich habe gefragt, was zum Teufel Sie hier machen.«

Er war ein gut aussehender Mann. Seine Schultern waren breit, die Muskeln seiner Arme ziemlich eindrucksvoll, und sein Lächeln war, nun, sagen wir mal, nicht vorhanden. Und seine Augen? Ich starrte in seine mitternachtsblauen Augen und verlor mich in ihnen. Es war albern, aber ich hätte schwören können, dass ich diese Augen schon einmal gesehen hatte. Vielleicht in einem Traum, oder vielleicht in einer Fantasie, jedenfalls fühlte ich mich zu diesem unfreundlichen Fremden hingezogen. Ich kannte diese dunklen Augen, die mich förmlich in sich hineinzogen, und die Art, wie er ein wenig perplex den Kopf schief legte, ließ mich glauben, dass er mich möglicherweise ebenfalls kannte.

Aber woher?

»Kenn ich …«, setzte ich an, wurde jedoch sofort unterbrochen.

»Sind Sie taub?«, fuhr er mich an.

Vielleicht kannte ich ihn doch nicht. An einen so unfreundlichen Menschen hätte ich mich erinnert und nicht vergessen, mich möglichst von ihm fernzuhalten. »Nein, ganz und gar nicht.« Ich beeilte mich, mein Buch und meinen Stift wieder aufzuheben. Dabei stolperte ich vor Nervosität über meine eigenen Füße.

»Vorsicht!«, rief er, diesmal mit einer Mischung aus Verärgerung und Sorge – wobei die Besorgnis ganz sicher nicht mir galt. Er schien sich eher um die Gänseblümchen zu sorgen.

Zum Glück war ich nicht hingefallen. Mit größter Mühe tänzelte ich um die Blumen herum und sammelte meine Sachen ein. »Entschuldigen Sie. Ich bin durch den Wald gelaufen …«

»Wozu Sie nicht befugt waren.«

»Wie bitte?«

»Sie hatten kein Recht, hier herumzulaufen. Das hier ist Privatbesitz.«

Ich lachte leise und drückte mein Buch an die Brust. »Ja, das habe ich gehört, aber …«

»Sie haben es gewusst?«

»Nun, ja, aber …«

»Kein Aber. Sie kennen das Gesetz und haben es missachtet. Verlassen Sie sofort mein Grundstück, bevor ich die Polizei rufe.«

Ich schnaubte irritiert. »Meinen Sie das wirklich ernst? Ich wollte bloß ein wenig frische Luft schnappen und …«

»Sie sind unbefugt in fremden Grundbesitz eingedrungen«, unterbrach er mich – *erneut.*

»Hören Sie auf, mich ständig zu unterbrechen!« Ich spürte, wie meine Wangen heiß wurden, als die Wut in mir hochkochte.

»Das werde ich, sobald Sie meinen Grund und Boden verlassen haben.«

Dieser Mann mit den intensiven, traurigen Augen ging mir langsam unter die Haut. Wie konnte er denken, es wäre okay, zu einem Menschen, den er kaum kannte, so unfreundlich zu sein? Dermaßen kalt und schroff?

Ich beschloss, ihn Prince Charming zu nennen, so unglaublich charmant, wie er war.

»Sie brauchen nicht gleich so unhöflich zu sein«, knurrte ich und schüttelte ungläubig den Kopf. »Ich habe nichts und niemandem etwas getan, bloß weil ich hier gesessen habe. Die Vorstellung, dass Menschen die Natur besitzen könnten, ist ohnehin vollkommen irrsinnig. Diese Bäume standen schon hier, bevor Sie geboren wurden, und sie werden auch noch lange nach Ihrem Tod hier sein. Und trotzdem behaupten Sie, dass sie Ihnen gehören. Was für ein Unsinn.«

»Dann gehe ich mal davon aus, dass Sie kein Problem damit haben, wenn fremde Leute ungefragt durch Ihr Haus spazieren.«

»Das ist nicht dasselbe.«

»War das Land, auf dem Ihr Haus steht, denn nicht schon da, bevor Sie geboren wurden? Und wird es nicht immer noch da sein, nachdem Ihr Haus abgerissen wurde und Sie längst gestorben sind? Aber ich nehme an, wenn fremde Leute durch Ihr Haus spazieren, ist das etwas anderes, weil es Ihres ist und nicht meins.«

»Ihren Sarkasmus können Sie sich schenken«, fauchte ich und bemühte mich, ihn meine Nervosität nicht merken zu lassen.

Ich machte ein paar Schritte, um die Lichtung zu verlassen, und trat aus Versehen auf ein paar Gänseblümchen. Sofort sprang er auf mich zu.

»Vorsicht!«, rief er.

Er beugte sich hinunter und versuchte den Schaden, den ich angerichtet hatte, zu beheben. Die Verärgerung auf seinem Gesicht nahm noch zu, als er sah, dass die Gänseblümchen nur noch schlapp in seiner Hand lagen. Seine Hände waren so groß, dass er aussah wie ein Riese, der mit Miniaturblümchen spielte. Er murmelte leise etwas vor sich hin, aber ich konnte nicht hören, was er sagte.

»Es tut mir leid, ich habe Sie nicht verstanden«, sagte ich, noch immer mit einem Kloß im Hals.

»Was möglicherweise daran liegt, dass ich gar nicht mit Ihnen geredet habe.«

»Richtig. Tut mir leid. Und es tut mir auch leid, dass ich auf Ihre Blumen getreten bin.«

Wieder murmelte er irgendetwas vor sich hin. Erinnert ihr euch an Cesar Millan, den Hundeflüsterer? Nun, im Augenblick hatte ich es offenbar mit Prince Charming, dem Menschenflüsterer, zu tun – nicht, weil er über ein besonders fundiertes Verständnis der menschlichen Psyche verfügte, sondern weil er ständig irgendwas vor sich hin flüsterte.

»Wenn ich irgendetwas tun kann …«

»Gehen Sie einfach«, erklärte er mit leiser, kontrollierter Stimme.

»Nehmen Sie's mir nicht übel, aber Sie sind wirklich ausgesprochen unfreundlich anderen Menschen gegenüber.«

»Nehmen *Sie's* mir nicht übel, aber es interessiert mich einen Dreck, was Sie über mich denken.«

»Arschloch«, murmelte ich.

»Das habe ich schon öfter gehört.«

»Was haben Sie gehört?«

»Meine Rolle in der verzerrten Geschichte dieser Stadt«, knurrte er. »Ich bin das Arschloch von Havenbarrow und verhalte mich nur so, wie man es von mir erwartet.«

»Wie ich sehe, nehmen Sie Ihre Aufgabe sehr ernst.«

»Ich bin eben Profi.«

»Hoffen wir, dass Sie nur eine kleine Rolle in der Geschichte der Stadt spielen.«

»Es gibt keine kleinen Rollen in einer kleinen Stadt, nur klischeebehaftete Kleingeister. Ich bin mir sicher, Sie werden sich hier wohlfühlen. Und jetzt tun Sie mir den Gefallen und verschwinden Sie endlich.«

Wow.

Okay, Prince Charming.

Wenn Louise, Kate und Prince Charming die Highlights von Havenbarrow waren, dann wusste ich nun, was mich erwartete.

Er sah nicht noch einmal zu mir hoch. Seine dunklen, geheimnisvollen Augen schauten mich nicht wieder an. Sein Blick war fest auf die Gänseblümchen gerichtet, und seine Stirn war in so tiefe Falten gelegt, dass man beinahe glauben konnte, ich hätte auf einem geliebten Menschen herumgetrampelt.

Ich murmelte eine weitere Entschuldigung, erhielt jedoch keine Antwort und machte mich schließlich auf den Rückweg nach Hause – jedenfalls versuchte ich es. Doch offenbar lief ich im Kreis, denn am Ende landete ich wieder auf der Lichtung mit den Gänseblümchen. Prince Charming saß auf der weiß gestrichenen Bank und seufzte, als er mich erblickte.

»Folgen Sie diesem Weg hier zu meinem Haus. Er führt Sie zur Merry Road. Von der Hauptstraße aus finden Sie den Weg nach Hause dann hoffentlich.«

»Ja. Natürlich. Danke.«

Er schwieg.

Als ich um den Häuserblock zu meinem eigenen Haus lief, musste ich plötzlich lachen bei dem Gedanken, dass Prince Charming ausgerechnet auf der Merry Road wohnte. Schließlich war er alles andere als fröhlich. Scrooge Avenue hätte weit besser gepasst.

5

JAX

Die Menschen waren echt das Letzte.

Zu meinem Leidwesen erforderte es meine Arbeit, regelmäßig mit ihnen in Kontakt zu treten. Ich war der Einzige in der Stadt, der sich mit Sanitäranlagen auskannte, und verbrachte dementsprechend viel Zeit mit Havenbarrows Kacke. Wie oft wünschte ich mir, ich wäre Schriftsteller geworden, oder Bildhauer – oder irgendetwas anderes, das nur minimalen Umgang mit anderen Menschen erforderte. *Oh, Sie suchen jemanden, der die nächsten fünfzig Jahre auf dem Mars verbringt? Kein Problem, Chef. Ich bin dabei.*

Verdammt, Tierarzt zu sein, wäre schon besser gewesen als das hier. Dann hätte ich wenigstens Tiere streicheln können, während ich mich mit ihren dämlichen Besitzern herumschlug, die allen Ernstes glaubten, ihren Hunden Wein geben zu müssen – LOL YOLO.

Ich brauche wohl nicht zu erwähnen, dass ich kein großer Menschenfreund war. Sie waren mir einfach zu menschlich. Im Laufe meines Lebens war ich den unterschiedlichsten Spezies begegnet und hatte schnell festgestellt, dass die meisten von ihnen nicht meine Kragenweite waren. Diese Frau gestern Abend in meinem Wald zu erwischen war deshalb nicht unbedingt das Aufregendste, was mir passieren konnte. Und auch wenn sie sehr schön gewesen war, so war sie doch immer noch ein Mensch. Ihre Schönheit reichte nicht aus, um mich darüber hinwegsehen zu lassen, dass sie in meinem Wald gesessen hatte. Ich wollte auch von ihr nichts anderes als von allen anderen Leuten in der Stadt – meine Ruhe.

»Was zum Teufel steckt denn da drin?«, murmelte ich und betrachtete das verstopfte Waschbecken der Jeffersons.

Marie Jefferson war eine ältere Dame mit gütigen Augen. Sie war Anfang sechzig, und man sah sie immer nur mit Perlenkette und eindeutig sündhaft teuren, farbenfrohen Kleidern. Die meisten Einwohner von Havenbarrow verdienten gutes Geld oder kamen aus Familien, in der man gutes Geld verdiente, und bei Marie war das nicht anders, nur dass ihr die Arroganz der anderen abging.

Sie gehörte zu den wenigen Menschen, die ich tolerieren konnte, und das war gut so, denn ich war seit meinem dreizehnten Lebensjahr bei ihrem Mann Eddie in Behandlung.

»Ach, weißt du …« Marie zuckte mit den Schultern und wickelte sich eine Strähne ihrer rosagoldenen Haare um den Finger. »Gestern Nacht ist es zwischen Eddie und mir ein bisschen wilder zugegangen, und, nun ja …« Sie räusperte sich und wurde rot im Gesicht. »Jax, es ist mir ein wenig peinlich. Eddie hat gesagt, ich soll es nicht verraten, aber ich kann so schrecklich schlecht lügen.«

Ihr Blick glitt an mir vorbei und landete auf Connor, meinem Assistenten, der gerade sein Junior Year an der Highschool beendet hatte. Er war mein einziger Angestellter, und das aus einem simplen Grund: Niemand in der Stadt wollte für mich arbeiten. Doch Connor war anders. Er war durch und durch Geschäftsmann. Wenn sich irgendwo eine Gelegenheit ergab, Geld zu verdienen, war Connor dabei. Es hätte mich nicht gewundert, wenn er noch vor seinem einundzwanzigsten Geburtstag seine erste Million zusammengehabt hätte. In Gedanken war er immer damit beschäftigt, sich zu überlegen, wie er noch mehr Geld verdienen konnte.

Ich arbeitete jetzt seit fast einem Jahr mit ihm zusammen, was bedeutete, dass er es deutlich länger ausgehalten hatte als jeder andere Mitarbeiter vor ihm. Alle anderen hatten entweder heulend oder mich als Arschloch beschimpfend gekündigt, manche sogar beides gleichzeitig.

Connor nahm meine knappen, aggressiven Kommentare nicht persönlich. Er war einfach entschlossen, sich seinen Scheck zu verdienen und dabei möglichst eine gute Zeit zu haben. Selbst wenn ich miese Laune hatte, tat er so, als wären wir die besten Freunde.

Tatsächlich funktionierte das sehr gut für mich. Connor und ich ergänzten uns perfekt, beinahe so wie Oskar und Bibo. Wenn ich unseren Kunden gegenüber ein wenig schroff rüberkam, bügelte Connor es mit seinem Charme wieder aus. Er kassierte auch deutlich mehr Trinkgeld als ich; die Leute mochten ihn, und ich konnte es ihnen nicht verübeln.

Es fiel mir schwer, es zu zugeben, aber der Junge war auch mir ein wenig ans Herz gewachsen.

Ich rieb mir mit dem Unterarm über die Stirn. »Es muss dir nicht peinlich sein, Marie. Entweder du sagst es uns, oder ich nehme den Siphon auseinander. Wir finden es auf jeden Fall. Aber wenn du es mir jetzt sagst, spart es möglicherweise Arbeitszeit, falls es nicht so viel Aufwand braucht, wie ich befürchte.«

»Ach, was soll's.« Sie errötete noch ein wenig mehr und umklammerte ihre Perlenkette mit den zierlichen Fingern. »Ich werde es einfach sagen. Im Rohr stecken Analkugeln. Keine besonders großen oder so! Nur eine winzig kleine Kette.«

Connor prustete los, und ich sah ihn böse an, damit er sofort damit aufhörte, während ich selbst bei der Vorstellung, dass die zuckersüße, zierliche Marie Analkugeln benutzte, vor Unbehagen zusammenzuckte. Auf was für abgefahrenes Zeug stand mein Therapeut? »Verstörend« traf meine Gefühle nicht einmal annähernd.

»Wir haben sie nur ein einziges Mal benutzt, als Eddie und ich, ähm …« Sie errötete erneut und beugte sich ein wenig zu mir herüber. »Verstehst du, ich war auf Händen und Knien auf der Ablage da am Waschbecken.« Sie schwieg und gestikulierte mit der Hand. »Keine Angst, ich habe alles desinfiziert, bevor ihr gekommen seid. Da ist kein …«

»Oh-kay. Weißt du was? Ich denke, wir machen uns mal an die Arbeit. Wie wäre es, wenn du dich in der Zwischenzeit um ein paar andere Dinge kümmerst, die du noch zu erledigen hast? Das hier wird nicht lange dauern.«

Ich warf einen Blick über die Schulter und sah Connor mit verschränkten Armen und knallrotem Gesicht hinter mir stehen. Seine Wangen waren so prall wie bei A-Hörnchen und ich war mir sicher, wenn ich ihm jetzt in die Seite stieß, würde er explodieren.

Kaum war Marie außer Hörweite, explodierte Connor förmlich. Er kippte vornüber und hielt sich den Bauch vor Lachen.

»Oh, mein Gott, das ist der heftigste Scheiß, den ich je gehört habe! Sie ist – was? – mindestens hundert!«, rief er.

»Sie ist Anfang sechzig, nicht hundert, und du kannst dich glücklich schätzen, wenn du in ihrem Alter noch ein Sexleben hast.«

Er schauderte bei dem Gedanken. »Das ist voll eklig. In dem Alter will ich meinen schrumpeligen Schwanz in niemanden mehr reinstecken.«

»Pass auf, was du sagst, Connor.«

»Ich sag ja nur, dass ich kotzen könnte.«

»Connor!«

Er stöhnte. »Entschuldige, Jax.«

»Gib mir einfach den Schraubenschlüssel, okay?« Ich krempelte meine Ärmel hoch und schob mich unter das Waschbecken.

»Hey, Jax ... Klopf, klopf«, begann Connor und reichte mir den Schlüssel. Ich sage euch, dieser Kerl hatte mehr schlechte Witze auf Lager als jeder Provinz-Papa.

»Wer da?«

»Maries Analkugeln.«

Verdammte Scheiße. »Maries Analkugeln wer?«

Er gluckste, bevor er wieder laut anfing zu lachen. »Nichts. Das ist alles. Der Witz ist, dass du jeden Augenblick Maries Analkugeln in der Hand halten wirst, und wenn das nicht große Comedy ist, dann weiß ich es auch nicht.«

Er hörte nicht auf zu lachen, und ich hätte auch nichts anderes erwartet.

Nachdem die Analkugeln schließlich erfolgreich ihren Weg aus dem Siphon gefunden hatten, schrubbte ich mir wütend die Hände und drehte das Wasser ab. »Bring schon mal das Zeug in den Wagen. Ich komme gleich nach.«

»Aye, aye Captain.«

Er marschierte davon. Als ich aus dem Badezimmer trat, kam Eddie gerade mit einem Aktenkoffer in der Hand durch die Haustür. An seinen freien Tagen verbrachte er die Vormittage im Park, wo er die Zeitung las.

Eddie war ebenfalls etwas über sechzig, und die Falten in seinem Gesicht erzählten von seinem Leben. Seine Lachfalten waren so tief wie die meisten anderen ebenfalls.

Er nickte mir mit einem schmalen Lächeln zu. »Wie ich sehe, lebst du noch, auch wenn du deine Therapiesitzungen in den letzten zwei Wochen geschwänzt hast«, sagte er und grinste.

»Hab viel gearbeitet.«

Er nickte verständnisvoll, stellte seinen Koffer auf den Boden und fuhr sich mit der Hand durch die grauen Haare. »Und Amanda? Wie geht es ihr? Wie läuft es mit euch beiden?«

»Gar nicht. Wir haben uns vor ein paar Wochen getrennt.«

»Hm.« Eddies Blick sagte mehr, als seine Worte jemals hätten ausdrücken können.

Ich seufzte. »Nur raus damit.«

»Raus womit?«

»Mit deinen Gedanken über Amanda und mich.«

»Gedanken?«, murmelte er und strich mit dem Daumen über seinen dichten Schnauzbart. »Ich habe keine Gedanken zu diesem Thema.«

Ich zog eine Augenbraue hoch. »Tatsächlich?«

»Tatsächlich.« Er schwieg und betrachtete mich mit seinem Therapeutenblick. Dass wir nicht in seinem Sprechzimmer saßen, bedeutete nicht, dass er nicht trotzdem den Therapeuten spielte. Ein Teil von mir wollte ihm fast unterstellen, dass er Maries Analkugeln absichtlich in den Abfluss geworfen hatte, um mich nach den geschwänzten Therapiesitzungen in seinen Dunstkreis zu locken.

Zugetraut hätte ich es ihm.

»Wieso?«, fragte er mit zusammengekniffenen Augenlidern. »Sollte ich Gedanken dazu haben? Hast du Gedanken dazu?«

Da war es.

Seine Bemerkungen wirkten immer so harmlos, doch ich wusste, dass es eine Falle war, um tiefer in meiner Psyche graben zu können und herauszufinden, warum es zwischen Amanda und mir nicht funktioniert hatte – und schon waren wir mitten in einer Therapiesitzung.

»Soll ich mich auf deine Couch legen und dir meine Gedanken erzählen?«, scherzte ich.

Eddie verzog den Mund zur Andeutung eines Lächelns. »Meine Couch steht dir jederzeit zur Verfügung.«

»Vielen Dank, aber nicht heute. Außerdem haben wir Regeln. Therapiesitzungen nur in deinem Sprechzimmer, schon vergessen? Und es warten noch ein paar andere Kunden auf Connor und mich, also vergib mir, wenn ich gerade nicht in die Tiefen meiner gescheiterten Beziehung abtauchen möchte.«

»Hm.« *Verdammt.* Dieses »Hm« kannte ich. Und es hatte noch nie etwas Gutes bedeutet. Eddie zeigte auf die Couch. »Bist du sicher, dass du nicht einen Augenblick Zeit hast? Nur fünf Minuten oder so?«

Ich lachte. »Netter Versuch, Doc, aber ich muss los.«

»Wovor läufst du davon?«, fragte er, die Hände verschränkt und den Kopf schief gelegt.

»Jetzt gerade? Vor Analkugeln.«

Er warf die Hände in die Luft. »Um Himmels willen, Marie, warum hast du Jax erzählt, was mit dem Siphon passiert ist?«, rief er.

»Die Kugeln waren deine Idee, Sweetheart. Gib mir jetzt nicht die Schuld, nur weil ich nicht lügen kann«, kam die Antwort aus dem anderen Zimmer. »Meine Ehrlichkeit war der Grund, warum du dich damals in mich verliebt hast.«

»Ja, nun, Dinge ändern sich.« Er stöhnte und schüttelte den Kopf.

Ich schob die Zunge in die Wange. »Bist du sicher, dass *du* dich nicht vielleicht auf die Couch legen und mir deine Gedanken und Gefühle mitteilen möchtest?«

Er durchbohrte mich mit seinen Blicken, was ihn von Dr. Jefferson in Human Eddie zurückverwandelte. »Ich dachte, du wolltest gehen.«

Ich grinste. »Bin schon weg.«

»Komm bei Gelegenheit mal in meiner Praxis vorbei. Dann machen wir eine richtige Sitzung.«

»Klingt gut.«

»Oh, und Jax?«

»Ja?«

»Das mit deinem Vater tut mir sehr leid.«

Eine Weile sagte ich nichts. Ich fragte ihn nicht mal, wie er davon erfahren hatte, denn ich wusste, dass in unserer kleinen Stadt ausschließlich Reporter ohne Akkreditierung lebten. Eine ganze Stadt voller Klatschbasen, die sich einen Dreck um meinen Vater oder mich scherten.

Wenn überhaupt, dann liefen sie rum und sangen vor Freude, weil er fast tot war. Nicht mehr lange, und ich würde die Leute auf der Straße singen hören: *Ding dong, der Arsch ist tot, er isst kein Brot, der Arsch ist tot!*

Ich liebte meinen Vater nicht besonders, und noch weniger liebten ihn die Leute hier. Ich hätte nicht mehr sagen können, wie oft man ihn schon als Havenbarrows Mr Potter aus *Ist das Leben nicht schön?* bezeichnet hatte. Und ich konnte nicht einmal behaupten, dass es nicht stimmte.

Mein Vater war kein guter Mensch, und nun lag er in einem Pflegeheim, nachdem sein dritter Schlaganfall ihn teilweise gelähmt und ihm eine vaskuläre Demenz beschert hatte. Er wusste nicht mehr, wer er war, und ich konnte mich nicht länger um ihn kümmern. Aber im Heim bekam er die Pflege, die er brauchte.

Zuvor hatte ich die letzten zwölf Jahre damit verbracht, ihm bei seinen diversen gesundheitlichen Problemen zu helfen. Er hatte sich nie um sich gekümmert, was es umso schwieriger für mich machte. Und während der ganzen Zeit war ihm oft genug die Hand ausgerutscht. Er hatte mich geschlagen, um mich daran zu erinnern, dass er noch immer die Kontrolle über mich besaß. Mein älterer Bruder Derek war an dem Tag ausgezogen, als er endlich achtzehn geworden war, und nie wieder zurückgekehrt. Er war Moms Sohn aus einer anderen Ehe, doch Derek hatte meinen Vater mein ganzes Leben lang auch als seinen Dad betrachtet – bis zu dem Tag, an dem unsere Mutter gestorben war und Dad uns zu seinen Prügelknaben gemacht hatte.

Nun hatte man Dad aus dem Haus, in dem ich aufgewachsen war, geholt und der Fürsorge anderer unterstellt. Und auch wenn ich ihn hasste, schien das Haus jetzt nachts ein wenig kälter zu sein. Schon seltsam, dass man die Teufel, mit denen man einmal getanzt hatte, tatsächlich vermissen konnte.

Für Eddie war es, als würde Weihnachten und Ostern auf einen Tag fallen, als ich ihm das gesagt hatte.

Jetzt nickte ich und bemühte mich, ihm meine Gefühle über den Zustand meines Vaters nicht zu zeigen, denn wenn ich ehrlich war, hatte ich unsere Therapiesitzungen geschwänzt, weil ich noch nicht bereit war, darüber zu sprechen. Ich wusste einfach nicht, was ich hätte sagen sollen.

Eddie verzog den Mund. Früher hatte er sein Pokerface während unserer Sitzungen weit besser im Griff gehabt, doch je älter wir wurden, desto enger wurde unser Verhältnis, und Eddie konnte seine Besorgnis nicht länger vor mir verbergen.

»Wenn du reden möchtest …«, begann er.

»Deine Couch steht jederzeit zur Verfügung. Ja, Eddie, ich weiß.«

Ich ging raus zum Wagen, wo ich erwartet hatte, Connor zu treffen, doch der stand am Zaun und unterhielt sich mit Eddies und Maries neuer Nachbarin – der Frau, die gestern unbefugt durch meinen Wald gestapft war.

Er hielt ihr gerade seine Visitenkarte hin und redete eindeutig zu viel – wie immer. »Also, ja, ich bin der Gründer, Eigentümer und CEO von Cuber Incorporated, und als Neumitglied bekommen Sie die erste Fahrt umsonst. Doch da Sie ein Diamant in dieser Stadt voller Kohle zu sein scheinen, schenke ich Ihnen sogar zwei Fahrten. Laden Sie sich einfach die App runter und geben Sie als Passwort ›Diamant‹ ein.« Er schwieg einen Moment und zog die Nase kraus. »Okay, warten Sie damit noch ein bisschen, ich muss erst die App updaten, damit das Passwort funktioniert, aber in etwa sechzehn Stunden sind Sie startklar.« Er wackelte anzüglich mit den Brauen.

»Connor!«, rief ich, und sein Kopf wirbelte zu mir herum. »Abmarsch.«

Er hielt einen Finger hoch. »Sekunde noch, Partner, ich generiere gerade neues Business.« Und damit wandte er sich wieder um. »Da wir gerade davon sprechen: Ich habe noch ein paar andere Dinge am Laufen. Ich bin Partner bei Kilter und Roe Sanitärinstallation und …«

»Du bist kein Partner, sondern Angestellter, und in diesem Moment hängt selbst das am seidenen Faden«, erklärte ich.

Connor lachte nur und wedelte abwehrend mit der Hand in meine Richtung. »Hören Sie nicht auf ihn. Vormittags ist er bloß ein knurriger alter Mann. Er braucht ein bisschen, bis er wach ist und sich in einen höflichen Menschen wie alle anderen verwandelt«, erklärte er scherzhaft.

Die Unbefugte lächelte und lachte ein wenig, während sie zu mir rüber sah. »Die Erfahrung habe ich auch schon gemacht«, sagte sie.

»Connor«, rief ich. »Abmarsch. Jetzt.«

»Alles klar, Partner.«

»Noch einmal, du bist nicht mein Partner.«

Er rollte mit den Augen. »Manche Leute haben echt ein Problem mit Titeln, was?«, sagte er grinsend, und sie lachte erneut. Verflucht sei ihr wunderschönes Lachen. »Aber ich mache mich besser auf den Weg, bevor Mr Grumpy McGrump noch eine Ader platzt. Und nicht vergessen: ›Soll dich jemand fahren – erst mal Connor fragen.‹ Und sollten Sie mal Probleme mit dem Abfluss haben, erreichen Sie mich unter dieser Nummer.« Er reichte ihr eine weitere Visitenkarte und zwinkerte ihr zu. »Ich stehe jederzeit zur Verfügung, um Ihre Rohre durchzuspülen.«

Gütiger Gott. Die Sprüche, die dieser Junge von sich gab, waren einfach nur peinlich.

»Connor, beweg deinen Arsch hierher«, schnauzte ich.

»Grumpy McGrump, wie gesagt.« Die Unbefugte grinste, was mich nur noch mehr nervte, denn ihr Grinsen war auch irgendwie schön. Ich ging zum Wagen und stieg auf den Fahrersitz.

Connor folgte mir wenig später, schnallte sich an und rieb sich die Hände. »Ich musste die Gelegenheit einfach nutzen, neue Kunden zu gewinnen. Das verstehst du doch sicher, Boss.«

Ich zog eine Augenbraue hoch. »Ach, jetzt bin ich also der Boss?«

»Hör zu, Jax, du weißt doch – Frauen stehen auf Männer, die ihr eigener Chef sind. Ich wirke einfach viel professioneller, wenn ich sage, dass wir Partner sind.«

»Oder wie ein Lügner.«

»Ja, ja.«

»Zeig mir mal die Visitenkarte von uns.«

Er griff in die Tasche und zog eine heraus.

Ich warf einen kurzen Blick darauf und schüttelte sofort den Kopf. »›Kilter und Roe Sanitärinstallation – Gleicher Scheiß, anderes Klo.‹ *Das* ist dein Slogan?«, stöhnte ich.

»Entweder das oder ›Abfluss verstopft? Wasserhahn tropft? Nur angeklopft!‹«, erklärte er. »Aber ich finde, meiner klingt besser. Hör mal, jetzt, da ich uns eine neue Kundin besorgt und bei der Entfernung der Analkugeln assistiert habe, wäre es doch der perfekte Moment für einen kurzen Lunch-Stopp, bevor wir zu unserem nächsten Termin fahren«, schlug er vor und wackelte mit den Augenbrauen.

»Wir haben doch gerade erst gefrühstückt.«

»Vor was? Zwei Stunden? Ich weiß, du bist alt und wahrscheinlich schon über den Zenit, und alles, worauf du dich noch freuen kannst, sind Analkugeln, aber ich bin noch auf dem Weg nach oben, Jax! Ich brauche alle Kohlenhydrate, die ich kriegen kann.«

Ich drehte den Schlüssel und startete den Motor. »Wir essen während unserer Pause im Büro. Ich habe uns was eingepackt.«

Connor verzog angewidert das Gesicht. »Bitte, zwing mich nicht wieder, ein Erdnussbutter-Sandwich mit Marmelade zu essen und diesen ekligen Proteinshake zu trinken. Ich kann das Zeug echt nicht mehr sehen.«

»Das ist eine wahre Proteinbombe und wird dir helfen, Muskeln aufzubauen.«

»Weißt du, was mir helfen würde? Menü neun bei McDonald's.«

Ich grinste. »Du kannst dein Gehalt in deiner Freizeit für so was ausgeben. Aber wenn du mit mir arbeitest, bekommst du ein Sandwich und einen Proteinshake.«

»Mit Gras.«

»Das ist kein Gras. Das ist Grünkohl.«

»Ich will ja nicht deine Männlichkeit infrage stellen, Jax, aber mit Grünkohl im Proteinshake siehst du aus wie eine dieser Puppen mit ihren UGGs, die voll auf Starbucks und Target abfahren.«

»Nennst du mich gerade eine Basic Bitch?«

Er öffnete schon den Mund, um zu antworten, hielt aber inne und sah mich an. »Wirst du mir wieder sagen, dass ich auf meine Sprache achten soll, wenn ich dich eine Basic Bitch nenne?«

»Ja.«

»Okay, dann hör auf, eine Basic Bitch zu sein und Grünkohl zu essen, sonst postest du bei Instagram demnächst noch Avocado-Toasts und trinkst Kombucha.«

»Was zum Teufel ist Kombucha?«

»Oh, dem Himmel sei Dank.« Connor seufzte und wischte sich den Schweiß von der Stirn. »Du hast also doch noch Eier in der Hose.«

»Sag nicht Eier«, befahl ich und zielte mit dem Zeigefinger auf ihn. »Und sag nicht Basic Bitch.«

Er lehnte sich in seinem Sitz zurück, verschränkte die Hände hinter dem Kopf und legte die Füße auf mein Armaturenbrett, die ich jedoch sehr schnell wieder von dort entfernte.

»Okay. Ich werde nicht mehr Basic Bitch sagen. Lass uns lieber über die neue Nachbarin der Jeffersons reden. Sie ist echt heiß, Mann.«

»Nein.«

»Ach, komm schon, Jax. Es muss dir doch aufgefallen sein. Sie ist echt scharf! Sind dir ihre Augen aufgefallen? So was hab ich noch nicht gesehen. Sie sind wie … Karamell. Hast du sie gesehen, Jax? Hast du ihre Augen gesehen?«

»Ja, Connor.« Ich hatte ihre Augen gesehen, und es stimmte – sie waren wunderschön, aber das hatte nichts mit mir zu tun und ging mich ganz sicher nichts an. Weshalb es mich irritierte, dass der Gedanke an ihre Augen mich nicht mehr loslassen wollte.

Wir fuhren weiter von einem Termin zum nächsten, und Connor redete in einem fort. Der Junge brachte es wirklich fertig, vierundzwanzig Stunden am Tag über gar nichts zu reden. Mittlerweile hatte ich es ganz gut raus, meine Ohren auf Durchzug zu stellen, denn die Hälfte von dem, was er von sich gab, war ohnehin nur Teenager-Geschwafel. Aber vielleicht war das auch genau der Grund, warum ich ihn mochte: Er war vollkommen anders als ich. Er war warmherzig, anderen Menschen gegenüber offen – und ein Idiot, ja, aber trotzdem mochte ich es, ihn um mich zu haben (was ich ihm natürlich niemals sagen würde, denn er würde es mir für den Rest meines Lebens aufs Brot schmieren).

Als ich ihn am Abend nach Hause brachte, wurde er ein wenig blass, als er zum Haus hinübersah. Es war, als hätte man diesem fröhlichen, redseligen Jungen das Licht ausgeknipst, während er mit den Blicken seiner Mutter folgte, die im Haus hin und her ging.

Sie waren nur zu zweit, und Connors Mutter kämpfte gegen den Krebs, was beide massiv belastete. Ich wusste, dass Connor vor allem deshalb so hart arbeitete, um seine Mutter unterstützen zu können. Er hatte ein Herz aus Gold, und sie hatte Glück, ihn zu haben.

Ich senkte den Kopf und ließ die Hände fest um das Lenkrad gelegt. »Wenn ihr beide irgendetwas braucht …«, begann ich und fühlte mich schrecklich, wenn ich daran dachte, was der arme Kerl durchmachte. Ich wünschte wirklich, ich hätte ihm helfen können.

Er schüttelte den Kopf. »Danke, aber wir kommen zurecht. Wir stehen das durch. Heute Abend schaue ich mir mit ihr einen Disneyfilm an, um sie aufzuheitern. Sie steht total auf dieses Disneyzeug.« Er tat immer so, als würde die Krankheit seiner Mutter ihn nicht belasten, aber ich wusste, das stimmte nicht.

Es war nicht fair, dass Connor gezwungen wurde, schneller erwachsen zu werden, als er es verdiente.

»Schreib mir einfach, wenn du was brauchst«, sagte ich.

»Mach ich. Wir sehen uns morgen. Hoffentlich bringt der Tag noch mehr Analkugeln«, scherzte er, doch er war immer noch blass, auch wenn er sich bemühte, seinen Schmerz zu verbergen.

»Bestimmt.«

»Nacht, Jax.« Er sprang aus dem Wagen und lief eilig zum Haus. Ich wartete, bis er hineingegangen war.

Statt nach Hause zu fahren, was ich eigentlich wollte, fuhr ich an den Ort, von dem ich wünschte, dass ich nicht dort hätte hinfahren müssen, um den einzigen Menschen zu sehen, von dem ich wünschte, ich wüsste, wie ich über ihn hinwegkommen könnte. Ich fuhr ins Pflegeheim zu meinem Vater.

Vermutlich würde er ohnehin schlafen, wenn ich kam. In letzter Zeit verschlief er den Großteil seiner Tage, während sein Körper entweder darum kämpfte, ihn am Leben zu halten oder dem Tod näher zu bringen – ich wusste es nicht.

Ich wusste nur, dass ich seit seinem Umzug ins Pflegeheim jeden Abend dort war und an seinem Bett saß, während er schlief.

Vor dem Heim stand ein Fahrrad. Es gehörte Amanda, einer von Dads Pflegerinnen, die rein zufällig auch meine Ex-Freundin war.

Sie saß hinter der Rezeption und las ein Buch. Amanda las ständig irgendwelche Bücher über Ritter in glänzender Rüstung, die kamen, um ihre Frauen zu retten.

Mittlerweile war ich zu dem Schluss gekommen, dass es an den Büchern gelegen haben musste, warum es mir nie gelungen war, ihre Erwartungen zu erfüllen. Selbst wenn ich mir alle Mühe gegeben hatte, mich auf unsere Beziehung einzulassen, wusste ich tief in meinem Herzen, dass etwas fehlte. Leidenschaft? Eine tiefere Verbindung?

Wer weiß.

Vielleicht war ich nach meiner Vergangenheit einfach zu kaputt, um einen anderen Menschen wirklich zu lieben. Jedenfalls hatte sie nach zwei Jahren ohne Heiratsantrag die Geduld verloren. Als sie dann auch noch davon gesprochen hatte, ein Baby zu bekommen und die Hochzeit einfach zu überspringen, wusste ich, dass es an der Zeit war, die Sache zu beenden.

»Hey«, sagte ich jetzt und nickte vage in ihre Richtung. Sie hatte mich nicht einmal bemerkt. Wenn ihr Blick sich an einem Buch festgefressen hatte, war sie in einer anderen Welt, vollkommen gefangen von den Sätzen, die dort standen – es sei denn, ein Patient brauchte ihre Hilfe.

Sie klappte ihr Buch zu und schenkte mir ein schmales Lächeln. »Hey.«

»Wie geht es ihm?«

»Du weißt schon, unverändert.« Sie stand auf und drückte das Buch an ihre Brust. Ihr braunes Haar war zu einem unordentlichen Pferdeschwanz zusammengebunden, und sie sah müde aus. Ihr Job war ganz sicher nicht leicht.

Mein Vater hatte nicht mehr viel Zeit, und um ehrlich zu sein, war ich mir nicht sicher, wie ich mich dabei fühlte. Er war kein guter Mensch und grausam zu jedem, der es mit ihm zu tun bekam.

Ein kurzer Blick in mein Haus genügte, um zu sehen, wie er mich als Kind behandelt hatte. Er hatte mehr als genug Löcher in die Wände gedroschen, wenn seine betrunkene Wut sich Ausdruck verschaffte. Wenn seine Fäuste nicht mit den Wänden kollidierten, dann war es nicht selten mein Gesicht gewesen, das sie abbekam. Ich brauchte mehr als beide Hände, um abzuzählen, wie oft er mich wegen der geringsten Kleinigkeiten in jedem einzelnen Zimmer dieses Haus verprügelt hatte.

Wenn die Spülmaschine noch lief, obwohl die Abendnachrichten schon angefangen hatten.

Wenn irgendwer es wagte, unser Grundstück zu betreten.

Wenn ich zu laut schnarchte.

Wenn er meine Mutter vermisste.

Wie oft hatte ich schon versucht, den Zeitpunkt festzumachen, an dem mein Vater sich in ein Monster verwandelt hatte. Er war auch früher schon grausam und gewalttätig gewesen, doch als unsere Mutter starb, verlor er vollkommen den Verstand. Ich konnte es meinem Bruder nicht verübeln, dass er die Stadt verlassen hatte. Ich hätte das Gleiche tun sollen, nur dass ich nie den Mut gefunden hatte, Dad mutterseelenallein zurückzulassen.

Vielleicht hatte ein Teil von mir das Bedürfnis, mich um ihn zu kümmern.

Vielleicht glaubte ein Teil von mir, dass ich die Prügel tatsächlich verdiente.

Jedenfalls war ich geblieben.

Ich hätte die Löcher in den Wänden reparieren sollen, doch ein Teil von mir wollte den Schaden, den mein Vater angerichtet hatte, nicht vergessen.

Amanda verschränkte die Arme, und ihr Blick wurde sanft. »Wie geht es dir?«, fragte sie.

»Du weißt schon, unverändert«, murmelte ich und zog das Taschenbuch, das in der Innenseite meiner Jacke steckte, heraus. »Kann ich zu ihm?«

»Ja, natürlich.«

»Okay. Danke, Amanda.«

Ein Blitz erhellte den Himmel vor dem Pflegeheim, und innerhalb von Sekunden prasselte Regen hinunter.

»Mist«, murmelte sie und straffte die Schultern. »Ich bin mit dem Rad hier.«

»Ich kann dich nachher mit zurücknehmen, wenn du willst.«

Ich sah die Hoffnung in ihren Augen aufleuchten und wünschte, ich wäre einer von den Typen, die die Gefühle einer Frau überhaupt nicht bemerkten. Das musste sehr viel einfacher sein, als jede Gefühlsregung mitzubekommen, die über ihr Gesicht glitt.

»Das wäre toll«, sagte sie und bemühte sich, ihr Lächeln zu verbergen.

Lächle nicht für mich, Amanda. Ich bin es nicht wert.

Ich machte mich auf den Weg zu meinem Dad. Als ich in sein Zimmer trat, schlief er, was mir nur recht war, denn ansonsten hätte ich mit dem Gedanken gespielt, mich auf dem Absatz rumzudrehen und wieder zu gehen. Selbst auf seinem Sterbebett konnte er noch grausam sein – auch wenn er mich nicht mal mehr als seinen eigenen Sohn erkannte. Nur wenn er schlief, gelang es mir, ihn mehr als Mensch denn als Monster zu betrachten.

Ich zog mir einen Stuhl an sein Bett und begann zu lesen. *Krieg und Frieden* – sein Lieblingsbuch. Ich hatte es mir zur Gewohnheit gemacht, ihm jeden Abend ein paar Kapitel davon vorzulesen, selbst wenn er mich nicht hören konnte. Dieses Buch war eins der wenigen Dinge, die wir gemeinsam hatten. Ansonsten war ich das exakte Gegenteil von diesem gebrechlichen Mann, der da vor mir lag.

Nach einer Dreiviertelstunde klappte ich das Buch zu und stand auf. Dad sah schrecklich schwach und müde aus. Manchmal zählte ich seine Atemzüge, um sicherzugehen, dass er auch wirklich richtig atmete.

Oder ich legte die Hand auf seinen Brustkorb, um seine Herzschläge zu spüren.

Mein kaltes Herz wusste nicht, wie es mit dem umgehen sollte, was mit diesem Mann geschah, den ich immer nur als hart und grob erlebt hatte. Ihn derart schwach zu erleben war schlimmer, als ich es mir jemals hätte vorstellen können.

Als ich fertig war, ging ich zurück zur Rezeption, wo Amanda bereits wartete. »Fertig?«, fragte ich.

Sie nickte und nahm ihre Sachen.

Wir gingen zu meinem Pick-up, wo sie als Erstes das Radio von Rock auf Popmusik stellte. »Danke, dass du mich mitnimmst. Ich hatte gar nicht mitbekommen, dass es regnen sollte«, sagte sie und rieb sich mit den Händen über die Oberschenkel.

»Kein Problem.«

»Hast du die Hochzeitseinladung von Alex und Morgan bekommen?«, fragte sie. »Sie ist zu unserer alten Wohnung gekommen, aber Morgan meinte, sie wollte dir noch eine eigene schicken, weil wir ja nicht länger die Begleitung des anderen sind. Es sei denn …« Sie kaute auf ihrer Unterlippe, aber ich wollte nichts anderes als ein kaltes Bier und meine Ruhe. »Es sei denn, du möchtest, dass wir trotzdem zusammen hingehen.«

Ich fuhr mir mit der Hand durch die Haare. »Ich denke, wir beide wissen, dass das keine gute Idee wäre.«

»Aber es könnte eine gute Idee sein, wenn wir es nur versuchen würden. Ich meine … wie wäre es, wenn wir dem Konzept ›Verflossene mit besonderen Vorzügen‹ eine Chance geben würden? Ich glaube, ich bin über die Trennung mittlerweile ganz gut hinweg.« Sie sagte es in einem spielerischen Ton, aber ich wusste, dass sie es ernst meinte.

»Amanda … du hast mich letztes Wochenende heulend und betrunken angerufen.«

»Das lag am Alkohol. Wenn ich betrunken bin, werde ich immer furchtbar emotional.« Sie lachte, aber es war ein nervöses Lachen. Ich fühlte mich ziemlich mies wegen der Trennung, nicht weil sie nicht richtig gewesen wäre – denn das war sie –, sondern weil Amanda sich so schwer damit tat.

Vor dem Haus, in dem ihre Wohnung lag, angekommen, hielt ich an und schaltete den Motor aus. »Amanda, komm schon. Wir haben darüber gesprochen. Es würde mit uns einfach nicht funktionieren. Du bist eine großartige Frau, und …«

»Bitte, verschone mich mit deinen leeren Komplimenten«, murmelte sie. »Damit tut es nicht weniger weh.«

Ich senkte den Kopf. »Wenn meinen Dad zu pflegen die Trennung für dich zu schwer macht, kann ich versuchen, ihn verlegen zu lassen …«

»Ich bin absolut in der Lage, meinen Job zu machen«, unterbrach sie mich wütend. »Keine Sorge. Meine Gefühle für dich werden meine Arbeit ganz sicher nicht beeinträchtigen. Und das eben mit den ›Verflossenen mit besonderen Vorzügen‹ war nur ein Scherz. Vergiss es einfach. Ich bin mir sicher, du wirst schon bald eine Neue finden, und dann wird es so sein, als hätte es mich nie gegeben.«

»Ich habe niemand Neues.« Wenn sie nur wüsste, wie sehr sie sich irrte. Mich mit anderen Frauen zu treffen, lag weit außerhalb meines Radars. Wenn eine Frau wie Amanda mich nicht zu einem Familienmenschen machen konnte, dann war ich vielleicht gar nicht dazu geschaffen, jemals einer zu sein. Sie war ein guter Mensch mit einem gütigen Herzen.

Nur dass ich mir tief in meinem Herzen einfach nicht vorstellen konnte, mich in sie zu verlieben und ihre Kinder großzuziehen. Und ich wollte nicht der Arsch sein, der sie täuschte und noch länger hinhielt. Ich war der Arsch, der ihr das Herz brach.

Ich hatte keine Wahl gehabt.

»Hast du mich überhaupt jemals geliebt?«, fragte sie, und

verdammt, ich hasste diese Frage. Amanda kannte die Antwort. Keine Ahnung, warum sie sich das antat.

Ich sah sie an. Ihre Augen glänzten feucht. »Es tut mir leid, Amanda.«

»Vielleicht bist du genau wie dein Vater«, sagte sie, und mir lief ein Schauer über den Rücken. »Vielleicht bist du einfach so kaputt, dass du niemanden lieben kannst – geschweige denn zulassen kannst, dass dich jemand liebt.«

Mein Kiefermuskel spannte sich, während ich versuchte, ihre Worte von mir abzuschütteln.

Vielleicht bist du genau wie dein Vater.

Das war ein Tiefschlag, und Amanda wusste es. Wenn es eines gab, was ich niemals gewollt hatte, dann so zu werden wie mein Vater.

»Gute Nacht, Amanda.«

»Ist das alles? Du lässt das wirklich so stehen?«

Ja, das tat ich. Sie hatte mir eine Falle gestellt, in die ich gerade nicht hineinstolpern wollte. Natürlich wollte sie mir damit irgendeine Reaktion entlocken, doch ich hatte ihr gerade nichts zu geben. Ich würde meinen Ärger für mich behalten, denn tatsächlich war ich kein bisschen wie mein Vater. Ich ließ mich niemals von meiner Wut überwältigen.

Amanda stieg ohne ein weiteres Wort aus dem Wagen und ging zur Tür ihres Wohnhauses.

Mit einem tiefen Seufzer stellte ich das Radio wieder zurück auf Rock um.

Als ich auf das Land meiner Familie einbog – über vierzig Hektar, die seit Jahren kaum bewirtschaftet wurden –, seufzte ich ein zweites Mal erleichtert auf. Ich hätte mich um das Land gekümmert, doch jedes Mal, wenn ich es angeboten hatte, hatte Dad mir unmissverständlich klargemacht, nichts anzurühren, bevor er nicht unter der Erde lag. Er hatte erklärt, wenn er tot war, würde alles mir gehören. Und ich wusste schon, was ich damit machen wollte. Mom hatte damals konkrete Pläne entworfen, wie das Gelände aussehen sollte, und ich würde mein Bestes tun, um ihre Vorstellungen Wirklichkeit werden zu lassen.

Ich glaubte zwar nicht an Engel, aber das bedeutete nicht, dass es sie nicht doch geben konnte. Und falls es sie tatsächlich gab, dann wusste ich, dass meine Mutter einer von ihnen war. Wenn sie also tatsächlich über mich wachte, dann hoffte ich, dass sie stolz auf mich sein würde, wenn sie sah, dass ich ihren Traum zum Leben erweckte.

Zu Hause angekommen, rief ich wie jede Woche meinen Bruder an und informierte ihn über Dads aktuellen Zustand.

Derek wohnte in Chicago und erklärte seit vierzehn Jahren, dass er irgendwann mal runterkommen und uns besuchen würde. Doch bisher war immer ich derjenige gewesen, der einmal im Jahr in den Norden flog, um ihn zu sehen.

Er war nicht besonders betroffen, als ich ihm von Dads zunehmend schlechtem Zustand berichtete. »Nun, vielleicht ist es an der Zeit, dass du dich komplett zurückziehst. Seien wir ehrlich, Jax, du hast mehr für diesen Mann getan, als er es verdient. Du kannst dich nicht ewig um jemanden kümmern, der sich nie um dich gekümmert hat.«

Ich setzte mich in Dads Lieblingssessel und seufzte. »Leichter gesagt als getan.«

»Ich meine es ernst, Jax. Du hast genug gemacht.«

Ich antwortete nicht, denn nach dem Unfall mit Mom vor all den Jahren, hatte ich das Gefühl, dass ich niemals würde genug tun können, um wiedergutzumachen, was damals kaputtgegangen war.

»Ich habe noch ziemlich viel schlechtes Karma auszugleichen, Derek. Das Mindeste, was ich tun kann, ist, mich in seinen letzten Lebenstagen um ihn zu kümmern.«

Er seufzte, und ich stellte mir vor, wie er sich mit beiden Händen durch seine lockigen Haare fuhr, die meinen so ähnlich waren. »Wenn es dabei um den Unfall geht …«

»Geht es nicht«, log ich. Natürlich ging es um den Unfall.

Alles in meinem Leben drehte sich um den Unfall. Jede Entscheidung, die ich je getroffen hatte, um andere Menschen von mir fernzuhalten, hatte ihre Ursache in den Fehlern meiner Vergangenheit.

»Jax.« Ich konnte Dereks Schmerz durch den Hörer spüren. »Es war nicht deine Schuld. Du kannst dir diesen Mist nicht dein ganzes Leben lang vorhalten. Bitte, glaube mir, wenn ich das sage: Es war nicht deine Schuld, verdammt.«

Er sagte es mir jedes Mal, wenn wir miteinander sprachen.

Ich glaubte ihm nie.

Nachdem wir aufgelegt hatten, ging ich ins Bett und ließ mich von der Dunkelheit der Nacht in den Schlaf wiegen.

6

KENNEDY

Wenn man einer Kennedy einen Muffin gab, dann bekam man im Gegenzug ein paar Informationen.

Jedenfalls schienen die Leute in Havenbarrow das zu glauben.

Als ich am Morgen aufgewacht war, hatten schon die nächsten Nachbarn darauf gewartet, mich in ihrer Stadt willkommen zu heißen. Allmählich nervte es, dass ständig Leute mit Essen vor mir standen, während sie versuchten, einen neugierigen Blick in mein Haus zu werfen. Und was mir noch mehr Sorgen bereitete, war der Umstand, dass ich nur einem meiner Besucher etwas erzählte, und wenn die nächsten um die Ecke kamen, kannten sie bereits meine gesamte Lebensgeschichte.

Neuigkeiten verbreiteten sich in Havenbarrow wie ein Lauffeuer und wurden dabei jedes Mal ein wenig gesteigert. Es war wie bei Stille Post. Aktuell war ich eine arbeitslose, alleinstehende Frau, die ohne Wissen ihrer eigenen Schwester in deren Haus wohnte.

Bis zu diesem Moment hatte ich mich nie als Stadtmensch betrachtet. Wo ich herkam, interessierte sich niemand dafür, wo man herkam, und das einzige Geschenk, das man erhielt, war eine Hand auf der Hupe, wenn man an der Ampel zwei Sekunden zu spät anfuhr.

Der einzige Segen in diesem Kaff, abgesehen von meinen nicht besonders neugierigen Nachbarn, den Jeffersons?

Meine andere wundervolle Nachbarin Joy Jones.

Joy war wirklich ein ganz eigener Charakter. An diesem Morgen, als die Sonne aufging, trat sie auf ihre Veranda hinaus und setzte sich mit einem Lächeln und einem Becher Kaffee in der Hand in ihren Schaukelstuhl. Ein paar meiner neugierigen Besucher hatten mir erzählt, dass das sozusagen ihr tägliches Ritual war.

Sie hatte sich das silbergraue Haar mit zwei Stricknadeln zu einem unordentlichen Knoten hochgebunden und die dicke, leuchtend orangefarbene Brille auf den Kopf geschoben. Ihr Haar schmückte eine bunte, farblich auf ihr Kleid abgestimmte Schleife, und sie grüßte jeden, der an ihrem Haus vorbeikam, selbst wenn sie keine Antwort erhielt.

Wenn gerade niemand vorbeikam, unterhielt sie sich mit sich selbst – genauer gesagt mit ihrem verstorbenen Mann – oder schrieb Briefe, als würde ihr Leben davon abhängen, dass sich die Tinte auf die linierten Seiten ergoss.

Es war ein herzzerreißender Anblick, doch noch schlimmer war es zu sehen, wie die Leute in der Stadt sie ignorierten, sobald sie aus ihrer Welt auftauchte. Wenn Joy die Leute grüßte, war sie äußerst freundlich, doch dieses Gefühl wurde nicht erwidert. Es war beinahe, als hätten sie Angst davor, ihr zuzuwinken oder einen guten Morgen, guten Abend oder eine gute Nacht zu wünschen.

Und noch mehr ärgerte es mich zu erleben, wie die Leute sich über sie lustig machten. Sie nannten sie »Crazy Joy«, die Frau, die niemals ihre Veranda verließ. Man erzählte sich, dass sie seit dem Tod ihres Mannes keinen Fuß mehr vor die hölzerne Terrasse gesetzt hatte, die ihr Haus umgab. Manchmal verspotteten die Jugendlichen sie und zeigten ihr lachend den Mittelfinger.

»Hi, Crazy Joy, in letzter Zeit mal wieder jemanden gekocht?«, riefen sie, bevor ich einschritt und sie davonscheuchte.

»Alles Gute für euch, Sweethearts«, sagte Joy und winkte ihnen ungerührt nach. Sie grüßte auch weiterhin jeden, der vorbeikam, und hörte dabei niemals auf zu lächeln. Es schien beinahe so, als könnten die Gemeinheiten und die Grausamkeit anderer Leute ihr nichts anhaben, als hätten ihre Meinungen und Gedanken keinerlei Einfluss auf Joys gute Laune.

Sie machte ihrem Namen wahrhaftig alle Ehre. Ich wünschte, ich hätte mehr so sein können wie sie, resistenter gegen die Welt um mich herum, doch meine Gefühle waren wie der Wind und wehten, wohin sie wollten. Das war eine meiner Schwächen, und mein Ehemann hatte dafür gesorgt, dass ich es niemals vergaß.

Reiß dich zusammen, Kennedy. Du kannst nicht immer alles, was ich sage, so persönlich nehmen«, hatte er zu mir gesagt. *»Deine Emotionen werden noch alles Gute ruinieren, das wir haben.«*

Ich hatte versucht, seine Worte zu vergessen, aber das war leichter gesagt als getan. Wenn jemand dich so klein macht, dann zoomt dein Hirn automatisch auf deine Schwächen und beißt sich daran fest.

»Es tut mir leid, dass sie so gemein zu dir waren«, sagte ich zu Joy.

Die sah mich mit einem breiten Lächeln an und schüttelte den Kopf. »Wer war gemein, Sweetheart?«

Ich erwiderte ihr Lächeln.

Nicht so wichtig.

Ich kehrte mit meinem Buch auf meine eigene Veranda zurück und genoss die warmen Sonnenstrahlen. Es war schon seltsam, sich vorzustellen, dass Joy ihr Haus seit Jahren nicht verlassen hatte. Manche Menschen fanden es wahrscheinlich verrückt, aber ich konnte es nachvollziehen. Ich selbst war seit über einem Jahr nicht mehr Auto gefahren, und zwar aus meinen ganz persönlichen Gründen, so wie Joy ihre eigenen ganz persönlichen Gründe hatte, nicht hinauszugehen.

Ich sage nicht, dass es einen Sinn ergab, nur dass ich es verstehen konnte. Manchmal wurden Menschen, egal wie stark sie dagegen ankämpften, so sehr von ihrer eigenen Angst überwältigt, dass sie alles in ihrer Macht Stehende taten, um sie nicht zum Leben zu erwecken.

Das Leben war hart, und wir mussten alles tun, damit es uns selbst und unseren Seelen gut ging. Für mich bedeutete es, nicht Auto zu fahren. Für Joy, zu Hause zu bleiben.

Dennoch fragte ich mich, wie sie wohl zurechtkam, wie sie leben konnte, ohne jemals ihr Haus zu verlassen. Soweit ich das beurteilen konnte, schien sie keine Kinder oder sonstige Hilfe zu haben.

Später am Vormittag erhielt ich die Antwort auf meine Frage, als ein blauer Pick-up vor dem Haus hielt. Ich brauche wohl nicht zu erwähnen, dass mir die Kinnlade runterfiel, als ich Prince Charming aussteigen und mit dem Arm voll Einkaufstüten zu ihrem Haus marschieren sah.

Er begrüßte Joy, die von ihrem Schaukelstuhl aufstand, während er die Tüten abstellte. Und dann nahm er sie in den Arm.

Er nahm sie in den Arm!

Ich hätte nie gedacht, dass so ein Sauertopf wie Prince Charming überhaupt in der Lage wäre, einen anderen Menschen in den Arm zu nehmen. Die beiden gingen mit den Tüten ins Haus, und ich sah ihnen verwirrt hinterher, unfähig, mich wieder auf mein Buch zu konzentrieren. Es bedurfte wirklich viel, um mich von einem Buch loszureißen – und mit »viel« meine ich *viel.* Mein Haus hätte brennen oder Aliens mich in ihr Raumschiff hochbeamen können, ich hätte immer noch versucht, noch rasch die letzte Seite zu lesen. Da meine eigene Liebesgeschichte in Scherben lag, half ich mir mit den Geschichten anderer, die Risse in meinem Herzen wieder zu kitten. Wenn meine eigene Welt in sich zusammenstürzte, glaubten die Bücher wenigstens noch an ein Happy End, und Bücher retteten mich an den Tagen, an denen meine Seele drohte, den heftigen Stürmen in ihr zum Opfer zu fallen.

Doch Prince Charming lenkte meine Aufmerksamkeit von den Seiten meines Buches ab. Ihn mit Joy plaudern und dann ins Haus gehen zu sehen hatte meine Neugier geweckt. Als die beiden wenige Augenblicke später wieder herauskamen, beide mit einem Glas in der Hand – die eine mit Wein, der andere mit einer dunklen Flüssigkeit, vermutlich Whiskey –, wanderte mein Blick unwillkürlich zu ihnen hinüber. Joy redete, und Prince Charming antwortete. Und auch wenn ich nicht hören konnte, worüber sie sich unterhielten, wirkte Joy überglücklich über alles, was er zu ihr sagte, was mein eigenes Herz für ein paar Schläge aussetzen ließ.

Konnte man es glauben?

Ein Arsch brachte mich ins Schwärmen.

Schnell wandte ich den Blick ab und sah wieder auf mein Buch, bevor er mich dabei ertappte, dass ich ihn anstarrte, als hätte er gerade ein Kätzchen vom Baum gerettet. Doch mein Puls wollte sich nicht beruhigen, und ich wünschte mir, eine Fliege auf Joys Verandageländer zu sein, um belauschen zu können, was die beiden redeten.

Als ich ein tiefes, männliches Lachen von nebenan hörte, fuhr mein Kopf so schnell herum, dass ich noch mitbekam, wie Prince Charming selbst lachend den Kopf in den Nacken warf.

Wow.

Er besaß tatsächlich die Fähigkeit, sich über etwas zu amüsieren.

Wer hätte das gedacht?

Die beiden unterhielten sich noch eine Weile, und als Prince Charming schließlich aufstand, um zu gehen, nahm er Joy noch einmal in den Arm.

»Wir sehen uns morgen zum Frühstück«, sagte er. »Ich mache dir Pfannkuchen.«

»Okay, Sweetheart. Ruf mich an, wenn du gut zu Hause angekommen bist«, antwortete Joy.

»Ich wohne direkt um die Ecke, Joy. Ich werde heil ankommen.«

»Ruf mich an, wenn du angekommen bist«, wiederholte sie, ein wenig strenger.

Er grinste beinahe, als er sich vorbeugte und ihr einen Kuss auf die Stirn gab. »Mach ich.«

Und mein Herz?

Es raste und stolperte.

Joy kehrte ins Haus zurück, und mein Blick folgte Prince Charming zu seinem Wagen. Er sah nicht ein einziges Mal zu mir herüber, aber er öffnete den Mund.

»Wenn Sie schon so neugierig sind, können Sie sich das Lauschen sparen und sich nächstes Mal einfach dazusetzen«, sagte er, noch immer ohne mich anzusehen. »Aber es sollte mich wohl nicht überraschen, nachdem Sie erst unbefugt in meinen Wald und dann auch noch in meine Unterhaltung eingedrungen sind.«

Ich setzte mich in meinem Schaukelstuhl auf. »Ich bin nirgendwo eingedrungen.«

Er öffnete die Tür seines Wagens. »Googeln Sie das mal, und dann leben Sie mit der Tatsache, dass Sie sich geirrt haben.« Mit diesen Worten knallte er die Tür zu, startete den Motor und fuhr davon.

Und mein rasendes, stolperndes Herz?

Es kam mit quietschenden Reifen zum Stehen und zeigte ihm den Stinkefinger.

Der Arsch blieb ein Arsch, auch wenn er die zuckersüße Joy auf einen Drink besuchte.

An diesem Abend googelte ich »eindringen« und fand unter anderem Folgendes:

1. [durch etwas hindurch] sich einen Weg bahnend in etwas dringen, hineingelangen
2. sich gewaltsam und unbefugt Zutritt verschaffen
3. penetrieren

Okay, okay. Ich war vielleicht unbefugt in seinen Wald eingedrungen, aber penetriert hatte hier niemand niemanden. Und in sein Gespräch mit Joy war ich kein bisschen eingedrungen. Ich hatte gelauscht, was ja wohl etwas vollkommen anderes war. Dieser Punkt ging eindeutig an mich.

7

JAX

Von allen Menschen in Havenbarrow mochte ich Joy Jones ohne Zweifel am liebsten. Doch die meisten anderen hielten sich von ihr fern. Eddie, Marie und ich waren die einzigen Ausnahmen. Joy war fast neunzig und verbrachte den Großteil des Tages in Gedanken an eine Zeit, in der die Welt noch ganz anders gewesen war als heute. Seit ihr Mann vor über zwanzig Jahren gestorben war, hatte Joy sich in eine Eremitin verwandelt.

Die meisten Leute sagten, sie sei verrückt, doch ich fand sie brillant. Wenig Umgang mit anderen Menschen? Da war ich dabei.

Als Junge war ich einmal von zu Hause weggelaufen, nachdem mein betrunkener Vater zu mir gesagt hatte, er würde mich so lange schlagen, bis ich für immer einschlief. Damals hatte ich mich tagelang in Joys Garten versteckt. Als sie mich fand, schimpfte sie nicht oder schickte mich fort oder so, nein, sie backte mir Kekse. Machte mir etwas zu essen. Stellte mir Fragen über mich.

Das war mittlerweile über fünfzehn Jahre her, und seitdem fuhr ich fast jeden Tag zu ihr, um morgens mit ihr Kaffee zu trinken und abends gemeinsam mit ihr zu essen. Für den Rest der Welt mochte sie Crazy Joy sein, für mich war sie eine Freundin. Eine von wenigen.

»Was denkst du über meine neue Nachbarin?«, fragte Joy mich eines Abends während unseres gemeinsamen Abendessens. »Eddie und Marie waren heute zum Mittagessen hier und haben so reizend von ihr gesprochen.«

»Gar nichts«, sagte ich, während wir uns an den Tisch setzten, auf dem genug Essen für einen kompletten Gospelchor bereitstand. Joy kochte immer viel zu viel, und ich wusste, dass sie es tat, damit ich jeden Abend etwas davon mit nach Hause nehmen konnte. Die arme Frau dachte wahrscheinlich, dass ich nicht mal in der Lage war, mir eine Pizza aufzubacken, ohne sie anbrennen zu lassen.

Doch ich wehrte mich auch nicht gegen die Reste, die sie mir jedes Mal mit auf den Weg gab. Wenn ich ehrlich war, hatte ich tatsächlich schon so manche Tiefkühlpizza anbrennen lassen – Joy lag also mit ihrer Vermutung nicht ganz falsch.

»Ich finde sie einfach reizend. Und so hübsch«, sagte Joy, während sie sich Salat auf den Teller gab und die Schüssel dann an mich weiterreichte.

»Ach ja?« Ich bemühte mich, möglichst desinteressiert zu tun, auch wenn ich hätte blind sein müssen, um nicht zu sehen, wie gut Joys neue Nachbarin aussah. Und dabei war »gut« sogar noch untertrieben. Sie war atemberaubend schön. Ihre strammen honigfarbenen Locken wippten jedes Mal auf und ab, wenn sie lächelte, und erst dieses Lächeln …

Verdammt.

Dieses Lächeln ließ selbst mein kaltes Herz nach ein wenig Wärme lechzen. Sie hatte ellenlange Beine, trug immer leuchtend bunte Klamotten, und Shorts, die ihren Po perfekt zur Geltung brachten. Und dann diese Augen …

Diese verdammten Augen. Warum kam es mir nur so vor, als müsste ich sie von irgendwoher kennen? Als wären sie der Schlüssel zu einer Erinnerung, die ich bisher noch nicht hatte wieder aufschließen können? Ihre Augen lächelten sogar noch mehr als ihre Lippen; auch wenn sie traurig war oder erschrak, zeigten ihre Augen das deutlicher als ihr Mund. Es war, als wäre ihre Iris das Portal zu ihrer Geschichte, doch es war mir nicht gelungen, tief genug in ihre Sprache einzutauchen und ihren Code zu knacken. Ich wusste nicht, welche Geschichte ihr Blick erzählte, verstand die Worte nicht, die in ihren Augen geschrieben standen.

Verdammt, ich hatte es ja nicht einmal versucht.

Und ich wollte es auch gar nicht versuchen.

»Ich glaube, sie ist ein gutes Mädchen«, fuhr Joy fort. »Und sehr freundlich. Stell dir vor, sie begrüßt mich jeden Morgen mit einem Lächeln und fragt mich, ob ich etwas brauche. Sie ist ein richtiger Schatz. Die Welt braucht mehr nette Mädchen.«

Wozu? Damit ich ihnen das Herz brechen konnte?

Wenn ich etwas über nette Menschen wusste, dann dass die Welt niemals aufhören würde, ihnen die Freundlichkeit aus dem Leib zu prügeln, als wäre es eine Krankheit, und alle wären fest entschlossen, jeden zu verprügeln, der irgendwelche Symptome zeigte. Ich selbst hatte die letzten fünfundzwanzig Jahre damit verbracht, mir jeden Funken Licht aus dem Leib prügeln zu lassen, und wenn ich eines dabei gelernt hatte, dann dass die Welt nicht für nette Menschen geschaffen war. Sie war dazu geschaffen, um solche Menschen zu zerstören.

Ich sagte nichts, und Joy plapperte fröhlich weiter. »Du solltest dich ein wenig mit ihr unterhalten, sie kennenlernen.«

Ich lachte leise auf. »Ich bin nicht der Typ für Freundschaften, Joy.« Sie wusste das, es war kein Geheimnis. Die Tatsache, dass mein bester Freund mein verdammter Therapeut und meine beste Freundin fast neunzig war, sagte wohl alles. »Außerdem hab ich doch dich.« Ich war immer der Ansicht gewesen, dass man, wenn man nur einen einzigen wahren Freund hatte, weit besser dran war als die meisten anderen. Und ich? Ich hatte eine Handvoll – zumindest, wenn ich Connor mit einrechnete. Statistisch gesehen hatte ich womöglich sogar zu viele.

»Ja, aber eines Tages werde ich nicht mehr da sein, und dann brauchst du jemand Neues. Du solltest also besser jetzt schon die Fühler ausstrecken. Ich werde schließlich nicht jünger, mein Junge. Und außerdem glaube ich, dass sie auch einen Freund brauchen könnte. Sie hat jemanden verloren, der ihr sehr wichtig war, genau wie wir.«

Ich sah sie überrascht an. »Hat sie dir das erzählt?«

Joy schüttelte den Kopf. »So einen Verlust muss man nicht in die Welt hinausposaunen. Man sieht es in den Augen. Menschen, die jemanden verloren haben, bewegen sich anders. Und bei ihr scheint der Verlust noch sehr frisch zu sein, als wüsste sie nicht, wie sie den Tag überstehen soll. Ich kenne dieses Gefühl, und ich glaube, du auch. Also denke mal darüber nach, ob du sie nicht ein wenig besser kennenlernen möchtest.«

Ich sah Joy aus schmalen Augen an. »Du versuchst nicht gerade, mich zu verkuppeln, oder?«

»Nein, nein, diesmal nicht. Ich möchte dich nicht verkuppeln – nur helfen, eine Freundin zu finden. Auch wenn du es nicht glauben willst, Jaxson, jeder braucht einen Freund, sogar das schwarze Schaf in einer kleinen Stadt wie Havenbarrow.«

»Ich werd's mir merken.«

»Übrigens bin ich froh, dass du mit dieser Amanda Schluss gemacht hast. Sie hat dir viel zu viel Druck gemacht«, erklärte Joy und wedelte abwehrend mit der Hand. »Sie hat ständig versucht, dich in jemanden zu verwandeln, der du gar nicht bist – das hat mir nicht gefallen. Außerdem mochte sie meinen Lemon Cake nicht.«

Ich lachte. »Genau das war der Grund, warum ich mit ihr Schluss gemacht habe.«

Sie griff über den Tisch und tätschelte meine Hand. »Du bist ein guter Mann, Jax. Und da wir gerade von meiner Nachbarin sprechen«, fuhr sie fort und kehrte zu dem Thema zurück, das ihr wichtig zu sein schien. »Weißt du, was mir bisher am besten an ihr gefällt?«

»Was?«

»Dieses interessante Auto in ihrer Einfahrt. Es ist so einzigartig und witzig! Oh Jax, du musst es dir ansehen, wenn du gleich fährst. Es ist wirklich hübsch.«

Zum Glück begann wenig später der *Bachelor* im Fernsehen, und Joy ließ sich endlich von den Frauen und meinem Leben als Junggeselle ablenken. Wie immer sah ich mir diese bekloppte Sendung mit ihr an. Und wie immer sagte ich voraus, wer am Ende des Abends keine Rose erhalten würde – und wie immer tat Joy total überrascht, als sie hörte, wer wieder nach Hause fahren musste. Während wir vor dem Fernseher saßen, donnerte es draußen, und ich wusste, dass es jeden Augenblick zu schütten anfangen würde.

Bevor der Bachelor seine letzte Rose verteilt hatte, prasselte der Regen schon auf das Hausdach.

»Die Bäume werden den Regen lieben«, bemerkte Joy, die immer in allem etwas Positives sah.

Ich ging hinaus und sah zu, dass ich schnell ins Auto kam, und, verdammt, ich konnte einfach nicht anders: Ich fuhr an der Einfahrt von Joys neuer Nachbarin vorbei und sah mir das Auto an, das dort stand. Meine Brust zog sich zusammen, als es beim Anblick dieses einzigartigen Wagens »klick« machte, und mir fiel die Kinnlade runter.

»Unmöglich«, murmelte ich und starrte auf den Wagen, der mir mehr als nur bekannt vorkam.

Das konnte nicht sein.

Das konnte unmöglich …

Mist.

Ich hielt an, sprang aus dem Auto und lief – unbefugt wie der Idiot, der ich nun einmal war – zu dem Cabrio in der Einfahrt. Ich konnte einfach nicht anders. Im strömenden Regen lief ich um den Wagen herum und betrachtete die Zeichnungen. Hinten am Kofferraum blieb ich stehen. Direkt über dem Reifen fand ich es – ein Herz mit den Initialen JK + KL, und darunter: *Friends forever.*

»Das kann doch nicht sein«, flüsterte ich und taumelte zurück. Meine Hand fuhr durch mein tropfnasses Haar, während der Schock mich beinahe umhaute. Ich hätte es wissen müssen. Ich hätte die Punkte sofort miteinander verbinden müssen, doch es war über fünfzehn Jahre her, seit ich sie zum letzten Mal gesehen hatte. Das Mädchen, dass mittlerweile zur Frau geworden war – und was für einer.

Kennedy Lost.

Kennedy Lost wohnte in Havenbarrow, und zwar genau zwischen Joy und den Jeffersons. Wie konnte das sein? Das war unmöglich. Absolut unmöglich. Was in aller Welt hatte sie ausgerechnet *hierher* geführt? Wie war sie ausgerechnet in meine Stadt gekommen? Was hatte das zu bedeuten? Und was zur Hölle sollte ich jetzt tun? Hatte ich irgendwas getan?

Nein.

Natürlich nicht.

Es war lange her. Wir waren bloß zwei dumme Kinder gewesen. Sie war ein Teil meiner Vergangenheit – nicht mehr und nicht weniger.

Und doch …

Ich war mir sicher, dass ein Teil von mir sie gleich erkannt hatte, als unsere Blicke sich im Wald trafen. Ich hatte ein leises

Ziehen in meinem gefrorenen Herzen gespürt, als sie mich angesehen hatte, doch ich hatte mir eingeredet, dass es nur Sodbrennen war, denn ich wollte nicht, dass sie es war. Nicht nach so vielen Jahren. Nicht nach all den Veränderungen in meinem Leben. Nicht mit dem Mann, in den ich mich im Laufe der Zeit verwandelt hatte, denn ich war nicht länger der Junge, den sie einmal gekannt hatte.

Ich brauchte keine Besucher aus der Vergangenheit, die mich verfolgten. Das erledigte mein Verstand mit seinen Schuldgefühlen schon ganz allein – und zwar jeden Tag aufs Neue. Ich brauchte nicht noch mehr Gespenster, die mich heimsuchten. Aber verdammt …

Kennedy Lost.

Nicht nur, dass sie das wunderschöne Geschöpf mit all den Kurven an den richtigen Stellen war, die es damals noch gar nicht gegeben hatte, ihr Haar war jetzt länger, und ihre Locken, die ihr immer wieder ins Gesicht fielen, glänzten, als wären sie von der Sonne geküsst worden. Ihre Haut leuchtete, als hätte sie in Sonnenlicht gebadet, und ihre Augen …

Verdammt, Kennedy und ihre Augen.

Fahr endlich, sagte ich zu mir selbst.

Ich musste aus ihrer Einfahrt verschwinden und verhindern, dass sie sich in meinem Kopf einnistete. Ich musste aufhören an sie zu denken.

Nun, da ich den alten gelben Wagen gesehen hatte, der mir bewies, wer sie war, versuchte mein gefrorenes Herz das Dümmste, das ihm auf dieser Welt einfallen konnte: Es versuchte zu schlagen. Doch der eisige Kristall in meiner Brust konnte es nicht. Er wusste nicht mehr, wie das ging.

Ich stieg in meinen Pick-up und fuhr davon. Ich musste dort weg. Als ich zu Hause ankam, ging ich nicht ins Bett, sondern wanderte durch den stockdunklen, regennassen Wald, den ich wie meine Westentasche kannte, zu der Blumenlichtung. Dutzende von Blumen, die ich im Laufe der Jahre dort gepflanzt hatte, standen in voller Blüte. Die häufigste von ihnen war das Gänseblümchen.

Ich setzte mich auf die Bank in der Mitte der Lichtung, und der Regen strömte über meine Haut. Die Blumen tranken die einzelnen Tropfen, während ich die Augen schloss und den Kopf in den Nacken legte. Ich war vollkommen durchnässt, aber das war mir egal. Tatsächlich fühlte ich mich jedes Mal erneuert, wenn ich bei Regen hier draußen sitzen konnte.

Es fühlte sich an, als erfrischte und stärkte es mich ebenso wie die Blumen.

Ich atmete ein paarmal tief durch und erlaubte meinen Gedanken wie immer, zu Ruhe zu kommen. Ich war allein hier draußen im Wald, wie immer. Nach einer Weile ging ich nach Hause und legte mich ins Bett, wie immer.

Nur dass sich diesmal immer wieder Kennedy in meine Gedanken stahl, egal wie sehr ich mich auch dagegen wehrte. Plötzlich war ich nicht länger der Mann, zu dem ich im Laufe der Jahre geworden war. Ich war wieder ein verängstigter kleiner Junge, der sich einen Freund wünschte, damit die furchtbaren Tage endlich aufhörten.

8

JAX

Elf Jahre alt
Das erste Jahr im Feriencamp

Ich redete viel mit mir selbst.

Nicht laut oder so, es war mehr ein Gemurmel hier und da. Dad hasste es, wenn ich vor mich hinmurmelte, doch mein Gemurmel war für mich allein bestimmt, und für niemand anderen. Manchmal wünschte ich mir einen Freund, der genauso murmelte wie ich, denn dann könnten wir gemeinsam murmeln, und zwar so, dass nur wir es hören konnten. Doch im Moment war der einzige Mensch, dem ich etwas vormurmeln konnte, ich selbst.

Im Augenblick murmelte ich etwas über Kennedy Lost.

»Was für ein seltsames Mädchen«, murmelte ich.

Kennedy saß mitten in einem Berg aus Matsche und baute etwas, das aussah wie eine Burg, während alle anderen im Haus waren und ihre freie Zeit mit Malen oder Basteln verbrachten. Es regnete in Strömen, sie sah aus wie ein nasser Mopp und sang irgendein Lied, wobei sie im Takt den Kopf vor und zurück schob.

Dieses Mädchen sang ständig und immer. Wahrscheinlich sang sie sogar mehr, als sie redete, dabei redete sie *sehr viel.* Wenn sie redete, dann murmelte sie nicht, sondern sprach total laut, und sie schien immer etwas zu sagen zu haben. Sie war wie der längste Satz der Welt.

Und sie sprach laut und deutlich mit jedem, der ihr einen Augenblick lang seine Aufmerksamkeit schenkte. Sie war wie der Duracell-Hase – sie redete und redete und redete, und ihre Batterien wurden niemals leer. Ich hätte wetten können, dass sie selbst im Schlaf noch redete wie ein Wasserfall.

Sie war so seltsam. Ich hatte noch nie einen so seltsamen Menschen kennengelernt wie Kennedy Lost damals im Feriencamp. Sie zog immer los und machte ihr eigenes wirres Ding, auch wenn sie dafür Ärger bekam.

Ich war mir sicher, wenn Miss Jessie Kennedy so sah, würde sie mächtig Ärger bekommen.

Aber Kennedy war das egal. Ihre wirren, zerzausten honigfarbenen Löckchen passten perfekt zu ihren funkelnden goldenen Augen. Ich hatte noch nie zuvor goldene Augen gesehen. Sie hatten auch einige braune Sprenkel. Nicht, dass ich mir ihre Augen allzu genau angesehen hätte, denn jedes Mal, wenn ich Kennedy zu lange ansah, sah sie zurück und lächelte mir auf eine Art zu, bei der mein Magen unwillkürlich einen Salto machte.

Dann wurde mir ein wenig übel, aber es war die Sorte Übelkeit, die sich auch ein bisschen gut anfühlte. Irgendwie. Ich hatte nicht gewusst, dass Übelkeit sich gut anfühlen konnte – bis ich Kennedy kennengelernt hatte.

Jetzt stand sie auf und streckte beide Arme aus, während sie in den Regen hinaufschaute. Wusste sie denn nicht, dass sie ein Blitz treffen und töten konnte? Ich hatte einmal zusammen mit Mom einen Film darüber gesehen, wie viele Menschen in Gewitterstürmen ums Leben kamen. Es mochten nicht besonders viele gewesen sein, aber es reichte, dass ich nie wieder draußen im Regen stehen wollte, wenn Feuerblitze über den Himmel zuckten. Zumal sie ziemlich nah an einem Baum stand – einem Baum, den sie ohne Zweifel vorher irgendwann umarmt hatte.

Kennedy Lost – der Bäume umarmende, Matschburgen bauende Sonderling des Camps.

»Ist das Kennedy da draußen?«, rief Miss Jessie und blickte durchs Fenster auf das Mädchen, das jetzt wie eine Wilde neben ihrer matschigen Burg im Regen tanzte.

Wenn man sich fragte, wo die wilden Kerle wohnen, war die Antwort: wo auch immer Kennedy Lost sich aufhält.

Miss Jessie rannte nach draußen zu der irren Kennedy, und wir liefen alle zum Fenster, um zuzusehen, wie sie sie zuerst anschrie und dann in ihre Hütte zerrte, damit sie sich wusch und trockene Sachen anzog.

»Was für ein Freak«, murmelte jemand.

Viele gaben Kennedy Schimpfnamen, und ich wusste, dass sie es auch manchmal mitbekam, doch es schien sie nicht weiter zu stören. Ich wünschte mir, ich wäre so. Ich wünschte, es wäre mir vollkommen egal, was andere von mir dachten, besonders mein Dad, doch aus irgendeinem Grund war es mir bei ihm von allen Menschen am wichtigsten, was er über mich dachte.

Kennedy tanzte auf dem ganzen Weg zu ihrer Hütte.

Ich hasste die Feriencamps. Ich hasste den Sport, die Spiele und die Gruppenaktivitäten. Ich hasste es, von zu Hause fort zu sein – na ja, teilweise zumindest. Ich vermisste Mom, weil ich davon ausging, dass sie mich ebenfalls vermisste. Dad vermisste ich nicht, denn ich hatte ja das Gefühl, nie gut genug für ihn zu sein, ganz egal wie sehr ich mich auch bemühte. Dad liebte meinen älteren Bruder Derek weit mehr als mich. Dabei war Derek nicht mal sein echter Sohn, und trotzdem liebte Dad ihn am meisten. Die beiden mochten dieselben Dinge – Football, Jagen, Actionfilme. Ich war kein so guter Sohn wie

Derek, und Dad sorgte dafür, dass ich es regelmäßig zu spüren bekam.

Er schickte mich jedes Jahr ins Feriencamp, in der Hoffnung, dass ich in manchen Dingen besser und endlich ein Mann werden würde. Mom schickte mich in der Hoffnung zu den Camps, dass ich Freunde finden würde.

Ich war weder gut darin, ein echter Mann zu werden, noch, Freundschaften zu schließen, auch wenn ich mir nichts sehnlicher wünschte.

Die Leute fanden mich seltsam – so wie ich Kennedy seltsam fand, nahm ich an, auch wenn ich weder im Regen tanzte noch Matschburgen baute. Tatsächlich war ich das exakte Gegenteil von Kennedy Lost. Sie war laut, ich war zurückhaltend. Ihre Klamotten leuchteten in allen Farben des Regenbogens, während meine schwarz, weiß oder grau waren. Sie erzählte ständig irgendwelche ausgedachten Geschichten, während ich stumm blieb. Sie trug ihre lockigen Haare vollkommen wirr, während meine braun, zahm und ordentlich an meinem Kopf lagen.

Es war schon bemerkenswert, dass zwei seltsame Typen so unterschiedlich seltsam sein konnten.

»Lasst mich los!«, schrie ich, als meine Zimmergenossen mich mitten in der Nacht nach draußen schleiften. Doch James, Ryan und ihr Anführer, der verfluchte Lars Parker, weigerten sich, mich loszulassen. Lars war auf meiner Schule und hatte mich auch da schon immer auf dem Kieker. Es hätte mich also nicht überraschen sollen, dass er im Camp das Gleiche machte.

Es regnete in Strömen, und die drei waren sauer auf mich, weil sie heute meinetwegen beim Flag Football verloren hatten. Ich hatte überhaupt nicht mitspielen wollen, und mein Team hatte mich auch nicht dabeihaben wollen, aber im Camp galt die dämliche Regel, dass sich keiner drücken durfte, die mich automatisch zum Ziel dieses Idioten machte.

Mein Dad hätte die drei Jungs geliebt, denn sie waren gut in den ganzen Jungenssachen.

»Halt die Klappe, Heulsuse!«, schnauzte Lars und hielt meine Hände, während Ryan und James meine Füße nahmen.

Ich hatte überhaupt nicht Flag Football spielen wollen, ja, ich wollte nicht mal hierherkommen.

Ich hasste es! Ich hasste es so sehr, dass ich hätte heulen können.

»Lasst mich los, lasst mich los, lasst mich los!«, brüllte ich.

»Oh, wir werden dich schon loslassen, und zwar im Müllcontainer, wo du hingehörst«, sagte Lars, der ganz klar der Anführer dieser Arschlöcher war. Ryan und James gehorchten ihm aufs Wort. Ich fragte mich, wie Menschen so mächtig sein und andere dazu bringen konnten, alles zu tun, was sie von ihnen verlangten.

»Ihr werdet niemanden irgendwo hinwerfen«, sagte plötzlich eine Stimme. Ich spähte über die Schulter und sah Kennedy mit Pfeil und Bogen im strömenden Regen stehen. Sie hatte ihren Pfeil auf Lars' Kopf gerichtet – oh mein Gott, Kennedy Lost war eine verdammte Psychopathin. »Lasst Jax los, dann wird niemand verletzt.«

»Oh, seht mal, Jax' kleine Freundin ist gekommen, um ihn zu retten!«, spottete Ryan.

»Oh, seht mal, Ryan ist so dämlich, dass ihm kein besserer Spruch eingefallen ist. Ganz im Ernst, Ryan, du solltest mal an deinen Beleidigungen arbeiten. Denen fehlt komplett die Authentizität, genau wie dir – oder soll ich lieber Lars 2 zu dir sagen?« Kennedy gab ihnen ihre Beleidigungen postwendend zurück, bevor ich hatte klarstellen können, dass sie gar nicht meine Freundin war.

Ein weiterer Unterschied zwischen ihr und mir? Sie hatte keine Angst, sich mit diesen Idioten anzulegen.

»Ach, hau ab, Kennedy. Das hier hat nichts mit dir zu tun«, sagte James.

»Sorry, Lars 3, kann ich nicht machen. Lasst ihn einfach los, dann wird niemandem etwas geschehen.« Ihr Pfeil landete genau zwischen James' Füßen.

»Bist du verrückt?«, schrie er, sprang erschrocken zurück und ließ dabei meinen Fuß los.

Statt einer Antwort griff Kennedy in den Köcher, den sie auf dem Rücken trug, und zog einen neuen Pfeil heraus, der genau zwischen den Füßen von Ry–, äh Lars 2 landete.

Der sprang zurück und ließ auch meinen anderen Fuß los.

Zwei Füße befreit, zwei Hände noch gefangen.

Lars sah Kennedy herausfordernd an, während seine beiden Handlanger sich hinter ihm in Sicherheit brachten. Er hielt mich wie einen Schutzschild vor sich, und ich konnte sein selbstgefälliges Grinsen förmlich hören, als er erklärte: »Du kannst nicht schießen, wenn Jax vor mir steht, Kennedy. Also kannst du auch ebenso gut …«

Sie schoss einen Pfeil haarscharf an mir vorbei und erwischte die Kante von Lars' Ohr.

Heilige Scheiße! Sie hätte ihm beinahe ein Piercing verpasst! Und ich hätte wetten können, dass sie dazu imstande gewesen wäre, wenn sie es gewollt hätte.

»Ich kann alles, was ich will«, gab Kennedy zurück, und allmählich fing ich an, ihr zu glauben. »Und jetzt lass ihn los, denn der nächste Pfeil trifft.«

Lars zeigte es zwar nicht, aber ich spürte sein Zittern, als er mich losließ.

Kennedy griff nach hinten in ihren Köcher und erstarrte, als sie feststellte, dass sie keinen Pfeil mehr hatte.

Lars grinste. »Sieht so aus, als hätte der Freak keine Munition mehr. Na, dann werde ich euch beiden mal mächtig in den Arsch treten.«

Zitternd rannte ich zu Kennedy hinüber. »Schon okay, Jax. Bell einfach.«

»Was?«, fragte ich nervös.

»Bell sie einfach an! Die Leute kriegen Schiss, wenn man sie anbellt, und lassen einen in Ruhe. Pass auf.« Sie drehte sich zu Lars und seinen Freunden um und fing an zu bellen wie ein Hund: »Wuff! Wuff! Wuff!«, während ich verwirrt und ein wenig verängstigt neben ihr stand.

Was für ein seltsames, seltsames Mädchen.

Doch es schien zu wirken. Die Jungs wichen langsam zurück, also begann ich ebenfalls zu bellen. »Wuff! Wuff!«, machte ich und klang dabei wahrscheinlich im Vergleich zu Kennedys Rottweiler eher wie ein Pudel, aber ich machte weiter. »Wuff!«

Lars schüttelte den Kopf und wandte sich ab. »Schon gut, ihr Loser. Kommt, Jungs, wir gehen ins Bett. Wenn du klug bist, Jax, dann suchst du dir heute Nacht eine andere Ecke zum Pennen, oder wir versohlen dir den Arsch.«

Die drei liefen davon, und ich stand herum wie bestellt und nicht abgeholt, während Kennedy ihre Pfeile einsammelte, ihren Bogen wegpackte und dann im Regen zu tanzen anfing. »Siehst du? Wenn dir jemand blöd kommt, bell sie an. Funktioniert immer.«

»Immer?«

»Ja, zu fünfzig Prozent bestimmt.«

»Das ist nicht immer.«

»Oh. Na, dann eben nicht immer.«

»Was hast du überhaupt hier draußen gemacht?«, fragte ich, mittlerweile klatschnass, benommen und verwirrt.

Kennedy sah mich an, und ihre Lippen verzogen sich zu einem schiefen Grinsen.

Ich hatte nicht gewusst, dass ein schiefes Grinsen so süß aussehen konnte.

Aber egal. Es war nicht so, dass mir Kennedys Grinsen als süß aufgefallen wäre. War es schließlich auch nicht. Ich meine, es *war* süß, aber es fiel mir nicht auf, weil ich auf solche Dinge bei Kennedy Lost nicht achtete.

Sie zog eine Augenbraue hoch. »Oh. Ich habe Bogenschießen geübt.«

»Im strömenden Regen?«

Sie nickte. »Ja. Ist ein gutes Training, wenn man gegen die Elemente der Natur arbeiten muss. Der Regen zwingt mich, anders zu denken und so auch anders zu schießen.« Sie zog ihren Bogen wieder aus dem Köcher und hielt ihn mir hin. »Willst du es mal versuchen?«

Ich schüttelte den Kopf. »Nein. Ich will ins Trockene.«

»Okay. Ich kann mit dir trockene Sachen aus deiner Hütte holen gehen, und dann kannst du bei mir mit im Bett schlafen, damit die Jungs dich in Ruhe lassen.«

»Ich brauche kein Mädchen, das auf mich aufpasst«, erklärte ich hochtrabend, weil mir die Sache peinlich war.

»Doch, brauchst du«, erwiderte sie, nicht spöttisch oder so, sondern einfach, als wäre es eine Tatsache. »Und jetzt komm. Ich halte sie mit meinen Pfeilen in Schach, während du deine Sachen holst.«

Ich hätte gerne widersprochen, aber mit einem so unberechenbaren Mädchen, das auch noch Pfeil und Bogen in der Hand hielt, wollte ich mich lieber nicht anlegen.

Wir gingen also zu meiner Hütte, und ich holte mir ein paar Klamotten für die Nacht, während Kennedy mich vor den Jungs beschützte.

Die drei sagten kein Wort.

Kennedys Mitbewohnerinnen schliefen bereits, als wir in ihre Hütte traten. Zum Glück. Schließlich sollte niemand denken, ich sei in Kennedy Lost verliebt.

Ich zog mich im Badezimmer um, und als ich fertig war, tat Kennedy es mir gleich – und zog einfach einen anderen leuchtend bunten Pyjama an. Nur ein Mädchen wie Kennedy besaß neongrüne Schlafanzüge.

Sie krabbelte in ihr Bett, und ich folgte ihr widerstrebend. Das letzte Mal, dass ich mit einem Mädchen in einem Bett geschlafen hatte, war … oh ja, richtig.

Noch nie.

Ich hatte noch nie mit einem Mädchen in einem Bett gelegen.

Sie drehte sich auf die Seite und sah mich mit ihrem dummen süßen Lächeln an, bei dem mir jedes Mal flau im Magen wurde. »Warum hast du eben nicht auch im Regen getanzt, Jax?«

»Weil ich nicht im Regen tanze.«

»Wann tanzt du dann?«

»Nie.«

Sie runzelte die Stirn, und, au Mann, das sah mindestens genauso süß aus wie ihr Lächeln. Dann drehte sie mir den Rücken zu. »Du solltest mal im Regen tanzen. Es wird dich glücklich machen.«

»Ich bin glücklich.«

»Dann wirst du, wenn du im Regen tanzt, sogar noch glücklicher sein.«

Ich wusste nicht, was ich darauf sagen sollte, also sagte ich überhaupt nichts.

»Du redest nicht viel, oder?«, fragte sie.

»Nein.«

»Das ist okay. Ich rede sehr viel. Ich rede und rede und rede und …« Sie holte tief Luft. »… rede, auch wenn es mich eigentlich nirgendwohin führt.«

Da konnte ich nicht widersprechen.

Ich suchte mir eine möglichst bequeme Lage in dem Bett, in dem ich eigentlich gar nicht sein sollte. »Ich muss hier wieder raus sein, bevor die anderen wach werden, damit niemand uns zusammen in einem Bett findet.«

Sie gähnte. »Keine Sorge. Ich bin immer vor allen anderen wach, um mit den Vögeln zu reden, die morgens für mich singen.«

Ich gähnte, weil sie gähnte, dann gähnten wir zusammen. »Du bist ein ziemlich seltsames Mädchen, Kennedy.«

In Gedanken sah ich ihr süßes schiefes Lächeln, bei dem mir immer flau wurde, als sie antwortete: »Danke, Jax.«

9

KENNEDY

Gegenwart

Es regnete drei Tage lang ohne Unterbrechung, und das machte mich fertig.

Ich hasste dieses Wetter. Bei diesen Regenstürmen konnte ich nicht schlafen, und wenn ich allein war, konnte ich meine Gedanken nicht abstellen. Mein Herz raste, und meine Angst steigerte sich immer weiter. Ich vermisste Penn. Nicht so sehr ihn persönlich, als einfach einen Menschen, der neben mir lag, während es draußen stürmte. Einen warmen Körper neben mir zu spüren machte es mir immer ein wenig leichter, meine Tiefpunkte zu überstehen.

Jetzt musste ich mit meinen Ängsten allein fertigwerden, und sie gingen mir an die Substanz. Ich wusste nicht, was mehr erschöpft war, mein Körper oder mein Geist.

Dabei gab ich mir alle Mühe, mich irgendwie zu beschäftigen. Ich schrieb Listen mit Dingen, die ich tun wollte. Ich versuchte zu meditieren. Und manchmal weinte ich auch, denn Yoana hatte gesagt, wer weinen konnte, sei sehr mutig.

Dann wartete ich darauf, dass der Sturm endlich weiterzog, und zum Glück wusste ich, dass jeder Sturm irgendwann vorüberging, wie groß er auch sein mochte. Und nach jedem Sturm schien irgendwann auch wieder die Sonne.

Die Sonne brauchte ein paar Tage, um sich wieder zu zeigen, und am gleichen Tag standen auch die Gärtner vor der Tür. Obwohl ich fix und fertig war, war ich doch gespannt zu sehen, was sie vorhatten, um den Garten auf Vordermann zu bringen. Es war ein wunderschönes Fleckchen Erde, und ich war mir sicher, dass Yoana eine sehr konkrete Vorstellung davon gehabt hatte, wie das Grundstück aussehen sollte. Und so konnte ich es kaum erwarten zu sehen, wie die Gärtner ihre Pläne zum Leben erweckten.

Als zwei Pick-ups voller Erde, Pflanzen und Gerätschaften vor dem Haus hielten, ging ich hinaus, um Lars, den Chef der Truppe, zu begrüßen. Louise und Kate hatten darauf bestanden, dass er der beste – allerdings auch der einzige – Gärtner der Stadt sei und angeblich auch noch ziemlich gut aussah.

Sie hatten nicht übertrieben – jedenfalls was sein Aussehen anging. Mit seinen strubbeligen blonden Haaren und dem tiefen Grübchen in der linken Wange sah er tatsächlich ziemlich gut aus.

Lars richtete sich an seine drei Mitarbeiter und erklärte ihnen, was sie zu tun hatten, bevor er zu mir kam. Seine Augen begrüßten mich zuerst, indem sie mich von Kopf bis Fuß abcheckten. Als sie schließlich nach oben wanderten und meinen Blick trafen, lag ein düsteres Lächeln auf seinen Lippen.

»Hallo, hallo. Hab schon viel über dich gehört.«

»Neuigkeiten scheinen sich in dieser Stadt schnell herumzusprechen. Ich bin Kennedy.«

»Ich bin Lars, der Inhaber von Lars Landscaping. Es ist mir eine Ehre, dich kennenzulernen«, erklärte er und streckte mir seine Hand entgegen.

Ich wollte sie schütteln, doch bevor ich dazu kam, schnappte er sich meine Hand und hob sie an seine Lippen.

Ürgs.

Hastig zog ich meine Hand zurück.

Und schnell rutschte er trotz seines guten Aussehens ein paar Punkte auf der Skala nach unten. Er war anmaßend und dreist. Keine Frage, Lars wusste, dass er gut aussah, und wahrscheinlich erhielt er jede Menge Aufmerksamkeit von den Damen in Havenbarrow, sodass er offenbar dachte, er könnte sich alles herausnehmen.

Auch wenn ich ihn seit gerade mal drei Sekunden kannte, spürte ich eine Menge negativer Energie von ihm ausgehen.

Er grinste immer noch wie ein Fuchs im Hühnerstall. »Es ist schön, mal wieder frisches Blut in der Stadt zu haben. Mit der Zeit kann es echt nerven, immer die gleichen Gesichter zu sehen. Wohnst du hier allein mit deinem …« Er warf einen Blick auf meinen nackten Ringfinger. »… Lebensgefährten?«

Ich rieb meine Hände und schüttelte den Kopf. »Nein, nur ich.«

»Single?«, fragte er, augenblicklich interessiert.

Ich lächelte, auch wenn mir tief unten in der Magengrube ein wenig übel wurde. Die Richtung, die dieses Gespräch nahm, gefiel mir überhaupt nicht, und so beschloss ich, es in andere Bahnen zu lenken. Wieso fühlte ich mich in Gegenwart dieses Mannes so unwohl? Irgendetwas an ihm kam mir bekannt vor.

»Ja, das bin ich. Also, dann werde ich euch mal aus dem Weg gehen. Ich wollte nur kurz Hallo sagen. Wenn ihr irgendetwas braucht, ich bin im Haus. Wie du sicher weißt, gehört das Haus meiner Schwester und meinem Schwager. Jegliche Planänderungen sollten also wohl am besten mit ihnen abgesprochen werden. Aber ich kann mich, falls notwendig, kurzfristig mit den beiden in Verbindung setzen.«

»Denk bloß nicht, dass du dich verstecken müsstest. Wenn du willst, kannst du jederzeit hier draußen mit mir ins Schwitzen kommen«, sagte Lars und zwinkerte mir zu.

Er zwinkerte, und ich hätte ihm am liebsten vor die Füße gekotzt.

Stattdessen zwang ich mich zu einem Südstaatenlächeln, nickte knapp, drehte mich auf dem Absatz um und ging ins Haus zurück. Dabei war ich mir sicher, dass dieser fiese Kerl die ganze Zeit auf meinen Hintern starrte, und allein beim Gedanken daran bekam ich eine Gänsehaut.

Als ich eine Hand auf meiner Schulter spürte, wäre ich vor Schreck fast aus der Haut gefahren.

Panisch wirbelte ich herum und starrte Lars an.

Der warf abwehrend die Hände in die Luft. »Hey, hey, tut mir leid. Ich wollte dich nicht erschrecken.«

Mein Herz raste noch immer, und ich trat einen Schritt zurück und schlang die Arme um meinen Körper. »Nein, schon in Ordnung. Ich bin einfach ein wenig schreckhaft.«

»Ich wollte dir nur sagen, dass du echt toll aussiehst heute«, erklärte er und ließ seinen Blick erneut genüsslich über meinen Körper wandern. Von meinem Unterleib stieg Unbehagen in mir auf und setzte sich wie ein Kloß in meine Kehle.

»Danke«, erwiderte ich, obwohl ich seine unangebrachten Bemerkungen lieber mit ganz anderen Worten kommentiert hätte. Stattdessen wandte ich mich wieder zum Gehen.

Als ich die Stufen zu meinem Haus hochstieg, sah ich Prince Charming mit Joy vor deren Haus sitzen und Kaffee trinken. Er sah mich an, und die Intensität seines Blicks jagte mir einen Schauer über den Rücken. Seine Augen schienen mir etwas sagen zu wollen, aber ich konnte es nicht entziffern. Dabei hatte ich das unbestimmte Gefühl, dass es nicht das letzte Mal sein würde, dass sein kalter, distanzierter Blick mich verwirrte.

Im Gegenteil, er und ich würden wohl noch einige irritierte Blicke miteinander tauschen.

Vielleicht würde ich eines Tages in der Lage sein, früher wieder wegzuschauen, doch an diesem Tag wollten meine Augen sich einfach nicht abwenden. Irgendetwas an ihm war heute anders. Irgendetwas hielt seinen Blick an mir fest. Zum ersten Mal, seit ich hier war, schaute Prince Charming nicht gleich wieder weg. Er sah mich an, legte den Kopf schief – und für einen winzigen Moment wirkte er beinahe besorgt.

Dann wandte er sich ab, und ich ging zurück ins Haus, um zu duschen und das Unbehagen von mir abzuwaschen, das dieser Lars hervorgerufen hatte.

Im Laufe des Tages startete der Typ noch drei weitere Attacken, sodass ich mich nun vollkommen unwohl fühlte. Wie sollte das nur in den nächsten Wochen weitergehen, während er auf dem Grundstück arbeitete? Ich hatte die letzten fünf Jahre damit verbracht, mich in einer lieblosen Ehe unwohl zu fühlen. Das Letzte, was ich wollte, war das gleiche Gefühl mit einem Wildfremden weiterzuführen.

Nicht nur, dass ich Lars' Annäherungsversuche abwehren musste, ich bekam auch noch immer zahlreiche »freundliche« Besuche aus der ganzen Stadt.

Nach wie vor erschienen Leute vor meiner Tür, um sich mir vorzustellen, und, ganz ehrlich, es machte mich fertig. Je mehr von ihnen kamen, desto übergriffiger wurden sie. Sie wollten wissen, ob ich mich mit anderen Männern traf, und ob ich vielleicht Interesse hätte, mal mit ihrem Cousin Bernie auszugehen, der in seinem ganzen Leben noch nie mit einer Frau ausgegangen war, oder ob ich vielleicht etwas für die *Macbeth*-Aufführung im Herbst in der Grundschule spenden wollte? Das Stück schien mir ein wenig heftig für eine Grundschulaufführung, aber hey, was konnte ich schon dazu sagen?

Am Ende stellte ich einen Scheck aus – diese Damen waren wirklich penetrant.

Und wenn ihr denkt, die Mütter in Havenbarrow wären aggressiv, dann wartet ab, bis ihr die Geschichte von ihren Töchtern hört, die vor meiner Tür standen, um Kekse für die Pfadfindermädels zu verkaufen. Ich weiß nicht, wie es dazu kam, aber es endete jedenfalls damit, dass ich genügend Kekse bestellte, um eine ganze Armee damit zu versorgen – oder mein trauriges Ich an einem Freitagabend.

Aber die schlimmsten von allen waren nach wie vor Louise und Kate, die sich immer mehr für mich interessierten, und vor allem dafür, irgendwelche schmutzigen Geschichten aus meiner Vergangenheit auszugraben.

»Hey, Liebelein«, säuselten sie im Chor, als sie eines Samstagnachmittags vor meiner Tür standen. »Wir wollten mal sehen, wie es Ihnen geht und wie Sie sich in unserem hübschen kleinen Havenbarrow eingelebt haben. Für so ein City Girl wie Sie muss es ja eine fürchterliche Umstellung sein.«

Fakt ist, ich hatte ihnen nie erzählt, dass ich vorher in einer großen Stadt gelebt hatte. Ich hatte es Nosy Nancy erzählt, die letztens mit Muffins vor meiner Tür gestanden hatte.

Und noch ein Fakt: Vertrau niemals Nosy Nancy, wie gut ihre Muffins auch sein mögen.

»Es geht mir gut, danke der Nachfrage.«

»Oh, ja. Das ist natürlich wunderbar und so«, sagte Kate und schürzte die Lippen. »Und ich will ja auch nicht neugierig sein, aber was haben Sie eigentlich vor, hier zu tun?«

»Wie meinen Sie das?«

»Ich meine, seien Sie mir nicht böse, Kennedy«, setzte sie an, »aber Sie können nicht einfach hier rumsitzen, ohne zu arbeiten. Haben Sie denn keinen Ehrgeiz? Ich meine, Sie sind gerade mal was – neunundzwanzig? Dreißig?«

Die Beleidigung war nicht zu überhören, und ich weiß nicht, wie es mir gelang, ihr nicht die Tür vor der Nase zuzuschlagen.

»Achtundzwanzig«, erklärte ich.

Die beiden runzelten die Stirn. »Was für eine Schande«, sagte Louise. »Sie sind eindeutig zu alt, um nichts zu tun. Vielleicht sollten Sie mal zu den Mani-Pedi-Abenden kommen, die ich mit ein paar anderen organisiere. Nächste Woche ist wieder einer. Vielleicht kann eine der Mädels Ihnen ja einen Job besorgen. Sie wissen ja, was die Leute sagen – Netzwerken, Netzwerken, Netzwerken! Und Süße, ich bin mir sicher, Ihre Nägel würden es Ihnen danken. Und was ist mit Männern? Marys Cousin Bernie ist Single. Er ist auch ein bisschen seltsam. Schrullig, würde ich sagen – so wie Sie. Ich wette, ihr beide würdet euch ausgezeichnet verstehen!«

Nicht schon wieder Bernie. »Danke für das Angebot, aber ich fürchte, da muss ich passen.« Ein Teil von mir wollte ihnen von meinen Romanen erzählen, von meinem Erfolg als Schriftstellerin, doch ein weitaus größerer Teil wusste, dass ich den beiden rein gar nichts schuldete.

»Sie sollten sich wirklich überlegen, ob Sie nicht mal mit Bernie ausgehen wollen. In Ihrem Alter wird es langsam Zeit, Wurzeln zu schlagen, finden Sie nicht? Ich wette, Sie wollen irgendwann Kinder haben, hab ich recht? Die Uhr tickt, und es wird nicht einfacher, je länger Sie warten.«

Wow.

Sie hatten eine Grenze überschritten, und es interessierte sie nicht einmal. Mit jedem Tag, der verstrich, zweifelte ich mehr daran, ob ich hier würde leben können, in diesem Haus, mit diesen beiden Frauen als Nachbarinnen.

»Entschuldigen Sie, aber das ist eine ziemlich private Frage, und …«

Louise unterbrach mich. »Haben Sie gewusst, dass Sie Ihre Eier einfrieren lassen können? Das habe ich in einem Artikel gelesen.«

Bevor ich antworten konnte, winkte Louise Lars zu, der gerade irgendeine tote Pflanze ausgrub. »Hey Lars, schön dich zu sehen«, flötete sie und betrachtete ihn genüsslich wie ein T-Bone-Steak, das sie jeden Augenblick verschlingen würde. »Wie ich sehe, bist du mal wieder hart bei der Arbeit.«

Er wischte sich den Schweiß von der Stirn und grinste teuflisch. »Du weißt doch, dass ich mir immer die Finger schmutzig machen muss, Louise.« Dann zwinkerte er mir zu, und mein Magen drehte sich genau siebenundfünfzig Mal.

Louise fächerte sich mit der Hand Luft zu und wurde knallrot, als hätte sie vergessen, dass sie verheiratet war, während Lars sich wieder an die Arbeit machte. »Wow. Oh, mein Gott. Wenn *ich* noch Single wäre, hätte ich nichts dagegen, mir mit diesem Mann die Finger schmutzig zu machen.«

»Amen«, intonierte Kate. »Jedenfalls, sagen Sie uns Bescheid wegen der Pediküre, Kennedy! Und wegen Bernie. Ihr beide würdet perfekt zusammenpassen. Ich weiß es genau.«

Die beiden marschierten davon, und es wäre gelogen, wenn ich behaupten wollte, dass ich traurig war, sie los zu sein.

Am späten Nachmittag klopfte Lars an meine Tür, um mir zu sagen, dass sein Team fertig sei für den Tag. »Komm mit, ich zeige dir, was wir heute alles geschafft haben«, sagte er und wies mit der Hand Richtung Vorgarten.

Zaghaft lächelnd folgte ich ihm. Er zeigte hierhin und dorthin und redete und redete – wie das alles in ein paar Monaten aussehen würde, wie sie den hinteren Teil des Gartens anlegen würden, und die Gartenbeleuchtung. Dann prahlte er damit, wie talentiert und intelligent er sei – und Single –, und wie erfolgreich seine Firma in Havenbarrow sei. Und dann, als wir dastanden und die Ecke betrachteten, in der der Flieder stehen sollte – Mamas Lieblingspflanze –, legte er seine Hand auf meinen Steiß, und ich machte einen Satz nach vorn.

»Was machst du da?«, fragte ich und spürte das Adrenalin wie einen Stromschlag durch meinen gesamten Körper schießen.

Er sah mich mit hochgezogener Braue an, als wäre er verwirrt. »Entschuldige? Ich habe doch nur …«

»… deine Hand auf meinen Steiß gelegt, ohne mich zu fragen«, fuhr ich ihn an. »Und ganz ehrlich? Das ist absolut unangemessen.«

Doch statt sich für sein Verhalten zu entschuldigen, rollte Lars nur mit den Augen. »Ach komm schon, Süße. Jetzt tu doch nicht so, als hättest du mich nicht schon die ganze Zeit angemacht. Die Zeichen waren ziemlich eindeutig.«

»Es gab keine Zeichen. Ich habe dich nicht angemacht.«

»Du brauchst dich nicht rauszureden«, erwiderte er und kämmte sich mit der Hand durch die Haare, als wäre er der selbstbewussteste Mann der Welt. »Ich verstehe es. Du bist eine sehr schöne Frau. Ich bin ein gut aussehender Mann. Da ergibt es absolut Sinn, dass wir …«, er legte eine Hand auf meine Schulter und jagte mir damit einen eisigen Schauer über den Rücken, »… uns gegenseitig attraktiv finden.«

»Ich finde dich nicht attraktiv«, erklärte ich laut und stieß seine Hand weg. »Und wenn du mich noch einmal anfasst, wirst du es bereuen.«

»Kein Grund, gleich zickig zu werden«, schnaubte er. »Du bist ja nicht mal mein Typ.«

Was war nur mit diesen Männern los, die es nicht wegstecken konnten, wenn eine Frau nicht auf sie stand?

»Du bist mir an den falschen Stellen ein bisschen zu fett.« Er taxierte mich eingehend.

»Du gehst jetzt besser«, erklärte ich bestimmt, auch wenn ich innerlich ein wenig zitterte. In meiner Ehe hatte ich das Monster wenigstens gekannt, das jeden Abend zu mir zurückgekehrt war. Aber Lars? Ein vollkommen Fremder? Ich hatte keine Ahnung, woher der Typ diese Wut nahm.

»Wie du willst. Wir sehen uns morgen.«

»Wahrscheinlich ist es das Beste, wenn du nicht wiederkommst«, erklärte ich, denn ich wusste, dass es Yoana überhaupt nicht gefallen würde, so jemanden in ihrem Garten arbeiten zu lassen. Sie hätte niemals gewollt, dass ich mich unbehaglich fühlte. Und Lars war ein Garant für Unbehagen.

Er lachte und schüttelte den Kopf. »Du kannst mich nicht feuern. Deine Schwester ist meine Kundin, nicht du.«

»Und genau die werde ich anrufen, sobald du weg bist. Verschwinde.«

»Jetzt hör mir mal gut zu …«, begann er und trat einen Schritt auf mich zu, sodass ich zurückzuckte. Verdammt, ich hasste so was. Ich hasste es, dass er meine Reaktion auf ihn sah. Ich hasste es, die Genugtuung in seinen Augen aufflackern zu sehen, als ich gezuckt hatte. Ich hasste es, Männern gegenüber schwach zu wirken. Ich hasste das Gefühl, mich bedrängt zu fühlen.

Er schob die Brust vor und machte sich noch ein Stück größer. »Ich kann nicht zulassen, dass ich deinetwegen Geld verliere, wir werden uns also etwas einfallen lassen müssen.«

»Wie wäre es, wenn du einfach tust, was sie will, und von ihrem Grundstück verschwindest?«, sagte eine Stimme hinter uns. Lars und ich drehten uns um. An dem niedrigen Zaun, der Joys Grundstück von meinem trennte, stand Prince Charming. Sein Blick war hart und voller … Wut? War das Wut? Nur dass sie diesmal gegen Lars gerichtet war.

»Wie wäre es, wenn du dich um deinen eigenen Scheiß kümmerst, Kumpel?«

Prince Charming ging um den Zaun herum und baute sich vor Lars auf, der innerhalb weniger Sekunden aussah wie ein kleiner Fisch, der jeden Augenblick von einem Hai verschluckt werden würde. Zwar war er der Massigere von den beiden, groß und ziemlich fit, aber Prince Charming war mindestens genauso fit. So fit, dass er mit dem kleinen Finger ein Auto würde anheben können.

Die beiden starrten einander ein paar Sekunden lang in die Augen, bis Lars klein beigab und den Rückzug antrat. »Mach, was du willst, Mann. Ich hab keine Zeit für so was.« Lars sah zu mir herüber, und seine blauen Augen wurden noch ein wenig kälter. »Viel Glück bei der Suche nach einem neuen Gärtner, der den Mist hier fertig macht. Ich bin nämlich der einzige in der Stadt. Gratuliere, du hast gerade den Garten deiner Schwester ruiniert.«

»Verschwinde«, zischte Prince Charming.

»Okay, okay, Arschloch.« Mit einem boshaften Lachen warf Lars die Hände in die Luft. »Nicht schießen.«

Die Art, wie er das sagte, klang irgendwie seltsam, und jetzt war es Prince Charming, der zurückwich. In seinem Blick leuchtete etwas auf, das er jedoch schnell wieder fortblinzelte. Was hatte das zu bedeuten? Was war da gerade aufgeflackert?

Als Lars davonmarschierte, sah ich, wie ein langsamer, erschöpfter Seufzer über Prince Charmings Lippen kam und seine Schultern wieder hinabsanken. Der Grizzly hatte sein Knurren wieder abgeschaltet.

Erleichterung durchströmte mich, und ich sagte lächelnd: »Danke. Ich war kurz davor …«

»Was zum Teufel machst du denn?«, fuhr er mich an, und sein scharfer Ton ließ mich ein wenig zurückweichen.

»Was?«

»Wieso lässt du dich den ganzen Tag so von ihm behandeln? Und dann lässt du auch noch diese Tratschtanten ins Haus, damit sie sich über dich lustig machen können.«

Ich straffte die Schultern und sah ihn an. »Wovon redest du?«

»Diese Leute bringen dir jeden Tag irgendeinen Scheiß vorbei, nur damit sie es sich bei dir bequem machen und dich mit ihren gemeinen Bemerkungen triezen können. Sie spucken dir ihre Verachtung offen ins Gesicht, und du lässt sie das einfach so mit dir machen.«

Wow. Okay. Da hatten wir ihn also wieder, den aggressiven, unfreundlichen Kerl, den ich im Wald getroffen hatte. »Das geht dich eigentlich gar nichts an.«

»Wenn du nicht dafür sorgst, dass sie augenblicklich damit aufhören, werden sie sich für immer in deine Angelegenheiten mischen.«

»Und warum sollte es dich interessieren, wie die Leute mich behandeln?«

Für den Bruchteil einer Sekunde wurde sein Blick ganz weich, und ich hätte schwören können, dass ich diesen Menschen kannte, dem ich gerade in die Augen gesehen hatte. Er schob die Hände in die Taschen seiner Jeans und zuckte mit den Schultern. »Ich sage bloß, dass die Menschen in dieser Stadt Trolle sind. Wenn du die Böse spielen musst, dann tu es. Sie lieben es, auf den Schwachen herumzutrampeln. Sie werden dich in den Wahnsinn treiben, bis du mit dem Rücken an der Wand stehst, und dann werden sie so lange angreifen, bis dir die Sicherungen durchbrennen – und glaub mir, sie werden durchbrennen –, und dann werden sie dich fragen, was denn mit dir los ist.«

»Du hast meine Frage immer noch nicht beantwortet. Wieso interessiert es dich, wie die Leute mich behandeln?«, fragte ich.

»Tut es nicht«, knurrte er und rieb sich mit dem Handrücken über die Stirn. »Aber dich selbst scheint es auch nicht zu interessieren. Ich bin mir ziemlich sicher, hier liegt das eigentliche Problem.«

Ich wollte ihm widersprechen. Ich wollte ihm sagen, dass er sich irrte, dass es mich einen Dreck interessierte, was diese Leute über mich dachten, doch das stimmte nicht. Ich wollte, dass sie mich mochten, denn ich fürchtete mich weit mehr davor, nicht geliebt zu werden.

Mein Ehemann hatte diese Angst in mir geweckt – nicht liebenswert zu sein –, und alles, was ich wollte, war geliebt zu werden, selbst wenn es bedeutete, mir eigenhändig mein Herz zu brechen, damit andere mich mochten. Wie deprimierend.

»Willst du einen Rat?«, fragte er.

»Nur zu, erleuchte mich.«

»Lass dich von ihnen nicht behandeln wie ein Kind. Wehr dich, wenn sie versuchen, dich in die Ecke zu drängen.«

»Ich bin mir nicht sicher, ob ein Rat von dir so eine gute Idee ist. Ich will nicht so ein Eigenbrötler werden wie du. Ich möchte Freunde haben.«

Sein Blick glitt für den Bruchteil einer Sekunde zur Seite, und als er mich wieder anschaute, sah ich in seinen Augen … Schmerz? Hatte ich ihn mit meinen Worten verletzt?

»Ich *habe* Freunde«, sagte er, selbstbewusst wie eh und je. »Leute, die mir alles bedeuten, die zu mir halten, auch wenn die Welt gegen mich ist.«

Mein Magen zog sich bei seinen Worten ein wenig zusammen. »Tut mir leid. So hatte ich es nicht gemeint …«

»Doch, hast du, und das ist okay. Aber bevor du über mich urteilst, konzentrier dich lieber auf dich selbst. Entscheide selbst, ob du diese Leute als Freunde haben möchtest. Die meisten Menschen achten nicht mehr darauf, wem sie sich öffnen. Sie denken, gemocht zu werden sei wichtiger, als respektiert zu werden. Diese Leute werden dich umbringen.«

Ich lachte. »Ich bezweifle, dass Louise und Kate vorhaben, mich zu ermorden.«

»Ich rede nicht davon, dass sie dir das Leben nehmen werden. Ich rede von etwas sehr viel Wichtigerem.«

»Und das wäre?«

»Deiner Seele.«

Ich wusste nicht, was ich darauf antworten oder was ich tun sollte, und so stand ich einfach still, während er einen Schritt vortrat und leise sagte: »Bell sie an, Kennedy. Bell.«

Er trat zurück und nahm meinen Atem mit. Meine Brust fühlte sich an wie in einem Schraubkasten, als er davonging, und seine Worte ließen eisige Schauer über meinen Rücken jagen, während sie in Endlosschleife in meinem Kopf widerhallten, als versuchten sie etwas aus meinen Erinnerungen hervorzurufen.

Bell sie an, Kennedy. Bell.

10

KENNEDY

»Oh, mein Gott, es tut mir leid, dass er dich so behandelt hat, Kennedy. Was für ein Arschloch«, sagte Yoana am anderen Ende der Leitung. Ich streckte mich gähnend im Bett aus. Mein Rücken schmerzte, weil ich Dummkopf die letzten Nächte im Auto geschlafen hatte, und so hatte ich mich schließlich aufgerafft und war ins Haus gegangen, um wie ein erwachsener Mensch in einem richtigen Bett zu schlafen. Ich war so froh gewesen, als endlich die Möbel geliefert worden waren und das Haus ein wenig wohnlicher machten.

»Ja«, stimmte ich ihr zu. »Aber es tut mir leid, dass du jetzt niemanden mehr für den Garten hast.«

»Das macht gar nichts. Irgendwas wird sich schon ergeben. Viel wichtiger ist, dass es dir gut geht. Soll ich nach Hause kommen? Ich kann zurückkommen, wenn du mich brauchst.«

»Ich bin mir sicher, dass deine Anwesenheit hier in der Stadt nicht vonnöten ist«, lachte ich.

»Wirklich nicht? Bora Bora ist nämlich furchtbar langweilig. Alles, was wir hier machen, ist in der Sonne zu liegen und Fruchtcocktails zu schlürfen.«

»Herrje, was für ein hartes Leben.«

»Ich sag's dir. Und dann ist da noch dieser Typ, der mir überall hinterherläuft und ständig sagt, dass er mich liebt, und mir jeden Wunsch von den Augen abliest.«

Ich zog eine Augenbraue hoch – als ob sie mich sehen könnte. »Du meinst … deinen Ehemann?«

»Ehemann.« Sie seufzte. »Was für ein seltsames Wort. Ich habe einen Ehemann.« Sie kicherte verliebt.

»Absolut. Und einen guten noch dazu. Sei froh, im Meer schwimmen viele grässliche Fische.«

»Wo wir gerade von grässlichen Fischen sprechen, hast du was von deinem Kraken gehört?«

Mein Brustkorb zog sich zusammen, und ich drehte meine Haare zu einem unordentlichen Knoten zusammen. »Hab ich nicht.«

»Nun, das ist gut, oder nicht? Nichts von ihm zu hören ist gut.«

Möglicherweise. Und doch fühlte es sich irgendwie seltsam an, so gar nichts von ihm zu hören. Ich versuchte möglichst wenig darüber nachzudenken, denn je mehr ich es tat, desto mehr dachte ich an die Vergangenheit, und das war nicht leicht für mich. Ich war nicht besonders gut im Umgang mit meiner Vergangenheit, sie war einfach zu schrecklich, um mich ihr zu stellen.

»Ja, das ist gut. Ach übrigens …«, versuchte ich das Thema zu wechseln, »… falls es dich interessiert: Meine Nachbarn sind die neugierigsten Menschen, die ich je erlebt habe.«

»Oh, Gott, gut zu wissen. Ich wette, sie freuen sich ohne Ende, dass du da eingezogen bist.«

»Du kannst es dir nicht vorstellen. Ich bin immer noch überrascht, dass heute noch kein Kuchen oder frisch gebackenes Brot hier abgegeben wurde.«

»Es ist noch früh. Ich bin mir sicher, die kommen noch«, scherzte sie. »Wie ist die Stadt sonst so? Ist es das Stars Hollow deiner Träume?«, fragte Yoana hoffnungsvoll. »Gibt es Kuchenbasare und Straßenumzüge, bloß weil Dienstag ist? Gibt es ein Luke's Diner? Oh, mein Gott, bitte sag, dass es ein Luke's Diner gibt.«

Ich lachte. »Ehrlich gesagt, hab ich mir die Stadt noch gar nicht angeschaut. Aber ich habe eine total süße, schrullige Nachbarin. Oh, und nur zur Warnung, der Wald hinter eurem Haus gehört einem ziemlichen Arschloch. An eurer Stelle würde ich da nicht spazieren gehen. Er ist alles andere als ein Menschenfreund.«

»Ooh, wie spannend! Ist er eher menschenunfreundlich wie Luke, oder mehr so wie Jess?«

Wenn Yoana und ich in irgendwas Profis waren, dann in *Gilmore-Girls*-Anspielungen.

»Jess. Ohne Zweifel Jess.«

»Sieht er gut aus? Oh, Gott, bitte sag, dass er gut aussieht.«

Oh, Prince Charming war ein absolutes Prachtexemplar von Arschloch. Wenn böser Qualm hätte töten können, wäre ich mittlerweile schon zehnmal gestorben. Es war, als hätte jemand Damon aus den *Vampire Diaries* genommen, ein bisschen Hook aus *Once Upon a Time* daruntergemischt und, voilà, Prince Charming war erschaffen. Wenn Vor-sich-hin-Brüten olympische Disziplin gewesen wäre, hätte er die Goldmedaille bekommen.

»Das ist nicht der Punkt«, sagte ich und bemühte mich, seinen offensichtlichen Sexappeal zu verdrängen, denn ich war noch immer fest entschlossen, ihn nicht zu mögen – auch wenn er sich in seiner Freizeit um ältere Leute kümmerte und mich vor Typen wie Lars beschützte. Doch das änderte nichts an seinem unfreundlichen Verhalten mir gegenüber oder seiner grundsätzlich schlecht gelaunten Art.

»Genau das *ist* der Punkt, Kennedy. Es ist völlig in Ordnung, ein Arschloch sexy zu finden.«

Und das tat ich. Nur dass Yoana – oder irgendjemand sonst – es nicht unbedingt wissen musste, denn es spielte keine Rolle. War Prince Charming zum Umfallen süß mit seinen braunen Locken, die ihm jedes Mal so sexy ins Gesicht fielen? Absolut. Hatten seine tiefgründigen, geheimnisvollen Augen mich für einen Moment in ihren Bann gezogen? Zugegeben, ja, meinetwegen. Die Zeit hatte stillgestanden, bla, bla, bla. All das änderte jedoch nichts an der Tatsache, dass ihm jegliche soziale Kompetenz fehlte, und weder volle Lippen noch ein markanter Kiefer konnte daran etwas ändern.

Sein Aussehen und seine geheimnisvolle Art machten es einfach nur ein wenig schwieriger wegzuschauen.

»Wenn du nicht aufhörst, leg ich auf«, drohte ich scherzhaft und erhob mich, um ins Badezimmer zu gehen.

»Schon gut, schon gut. Aber wie meinst du das, du hast dir die Stadt noch nicht angeschaut? Sag mir nicht, dass du den Leuten aus dem Weg gegangen bist. Du musst raus aus dem Haus! Erkunde die Stadt. Lerne neue Leute kennen.«

»Glaub mir, ich muss keine neuen Leute kennenlernen. Sie kommen alle von selbst an meine Tür.«

»Du musst mal raus, Kennedy. Das wird dir guttun.«

»Aber euer Haus ist so groß und gemütlich«, spöttelte ich in dem Versuch, das Gespräch auf ein anderes Thema zu lenken. An Yoanas Seufzen konnte ich hören, dass sie sich Sorgen um meine mentale Gesundheit machte, die in den letzten Monaten massiv gelitten hatte. Sie wollte, dass es mir gut ging, was ich absolut verstehen konnte. Ich wollte es schließlich auch. Nur brauchte so etwas Zeit. Meine Wunden mussten in ihrem eigenen Tempo heilen – auch wenn der Rest der Welt gern gesehen hätte, dass es schneller vonstattenging.

Aber das war nicht fair. Schließlich war es *mein* Trauma.

Doch mein Mann hatte mich bereits verlassen, weil ich nicht

in der Lage gewesen war, mein Leben wieder in die Hand zu nehmen und nach vorn zu schauen. Ich konnte es mir nicht leisten, auch noch meine Schwester zu verlieren.

»Ich mache mir einfach Sorgen um dich, Kenny.« So hatte Mama mich immer genannt. Mein Bauch kribbelte, als Yoana es sagte. »Du hast so viel durchgemacht. Mama und Papa zu verlieren, und Dai …«

»Ich werde mir die Stadt heute noch ansehen«, unterbrach ich sie, bevor sie den Unfall ansprechen konnte, der meine Seele verbrannt hatte. »Ich werde mir anschauen, was hier so los ist«, versprach ich und gab mir alle Mühe, hoffnungsvoll zu klingen, damit Yoana sich keine Sorgen mehr machte.

Der Seufzer, der durch das Telefon kam, klang deutlich entspannter als der letzte. »Oh Kennedy, es wird dir gefallen! Nathan hat mich überredet, das Haus in Havenbarrow zu kaufen und zu renovieren, indem er mir ein paar Sehenswürdigkeiten in der Stadt gezeigt hat. Es gibt da noch ein richtiges altes Autokino, in dem nur Schwarz-Weiß-Filme gezeigt werden, und jeden zweiten Freitagabend gibt es einen Liebesfilm«, betonte sie und weckte damit tatsächlich mein Interesse.

»Echt? Erzähl weiter.«

»Und es gibt ein Café mit einer streunenden Katze, die dort herumläuft. Sie heißt Marshmallow.«

Okay, jetzt hatte sie mich am Haken.

»Und, und, und …«, rief sie, und ich konnte ihre Begeisterung deutlich hören, »… die Bücherei hat ein geheimes Bücherregal! So behauptet es zumindest die Legende. Das Regal führt zu einer versteckten Leseecke, und man muss das richtige Buch finden, mit dem man es öffnen kann. Angeblich hat es bisher noch niemand gefunden, aber es existiert wirklich.«

Herausforderung angenommen.

»Du kannst ja Mamas und Daddys Wagen nehmen«, schlug Yoana voller Hoffnung vor.

Das ging definitiv zu weit. Sie wusste, dass ich nicht Auto fuhr. So weit war ich noch nicht. »Ein Schritt nach dem anderen, Sis.«

Ich konnte ihr schuldbewusstes Lächeln förmlich sehen. »Ich musste es wenigstens versuchen.«

Um meinen aufdringlichen Besuchern zu entgehen und mich mal aus meiner Komfortzone herauszubewegen, machte ich mich nach unserem Telefonat auf den Weg in die Stadt, um dort zu frühstücken.

Das Café mit seinen locker verteilten kleinen Tischen und den Sitznischen mit roten Ledersitzbänken an der Wand erinnerte tatsächlich sehr an Luke's Diner. Auf den Hockern vorne an der Theke saßen ein paar Gäste und unterhielten sich, anstatt auf ihre Handys zu starren. An der Wand über den Kaffeemaschinen hing ein Schild, auf dem stand: *Keine Handys. Unterhaltet euch und schaltet die Telefone ab oder bleibt weg.*

Na, wenn das kein Luke's-Diner-Spruch war, dann wusste ich es auch nicht. Es machte wohl keinen Sinn zu fragen, ob es ein WLAN-Passwort gab. Ich ließ das Handy in meiner Handtasche verschwinden und setzte mich in eine der Nischen. Bereits nach kurzer Zeit hatte ich mein Steak mit Rührei vor mir stehen und wandte mich zum Fenster, um zu schauen, was draußen so los war. Auf der anderen Straßenseite war an einem Fahrradständer ein zuckersüßer Welpe angebunden.

Tu's nicht, Süßer.

Die Besitzerin des Kleinen keifte irgendjemanden auf dem Handy an und gestikulierte dabei wie verrückt mit den Armen. Der Welpe versuchte währenddessen an eine streunende Katze heranzukommen, die auf der anderen Seite der stark befahrenen Straße hockte und sich die Pfoten sauber leckte. Alle paar

Sekunden zog er an seiner Leine, und der Knoten, mit der sie befestigt war, löste sich jedes Mal ein wenig mehr.

Seine Besitzerin war zu sehr damit beschäftigt, in ihr Handy zu schreien, um zu bemerken, dass ihr aufgeregter Welpe Gefahr lief, auf die Straße zu rennen.

Mein Herz schlug immer schneller. Die Leine war jetzt fast los, der Hund jeden Augenblick frei von der Beschränkung, die seinem eigenen Schutz diente. »Nein«, murmelte ich. Meine Hände zitterten, und ich hoffte inständig, der Hund möge bleiben, wo er war.

Die Katze streckte sich jetzt ausgiebig, was den Hund nur noch mehr anstachelte. Die Wachsamkeit in seinem Blick und sein lautes Bellen hätten seine Besitzerin aufmerksam machen müssen, doch sie reagierte nicht.

»Nein!«, rief ich mit zitternder Stimme. Die Leute im Café sahen mich an, aber das war mir egal.

Ich sprang von meinem Sitz auf. Eisige Schauer liefen mir über den Rücken. Zwei Sekunden später war die Leine frei, der Hund auf der Straße, und mein Herz irgendwo in meinem Hals.

Bevor der Hund vor ein Auto rennen, bevor eine grässliche Szene sich vor meinen Augen abspielen konnte, tauchte Prince Charming auf, trat vor das fahrende Auto und schnappte sich den Hund.

Der.

Verflixte.

Mr

Personality.

Soll das ein Witz sein?!

Großer, muskelbepackter Mann mit hilflosem Welpen in den Armen?

Absoluter Ladyboner.

Der Fahrer des Wagens drückte auf die Hupe und gestikulierte dann wütend mit den Armen, bevor er Gas gab und davonraste.

Die Besitzerin des Welpen drehte sich um und wirkte geschockt, als sie den Mann mit ihrem Hund sah – allerdings nicht so sehr wegen der Tatsache, dass ihr Hund beinahe sein Leben verloren hätte, sondern wegen des Mannes, der das Tier in seinen Armen hielt.

Sie riss ihm den Hund weg und fing wieder an, wie wild mit den Armen in der Luft herumzufuchteln, offenbar zankte sie ihn aus, weil er ihren Welpen gerettet hatte.

Was zum Teufel war bloß los mit ihr?

Sicher, er war ein Arschloch, aber in diesem Augenblick war er auch ein verdammter Superheld! Sie hätte ihm für seinen heroischen Einsatz danken sollen, stattdessen schrie sie ihn an, als wäre er der Grund für das Drama. Prince Charming stand ruhig da und brüllte nicht zurück. Tatsächlich sagte er kein Wort. Seine vollen Lippen blieben fest aufeinandergepresst, und er schien nicht im Geringsten von dieser Frau irritiert zu sein. Keine hochgezogene Augenbraue, kein schmales Lächeln oder Stirnrunzeln.

Sein Gesicht wirkte einfach nur … ausdruckslos.

Vollkommen losgelöst von der Aggression, die ihm entgegenschlug.

Darin war er weit besser als ich, so viel war sicher. Ich an seiner Stelle hätte Schimpfwörter erfunden, und zwar mit jedem einzelnen Anfangsbuchstaben des Alphabets.

Während sie noch kreischte, drehte Prince Charming sich um ließ die Frau mit ihrem Gebrüll und ihren mangelnden Hundebesitzerfähigkeiten einfach stehen.

Die Glocke über der Tür läutete, als er das Café betrat. Er setzte sich in eine der Sitznischen, öffnete die Speisekarte, rückte sein Basecap zurecht und senkte den Kopf. Seine breiten Schultern sackten nach vorn, während er die Karte mit dem eindeutig zu üppigen Angebot studierte.

Warum hatte er das getan?

Warum, verdammt noch mal, musste er einen Welpen davor retten, überfahren zu werden?

Warum musste er es mir so schwer machen, ihn nicht zu mögen?

Prince Charming sah von seinem markanten Kiefer bis zu den muskelbepackten Armen schon so aus wie ein Superheld. Der Mann hätte wahrscheinlich einen Schnellzug allein mit seiner stählernen Brust stoppen können. Es war wirklich eine Schande, dass seine soziale Kompetenz bei unseren Begegnungen nicht annähernd mit seiner muskulären Kompetenz mithalten konnte. Aber dann wiederum wäre er einfach zu gut gewesen, um wahr zu sein.

»Wenn Sie gerne einen Teller Salz zu Ihrem Steak gehabt hätten, hätten Sie es bloß sagen müssen«, erklärte eine freundliche Stimme. Mein Blick sprang von Prince Charming zu meinem Essen, das ich in den letzten fünf Minuten gedankenverloren mit Salz berieselt hatte.

»Entschuldigung«, murmelte ich, stellte den Salzstreuer weg und glitt wieder tief in meine Sitzbank. Ich warf einen Blick aus dem Fenster und sah, wie die Frau ihren Hund ankeifte, weil er ungehorsam gewesen war.

Der Hund tat mir leid. Seine Besitzerin schien eine ausgesprochen respektlose Person zu sein.

»Sie brauchen sich nicht zu entschuldigen. Wir haben alle unsere Eigenarten«, versicherte mir die freundliche Stimme.

Mein Blick wanderte hinauf zu dem Mann, dem die Stimme gehörte. Er hatte schmale, rosafarbene Lippen und hinter der Brille grüne Augen, die die Fähigkeit besaßen, ganz von allein zu lächeln. Seine Wangen waren von roten Sommersprossen übersät, die zu seinen stacheligen orange-roten Haaren passten. Ich musste lächeln, als ich sein Namensschild sah. »Marty«, las ich laut. Er sah genauso aus, wie ich mir einen Marty vorgestellt hätte. Sehr schlank, aber ziemlich groß. Ein bisschen nerdig, aber auf eigene Art gut aussehend.

»Das bin ich«, erklärte er, und seine Mundwinkel bogen sich, passend zu seinen lächelnden Augen, nach oben. »Kann ich Ihnen ein frisches Steak mit Rührei bringen?«

Ich zögerte und überlegte, ob ich tatsächlich so viel Geld ausgeben wollte. Und obwohl Yoana noch darauf bestanden hatte, mir ein wenig Geld in die Tasche zu stecken, lehnte ich ab. Ich hatte noch genug auf dem Konto von meinen Büchern, aber in dem Tempo, in dem ich gerade schrieb – oder vielmehr nicht schrieb –, hatte ich keine Ahnung, wann neues Geld nachkommen würde. Ich musste mein Geld also zusammenhalten.

Marty musste Gedanken lesen können, denn er ergänzte sein Angebot mit der Bemerkung, dass das zweite Steak aufs Haus ginge.

»Ich will Ihnen aber keinen Ärger machen«, sagte ich, während mein Magen unangenehm laut knurrte. Peinlich berührt blickte ich auf mein versalzenes Steak, um seinem besorgten Blick auszuweichen.

»Ach, das ist keine große Sache. Der Laden gehört meinem Dad.« Er räusperte sich und beugte sich dann ein wenig nach vorn, bevor er flüsterte: »Ich besorge Ihnen auch noch etwas mehr Toast.« Marty nahm meinen Teller, um ihn in die Küche zu tragen, aber erst, nachdem er ihn insgesamt viermal hochgehoben und wieder abgestellt hatte. Ich sagte nichts zu seinem seltsamen Verhalten, lächelte ihm aber zu.

Er musste ungefähr in meinem Alter sein, vielleicht ein Jahr älter oder jünger.

In seinen Augen schien sich ein seltsamer Konflikt abzuspielen, während er nach dem Salzstreuer griff und ihn wieder auf den Tisch zurückstellte. Er hob ihn erneut hoch und stellte ihn wieder ab. Das Gleiche passierte noch zweimal. Ich zog eine Augenbraue hoch und sah, wie seine Wangen sich vor Scham röteten.

»Tut mir leid.« Er lachte nervös. »Bloß eine ziemlich heftige Zwangsstörung.« Er zuckte bei seinen eigenen Worten zusammen, seine Mundwinkel sackten nach unten. Es war offensichtlich, dass er sich alle Mühe gab, seine Zwangshandlungen zu verbergen, was ihm aber nicht gelang.

Genauso erging es wohl jedem von uns – wir alle hatten unsere Geheimnisse, die wir möglichst zu verbergen suchten.

Ich beugte mich ein wenig zu ihm hinüber. »Sie brauchen sich nicht zu entschuldigen. Wir haben alle unsere Eigenarten.« Ich zwinkerte ihm zu und sah, wie er sich merklich entspannte.

»Gibt es ein Problem?«, fragte eine strenge Stimme.

Mein Blick wanderte von Marty zu einem Mann, der etwa doppelt so groß war wie er. Sein Vater, nahm ich an. Auf seinem Namensschild stand »Gary«.

Gary sah seinen Sohn an und seufzte. Enttäuschung leuchtete in seinen müden Augen. »Erschreckst du wieder unsere Gäste?«

Bevor Marty antworten oder den Teller in seiner zitternden Hand fallen lassen konnte, ergriff ich seine beiden Hände und wandte mich mit einem breiten Lächeln an Gary. »Ich habe gerade mit Ihrem Red Velvet Cake in der Vitrine geliebäugelt, und Ihr Sohn Marty hat mir erklärt, dass Sie den besten Kuchen der Stadt servieren.«

Garys Blick wurde freundlicher, und seine Mundwinkel bewegten sich ein paar Millimeter nach oben, als er die Arme verschränkte und stolz die Brust vorschob. »Das stimmt. Den besten Kuchen, den Sie in Havenbarrow finden, sogar in ganz Kentucky. Ich mache ihn komplett von Hand. Alles echt, nicht so ein Fake wie in dem neuen Franchise auf der anderen Straßenseite, das mir die Kunden wegnimmt. Die benutzen nur diesen tiefgefrorenen Mist, der den Leuten die Eingeweide kaputtmacht. Wir verwenden nur echte Lebensmittel. Meine Kuchen sind einfach göttlich.« Bemerkenswert, wie männlich Gary wirkte, während er von einem Kuchen sprach.

»Na, dann muss ich unbedingt wiederkommen und ihn probieren.«

Gary rieb sich mit der Hand über die Stirn. »Das müssen Sie. Also, ich sollte langsam wieder zurück in die Küche. Marty?« Garys genervter Ausdruck kehrte zurück. »Sieh zu, dass du die anderen Tische sauber hast, bevor der nächste Schub Gäste kommt.«

Gary verschwand wieder in der Küche, wo man Teller und Pfannen klappern hörte. Marty dankte mir dafür, dass ich seinen Vater ein wenig abgelenkt hatte, und eilte los, um meine neue Bestellung weiterzugeben.

Während ich wartete, zog ich Block und Stift aus meiner Handtasche und verlängerte meine Liste an Dingen, die ich in Havenbarrow tun wollte.

- einen Kuchen ohne Backmischung backen lernen

Dabei schielte ich immer mal wieder zu Prince Charming hinüber, wobei mich jedes Mal ein nervöses Kribbeln im Bauch überkam. Ich konnte den Blick einfach nicht von ihm abwenden, egal wie sehr ich mich auch bemühte. Obwohl ich mich wie eine Stalkerin fühlte, zog irgendetwas an ihm mich magisch an und machte es mir beinahe unmöglich wegzuschauen.

Er musste meinen Blick gespürt haben, denn er sah von seiner Speisekarte auf und mir direkt in die Augen. Und wie die Psychopathin, die ich nun einmal war, tat ich natürlich nicht das, was normale Menschen tun würden, wenn sie dabei ertappt wurden, wie sie einen fremden Mann anstarrten.

Ich wandte meinen Blick nicht ab.

Ich tat nicht so, als würde ich an ihm vorbeischauen.

Ich raffte nicht mein Zeug zusammen und sah zu, dass ich wegkam.

Nein.

Ich lächelte und hauchte: »Hi.« Laut und deutlich.

Er verengte die Augen zu schmalen Schlitzen.

Er blinzelte dreimal.

Er sah wieder auf seine Speisekarte, richtete sein Basecap und ließ die Schultern erneut nach vorn sinken, sodass ich mich wie die letzte Psychopathin fühlte, weil ich überhaupt mit ihm gesprochen hatte. Und trotzdem starrte ich weiter.

Was war nur los mit mir?

Erst neulich hatte ich mir in einem Serienmarathon *You* reingezogen, und ich zeigte eindeutig Joe-Eigenschaften, so wie ich diesen mir vollkommen fremden Mann anstarrte. Wenn ich Joe gewesen wäre, dann wären das in diesem Moment wohl meine Stalker-Gedanken gewesen:

Du starrst auf die Speisekarte und weißt nicht, was du bestellen sollst. Den grünen Smoothie? Die Pancakes? Die Haferflocken? Nein. Du siehst eher aus wie ein Omelett-Typ. Du trägst ein Basecap, um dein Gesicht zu verbergen, dabei hast du einen ausgesprochen schönen, definierten Kieferknochen. Und auch wenn sie immer noch kalt und abweisend wirken, hätten deine Augen es verdient, gesehen zu werden, und … Du meine Güte, Kennedy, guck endlich weg, verflixt.

Was war nur in mich gefahren?

Ich sah zu, wie er sein Basecap absetzte, es auf den Tisch legte und sich mit den Händen durch die Haare fuhr.

Marty kam zurück, vollführte seine eigenartige Prozedur und stellte meinen Teller vor mir auf den Tisch. Ich atmete den köstlichen Duft des Essens ein und wartete nicht einmal ab, bis Marty wieder gegangen war, um mir ziemlich wenig damenhaft eine Gabelvoll nach der anderen in den Mund zu schieben.

»Und, was führt Sie nach Havenbarrow?«, fragte er und betrachtete mich fasziniert, vermutlich als Reaktion auf die Geschwindigkeit, mit der ich mein Essen in mich hineinschaufelte.

»Ich habe für ein paar Monate das Haus meiner Schwester und meines Schwagers gemietet«, antwortete ich und schob mir eine Portion Rührei in den Mund.

»Oh. Mit Ihrem Freund? Mann?«, fragte Marty.

Mein Magen krampfte sich ein wenig zusammen, als ich auf meinen bloßen Ringfinger blickte. Es war schon ein paar Stunden her, seit ich zum letzten Mal an die Vergangenheit gedacht hatte. Aber der nette Marty hatte sie zuverlässig wieder an die Oberfläche befördert.

»Nein, nur ich.«

»Sie sind Single?«, fragte er hoffnungsvoll.

Ich lächelte ihm zu und versuchte den Gedanken an meine letzte Beziehung, den er mir gerade aus der Nase zog, zu verdrängen. »Ja, Single und sehr zufrieden mit diesem Zustand. Ich komme gerade aus einer langen Beziehung und will mich erst mal ein wenig auf mich selbst konzentrieren.«

Er lächelte verständnisvoll. »Nun, falls Sie einen Freund in der Stadt brauchen, bin ich gerne bereit, Sie nicht anzubaggern. Sie sind ohnehin nicht mein Typ.« Er wies mit dem Kinn auf den Gentleman am Tisch gegenüber. »Ich steh mehr auf Kens als auf Kennedys.«

Ich lachte. »Nun, ich könnte tatsächlich einen Freund hier gebrauchen, so viel ist sicher.«

Mein Blick wanderte zurück zu Prince Charming, der mich erneut ansah – und ratet mal, wer wieder nicht weggucken konnte? Stalkerin Kennedy. Er blinzelte ein paarmal und richtete dann den Blick wieder auf die Speisekarte. Ich spürte, wie meine Wangen anfingen zu glühen, und griff nach meinem Orangensaft, während Marty meinem Blick folgte.

Er lachte. »Die meisten Leute sehen Jax Kilter so an«, bemerkte er, was dazu führte, dass ich prompt meinen Orangensaft wieder ausspuckte und damit auch noch mein neues Steak ruinierte.

»Moment, was?«

Er sah mich an, als hätte ich vollkommen den Verstand verloren – was vermutlich auch nicht ganz unbegründet war –, doch ich konnte einfach nicht anders.

»Hast du gerade Jax Kilter gesagt?«, fragte ich.

»Ja.«

Unmöglich.

Das konnte nicht sein …

Es war Jahre her, seit ich ihn zum letzten Mal gesehen hatte, und nichts an diesem Mann dort am Tisch erinnerte an den Jungen, den ich einst gekannt hatte – bis auf seine Augen. Diese tiefgründigen, dunklen Augen zogen mich ebenso in ihren Bann wie damals, als wir noch Kinder gewesen waren.

Marty kratzte sich den nicht vorhandenen Bart. »Kennen Sie ihn?«

»Ja. Ich meine, ich kannte ihn mal, glaube ich … vor langer Zeit. Mein Gott, es ist Jahre her.« Mein Blick wanderte wieder zu Jax, und mein Herz zog sich zusammen, während Tränen in meine Augen stiegen. War er es wirklich? Es musste über fünfzehn Jahre her sein, dass wir zuletzt miteinander gesprochen hatten. Damals waren wir noch Kinder gewesen, doch ihn jetzt zu sehen und zu wissen, dass er derselbe Jax war wie damals, brachte meinen Verstand aus dem Gleichgewicht.

Einen Augenblick lang war er mein Gegenstück gewesen. Mein Feriencamp-Buddy. Mein bester Freund. Wir hatten zwei Sommer damit verbracht, gemeinsam erwachsen zu werden und eine enge Verbindung aufzubauen, bis er plötzlich ohne ein Wort aus meinem Leben verschwunden war.

»Du kennst ihn?«, fragte ich Marty, bevor meine Zähne sich in meine Unterlippe gruben.

»Oh, ja. Das hier ist eine kleine Stadt, da kennt jeder jeden. Ehrlich gesagt, wusste ich bereits alles über Sie, bevor Sie sich hingesetzt haben – bis auf Ihre Sozialversicherungsnummer natürlich«, scherzte er.

»Ist er … nett?«, fragte ich und ignorierte die Tatsache, dass Marty gesagt hatte, er wisse alles über mich. Ich war zu sehr damit beschäftigt, alles über Jax zu erfahren. Meine Frage klang idiotisch, denn basierend auf meinen Erfahrungen mit ihm, kannte ich die Antwort: Nein, er war nicht nett. Ein bisschen nett vielleicht? Nach allem, was ich erlebt hatte, sprachen seine Handlungen eine andere Sprache als seine Worte, und ich wollte von Marty hören, was für ein Mensch aus Jax geworden war.

»Jax ist … nun, er ist … Ich rede nicht gern über andere. Die Leute hier reden schon genug Mist, um *Zeit der Sehnsucht* noch zehn Jahre mit Stoff zu versorgen, aber Jax ist echt ein interessanter Typ. Abgesehen von seinen Frauengeschichten, ist er ein ziemlicher Eigenbrötler. Er war zwei Jahre mit Amanda Gates zusammen – nicht, dass die beiden sich besonders nahegekommen wären. Er ist ein bisschen EU.«

»EU?«

»Emotional unzugänglich. Ich war überrascht, dass Amanda es so lange mit ihm ausgehalten hat. Dabei hat sein Aussehen sicher nicht geschadet. Bin mir ziemlich sicher, das und seine Fähigkeiten im Bett haben sie so lange bei der Stange gehalten. Wenn ich das geringste Anzeichen erkennen würde, dass er mehr auf Kens steht als auf Kennedys, würde ich meinen Marty ihm mal zuwinken lassen. Seine Augen sind echt der Wahnsinn. Aber er spielt in Ihrem Team, nicht in meinem.«

Ich lächelte. Je länger Marty redete, und je mehr seine Persönlichkeit durch den Nebel seiner Nervosität drang, desto mehr mochte ich ihn.

»Wie ich hörte, ist er ein ziemliches Arschloch«, sagte ich.

»Ist er, aber eins von der guten Sorte.«

Ich lachte. »Wie soll das denn gehen? Ein gutes Arschloch? Das ist ein Oxymoron.«

»Nein, ist es nicht. Ich meine damit ... er benimmt sich den Leuten gegenüber, die es verdienen, wie ein Arschloch. Wenn er kalt und unnahbar wirkt, dann bloß, weil er einen Menschen noch nicht kennt. Er hat Schutzmauern um sich aufgebaut, weil er schon ziemlich oft verletzt worden ist. Ich kann's ihm nicht verübeln, bei all dem Mist, den die Leute hier ihm angetan haben. Wenn ich auch nur die Hälfte von dem hätte erleben müssen, was Jax erlebt hat, würde ich es genauso machen – und ich bin der einzige Homosexuelle in der Stadt, samt Zwangsstörung. Glauben Sie mir, ich hab einiges mitgemacht, aber ich würde nicht eine Minute mit Jax tauschen wollen.«

Bei Martys Worten zog sich mein Herz zusammen. Jax klang überhaupt nicht nach dem Bösewicht in der Geschichte dieser Stadt. Wenn überhaupt, dann eher wie der gefallene Held, der so viele Schicksalsschläge hatte ertragen müssen, dass er sich in die Dunkelheit zurückgezogen hatte.

Ganz ähnlich wie ich, seit mein Leben sich in eine Tragödie verwandelt hatte.

»So schlimm?«, fragte ich in der Hoffnung, Marty würde den Kopf schütteln und alles zurücknehmen.

Doch er nickte. »Jax hat in der Vergangenheit so manches durchgemacht. Jahrelang hat er sich komplett zurückgezogen und um seinen Mistkerl von Vater gekümmert, bis der vor ein paar Wochen in ein Hospiz verlegt werden musste. Ganz ehrlich? Wenn Sie über Arschlöcher in der Stadt reden wollen, dann ist Cole Kilter Ihr Mann. Aber Jax? Er ist kein bisschen wie sein Vater, obwohl er jede Menge Arschloch-Gene mitbekommen haben muss.«

»Was ist mit seiner Mom?«

Marty runzelte die Stirn. »Wie gesagt, schlimme Vergangenheit.«

Diese Worte brachen mir das Herz. Ich wusste, wie viel seine Mutter Jax bedeutet hatte, und die Vorstellung, dass sie nicht mehr da war, erschütterte mich.

Marty verschränkte die Arme. »Ganz unter uns, ich finde, Jax ist der netteste Mensch in der Stadt.« Er zog sein T-Shirt hoch und zeigte mir eine Narbe auf seiner Haut. »Vor ein paar Jahren haben Lars Parker und ein paar andere Idioten mich in die Mangel genommen. Sie sind betrunken aus einer Bar gekommen, während ich hier alles für den nächsten Tag vorbereitet habe. Sie wollten, dass ich ihnen umsonst was zu essen mache, und … ach, egal. Lange Rede, kurzer Sinn: Sie haben mich zusammengeschlagen. Die Neuigkeit verbreitete sich ziemlich schnell, und ein paar Tage später hatten Lars und seine Kumpane selbst ein blaues Auge. Als ich danach ins Diner kam, saß Jax wie immer an seinem Tisch und las Zeitung. Er hatte beide Hände verbunden. Als ich ihn danach gefragt habe, meinte er nur, er hätte sich beim Holzhacken verletzt. Er behauptet bis heute steif und fest, nichts mit der Sache zu tun gehabt zu haben, aber ich bin mir sicher, dass er sogar ziemlich viel damit zu tun hatte, dass Lars den Hintern versohlt bekommen hat. Später meinte er, ich solle ihm ruhig Bescheid sagen, wenn mir jemand querkommt. Ich bedanke mich immer noch ziemlich oft bei ihm, aber er sagt dann immer, ich soll abziehen und ihm seine Bestellung einpacken, damit er sie mitnehmen kann.«

Lars Parker.

Noch immer das Arschloch von damals. Und natürlich war er es gewesen, der mich so bedrängt hatte. Jetzt bestätigte sich auch mein seltsames Gefühl, als ich ihn zum ersten Mal gesehen hatte. Es überraschte mich nicht, dass er sich in so ein Monster verwandelt hatte, wie man es damals schon hätte vermuten können.

Marty ging wieder an die Arbeit, und ich sah wieder zu Jax. Er rutschte ein wenig auf seiner Sitzbank hin und her, hob den Kopf und sah mich an. Unsere Blicke trafen sich, und mein Herz schlug wie wild in meiner Brust.

Bevor ich irgendetwas sagen konnte, kam Marty schon mit Jax' Essen in einer Papiertüte zurück, und im nächsten Augenblick war der schon draußen auf der Straße, allerdings ohne sein Basecap mitzunehmen.

Eilig kramte ich ein paar Scheine aus der Tasche, legte sie auf den Tisch und schnappte es mir.

Dann rannte ich auf die Straße, um es Jax zurückzugeben und, keine Ahnung, ihn in den Arm zu nehmen? Loszuheulen? Ihn zu fragen, wo er all die Jahre gesteckt hatte? Doch bevor ich irgendetwas in dieser Richtung tun konnte, machten meine Beine eine Vollbremsung, und ich blickte wie erstarrt auf ein kleines Mädchen, das mit seiner Mutter vor der Eisdiele stand. Sie hielt ein Hörnchen mit zwei Kugeln Minz-Schokoladen-Eis mit Schokostückchen in der Hand und konnte gar nicht so schnell lecken, wie das Eis schmolz. Ihre Mutter kramte derweil in ihrer Tasche nach Taschentüchern, um ihr zu helfen, die Sauerei zu beseitigen.

Ich konnte einfach nicht wegsehen.

Das Mädchen mochte etwa fünf Jahre alt sein, vielleicht sechs.

Ich wusste nur, dass sie jung war, wunderschön und lebendig.

So lebendig.

Ich muss hier weg, dachte ich und spürte, wie mein Brustkorb sich zusammenzog. Ich wollte mich auf dem Absatz umdrehen und in die andere Richtung laufen. Ich wollte flüchten. Ich wollte weit, weit wegrennen, zurück zum Haus, und mich irgendwo vergraben, wo die Erinnerung an meinen Verlust mich nicht immerzu verfolgte.

Sie hatte Minz-Schokoladen-Eis mit Schokostückchen geliebt.

Sie hatte immer so viel geredet, dass das Eis ihr über die Finger gelaufen war und eine totale Sauerei veranstaltet hatte, egal wie sehr ich mich auch bemüht hatte, es abzuwischen. Ich hatte immer Servietten in der Tasche gehabt, denn ich war ihre Mutter, und Mütter hatten immer Servietten in der Tasche, und …

Hör auf damit, Kennedy. Geh nach Hause.

Doch ich konnte mich nicht bewegen. Wie erstarrt stand ich da, während eine Panikattacke über meine Seele hinwegschwappte. Ich konnte den Blick einfach nicht von dem Mädchen abwenden, und von ihrer Mutter, die ihr die Eissauce vom Kinn wischte. Ich konnte nicht atmen.

»Was ist los mit dir?«, riss mich eine Stimme aus meinen Gedanken.

Ich drehte mich um und sah Jax vor mir stehen. Er sah mich verwirrt an. Mein ganzer Körper bebte, und meine Hände, in denen ich sein Basecap hielt, zitterten. Ich öffnete den Mund, um etwas zu sagen, doch ich brachte kein Wort heraus.

Er sah mich an, als hätte ich den Verstand verloren, genau wie Penn mich das ganze letzte Jahr angesehen hatte. Er urteilte über mich. Er war verwirrt von dem Ausmaß meiner unerklärlichen Panik. Er …

Half mir?

»Geh weiter«, sagte er und nickte knapp.

»I-ich k-kann nicht …«, stieß ich hervor, noch immer zitternd. Das kleine Mädchen und ihre Mutter waren mittlerweile verschwunden, doch in meinem Kopf vermischten sich ihr Augenblick gegenseitiger Liebe mit den Schatten meiner Vergangenheit. Jedes Gefühl in meinem Herzen war zu viel, zu stark, zu intensiv.

Ich kam nicht dagegen an, und das war der Grund, warum ich mich zurückgezogen hatte. Unter Menschen gab es einfach zu viele Erinnerungen an die Freunde, die ich verloren hatte.

»Doch, du kannst«, widersprach er. »Du kannst gehen.«

Er verstand es nicht.

Niemand verstand es.

Sein Arm schob sich unter meinen und hakte mich unter.

»W-was tust du?«, stotterte ich heiser.

»Das«, erklärte er, machte einen Schritt nach vorn und nahm mich mit. »Jetzt du.«

»Bitte, nein, ich kann nicht …«

»Schluss damit. Hör auf zu sagen, dass du es nicht kannst, wenn du es kannst. Es ist reine Willenssache. Komm schon, Sun.« Seine Stimme war leise, doch nicht annähernd so kalt wie zuvor. Der Spitzname, den ich so lange nicht mehr gehört hatte, traf mich wie ein Sattelschlepper. Er wusste es. Er wusste, dass ich es war. Er erinnerte sich. »Geh mit mir«, bat er.

Ein Schritt.

Und noch einer.

Ich bewegte mich. Entweder das, oder er hatte mich hochgehoben und ließ mich über den Gehweg schweben. Jedenfalls brachte er mich schweigend den ganzen Weg bis nach Hause, während mein Herz sich allmählich beruhigte. Ich spürte die Blicke der anderen Leute, während wir durch die Straßen gingen, und ich hasste es. Ich hasste die Scham, die den Panikattacken jedes Mal folgte, und die Art, wie die Leute mich anstarrten, als gehörte ich ins Irrenhaus.

Ich erinnerte mich wieder an meine erste Panikattacke in der Öffentlichkeit, auf der Weihnachtsfeier von Penns Firma. Damals war ich komplett zusammengebrochen, als das Lieblings-Weihnachtslied meines kleinen Mädchens aus den Lautsprechern dröhnte – »This Christmas« von Donny Hathaway. Ich hatte mich gerade mit Penns Chef unterhalten, als meine Knie unter mir nachgaben und die Panik mich wie Treibsand zu Boden zog.

Penn hatte sich geschämt, dass ich seine Frau war.

Ich konnte mir also vorstellen, wie Jax sich fühlte, während er mich nach Hause brachte. Und er war nicht mal mit mir verheiratet. Er war ein vollkommen Fremder, der jetzt die neugierigen Blicke der ganzen Stadt ertragen musste. Doch es schien ihm überhaupt nichts auszumachen. Er ging einfach weiter, seinen Arm noch immer in meinem.

Zu Hause angekommen, bedankte ich mich bei ihm, doch er bedeutete mir, still zu sein und mich draußen auf die Treppe zu setzen.

»Es geht mir gut, wirklich«, sagte ich, auch wenn ich mich noch ein wenig zittrig und benommen fühlte.

Er holte tief Luft und schloss die Augen, bevor er seufzte. »*Bitte*«, bat er. »Setz dich.«

Ich wollte ihm widersprechen, entschied mich aber, in diesem Fall meine Kräfte zu sparen. Also setzte ich mich, und zu meiner Überraschung ließ er sich neben mir nieder. Ich hatte keine Ahnung, was ich zu ihm sagen sollte, doch zum Glück erwartete Jax das auch gar nicht. Er saß einfach neben mir und schwieg, was sich … tröstlich … anfühlte. Ja. Ich fühlte mich sehr viel besser als auf dem Weg in die Stadt, und all das nur, weil Jax mit mir auf der Treppe vor meinem Haus saß.

Wie sich herausstellte, bedurfte es keiner Worte, um sich getröstet zu fühlen. Manchmal reichte es vollkommen, jemanden neben sich sitzen zu haben, wenn die Stürme der Panik einen umtosten.

Irgendwann stand er auf und sah auf mich hinunter. »Kommst du zurecht?«

»Ja, danke. Und danke für deine Hilfe.« Ich schwieg einen Moment. »Wie lange? Wie lange weißt du schon, dass ich es bin?«

Sein Mundwinkel zuckte. »Ein paar Tage. Ich habe das Auto in der Einfahrt stehen sehen.«

»Ich … Das … Es ist verrückt, oder? Dass wir uns nach so vielen Jahren so wiedersehen. Ich versuche bloß zu verstehen, was das alles zu bedeuten hat, wie das alles …«

»Nichts. Es muss gar nichts bedeuten.«

Ich legte eine Hand auf meinen Brustkorb und atmete tief ein. »Aber es könnte, nicht wahr? Es könnte doch etwas bedeuten. Ich meine, es fühlt sich beinahe an wie Kismet, oder? Ich hätte überall landen können, aber ich bin ausgerechnet hier in Havenbarrow gelandet. Du spürst es auch, oder? Du spürst, wie … ich weiß auch nicht … Es ist bloß so ein Gefühl, aber was, wenn …«

»Nicht.«

»Was?«

»Versuch nicht, etwas daraus zu machen, was es nicht ist. Ganz ehrlich? Ich denke, wir sollten uns vielleicht besser voneinander fernhalten und die Vergangenheit ruhen lassen.«

Ich wusste nicht, was ich darauf sagen sollte. Um ehrlich zu sein, war mir ein wenig schwindelig. Mein Kopf drehte sich noch immer von der Panikattacke, und mein Puls war noch zu hoch, um zu entscheiden, ob ich Jax lieber in den Arm nehmen oder anschreien wollte, weil er damals einfach so verschwunden war. Doch bevor ich irgendetwas tun konnte, war er schon gegangen und hatte mich mit meinen Gedanken und Fragen allein zurückgelassen.

Ich sprang auf und lief ins Haus, in mein Schlafzimmer und zu einer Kiste, die ich noch nicht ausgepackt hatte. Dort riss ich das Klebeband ab und kramte alles heraus, bis ich auf eine goldene Schatzkiste stieß, in der ich meine kostbarsten Habseligkeiten aufbewahrte. Mamas Schmuck. Daddys Lieblingskrawatten. Daisys Bilder. Alte Fotos. Und Briefe von Jax.

Briefe, die er mir vor langer Zeit geschrieben hatte und die ich all die Jahre lang sicher aufbewahrt hatte. Ich hatte sie schon lange nicht mehr gelesen, doch jetzt schlug mein Herz wie wild, als ich in die Kiste griff, um zu lesen, was der damals zehn Jahre alte Jax mir geschrieben hatte.

Seine Worte flossen in schwarzer Tinte über die Seiten, und ich lächelte, weil es ihm immer gelungen war, auf den Linien zu bleiben – ganz im Gegensatz zu mir. Während meine Schrift immer unordentlich gewesen war, hatte Jax immer schon sauber und leserlich geschrieben.

Ich nahm die Briefe und ging nach draußen, um mich ins Cabrio in die Sonne zu setzen und die Worte des Mannes zu lesen, der einst mein bester Freund gewesen war.

Dabei hatte ich nicht erwartet, so von meinen Gefühlen übermannt zu werden. Oder Tränen in den Augen zu spüren, während mein Blick über die Seiten glitt. Drei Jahre lang hatten wir uns in den Monaten, in denen wir nicht gemeinsam im Feriencamp gewesen waren, Briefe geschrieben. Wir hatten

Kontakt gehalten, auf die beste Art und Weise, die uns eingefallen war. Ich erinnerte mich, wie ich drei Jahre lang jeden Tag zum Briefkasten gerannt war, in der Hoffnung, Jax' perfekte Handschrift auf einem der Umschläge zu sehen.

Damals musste ich seine Briefe mindestens eine Million Mal gelesen haben. Die Kanten der Seiten waren zerknittert und abgegriffen, doch das änderte nichts an den Schmetterlingen, die in meinem Bauch aufflatterten. Sie kamen von den kleinen Dingen, die mir damals vermutlich unwichtig erschienen waren.

Worten wie:

Du fehlst mir.

Falls du irgendetwas brauchst, lass es mich wissen.

Bis bald.

Sie waren so simpel, ohne große Bedeutung, doch in diesem Moment bedeuteten sie mir alles – vor allem das »Bis bald«. Es hatte eine Zeit gegeben, in der ich gedacht hatte, ich würde Jax nie wiedersehen, aber hier waren wir nun. »Bald« hatte offensichtlich seinen Weg zu uns gefunden.

Mein Finger strich über den Briefumschlag mit Jax' Adresse. Als mein Blick an dem Wort »Havenbarrow« hängen blieb, überkam mich eine Gänsehaut. Damals war ich noch ein Kind gewesen und hatte nicht gewusst, wie ich ihn hätte aufspüren können, dabei war er genau hier gewesen, die ganze Zeit, nur eine Dreiviertelstunde von mir entfernt. Ich nahm an, dass mir der Name der Stadt nie etwas gesagt hatte, weil ich nicht wusste, wo sie lag, und so war sie mir auch nicht bekannt vorgekommen, als Yoana mich mit dem Haus hier überrascht hatte. Damals, als Kind, hätte Havenbarrow genauso gut am Ende der Welt liegen können.

Während ich einen der letzten Briefe las, die er mir geschrieben hatte, stach mir ein Absatz besonders ins Auge.

Ich weiß, dass es eigentlich keinen Grund für mich gibt, dir das zu schreiben, weil deine Eltern großartig sind, aber du schreibst es mir jedes Mal wegen meines Dads, also dachte ich, ich sollte es dir ebenfalls schreiben, nur für den Fall, dass einmal der Tag kommen sollte, an dem du es hören musst:
Wenn du jemals davonlaufen musst, lauf zu mir.
Jax

Ich konnte die Tränen, gegen die ich die ganze Zeit angekämpft hatte, nicht länger zurückhalten. Trotz all meiner seelischen Wunden glaubte ich noch immer an ein paar Dinge, und das Bedeutendste von allem war Schicksal. Es musste einen Grund geben, der mich ausgerechnet in die Stadt geführt hatte, in der mein ehemals bester Freund lebte. Nicht nur, dass er in Havenbarrow wohnte, wir waren auch ausgerechnet im Wald zum ersten Mal aufeinandergetroffen. Das musste einfach ein Zeichen sein. Es musste etwas bedeuten, was auch immer das war.

Vielleicht wünschte ich mir aber auch nur, dass es etwas bedeutete. Vielleicht brauchte meine Seele ein wenig Magie, nachdem sie ein Jahr lang in Finsternis gelebt hatte.

Ich hatte mir ein Wunder gewünscht, und wer war plötzlich aufgetaucht? Jax Kilter.

Und doch wusste ich noch immer nicht, was es bedeutete. Aber es musste etwas bedeuten, irgendetwas. Ich brauchte ein wenig Hoffnung nach einem Jahr, in dem ich nur das Gegenteil empfunden hatte.

In diesem Augenblick meldete sich mein Handy, und auf dem Display leuchtete eine Nachricht auf.

Penn: Dieses Wochenende gibt es eine große Galaveranstaltung. Ich will nicht erklären müssen, warum meine Frau nicht dabei ist. Du kannst wieder nach Hause kommen. Ich habe überreagiert. Wir werden schon eine Lösung finden.

Penn: Verdammt, Kennedy. Bitte. Ich brauche dich. Du fehlst mir.

Du fehlst mir.

Diese Worte ließen keine Schmetterlinge in meinem Bauch flattern, so wie sie es bei Jax' Brief getan hatten.

Sie wirkten gezwungen – als hätte Penn sie nur geschrieben, um zu bekommen, was er wollte. Er war es bloß leid, seinen Freunden und Kollegen erklären zu müssen, warum ich ihn nicht begleitete. Denn er gab sich die größte Mühe, allen zu zeigen, dass er und ich das perfekte Leben lebten, die große Liebe, von der andere nur träumen konnten. Ich hätte wetten können, er hatte selbst Panikattacken, während er zu vertuschen versuchte, dass seine Frau ihn verlassen hatte.

Gut so.

Wurde auch Zeit, dass er am eigenen Leib zu spüren bekam, wie Panikattacken sich anfühlten.

Seine freundlichen Nachrichten konnten die grausamen Worte, die er mir an unserem letzten Abend an den Kopf geworfen hatte, nicht ungeschehen machen. Ich wusste es besser, als auf seine Gefühlsduselei hereinzufallen.

Also konzentrierte ich mich wieder auf die Briefe von Jax, die sehr viel ehrlicher und wahrhaftiger waren als die Textnachrichten von Penn.

Ich fragte mich, was für ein Mensch Jax wohl im Laufe der Jahre geworden war. Wie viel von dem Jungen, den ich einst geliebt hatte, lebte wohl noch in seinem Herzen?

11

KENNEDY

Elf Jahre alt
Das erste Jahr im Feriencamp

Jax Kilter sah einfach umwerfend aus.

Er besaß eine ganz eigene Schönheit, die viele vielleicht gar nicht als schön empfanden, doch für mich war alles, was ein wenig anders war, schön und ansprechend. Ich mochte seine braunen Augen, die mich an einen Schokoriegel erinnerten, die großen Ohren, in die er noch nicht ganz hineingewachsen war. Ich mochte es, wie seine Nase sich ein wenig nach links bog, als wäre sie genau dazu bestimmt. Und ich mochte seine große Brille. Er wirkte auf viele Arten nicht perfekt, und genau das gefiel mir so an ihm.

Mama sagte immer, die besten Menschen seien die, die nicht perfekt waren, denn die besten Abenteuer im Leben kamen nicht von den perfekten Dingen.

Ich mochte sogar Jax' Bart, auch wenn er noch gar keinen hatte. Doch ich wusste, dass er mir gefallen würde, wenn er ihm eines Tages wuchs. Ich war mir sicher, dass er einmal ein schöner Mann werden würde, denn er war bereits ein schöner Junge.

Ich mochte Jax Kilter aus vielen Gründen, doch der wichtigste war, dass er nicht so richtig zu den anderen im Camp passte. Auch ich passte nicht so richtig zu ihnen, weil ich so viel redete und irgendwie anders war, und – oh, mein Gott – vielleicht konnten wir ja Freunde werden!

Ich hatte ihn noch nicht geweckt, denn ich wusste, wenn ich ihn aufweckte, lief er möglicherweise davon und sprach nie wieder ein Wort mit mir. Ich hatte schon viele Freunde gehabt, die nach unserem ersten längeren Treffen nie wieder mit mir geredet hatten, weil sie mich für seltsam hielten.

Aber Mama und Daddy sagten, seltsam zu sein, sei eine gute Sache. Wenn man ein wenig seltsam war, bedeutete das, dass man Würze hatte, und ich wollte nicht, dass mein Leben fade blieb. Ich hatte so viele große, farbenfrohe Träume, die ich unter keinen Umständen aufgeben wollte, bloß weil ich meine Seltsamkeit verloren hatte.

Das Beste an mir – abgesehen von meiner Fähigkeit, das Abc zu rülpsen – war nämlich, dass ich mich so, wie ich war, wohlfühlte.

Ich schluckte schwer, während ich der Sonne zusah, die draußen vor dem Fenster aufging, dann stieß ich Jax sanft gegen den Arm. »Zeit aufzustehen.«

Jax zuckte, murmelte irgendwas und kuschelte sich wieder zusammen. »Fünf Minuten noch, Ma.«

Ich lächelte. Er war lustig, wenn er träumte. Dann stieß ich ihn erneut an. »Ich bin nicht deine Mutter, Jax Kilter. Beweg dich, bevor du mit Kennedy Lost im Bett erwischt wirst.«

Nun machte er Augen. Riesengroße Augen. Große, wunderschöne Schokoladenaugen.

Er sah mich an, dann hinüber zu meinen schlafenden Zimmergenossinnen, und setzte sich hastig auf. »Ich muss hier weg sein, bevor irgendjemand mich sieht.«

»Genau deshalb hab ich dich ja geweckt, Dummie.«

Er stand auf, rieb sich mit der Hand unter der schiefen Nase und sammelte seine nassen Klamotten vom Vorabend ein.

Ich stand ebenfalls vom Bett auf und sah ihn mit einem breiten Lächeln an. Mama sagte immer, anderen Menschen zuzulächeln gab ihnen das Gefühl, ebenfalls lächeln zu wollen. *»Lächeln ist ansteckend, Kennedy. Verteile dein Lächeln wie ein Lauffeuer«*, sagte sie immer. Hier stand ich also vor Jax und lächelte so breit, wie ich noch nie zuvor gelächelt hatte.

Er zog eine Augenbraue hoch und zerzauste sein wirres Haar noch mehr. »Was machst du da?«

»Lächeln.«

»Wieso?«

»Damit du auch lächelst.«

Er blinzelte. »Oh.«

Ich zog mir meinen pinkfarbenen Kapuzenpulli über und schlüpfte in meine Turnschuhe. »Wenn du willst, kannst du mitkommen und mit den Vögeln reden.«

»Vögel reden nicht.«

»Doch, tun sie. Du hast bisher nur noch nicht richtig zugehört.«

»Du bist echt seltsam, Kennedy.«

Mein Lächeln wurde noch breiter. »Danke, Jax.« Ich zog die Nase kraus. »Hey, heißt du wirklich Jax?«

»Eigentlich heiße ich Jaxson, aber nur meine Mom nennt mich so.«

»Jaxson«, sang ich. »Oh, das gefällt mir besser. Ich mag es, Leute mit ihrem längeren Namen anzusprechen. Wie Matthew oder Nicholas oder Samantha. Mein Dad heißt Tim, aber Mama nennt ihn immer Timothy. Sie sagt, längere Namen klingen viel klutivierter.«

»Du meinst kultivierter«, korrigierte er mich.

Ich sah ihn aus schmalen Augen an. »Sag es noch mal, aber langsam.«

»Kul-ti-vier-ter«, betonte er.

»Kul-ti-vier-ter«, sprach ich ihm nach und lächelte ihm zu. »Danke. Manchmal rede ich so schnell, dass ich einen Knoten in der Zunge habe, und dann kommen die Wörter ganz verdreht aus meinem Mund, und manchmal kenne ich das richtige Wort gar nicht, und dann hilft es, wenn mir jemand die richtigen Worte vorsagt, also danke.« Ich holte Luft. »Hey, darf ich dich Jaxson nennen?«

»Nein!«, rief er, und eine tiefe Falte erschien auf seiner Stirn. »Ich hab's dir doch gesagt – nur meine Mom nennt mich so.«

»Wow.« Ich schüttelte den Kopf. »Deine Mom ist ein Glückspilz. Also, hast du Lust?«

»Lust, wozu?«

»Mit den Vögeln zu reden.«

»Macht dein Kopf das öfter?«

»Was?«

»Eine Million Sachen gleichzeitig denken?«

»Oh.« Ich zog die Nase kraus und schürzte die Lippen. »Ja, ich glaub schon. Okay, also, ich würde ja gern weiter mit dir plaudern, aber wenn ich nicht bald hier rauskomme, verpasse ich die Vögel, und ich weiß nicht, ob sie wissen, was sie tun sollen, wenn ich nicht da bin, um mit ihnen zu reden. Also tschüss, Jax! Wir sehen uns, Cowboy!«

Ich warf mir meinen Rucksack über die Schulter, mit dem ich auf jedes Abenteuer vorbereitet war, das mir im Laufe des Tages begegnen mochte. Ich hatte Müsliriegel, Seifenblasen und eine Flasche Wasser dabei. Wenn meine Eltern, meine Schwester und ich von zu Hause loszogen, um Abenteuer zu suchen, packte Mama immer die Müsliriegel ein, und Daddy jede Menge Wasser für uns alle.

Ich ließ Jax in der Hütte zurück und machte mich auf den Weg, um mit den Vögeln zu singen. Ich liebte die Sommercamps, denn hier waren wir mitten im Wald. Die Hütten der

Mädchen standen auf einer hübschen Lichtung und hatten Fliederbüsche vor der Tür. Wenn der Wind wehte, konnte man ihren Duft riechen, was ich besonders mochte. Meine Mama liebte Flieder, und ihn jeden Morgen zu riechen, wenn ich vor die Tür trat, half ein wenig gegen mein Heimweh. Die Luft roch noch immer nach Regen, und ich achtete sorgfältig darauf, in jede einzelne Pfütze zu springen, während ich pfeifend durch den Wald wanderte.

Jeden Tag verteilte ich ein Stück Brot unter den Vögeln, das ich am Vorabend beim Essen mitgenommen hatte, und sie stürzten sich in steilen Kurven auf die Krümel, während ich auf einem Baumstamm saß und ihren wunderschönen Liedern lauschte.

Ich setzte mich auf meinen gewohnten Platz und kramte in meinem Rucksack, während ich mich mit den Vögeln unterhielt, wurde jedoch schon bald von einem Räuspern unterbrochen.

Als ich mich umdrehte, stand Jax im Schlafanzug vor mir, die Anziehsachen vom Vortag ordentlich gefaltet auf dem Arm.

Ich lächelte, und diesmal reichte mein Lächeln aus, um ihn ebenfalls zum Lächeln zu bringen. Ich kramte weiter in meinem Rucksack und zog einen Erdbeerriegel hervor. Es war mein letzter Erdbeerriegel, meine Lieblingssorte, doch ich hielt ihn ihm hin. »Willst du einen?«

Er zögerte einen Augenblick und sah sich um, als hätte er Angst, jemand könnte ihn mit der seltsamen Kennedy sehen. Dann atmete er tief ein und trat zu mir. Er nahm den Müsliriegel und blickte hinauf in die Bäume zu den Vögeln.

»Was für Vögel sind das da oben?«, fragte er, während er das Papier aufriss und einen winzigen Bissen nahm.

»Ach, weißt du, Lonnies, Graue Jasper und Eriken«, erklärte ich nüchtern.

Er sah mich an und zog irritiert die Stirn kraus. »Hast du dir das gerade ausgedacht?«

»Ja.«

»Natürlich.«

Wir knabberten an unseren Müsliriegeln und redeten mit den Vögeln. Nun ja, also ich redete, während Jax bloß irgendwas vor sich hinmurmelte. Als die Sonnenscheibe sich fast ganz über den Horizont hinausgeschoben hatte, nahm Jax einen Schluck aus der Wasserflasche, die ich ihm gereicht hatte. »Ist Kennedy dein vollständiger Name?«

»Ja. Es bedeutet ›behelmter Häuptling‹. Dad sagt, es bedeutet, dass ich mal eine Anführerin und vor allem Bösen geschützt sein werde. Meine ältere Schwester heißt Yoana, was ›Gott ist gnädig‹ bedeutet. Es passt perfekt, denn sie ist echt großartig.« Ich legte den Kopf schief. »Was bedeutet dein Name?«

»Oh, das ist echt dumm.«

»Das bezweifle ich – kein Name hat eine dumme Bedeutung.«

»Meiner schon, glaub mir.«

»Sag's einfach.«

Er brummte und seufzte. »Jaxson bedeutet ›der Sohn von Jack‹.«

»Oh.« Ich nickte verständnisvoll. »Heißt dein Dad Jack?«

»Nein. Er heißt Cole.«

»Hm, du hast recht, das ist wirklich eine dumme Bedeutung für einen Namen. Komm, wir lassen uns was anderes für dich einfallen. Wie wäre es mit … Jaxson bedeutet ›Held‹. Dann bist du stark und kannst Leute retten, egal, was passiert.«

»Du kannst nicht einfach die Bedeutung für einen Namen erfinden, Kennedy.«

»Klar kann ich. Früher haben die Leute es doch genauso gemacht, als sie beschlossen haben, dass Jaxson ›Sohn von Jack‹ heißt.«

Er verschränkte die Arme vor der Brust und dachte nach. Dann zuckte er mit den Schultern. »Okay, Jaxson bedeutet ›Held‹, auch wenn ich kaum glaube, dass ich jemals irgendjemanden retten werde.«

»Wart's ab. Man muss in seinen Namen hineinwachsen, sagt mein Dad immer. Kopf hoch – das kommt schon noch.«

»Okay, wenn du meinst.« Er kratzte sich den Nacken. »Danke übrigens, dass du mir gestern Abend geholfen hast.«

»Keine Ursache.« Ich schob mir das letzte Stück Müsliriegel in den Mund und wischte mir die Hände an meiner Schlafanzughose ab. »Also, erzähl mir irgendwas Aufregendes über dich.«

Er sah mich fragend an. »Wie meinst du das?«

»Du weißt schon, irgendwas Cooles.«

»Oh. An mir ist nichts cool.«

Ich lachte und stieß ihm freundschaftlich gegen die Schulter. »Du bist so witzig, Jax.«

»Das war kein Witz. Ich bin wirklich nicht cool.«

»Jeder ist cool. Sogar die Uncoolen.«

»Kennedy, was du da sagst, ergibt gar keinen Sinn.«

»Nicht alles muss einen Sinn ergeben. Erzähl mir irgendwas. Was magst du so?«

Er räusperte sich und rieb sich mit dem Daumen über den Nasenrücken, bevor er seine Brille hochschob. »Ich mag schwierige Wörter. Meine Mom und ich suchen immer nach schwierigen Wörtern. Dann zeigen wir sie uns gegenseitig und finden heraus, was sie bedeuten. Wir haben sogar eine Pinnwand bei Pinterest mit unseren Lieblingswörtern.« Er zog die Nase kraus. »Es ist ziemlich albern.«

Ich schnappte nach Luft und klatschte in die Hände. »Das

ist nicht albern! Auf gar keinen Fall! Schwierige Wörter sind so cool! Ich kenne kaum schwierige Wörter – bis auf kul-ti-viert. Vielleicht kannst du mir ja welche beibringen.«

Seine Augen leuchteten auf. »Ernsthaft?«

Ich nickte. »Ja.«

»Also … welche Art von Wörtern willst du lernen?«

»Keine Ahnung. Ich kenne sie ja gar nicht, du Dummie. Wie kann ich wissen, was ich lernen will, wenn ich es noch nicht kenne?«

Er lachte ein wenig nervös, und in diesem Moment sah er sogar noch umwerfender aus. »Oh. Richtig.«

»Sag mir einfach, welches dein Lieblingswort ist?«

»Oh, Gott, ich hab so viele.« Er redete immer mehr, und das gefiel mir. Ich mochte es, wie er sich mir gegenüber öffnete. »Wie Klinomanie!«

Wieder schnappte ich nach Luft und klatschte in die Hände. »Oh! Das ist toll!«

»Du hast keine Ahnung, was es bedeutet, oder?«

»Nicht die geringste!«

Er lachte erneut. »Es bedeutet Bettsucht, also das starke Verlangen, den ganzen Tag im Bett zu bleiben. Meine Mom hat immer Klinomanie, wenn sie am Wochenende zu viel Wein getrunken hat.«

»Klingt so, als könnten deine Mom und meine Mama Freundinnen werden. Hast du noch eins?«

»Solivagant.«

»Oh, ja, ja. Solivagant. Sehr hübsch. Das gehört ab sofort auch zu meinen Lieblingswörtern.«

Er grinste. »Es bedeutet ›einsamer Wanderer‹. Ein bisschen so wie ich. Ich bleibe meistens für mich.«

»Ich auch. Die meisten Leute finden mich zu seltsam, um meine Freunde zu sein, also bin ich auch ein Solivagant, nehme ich an.« Ich runzelte die Stirn und musste daran denken, dass ich mich manchmal, wenn ich allein umherwanderte, ohne meine Familie ein wenig einsam fühlte.

»Jetzt gerade nicht«, sagte er und stieß mir freundschaftlich in die Seite. »Weil du nicht alleine unterwegs bist. Du bist mit mir hier.«

Meine Mundwinkel bogen sich nach oben. »Ja, stimmt.«

Er sagte mir noch mehr Wörter, und ich hörte genau zu. Sein Murmeln wurde zunehmend deutlicher, bis es schließlich gar kein Murmeln mehr war, und irgendwann, wenn er einmal laut lachte, würde jeder Vogel zu diesem Klang tanzen.

»Hey, Jax?«

»Ja, Kennedy?«

»Willst du mein bester Freund sein?«

Er zog die Nase kraus. »Man fragt andere nicht einfach so, ob sie beste Freunde sein wollen. So wird man nicht zu Freunden.«

»Oh.« Ich runzelte die Stirn und kratzte mir den Kopf unter den wirren Locken. »Und wie wird man dann zu besten Freunden?«

»Keine Ahnung. Es passiert einfach.«

»Oh.« Ich zog mein Stück Brot aus der Tasche und fing an, die Vögel zu füttern, die sich wie die Irren auf die Krümel stürzten. »Hey, Jax?«

»Ja, Kennedy?«

»Willst du es einfach passieren lassen, dass du mein bester Freund bist?«

Er seufzte. »Okay, Kennedy.«

Meine Wangen wurden rot, und ich schaute hinunter auf die Vögel, die die Krumen aufpickten. »Ich hab mir immer einen besten Freund gewünscht.«

Ich konnte ihn nicht besonders gut verstehen, weil Jax Kilter es vorzog, vor sich hin zu murmeln, aber ich meinte zu hören, dass er sagte: »Ich auch.«

»Jetzt können wir gemeinsam Solivaganten sein«, erklärte ich.

»Ähm, das widerspricht aber der Idee von Solivagant.«

»Pst, Jax. Lass es einfach passieren.«

Er lächelte und murmelte: »Okay.«

12

KENNEDY

Gegenwart

Es regnet, es regnet, bitte hör doch auf, denn wenn der Regen aufhört, hört auch Kennedys Angst auf.

Es regnete noch zwei Tage, und mein Körper schmerzte vom Schlafmangel. Sobald ich versuchte, die Augen zu schließen, blitzten Bilder aus der Vergangenheit vor meinen Lidern auf, und wenn ich doch einmal einschlief, wurde ich von Albträumen heimgesucht.

Nichts half. Ich hatte schon alle Schlaftabletten ausprobiert, die die Menschheit je erfunden hatte, so ziemlich jede Einschlafmeditation getestet, die ich im Internet gefunden hatte, Salbei im Haus verbrannt, Schaumbäder genommen, zehnmal *The Office* geschaut, aber nichts half.

Mit jedem Tag, der verstrich, wurde das Prasseln der Regentropfen auf dem Dach lauter. Ich ernährte mich von China- und Pizzataxi – worauf ich nicht besonders stolz war, aber so weit war es nun mal mit mir gekommen. Hinzu kam, dass ich seit meiner Panikattacke das Haus nicht mehr verlassen hatte. Immer wieder überkamen mich Wellen tiefster Erschöpfung, und selbst wenn ich aus meinen Albträumen erwachte, blieb ich in der Hölle meiner Gedanken gefangen.

Ich hatte nicht gewusst, dass der menschliche Verstand so

überfordert sein konnte, dass er eine Million Dinge gleichzeitig denken konnte, doch genauso erging es mir jetzt. Im Augenblick bestanden meine Gedanken aus: *Ich brauche einen richtigen Job, aber welchen? Soll ich in Havenbarrow bleiben oder wieder in die Stadt zurückziehen? Wo ist Penn? Vermisst er mich wirklich, oder ist er bloß einsam? Wenn er mich tatsächlich vermisst, warum ist er dann nicht hier?*

Weil er gar nicht weiß, wo du bist, Kennedy.

Wenn ich ihm wirklich etwas bedeuten würde, würde er dann nicht versuchen, mich zu finden? Würde er nicht anrufen, statt mir eine Textnachricht zu schreiben?

Ich fragte mich auch, was Jax wohl während des Sturms machte. Hatte er es wirklich ernst gemeint, dass er keinen engeren Kontakt zu mir wünschte? Es fiel mir schwer, das zu glauben. Ich hatte noch so viele Fragen. Wie war es ihm zum Beispiel gelungen, so ein Muskelpaket zu werden, wo er doch als Junge so mager und dürftig gewesen war? Warum hatte er aufgehört, mir zu schreiben? Und vor allem: Was war mit seiner Mutter passiert?

Jedes Mal, wenn ich mit Yoana telefonierte, klang ihre Stimme ein wenig besorgter. Manchmal wünschte ich mir, sie könnte mich nicht so gut deuten – selbst durchs Telefon –, aber meine Schwester spürte genau, wie schwer es mir an manchen Tagen fiel, die Last auf meiner Seele zu ertragen.

»Es geht mir gut«, versicherte ich jedes Mal. Ich fühlte mich schrecklich, weil ich sie belog, aber sie war am anderen Ende der Welt und konnte gerade nichts tun, damit ich mich besser fühlte. Ich musste allein mit meinen Ängsten und meiner Traurigkeit fertigwerden, dabei konnte mir niemand helfen. Niemand sonst konnte mich retten.

Nun, niemand außer vielleicht Joy Jones.

Während ich im Esszimmer auf und ab lief und mich darauf einstellte, eine weitere schlaflose Nacht zu verbringen, hörte ich plötzlich ein Klopfen an der Fensterscheibe. Ich blickte auf und sah Joy an ihrem geöffneten Fenster stehen und etwas in meine Richtung werfen. Ihr Arm war bereits klitschnass.

Verwundert trat ich ans Fenster und öffnete es. »Hi«, sagte ich zögernd und zog eine Augenbraue hoch. »Ist alles in Ordnung?« Ich wusste, dass sie Ende achtzig war, und wenn sie Hilfe brauchte, musste ich tun, was ich konnte, um ihr beizustehen. Ich war nicht gerade die belastbarste Person, aber wenn ich genügend Mut aufbringen konnte, um einem anderen Menschen zu helfen, dann würde ich das auch tun.

»Hi Sweetheart. Ich wollte nur fragen, ob du vielleicht auf eine Tasse Tee vorbeikommen möchtest?«, fragte sie freundlich.

»Ähm, es ist schon nach zehn, Joy.«

Ihr Lächeln wurde noch breiter, und sie nickte. »Dann vielleicht auf ein Glas Wein?«

Ich lachte und nahm ihre Einladung an. Was wäre die Alternative gewesen? Rumsitzen und den Rest der Nacht zu grübeln? Also zog ich mir Gummistiefel und Regenmantel über. Doch als ich die Tür öffnete und den Regen und die Blitze sah, die über den Himmel zuckten, zog sich meine Brust vor Angst zusammen.

Geh einfach weiter, Kennedy. Es ist direkt nebenan.

Aber ich kann nicht.

Je mehr der Himmel weinte, desto stärker schnürte sich meine Brust zusammen, und Panik stieg in mir auf. Ich hätte das besser im Griff haben müssen. Ich hätte in der Lage sein müssen, einfach in den Regen zu gehen. Doch immer wieder blitzten in meinem Kopf Bilder aus der Unfallnacht auf, ich kam einfach nicht dagegen an.

Ich kann das nicht, dachte ich und schloss vor Scham die Augen.

»Doch, du kannst das!«, rief eine Stimme. Ich blickte zur Seite und sah Joy, die mir aufmunternd zulächelte. »Komm, du bist nicht allein. Dein Glas Wein wartet schon auf dich.«

»Ich … Meine …« Ich schloss die Augen und atmete tief ein. Meine Hände begannen zu zittern, während die Angst in mir aufstieg.

»Es ist in Ordnung, Angst zu haben, Sweetheart«, sagte Joy. »Du kannst Angst haben und gleichzeitig mutig sein. Und jetzt komm. Der Wein ist schön kühl, und du bist hier in guter Gesellschaft. Wenn du die Luft anhalten und herrennen musst, dann tu das. Und hier atmen wir dann zusammen.«

Ich tat, wie sie gesagt hatte. Ich hielt den Atem an, rannte durch meinen Vorgarten, über den Bürgersteig und den Weg zu ihrem Haus hinauf. Kaum hatte ich ihre Veranda erreicht, stürzte ich wie eine Irre ins Haus, ohne von ihr hineingebeten worden zu sein.

Zitternd stand ich in der Diele und schüttelte mir den Regen ab, während Joy mir ins Haus folgte und ein Handtuch reichte, das sie schon bereitgelegt hatte. »Na, siehst du …« Sie lächelte. »Das war doch gar nicht so schwer.«

Wenn sie nur wüsste, wie mein Herz raste. Es war sehr viel schlimmer gewesen, als es aussah.

»Rot oder weiß?«, fragte sie.

»Ähm, gerne weiß, wenn du hast.«

»Oh Honey, ich habe alles. Und jetzt komm rein, setz dich aufs Sofa und mach's dir gemütlich. Ich habe uns noch einen kleinen Teller mit Charcuterie vorbereitet. Dann haben wir ein bisschen was zu knabbern, während wir uns unterhalten. Steht gleich dort auf dem Tisch. Bitte, bediene dich einfach.«

»Danke, Joy.«

Ich setzte mich auf das Sofa und versuchte, mein noch immer rasendes Herz ein wenig zu beruhigen. Ihr Haus war so gemütlich. Alles hier wirkte authentisch und schien eine Bedeutung zu haben. An den Wänden hingen unzählige gerahmte Schwarz-Weiß-Fotos, die schöne Augenblicke in ihrem Leben zeigten. Ihre Möbel schillerten in bunten Farben, und überall erhellten große und kleine Lampen den Raum.

An einer der Wände hingen angestrahlte Kunstgegenstände. Die Bilder und Skulpturen waren wunderschön und strahlten eine ganz besondere Wärme aus. Ich fühlte mich wie in einem Museum voller Meisterwerke. Es war atemberaubend.

Joy kehrte mit den größten Weingläsern zurück, die ich je gesehen hatte, und innerhalb einer Sekunde war sie ganz offiziell meine neue beste Freundin. Jedes der Gläser umfasste locker eine halbe Flasche Wein.

Ich lächelte erfreut. »Das sind beeindruckende Gläser.«

Sie reichte mir eines der beiden. »Manche Nächte erfordern große Gläser.«

Hört, hört.

»Woher wusstest du, dass ich eine Weinpause gebrauchen konnte?«, fragte ich scherzhaft und nippte an dem wahrscheinlich besten Weißwein, den ich je getrunken hatte.

»Ich habe dich an den letzten Nächten im Haus auf und ab laufen sehen. Ich habe dich nicht beobachtet oder so etwas, aber meine Leseecke ist direkt gegenüber von deinem Esszimmer, und ich dachte mir, dass du bei Gewitter vielleicht nicht schlafen kannst.«

»Gewitter gehen mir an die Nieren«, gestand ich. »Danke also für deine Gesellschaft. Ehrlich gesagt, war ich kurz davor, den Verstand zu verlieren.«

»Hm.« Sie nickte verständnisvoll. »So ist das manchmal. Manche Stürme fühlen sich an, als würden sie nie mehr aufhören, doch ich habe gelernt, dass sie immer vorübergehen, wie schlimm sie auch sein mögen.«

Das war ein schöner Gedanke, den ich mir merken musste.

»Weißt du, was immer gut ist zu wissen?«, fragte sie.

»Nein, was?«

»Selbst hinter den Regenwolken scheint immer die Sonne.«

»Das ist ein schöner Gedanke«, sagte ich. »Man vergisst es nur manchmal.«

Sie tätschelte mein Knie. »Glaub mir, das kann ich verstehen. Ich bin jetzt fast neunzig, und selbst ich vergesse es hin und wieder. Aber dafür gibt es ja Wein.« Sie rutschte ein wenig auf ihrem Kissen hin und her. »Also, Jax scheint sich sehr zu dir hingezogen zu fühlen.«

Ich musste lachen. »Zu mir? Nicht im Geringsten. Genau genommen hat er ziemlich deutlich gemacht, dass wir uns voneinander fernhalten sollten.«

»Ach, Sweetheart …« Sie machte eine wegwerfende Handbewegung. »Jax meint das nicht so. Er ist bloß ein Sturkopf, so wie mein Stanley. Es fällt ihm schwer, seine Gefühle zu zeigen. Er begegnet ihnen auch nicht allzu häufig. Wir beide treffen uns nun schon seit vielen Jahren regelmäßig auf einen Drink, und selbst mir gegenüber öffnet er sich so gut wie nie. Er spielt immer den Starken, hart wie eine Ziegelmauer, aber er ist butterweich, ein einziger großer Softie. Und seit du hier bist, beobachte ich, wie er dich ansieht.«

Schmetterlinge flatterten in meinem Bauch. »Wie genau sieht er mich denn an?«

»Wie jemanden, über den er gerne mehr wissen würde.«

Ich senkte den Kopf und spielte mit meinen Fingern. »Vor vielen Jahren war er mal mein bester Freund. Wir waren zwei Jahre lang zusammen im Feriencamp; danach haben wir uns noch drei Jahre lang Briefe geschrieben. Aber irgendwann sind keine Briefe mehr von ihm gekommen. Er ist einfach … verschwunden.«

Joys Augen weiteten sich überrascht. »Du kennst ihn von früher?«

»Ja. Er war …« Ich lächelte, als ich an den jungen Jax zurückdachte. »Er war der netteste Junge, dem ich je begegnet war. Der stillste, aber auch der netteste.«

»Ja. Daran hat sich mit den Jahren nichts geändert. Und weiß er es? Dass du …«

»Ja, er weiß es. Aber er hat gesagt, es ist besser, wenn wir die Vergangenheit vergangen sein lassen.«

»Oh, so ein Bockmist«, stöhnte Joy, und ich musste lachen. »Gib bloß nichts auf das, was Jax sagt. Weißt du, warum?«

»Nein, warum?«

»Weil sein Herz auf Selbstzerstörung programmiert ist. Er stößt alles Gute von sich, weil er sich einredet, dass er es nicht verdient. Aber ich kenne diesen Jungen – wahrscheinlich besser, als er sich selbst –, und er braucht einen Freund. Ich denke, er braucht dich mehr, als er zugibt.«

Ich schüttelte den Kopf und trank einen Schluck Wein. »Ich bezweifle, dass er mich als seine Freundin will. Und wie du schon sagtest, man rennt bei ihm gegen eine Ziegelmauer. Ich habe keine Chance, zu ihm durchzukommen.«

»Natürlich hast du das.« Sie stellte ihr Weinglas ab und trat an den Kamin, auf dem ein paar Kerzen standen. Sie griff nach einem Feuerzeug und zündete sie an. »Du hast einen Menschen verloren, der dir sehr nahestand, nicht wahr?«

Ich richtete mich auf. Egal, wie viel über mich getratscht wurde, ich hatte niemandem von meiner Tochter erzählt. »W-wie bitte? Wie meinst du das? Woher weißt du …«

Sie drehte den Kopf und sah mich lächelnd an. »Ich sehe es in deinen Augen. Und ich sehe ihr Licht um dich herum.«

Bei ihren Worten lief mir ein Schauer über den Rücken. »Ich … Es …« Mein Mund wurde trocken, während ich versuchte, die richtigen Worte zu formen. Sie schüttelte den Kopf.

»Nein, nein, Sweetheart. Du musst nicht darüber sprechen, wenn es zu schwer ist. Ich verstehe das. Aber du sollst wissen, dass du mit deinem Verlust nicht allein bist. Wenn es irgendetwas auf dieser Welt gibt, was uns alle vereint, dann sind das Leben und Tod, Tag und Nacht. Jax hat ebenfalls eine Tragödie erlebt, und da ihr beide euch von früher kennt, dachte ich, ihr findet vielleicht wieder einen Zugang zueinander.«

»Ich glaube nicht, dass er mich in seinem Leben haben möchte, zumindest nicht allzu gern.«

»Ich bin mir sicher, dass er das möchte. Jax' Vater nähert sich gerade ebenfalls seinem Lebensende, und ich weiß, dass ihn das sehr belastet, auch wenn er nicht darüber spricht. Ich erzähle dir das alles nicht, damit du dich ihm aufdrängst. Ich glaube einfach nur, dass es Zeit, Geduld und Freunde braucht, um über ein Unglück hinwegzukommen, und ihr könntet gerade beide einen Freund gebrauchen«, erklärte Joy.

»Wie kann ich ihn dazu bringen, mich als Freundin zu akzeptieren? Wie bringe ich ihn dazu, sich mir gegenüber zu öffnen?«

»Sei einfach du selbst. Ich bin mir sicher, das reicht vollkommen aus. Und wenn gar nichts hilft, dann mach ihm ein wenig Druck. Manchmal brauchen wir einen kleinen Anstoß, um uns daran zu erinnern, dass wir uns noch bewegen können.«

Ich dachte wieder an meine Panikattacke vor ein paar Tagen, als ich mich nicht hatte rühren können, und dass Jax da gewesen war und mir geholfen hatte weiterzugehen. Wenn er mir helfen konnte, konnte ich zumindest versuchen, das Gleiche für ihn zu tun. Was konnte schon groß passieren?

Joy und ich tranken unseren Wein und redeten über das Leben. Sie brachte mich zum Lachen, während ich ansonsten zu Hause gehockt und in meinen Gedanken und meiner Traurigkeit versunken wäre. Ich war so dankbar für ihre Freundlichkeit und Güte; sie war fast der erste Mensch in dieser Stadt, der wirklich daran interessiert zu sein schien, meine Freundin zu werden.

Als ich sie fragte, warum sie so lange nicht mehr aus dem Haus gegangen war, antwortete sich schlicht: »Ich gehe dorthin, wo die Liebe ist. Dieses Haus hier ist randvoll mit den Herzschlägen meiner Lieben. Wenn die Liebe an einen anderen Ort zieht, werde ich ihr folgen. Das hier ist mein sicherer Hafen, bis der liebe Gott mir etwas anderes sagt.«

Als es Zeit war zu gehen, blieb ich in ihrer Diele noch einmal stehen, an deren Wänden unzählige Fotos hingen. Ich betrachtete die lächelnden Gesichter und musste ebenfalls lächeln. »Ist das hier dein Mann?«, fragte ich.

»Ja, das ist Stanley, mein kaltes Herz.«

»Und das Mädchen?«

»Meine Bethany. Sie ist schon früh von uns gegangen. Wir hatten achtzehn Jahre zusammen, bevor der Krebs sie uns genommen hat.«

Mein Herz zog sich zusammen. »Es tut mir so leid.« Ich wollte sie in den Arm nehmen, wollte weinen, stattdessen rührte ich mich nicht von der Stelle.

»Es tut mir auch leid, Kennedy. Sehr sogar.«

Ich hatte es ihr nicht erzählt, doch irgendwie wusste Joy von meinem Verlust. Ich zog meinen Regenmantel und die Stiefel an und trat hinaus auf die Veranda. Wir verabschiedeten uns voneinander, doch bevor ich ging, drehte ich mich noch einmal um und stellte die Frage, die ich schon seit einiger Zeit zu beantworten suchte. »Wie kommt man über den Verlust seiner Tochter hinweg?«

Sie trat zu mir und verschränkte die Arme. »Man kommt nie darüber hinweg. Man steht es nur durch und ist dankbar für jede Minute, die man miteinander hatte. Ich stelle mir gerne vor, dass Bethany, nachdem sie mich verlassen hatte, zu dem Wind geworden ist. So kann ich sie immer und überall spüren.« Sie streckte die Hand aus, schloss die Augen und atmete tief ein. »Sogar im Sturm.«

Ich lächelte ihr zu und zog sie fest in meine Arme. Ich dankte ihr für alles, was sie mir an diesem Abend gegeben hatte, und dann rannte ich zu meinem Haus zurück. Doch diesmal schloss ich für einen Moment die Augen, bevor ich hineinging, und spürte, wie der Wind über meine Seele tanzte.

13

JAX

»Heute war er ziemlich klar«, sagte Amanda, als ich an die Anmeldung trat, um mich für den Besuch bei meinem Vater einzutragen. »Er hat sich sogar an meinen Namen erinnert.«

»War er sehr unfreundlich?«, fragte ich.

»Wäre er Cole Kilter, wenn er es nicht gewesen wäre?«

Wohl wahr.

»Hat er irgendwas über mich gesagt?«, murmelte ich.

»Er hat dich ein Arschloch genannt.«

Was für eine Überraschung.

Ich war mir nicht sicher, ob ich ihn wirklich sehen wollte. Heute war ein ziemlich mieser Tag gewesen. Aber ich wusste, dass ich es mir nicht verziehen hätte, wenn ich ihm nicht wenigstens ein paar Kapitel vorlas. Das änderte jedoch nichts an der Tatsache, dass ich mich vollkommen erschöpft fühlte. Seit Tagen schon fühlte ich mich nicht gut. Wenn ich ehrlich war, dann hatte der Regen in den letzten Tagen meinen Nerven ganz schön zugesetzt. Meine Arbeit kotzte mich an, und ich bekam Kennedy einfach nicht aus dem Kopf. Sie wiederzusehen hatte einen Wirbel aus Erinnerungen losgetreten, und ich wusste nicht recht, wie ich damit umgehen sollte. Ich ertrank förmlich in Erinnerungen an sie.

Ein Teil von mir wollte mit ihr reden. Ihr in der Stadt über den Weg laufen und sie fragen, wie es ihr ergangen war. Aber dieser Teil von mir war einfach nur dumm. So ziemlich alles, was ich anfasste, ging schief, und die Vorstellung, meine alte Freundschaft mit Kennedy wieder aufleben zu lassen, nur um zu sehen, wie alles in die Hose ging, war einfach zu schrecklich.

Wir hatten unsere Vergangenheit. Wir hatten unsere Geschichte.

Ich fragte mich bloß, warum sie nie zurückgeschrieben hatte.

»Wie geht es dir?«, fragte Amanda und riss mich damit aus meinen Gedanken an eine andere Frau. Ich fühlte mich schuldig deswegen. In der vergangenen Woche hatte ich tausend Mal öfter an Kennedy gedacht als an Amanda, obwohl wir uns gerade erst getrennt hatten.

»Ich komme zurecht«, erwiderte ich nüchtern. »Einen schönen Abend noch.«

»Jax, warte.« Sie legte eine Hand auf meinen Unterarm, um mich zurückzuhalten, aber ich hatte heute Abend keinen Nerv für sie. Verdammt, ich hatte keinen Nerv für gar nichts. »Du musst nicht so tun, als würde die Sache mit deinem Vater dich nicht treffen. Ich weiß, dass er ein Mistkerl ist, aber es ist vollkommen okay, wenn du darunter leidest. Du kannst jederzeit mit mir darüber reden, wenn du willst.«

»Es gibt nichts zu reden. Es geht mir gut.«

»Du lügst.«

Ich schluckte und senkte den Blick. »Amanda?«

»Ja?«

»Lass mich los.« Damit meinte ich meinen Arm, und mich.

Sie nahm ihre Hand weg. »Okay. Bleib stur. Ich habe keine Ahnung, wieso du immer denkst, du müsstest alles alleine ausfechten. Wenn du schon nicht mit *mir* redest, dann hoffe ich wenigstens, dass du mit jemand anderem sprichst.«

»Das ist der Sinn einer Therapie«, murmelte ich.

Wenn ich dort hingehen würde.

Ich zog das Buch aus der Tasche und hoffte, dass Dad nicht allzu klar im Kopf war, wenn ich kam. Echt krank, oder? Ich betete zu einem Gott, an den ich nicht glaubte, dass mein Vater so weggetreten war, dass er sich nicht an mich erinnerte.

Er saß im Rollstuhl, mit dem Gesicht zum Fenster. Draußen war es bereits dunkel, sodass es nicht allzu viel Aufregendes zu sehen gab. Ich räusperte mich und ging zu ihm, ohne zu wissen, was mich erwartete. Er sah mit seinen meerwasserblauen Augen zu mir auf und blinzelte. Die rechte Seite seines Körpers war gelähmt, und sein Mundwinkel hing hinunter. Der leere Blick, mit dem er mich anstarrte, zeigte mir, dass er keine Ahnung hatte, wer ich war.

Ich räusperte mich erneut. »Hey, Mr Kilter. Ich wollte mal schauen, ob Sie vielleicht Lust haben, ein paar Kapitel aus diesem Buch hier zu hören.«

Er nickte ganz leicht mit dem Kopf. Ich drehte ihn mit seinem Rollstuhl so, dass er mich ansah, und setzte mich ihm gegenüber auf den Stuhl. Er sah so krank und verletzlich aus, und ich musste ihm immer wieder den Mund abwischen. Es war nicht leicht, ihn so zu sehen und zu wissen, dass seine äußere Erscheinung nichts mit dem zu tun hatte, was in ihm vorging.

Niemand wollte erleben, wie der Körper der Eltern mit den Jahren abbaute. Es schien der Fluch des Lebens zu sein, zusehen zu müssen, wie die Menschen, die einem selbst das Leben geschenkt hatten, allmählich in sich zusammenfielen – eine simple Erinnerung daran, dass unsere Zeit auf dieser Welt sehr viel kürzer war, als wir alle es uns vorstellten.

Er blickte nach vorn, während ich las, doch er sah mich nicht wirklich an. Es war eher, als schaute er durch mich hindurch. Etwa nach der Hälfte des dritten Kapitels sah ich, wie seine Lippen sich bewegten.

»G-gut« murmelte er. Ich zog überrascht eine Augenbraue hoch. Schon lustig, dass nun er es war, der murmelte, nachdem er jahrelang versucht hatte, mir mein Gemurmel aus dem Leib zu prügeln. Das Leben war ein verdammter Scherzkeks.

»Gut?«, fragte ich.

Er nickte kaum merklich.

Mein kaltes Herz bemühte sich, für diesen armen Mann zu schlagen.

Dann sah ich, wie sich unter seinem Stuhl eine kleine Pfütze bildete. Er hatte sich in die Hose gemacht. Ich stand auf und ging hinaus, um jemanden zu holen, der ihm helfen konnte. Zwei Krankenschwestern kamen, wuschen ihn und legten ihn ins Bett, während ich danebenstand und mein Buch umklammerte.

Er schlief sofort ein, und ich machte mich auf den Heimweg. An der Rezeption ging ich ohne ein Wort an Amanda vorbei und spürte, wie sie mir nachschaute.

Ich stieg ins Auto, warf das Buch auf den Beifahrersitz und startete den Motor. Meine Hände umklammerten das Lenkrad so fest, dass meine Knöchel weiß hervortraten. Für einen kurzen Moment saß ich da und spürte die Stille, die auf mich einstürzte.

Ich zog mein Handy aus der Tasche und rief meinen Bruder an. Das Gespräch lief wie erwartet. *»Du bist nicht für ihn verantwortlich, Jax. Du solltest da wegziehen und irgendwo neu anfangen. Moms Tod war nicht deine Schuld.« Immer dieselbe Leier.*

Auf dem Heimweg dachte ich an meinen Vater, an den Mann, der er gewesen war, und an den Mann, zu dem er geworden war. Kaum zu glauben, dass es sich um ein und denselben Menschen handelte. Der eine machte mir nach wie vor eine Höllenangst, der andere tat mir nur noch leid. Niemand sollte je in die Situation kommen, in der er sich anpinkelte und nichts dagegen tun konnte.

In meinem Herzen wohnte kein Mitleid für den Mann, der mein Vater einst gewesen war. Verflucht sei das Monster, das mir körperlich und seelisch so viel Leid angetan hatte. Verflucht all die Jahre der Therapie, die mir kaum Heilung gebracht hatten, verflucht seine Hände, die mich geschlagen, verletzt, gedemütigt hatten.

Verflucht der Mann, der mein Vater gewesen war.

Und der er heute war.

Verflucht der Mann, der mein kaltes Herz fast dazu gebracht hatte, zu brechen. Doch mein Herz konnte nicht mehr brechen, dafür war es einfach schon zu oft gebrochen worden.

Zu Hause lief ich direkt in den Wald. In meinem Kopf kreisten einfach zu viele Gedanken, um schon ins Bett zu gehen. Ich war müde, aber ich wusste, dass ich jetzt nicht würde schlafen können.

Als ich die Lichtung erreichte, blieb ich überrascht stehen. Auf meiner Bank saß eine Frau, und als ich näher trat, erkannte ich auch, wer sie war.

»Was machst du hier?«, fuhr ich sie an und neigte ungläubig den Kopf.

Kennedy blickte auf und lächelte ein wenig. Sie hielt ein Notizbuch in der Hand, in das sie geschrieben hatte, bevor ich sie angebrüllt hatte.

»Hi«, hauchte sie. »Ich, ähm, brauchte einfach ein bisschen frische Luft.«

»Die kriegst du auch woanders.«

»Ja, aber hier ist der schönste Ort, den ich bisher gefunden habe.«

»Du hast schon wieder unbefugt mein Grundstück betreten«, murmelte ich verärgert und zugleich erfreut, sie zu sehen. Wenn ich ehrlich war, wusste ich nicht recht, wie ich mich fühlte. Nach dem unerfreulichen Besuch bei meinem Vater war ich vollkommen durcheinander.

»Ich fürchte, wir werden uns beide mit der Tatsache anfreunden müssen, dass ich Dinge tue, zu denen ich nicht befugt bin.«

Ich verzog das Gesicht und fuhr mir durch die Haare. Wie konnte ich sie hier haben wollen und gleichzeitig nicht hier haben wollen?

Sie glitt ein wenig zur Seite und klopfte neben sich auf die Bank. »Du kannst dich zu mir setzen.«

»Ich will nicht reden«, erklärte ich unfreundlich.

»Natürlich nicht. Du hast noch nie gern geredet.«

»Ich will auch nicht, dass du redest«, sagte ich.

Sie runzelte die Stirn. »Nun, wir wissen beide, dass ich gerne rede. Aber heute Abend werde ich mal ganz still sein.«

Ich hätte ihr sagen sollen, sie sollte verschwinden, um dann selbst nach Hause zu gehen. Ich hätte ihr sagen sollen, dass sie nie wieder herkommen sollte. Ich hätte ihr sagen sollen, dass ich sie nicht wiedersehen wollte, weil ich gut ohne sie zurechtkam.

Stattdessen blieb ich sitzen, denn selbst Kummer brauchte manchmal Gesellschaft.

Lange saßen wir schweigend da. Kennedy schrieb weiter in ihr Buch, und hin und wieder schaute ich hinüber, um zu sehen, was sie da schrieb. Sie erstellte eine Liste mit Dingen, die sie in Havenbarrow sehen und tun wollte.

- Marshmallow kennenlernen
- Schwarz-Weiß-Filme anschauen
- die verborgene Bibliothek finden

- eine alte Freundschaft wiederaufleben lassen
- Jax sagen, dass er meine Liste ruhig lesen darf
- Jax fragen, wie es ihm geht
- Jax sagen, er soll aufhören, die Nasenlöcher aufzublähen, wenn er merkt, dass ich ihm Nachrichten schreibe

Ich stöhnte und riss den Blick von ihrem Buch. »Du bist seltsam.«

»Wenn ich mich richtig erinnere, war das eins der Dinge, die du an mir am liebsten mochtest.«

Ich sagte nichts.

Sie gab nicht auf. »Alles in Ordnung?«

»Hatten wir nicht abgemacht, dass wir nicht reden?«

»Du weißt, wie schlecht ich darin bin.«

Ich schüttelte den Kopf. »Ich weiß nicht mehr sehr viel über dich. Wir waren Kinder. Seitdem hat sich viel verändert.«

»Was zum Beispiel?«, fragte sie.

Ich blickte in ihre honigfarbenen Augen, und für einen Moment wollte ich den Blick nie wieder abwenden. Ich wollte sie in den Arm nehmen. Ich wollte ihr alles erzählen, was in den letzten Jahren geschehen war. Ich wollte ihr erzählen, was mir auf der Seele lag. Ich wollte einen Freund.

Ich brauchte einen Freund, aber ich hatte keinen verdient.

»Das spielt keine Rolle«, sagte ich. »Es reicht, dass die Dinge sich geändert haben.«

»Ist alles in Ordnung, Jax?«, fragte sie erneut, und diesmal lagen so viel Sorge und Güte in ihrer Stimme, wie ich sie lange nicht mehr gehört hatte.

»Das braucht dich nicht zu kümmern.«

»Aber ich möchte es gerne.« Sie legte eine Hand auf meinen Arm, und ein Blitz fuhr tief in meine Seele. Diese einfache Berührung schickte einen elektrischen Schlag durch mein komplettes System, mitten in mein Herz, und versuchte es wieder zum Leben zu erwecken.

»Wenn du darüber reden möchtest …«, bot sie erneut an, und ich ließ ihre Hand noch einen Moment auf meinem Arm liegen, weil ihre Wärme sich so tröstlich anfühlte.

Wieso hatte Amandas Berührung sich nicht so angefühlt?

Doch dann kehrte die Kälte zurück, und ich zog meinen Arm unter Kennedys Hand fort und verschränkte die Hände so fest, dass meine Knöchel weiß hervortraten. Ich senkte den Kopf. Wieder saßen wir schweigend da. Und dann stahl sich langsam ein leises Murmeln über meine Lippen.

»Mein Vater liegt im Sterben«, sagte ich.

»Ja. Joy hat es mir gesagt. Es tut mir so leid, Jax.«

»Er ist ein Arschloch. Jedenfalls war er es, bevor es mit ihm zu Ende ging.«

»Und jetzt?«

»Jetzt ist er einfach nur da und hat gar nichts mehr.«

»Er hat dich.«

»Ich war ihm früher schon nie genug, daher bezweifle ich, dass es jetzt anders ist.«

Was tat ich bloß? Wieso redete ich darüber? Bevor sie ihre Hand ausstrecken und noch einen elektrischen Schlag durch meinen Körper jagen konnte, stand ich auf. Meine Brauen zogen sich zusammen, ich schob die Hände in die Taschen und zog mich langsam wieder in mich selbst zurück.

»Ich will, dass du dich von meinem Wald fernhältst«, erklärte ich. »Wenn du das nicht tust, werde ich die Polizei einschalten.«

Sie erhob sich ebenfalls. »Moon, ich …«

»Nenn mich nicht Moon«, fuhr ich sie an. »Geh jetzt, Kennedy.«

Ihre Schultern sackten nach vorn, und ich bemühte mich, sie

nicht anzusehen. Ich konnte sie einfach nicht ansehen, denn sonst hätte ich sie angefleht, zu bleiben.

»Tut mir leid. Ich dachte einfach, du könntest vielleicht einen Freund gebrauchen«, sagte sie.

»Ich brauche keinen Freund«, sagte ich leise. »Ich brauche niemanden. Schon vergessen? Ich bin ein Arschloch. Kein Interesse an einem Freundschaftsbändchen.«

14

KENNEDY

»Nein«, rief ich und sprang auf, als Jax Anstalten machte, zu gehen.

Er drehte sich um und legte den Kopf schief. »Was?«

»Ich habe gesagt: Nein. Du kannst jetzt nicht einfach gehen.«

»Hast du den Verstand verloren?«, fuhr er mich an, und in seiner Stimme schwang Wut mit. Oder war es Schmerz? Seine Augen zeigten Schmerz, auch wenn seine Stimme wütend klang.

»Vor langer Zeit, ja, aber das ist nicht der Punkt. Der Punkt ist, dass du dich wieder hinsetzen und mit mir reden solltest.«

»Das werde ich ganz sicher nicht tun«, erwiderte er. »Und wenn du nicht auf der Stelle mein Grundstück verlässt …«

»… rufst du die Polizei, ja, ja, ja. Ich hab's kapiert, Jax. Das ist deine Rolle hier in der Stadt. Du bist der große, böse Wolf, der kalte, knallharte Typ, der niemanden an sich heranlässt. Aber ich kenne dich – den wahren Jax. Der gütige, sensible Junge ist immer noch da. Weißt du, du bist eigentlich kein Arschloch.«

»Könntest du bitte einfach nach Hause gehen und so tun, als würden wir uns nicht kennen?«

»Nein, kann ich nicht, denn ich sehe, dass du seit langer Zeit eine sehr große Last auf deinen Schultern trägst.«

Er sah mich an, und in seinen Augen lag eine solche Schwere – ein Ausdruck, den ich bisher jedes Mal in ihnen gesehen hatte, seit wir uns im Wald begegnet waren. Ich konnte nur ahnen, wie lange dieser Schmerz schon an ihm nagte.

»Ich verstehe«, sagte er. »Du glaubst, zwischen uns gibt es einen Seelenverwandtschaftsschwachsinn, weil wir vor einer Ewigkeit mal zusammen im Feriencamp gewesen sind. Aber das ist Quatsch, weil ich kein bisschen mehr so bin wie der Junge damals.«

»Und ich nicht wie das Mädchen«, stimmte ich ihm zu.

»Deine ach so bunten Klamotten und deine Unfähigkeit zu kapieren, wann eine Unterhaltung beendet ist, haben sich kein bisschen verändert.«

Ich lächelte ein wenig und strich mit der Hand über mein neongelbes Sommerkleid. »Okay, ein paar Dinge sind gleichgeblieben.«

»Aber nicht für mich. Sei mir nicht böse, aber ich bin nicht daran interessiert, eine Kinderfreundschaft wieder aufleben zu lassen und am Lagerfeuer alte Erinnerungen auszutauschen. Ich habe keine Zeit für Freundschaften. Wenn du jetzt also bitte …«

»Kismet«, sagte ich und straffte die Schultern. »Du hast mir dieses Wort beigebracht, erinnerst du dich? Gemeinsam mit einer Million anderen. Aber Kismet hat mir immer am besten gefallen. Es bedeutet …«

»Ich weiß, was es bedeutet«, zischte er. »Aber das ist es nicht. Das hier ist nicht Schicksal.«

»Aber es könnte Schicksal sein«, widersprach ich. »Ich will damit nur sagen … es muss etwas zu bedeuten haben. Es muss einen Grund dafür geben, dass das Universum uns wieder zusammengeführt hat.«

»Das Universum bestimmt nicht über unser Leben. Ich kann diesen Unsinn nicht mehr hören. So etwas wie Schicksal gibt es nicht. Wenn du unbedingt einen Grund brauchst, warum sich unsere Wege nach so vielen Jahren wieder gekreuzt haben, dann nimm diesen: Wir haben beide etwa eine Stunde vom Feriencamp entfernt gewohnt, die Welt ist verdammt klein, und Menschen ziehen hin und wieder von einer Stadt in eine andere. Und du bist rein zufällig in meine gezogen. So viel zu deiner Theorie vom Universum und deinem göttlichen Timing.«

»Klingt nicht sehr überzeugend.«

Er sah mich an, und seine Mundwinkel zuckten, als hätte er noch etwas zu sagen, was er jedoch nicht mit mir teilen wollte. Er schüttelte den Kopf und wandte sich wieder zum Gehen. Ich schluckte trocken und dachte daran, was Joy mir über Jax erzählt hatte.

Schließlich sagte ich etwas, das ich niemals hätte sagen sollen: »Ich weiß, was mit deiner Mutter passiert ist.«

Jax stand mit dem Rücken zu mir, als sein Körper sich versteifte. Seine Schultern sackten nach vorn, und es fühlte sich an, als würde die Zeit stillstehen. Ich wusste nicht, was ich sagen oder wie es weitergehen sollte, aber nun, da ich die Worte in die Welt entlassen hatte, konnte ich sie nicht einfach so stehen lassen.

Ich trat ein paar Schritte auf ihn zu, doch mein nächster Atemzug blieb mir im Halse stecken. »Jax, es tut mir so …«

»Nein«, unterbrach er mich, und ich sprach nicht weiter. Er schüttelte den Kopf, hatte mir immer noch den Rücken zugewandt. »Sprich nicht über meine Mutter.«

Obwohl seine Worte hart und abweisend klangen, hörte ich doch, wie seine Stimme brach, als er es sagte. Es war nicht Wut, die er mir entgegenschleuderte – es war Schmerz. Ein Schmerz, den ich nur zu gut kannte.

»Es war ein Unfall, Jax. Es war nicht deine Schuld.«

»Du hast keine Ahnung, was meine Schuld war und was nicht.«

»Bitte entschuldige. Ich wollte dir nicht zu nahetreten. Ich wollte damit nur sagen, dass ich verstehe, was du durchgemacht hast.«

»Oh nein, du kannst unmöglich verstehen, was ich durchgemacht habe, Sun«, murmelte er, und mein alter Spitzname traf mich wie eine Lkw-Ladung Ziegelsteine. Wenn ich ehrlich war, fühlten sich die meisten meiner Tage in letzter Zeit eher an wie die Schatten des Mondes, und nicht wie die Strahlen der Sonne.

»Doch, das tue ich«, sagte ich in dem Versuch, ihn wissen zu lassen, dass er nicht allein war in seinem Leid.

Er drehte sich um, seine Augen bohrten sich mit ihrer Traurigkeit tief in meine Seele. Und in diesem Moment spürte ich die Last, die er ganz allein getragen hatte. »Wie? Wie solltest du das verstehen?«

»Weil ich der Grund dafür bin, dass meine Eltern und meine Tochter tot sind«, brach es aus mir heraus. Genau das waren meine Worte, Worte, die mir die Zunge verbrannten, als ich sie aussprach. Worte, die ich noch nie laut ausgesprochen hatte. Ich hatte sie nie gesagt. Yoana hatte mir verboten, sie auszusprechen, doch jeden Tag spürte ich ihr Gewicht auf meiner Seele. Nur weil man etwas nicht aussprach, bedeutete es nicht, dass man es nicht fühlte, und diese Worte nahmen mir jeden Tag die Luft zum Atmen.

Jax' Blick wurde weicher, und ich sah ihm an, wie sehr meine Worte ihn überraschten. Auch ich spürte ihre Wirkung, spürte den Schmerz, den sie in mir auslösten und der mich daran erinnerte, wie intensiv er in einem einzigen Augenblick sein konnte.

Ich senkte den Kopf und spielte nervös mit meinen Fingern,

denn in diese verwirrten braunen Augen zu blicken war mehr, als ich ertragen konnte. »Es war ein schrecklicher Sturm. Ich bin gefahren. Wir wollten ins Restaurant. Ich hatte mich gerade mit meinem Mann gestritten, weil ich herausgefunden hatte, dass er eine Affäre mit einer Kollegin hatte. Er sagte, ich hätte Wahnvorstellungen und würde überreagieren. Er war ein Meister darin, die Wahrheit zu verbiegen, und gab mir jedes Mal das Gefühl, an allem schuld zu sein, obwohl ich nichts falsch gemacht hatte. Er hat mich einfach abgebügelt, ohne mir die Chance zu geben, mit ihm darüber zu reden. So machte er das jedes Mal – er wandte sich immer dann von mir ab, wenn ich ihn am dringendsten gebraucht hätte. Während der Fahrt erhielt ich eine Nachricht von ihm. Er wollte sich scheiden lassen. Als die Nachricht kam, warf ich einen Blick auf mein Handy – und da ist es dann passiert. Eine halbe Sekunde, eine Textnachricht. Ich fuhr über einen rutschigen Fleck auf der Straße, der Wagen geriet ins Schleudern, und mein ganzes Leben veränderte sich. Es ist jetzt über ein Jahr her, aber manchmal fühlt es sich so an, als wäre es gerade erst passiert.«

Er sagte kein Wort, aber er lief auch nicht davon. Als die Stille übermächtig wurde, blickte ich auf und merkte, dass er mich ansah. Seine Miene war unergründlich. Ob Jax wohl jemals einen anderen Menschen so nah an sich heranließ, dass er oder sie seine Gedanken lesen konnte?

Er öffnete den Mund, schien jedoch nicht die richtigen Worte zu finden. Gab es in einer solchen Situation überhaupt so etwas wie die richtigen Worte?

Er räusperte sich. Er legte die Stirn in Falten.

Ich öffnete schon den Mund, um mich zu entschuldigen. Es war offensichtlich, dass ich zu viel preisgegeben hatte. Ich hatte diese Situation zu etwas gemacht, das sie nicht war. Es war eindeutig, dass er mich jeden Augenblick in den Arm nehmen würde.

Moment.

Was?

Er nahm mich in den Arm.

Jax schloss mich in seine Arme und hielt mich fest, so als hätte er nicht vor, mich je wieder loszulassen. Seine starken Arme umschlangen meinen Körper, und ich schmolz dahin. Ich verging an seiner Brust und an seiner Seele. Ich ging ein in die Geschichte unserer Vergangenheit.

Er roch nach Zeder und nach meinen schönsten Erinnerungen.

Ich wollte ihn so lange festhalten, wie ich konnte. Ich wollte noch mehr von seinem Duft einatmen und seinen Trost spüren, bis ich einschlief. Ich wollte ihm dafür danken, dass er mir diesen Moment schenkte, um in seinen Armen schwach zu sein, auch wenn ich mir ziemlich sicher war, dass eigentlich ich *ihn* trösten sollte, nicht andersherum.

Als es an der Zeit war, sich voneinander zu lösen, trat er einen Schritt zurück. Er wirkte ein wenig verlegen nach seiner spontanen Umarmung. Ich wischte mir über die Augen und lachte nervös. »Damit hatte ich nicht gerechnet.«

»Ja.« Er lächelte – zumindest bildete ich mir das ein. »Ich auch nicht.«

»Ich lasse dich jetzt in Ruhe. Aber wenn du jemals jemanden zum Reden brauchst, bin ich für dich da.« Doch als ich mich umgedreht hatte, um zu gehen, rief er mir nach.

»Kennedy.«

Ich wandte mich noch mal zu ihm um und wartete darauf, dass er weitersprach. Das Reden schien ihm nicht leichtzufallen – was nichts Neues war, er hatte noch nie viel geredet. Er räusperte sich erneut und wies mit der Hand auf die Lichtung, auf der wir standen. »Du kannst jederzeit herkommen, wenn du das Gefühl hast, dass es dir guttut.«

Mein Herz zog sich bei seinen Worten ein wenig zusammen. Manch einem mochten seine Worte vielleicht bedeutungslos und kalt erscheinen, wenn man bedachte, was ich ihm gerade über meine Eltern und meine Tochter erzählt hatte, doch für Jax lag eine viel größere Bedeutung darin.

Er lud mich ein, seine Oase zu besuchen, seinen sicheren Hafen, und ich würde seine Einladung annehmen.

»Danke, Jax.«

Er sagte nichts weiter, doch kurz bevor er sich endgültig zum Gehen wandte, bog sich sein linker Mundwinkel ein wenig zu einer Art mitfühlendem Lächeln nach oben. Er fuhr sich mit der Hand durch die strubbeligen Haare und seufzte. »Ich bin ziemlich schlecht in so was.«

»Worin?«

»Dem Umgang mit anderen Menschen.«

Ich lächelte. »Was du nicht sagst.«

Seine Mundwinkel wölbten sich zu einem vollständigen Lächeln, und in meinem Bauch begann es bei diesem Anblick leicht zu kribbeln.

Da war er.

Der Junge, den ich einst gekannt hatte, lebte noch immer in diesem Mann aus Stahl.

Und ich wünschte mir nichts mehr, als dass er noch ein wenig länger herauskam.

15

JAX

Zwölf Jahre alt
Das zweite Jahr im Feriencamp

»Und hast du gewusst, dass es etwa vierhundert Milliarden Vögel auf der Welt gibt? Aber als Kennedy mir letzten Sommer von ihnen erzählt hat, kannte sie keine einzige Vogelart. Deshalb habe ich das hier für sie gemacht, damit sie mehr über Vögel lernen kann, weil ich nämlich glaube ...«

»Du meine Güte, Jaxson, langsam, langsam. So viel auf einmal habe ich dich ja noch nie sprechen hören.« Mom lachte, während sie mir dabei half, meine Sachen für das Feriencamp zu packen. »Aber es freut mich, dass du so aufgeregt bist.«

Ich *war* aufgeregt. So, so, so aufgeregt.

Kennedy und ich hatten uns das ganze letzte Schuljahr Briefe geschrieben, und jedes Mal, wenn ich einen Brief von ihr bekommen hatte, hatte ich ihn bestimmt fünf Millionen Mal gelesen. Ich konnte es kaum erwarten, sie wiederzusehen, und ich konnte einfach nicht aufhören, an sie zu denken. Ob sie anders aussah als letztes Jahr? Vielleicht war sie gewachsen? Ob sie immer noch so viel redete? Ich hoffte es, denn obwohl ich am Anfang gedacht hatte, dass sie zu viel redete, mochte ich es mittlerweile, weil ich selbst dann nicht so viel reden musste.

Ich wettete, dass sie immer noch so aussah wie früher, nur

besser, und ich fragte mich, ob sie wohl dachte, dass ich auch noch genauso aussah wie letztes Jahr. Ich hatte eine neue Brille und war nach Moms Markierungen an der Wohnzimmerwand fast vier Zentimeter gewachsen, aber ansonsten war ich noch immer derselbe Jax wie letztes Jahr. Wobei, meine Haare waren auch ein wenig länger. Ich hätte sie noch schneiden müssen.

Ob sie wohl irgendeine dieser Veränderungen an mir bemerken würde?

»Ich freue mich so darauf, sie wiederzusehen. Sie ist meine beste Freundin«, erklärte ich.

»Na hör mal«, sagte Mom und stieß mir in die Seite.

Ich lachte. »Du weißt schon, wie ich das meine. Sie ist meine beste Freundin. Du bist meine beste Mutter-Freundin.«

Mom beugte sich vor und gab mir einen Kuss auf die Stirn, bevor sie das nächste T-Shirt zusammenfaltete und in meinen Koffer legte. »Damit kann ich leben. Die Rolle als Mutter-Freundin nehme ich gerne an. Magst du dein Geschenk holen, das wir für sie besorgt haben, damit wir es ebenfalls in den Koffer legen können?«

Ich lief zu meiner Kommode, auf der mein perfekt eingepacktes Geschenk lag – und mit perfekt meine ich *perfekt*. Ich hatte es zigmal neu eingepackt, bis jede einzelne Falte richtig saß. Es hatte mich zwei Stunden gekostet, bis alles so war, wie ich es wollte, aber das machte nichts. Für Kennedy sollte alles perfekt sein.

Hoffentlich gefiel ihr das neongrüne Band. Ich hätte selbst niemals neongrünes Band genommen, aber ich wusste, dass es ihre Lieblingsfarbe war, denn immerhin war sie meine beste Freundin, und solche Dinge wusste ich eben über meine beste Freundin.

»Meinst du, das Geschenk wird ihr gefallen?«, fragte ich, und mein Herz fühlte sich an, als wäre es mir in die Kehle gesprungen und dort stecken geblieben. Ich hatte monatelang daran gearbeitet, und plötzlich hatte ich Angst, dass es Kennedy nicht gefallen könnte.

Mom sah mich mit einem beruhigenden Mütter-Lächeln an. »Sie wird es lieben, Jaxson. Glaub mir. Immerhin bin ich deine beste Mutter-Freundin. Ich würde dich niemals in die Irre führen.«

Das Lächeln wirkte. Ich fühlte mich sofort besser.

»Hast du Lust, morgen, bevor du fährst, mit in den Laden zu kommen und mit mir ein paar Pläne für die Häuser zu erstellen, für die ich die Gartengestaltung übernommen habe?«, fragte Mom und klappte meinen Koffer zu.

Sie wollte sich als Gartengestalterin selbstständig machen. Ihre Firma hieß Millie's Haven Landscapers. Es war Moms große Leidenschaft, und ich konnte kaum den Tag erwarten, an dem sie ihren eigenen Laden eröffnete. Ich liebte es, ihr bei der Gartenplanung zu helfen. Obwohl sie noch kein offizielles Unternehmen hatte, half sie bereits zahlreichen Leuten in der Stadt bei ihren Gärten, gleichzeitig schmiedete sie Pläne für das Land, auf dem wir lebten. »Überall Blumen«, sagte sie immer. »Wildblumen, die das ganze Jahr über blühen. Das ist mein Traum.«

Ich war nicht allzu scharf darauf, mir die Hände schmutzig zu machen, aber ich mochte es, Mom zu assistieren. Einmal sagte sie, dass ich die Firma ja irgendwann mal übernehmen könnte, aber ich erklärte, da sei mir zu viel Dreck im Spiel.

Ich mochte keinen Schmutz und keine Unordnung.

Ich mochte es sauber und ordentlich.

»Oder er könnte mit Derek und mir zum Angeln fahren«, erklärte Dad und trat ins Zimmer. »Und einmal im Leben was Männliches tun.«

Ich hasste Angeln.

Ich hasste Würmer.

Ich hasste es, wenn die Fische an der Angel zappelten.

Ich hasste es, Dad dabei zusehen zu müssen, wie er sie anschließend ausnahm.

Doch noch mehr hasste ich es, wie enttäuscht Dad immer war, wenn ich nicht tun wollte, was ihm gefiel – wie Angeln, Jagen oder Sport.

Ich mochte Bibliotheken, und Buchstabierwettbewerbe, und Schreiben, und Kennedy.

Dad verstand nichts von alldem, was es ihm schwer machte, mich zu verstehen.

»Gartengestaltung ist nicht Frauensache, Cole. In diesem Bereich arbeiten hauptsächlich Männer, und es ist nicht sehr respektvoll, Jaxson deswegen ein schlechtes Gefühl zu machen«, verteidigte Mom mich, wie sie es immer tat, wenn Dad enttäuscht war, weil ich nicht so war wie er.

Deshalb war sie auch meine beste Mutter-Freundin. Weil sie immer zu mir stand.

»Ja, aber dabei macht er sich nicht die Hände schmutzig. Er verrichtet keine echte, körperliche Arbeit«, widersprach Dad. Jedes Mal, wenn er das tat – mich runtermachte –, wurde mir ein bisschen übel.

Letzten Monat hatte Mom gesagt, wenn er nicht damit aufhörte, würde sie ihn verlassen, aber das glaubte ich ihr nicht, denn auf ihre Weise liebte sie ihn, auch wenn er es nicht verdient hatte, so geliebt zu werden.

»Hör auf damit, Cole«, befahl Mom.

Er murmelte irgendwas vor sich hin und fuhr sich mit der Hand durch seine langsam grau werdenden schwarzen Haare. Dann sah er mich noch einmal an und ging aus dem Zimmer.

Ich setzte mich ein wenig auf und spürte einen dicken Kloß

im Hals. »Vielleicht sollte ich mit ihm fahren, damit er nicht so böse auf mich ist.«

»Nein. Du bist dein eigener Herr, Jaxson, und dein Vater wird dich nicht in jemanden verwandeln, der du nicht sein willst. Wenn du keine Lust hast, angeln zu gehen, ist die Diskussion beendet.«

Ich senkte den Kopf. »Ich wünschte, er wäre so lieb wie du.«

Sie gab mir einen Kuss auf die Stirn und nahm mich in den Arm. »Du bist perfekt, genauso wie du bist, mein Schatz. Vergiss das niemals.«

Am nächsten Tag hievte Mom meinen Koffer ins Auto, und wir machten uns auf den Weg ins Camp.

Nachdem wir meine Sachen in meiner Hütte verstaut hatten und Mom ein wenig geweint hatte, weil ich ihr in den nächsten Wochen fehlen würde, verabschiedeten wir uns voneinander. Ich holte mein Geschenk für Kennedy und lief nach vorne, um auf sie zu warten. Eine halbe Ewigkeit saß ich auf einem riesigen Felsbrocken und wartete. Als das gelbe bemalte Auto in Sicht kam, hüpfte mein Herz beinahe aus meiner Brust und in Kennedys Arme.

Als sie mich sah, kam sie angerannt und rief meinen Namen so laut, dass selbst die Aliens auf dem Mars sie garantiert hören konnten. »Jax! Jax! Jaaaaaaax!«, brüllte sie und rannte, wild mit den Armen rudernd, auf mich zu. Aber es war mir egal, dass sie schrecklich peinlich war und die Leute uns anstarrten, als wären wir verrückt geworden. Das war allein Kennedys Verdienst. Sie sorgte dafür, dass es mir nicht so wichtig war, was andere Leute dachten.

Sie stürzte in meine Arme, und wir lachten und kugelten über den Boden wie die letzten Deppen. Je mehr Kennedy lachte, desto mehr lachte auch ich, denn ihr Lachen war ansteckend.

Sie drückte mich auf den Boden und rückte meine Brille gerade. »Du hast eine neue Brille!«, rief sie.

Ich seufzte.

Sie hatte es bemerkt.

»Und du hast lila Haare.«

Sie seufzte. »Du hast es bemerkt.« Wieder schloss sie mich in die Arme.

»Du hast mir gefehlt, Sun«, sagte ich und drückte sie noch fester.

Sie grinste breit, was mich selbst noch breiter grinsen ließ. »Du mir auch, Moon. Ich hab dich so vermisst, dass ich ein Geschenk für dich habe!«

»Ich hab auch eins für dich!«

Wir kamen wieder auf die Füße, und ich reichte ihr mein perfekt eingepacktes Geschenk. Sie kramte in ihrem Rucksack und zog ihr perfekt unperfektes Geschenk für mich heraus – in Zeitungspapier eingewickelt und mit viel zu viel Klebeband.

»Du zuerst.« Sie nickte und hüpfte aufgeregt auf und ab.

Ich riss das Papier auf und lächelte, als ich sah, was sie für mich besorgt hatte. Ein Freundschaftsarmband mit einem Mond-Anhänger.

Sie hielt die Hand hoch, um mir ihr passendes Sonnenarmband zu zeigen. »Damit die Leute immer wissen, dass wir beste Freunde sind.«

Ich zog es rasch an und konnte einfach nicht aufhören zu grinsen.

»Gefällt es dir?«, fragte sie und kaute auf ihrer Unterlippe.

»Und wie! Ich werde es nie wieder ausziehen. Jetzt bist du dran.«

Sie riss das Geschenkpapier auf, und ihre Augen wurden groß, als sie das Notizbuch sah. »Ein Vogelbuch?«, fragte sie, nachdem sie den Titel gelesen hatte.

»Ja. Ich habe ganz viele verschiedene Vogelarten recherchiert und alles über sie aufgeschrieben. Es sind über dreißig! Und ich habe sie sogar gemalt, damit wir nachschlagen können, was wir sehen, wenn wir wandern gehen, und ich habe zwei Ferngläser im Rucksack, für den Fall, dass wir die Vögel von ganz nah anschauen wollen, und …«

Bevor ich weiterreden konnte, stürzte sich Kennedy auf mich, drückte ihre Lippen auf meine und …

Moment.

Ist das mein …

Hatte sie gerade …

Oh-mein-Gott-sie-küsst-mich!

Wir küssten uns!

Küssen!

Liebespaar, küsst euch mal, auf der Straße, USA …

Okay, wir standen nicht auf der Straße, sondern im Wald, aber das spielte keine Rolle, denn ich hatte gerade meinen ersten Kuss bekommen. Meinen ersten Kuss mit meiner besten Freundin Kennedy Lost.

Ich liebe das Feriencamp!

Da ich keine Ahnung hatte, was ich jetzt tun sollte, stand ich nur mit hängenden Armen da und fragte mich, ob es sich so anfühlte, wie es sich anfühlen sollte. Ich fühlte mich, als würde mein Herz jeden Moment aus meiner Brust springen und Saltos schlagen, als könnte ich tausend Mal um das Camp rennen, ohne müde zu werden, als würde ich schweben. *Schwebe ich?*

Küsse ich sie auch?

Ich wusste es nicht. Ich hatte keine Ahnung, wie man küsste. Mein älterer Bruder sagte immer, übers Küssen bräuchte ich gar nicht erst nachzudenken, bis ich mindestens neunundvierzig war, und ich war nicht mal annähernd neunundvierzig.

Sie hörte auf, mich zu küssen.

Mist.

Mach das noch mal.

Ich stand da wie ein Esel und hatte keine Ahnung, was ich tun sollte. Kennedy trat einen Schritt zurück, und ihre süßen Wangen wurden knallrot. Ich konnte mich nicht erinnern, dass ihre Wangen letzten Sommer schon so süß gewesen waren, aber so war das eben mit Kennedy Lost – sie wurde von Jahr zu Jahr besser.

»Basorexie«, murmelte sie. Sie murmelte! So wie ich! Mein Herz versuchte immer noch davonzurennen.

Ich sah sie aus schmalen Augen an. »Ich habe keine Ahnung, was das heißt.«

Sie lächelte. »Ich habe letztes Jahr jede Menge Wörter nachgeschlagen, und Basorexie war eins davon. Es bezeichnet den plötzlichen Drang, jemanden zu küssen.«

Oh.

Mein neues Lieblingswort.

Ich konnte nichts sagen, weil ich zu sehr damit beschäftigt war, Kennedys perfekte Wangen zu betrachten. Sie kämmte sich mit den Fingern durch die Locken und schob ihre Wangen beim Lächeln noch höher. »Ich habe mich bloß so über dein Geschenk gefreut, Jax, also hatte ich eine Basorexie. Danke.«

Wieder trat sie auf mich zu, diesmal jedoch, um mich in den Arm zu nehmen.

Doppelmist.

»Tut mir leid, wenn ich dich überrumpelt habe«, sagte sie nervös, was seltsam war, denn ich hatte gar nicht gewusst, dass ein Mensch wie Kennedy nervös werden konnte. »Aber das war mein erster Kuss, und Yoana hat gesagt, meinen ersten Kuss sollte ich mit jemandem teilen, der mir etwas bedeutet, und, nun ja, du bist mein bester Freund und so, und da dachte ich …«

Sie sprach nicht weiter, denn jetzt küsste ich sie. Und diesmal wusste ich, dass ich wirklich küsste und nicht einfach nur rumstand, weil ich nämlich eine intensive Basorexie empfand.

16

KENNEDY

Gegenwart

In der folgenden Woche lief ich jeden Tag hinaus auf die Blumenwiese. Ich setzte mich mitten in all die Schönheit und atmete. *Einatmen, ausatmen, mein Herz schlägt, ich bin noch hier.*

Ich blieb auf der Wiese, so lange es mir möglich war, und spürte, wie ich allmählich zu meinen Wurzeln zurückkehrte und wieder zu dem Menschen wurde, der ich einmal gewesen war. An einem Abend, als ich noch spät zwischen den Gänseblumen saß, tauchte Jax auf. Er wirkte aufgewühlt. Als er mich sah, wich er unwillkürlich einen Schritt zurück, als wollte er wieder gehen. In seinen Augen lag tiefe Traurigkeit.

Ob er die Traurigkeit in meinen Augen ebenfalls sah?

Ich bedeutete ihm, sich zu mir zu setzen, auch wenn ich daran zweifelte, dass er diese Einladung annehmen würde.

Mein Atem stockte, als er tatsächlich einen Schritt vortrat und in meine Richtung kam.

Dann setzte er sich in der Stille des Abends neben mich.

Mit der Zeit lernte ich, wann er auf die Lichtung kam, und er wusste, wann ich dort saß und meditierte. Wie von einem unsichtbaren Band gezogen, ging ich jedes Mal raus in den Wald, wenn ich wusste, dass er da sein würde, und auch er tauchte regelmäßig dann auf, wenn ich auf der Bank saß. Die Zeit schien zu rasen und zugleich stillzustehen, wenn ich mit Jax auf der Lichtung saß. Wenn ich das Gefühl hatte, dass nichts auf der Welt mehr einen Sinn ergab, war es zumindest tröstlich, auf dieser Wiese zu sitzen. Wir redeten nicht. Worte schienen nicht nötig zu sein, um unseren gemeinsamen Faden des Friedens zu spinnen. Sein Schweigen tat mir so gut wie eine warme Decke, die er um mich legte.

Ich hatte nicht gewusst, dass Schweigen so guttun konnte.

Eines Nachmittags, nachdem wir etwa eine Stunde lang nebeneinandergesessen hatten, wagte ich es schließlich, unser Schweigen zu brechen. Ich sprach leise, beinahe flüsternd. Wenn die Natur um uns herum nicht so still gewesen wäre, hätte er die Worte, die über meine Lippen kamen, vermutlich nicht einmal gehört.

»Daisy«, sagte ich und starrte auf das Blumenmeer vor mir. »Meine Tochter hieß Daisy, nach meiner Lieblingsblume.«

Jax sah mich überrascht an. »Und als du die Wiese hier gesehen hast …«

Ich schniefte und rieb mit der Hand über meine Nase. Dann nickte ich. »Zuerst war es ein Schock. Am Tag davor hatte ich meine Eltern um ein Zeichen gebeten, um ein Zeichen, dass alles wieder gut werden würde, dass ich irgendwie wieder auf die Beine komme, und dann bin ich im Wald spazieren gegangen und habe eine Wiese voller Gänseblümchen gefunden. Ich war mir sicher, dass es das Zeichen sein musste, das meine Eltern mir gesendet hatten.«

Jax hatte die Ellbogen auf die Knie gestützt und starrte mit verschränkten Händen vor sich hin. »Ich glaube nicht an Zeichen.«

»An was glaubst du dann?«

Seine Stirn legte sich in Falten, und eine Vene an seinem Hals pulsierte. Er schwieg.

Nichts.

Er glaubte an nichts.

Das musste schrecklich sein. Ohne all die kleinen Dinge, an die ich glaubte, ohne mein Vertrauen in das Universum, wäre ich ganz sicher vor langer Zeit mit meinen Lieben gestorben.

»Es muss hart sein … nichts zu haben, an das man glaubt.«

»Ich bin immerhin bis hierhergekommen.«

»Das bedeutet nicht, dass es einfach war.«

»Du hast recht, das war es nicht. Es ist gut, dass du an Zeichen glaubst. Manchmal wünschte ich, ich könnte das auch.«

Ich lächelte. »Es ist nie zu spät, um an etwas zu glauben.«

»Für mich wahrscheinlich schon. Du weißt schon, alter Hund und neue Tricks.« Er rieb über die Stoppeln an seinem Kinn und räusperte sich. »Dann ist das Tattoo an deinem Handgelenk für sie? Für deine Tochter?«

Ich sah auf das Gänseblümchen mit dem verkehrten D in der Mitte und nickte. Meine Gedanken wanderten zurück zu dem Abend, als Marybeth nach meinem Tattoo gefragt hatte – wie Penn mich später angefahren hatte, weil ich meine Gefühle nicht unter Kontrolle gehabt hatte, wie er mich gedemütigt hatte, weil ich zusammengebrochen war.

»Ja, das ist es.«

»Warum ist das D verkehrt herum?«

»Das … Ich …« Meine Brust zog sich zusammen, und ich spürte, wie ich den Kampf gegen meine Gefühle verlor.

Jax musste es ebenfalls gespürt haben. »Du musst nicht darüber reden, wenn du nicht willst.«

Aber das war es nicht. Ich wollte darüber reden. Ich *musste* über mein kleines Mädchen sprechen. Nur so konnte ich sie in meinen Erinnerungen lebendig erhalten, aber Penn hatte sich immer geweigert, über sie zu reden. Er sagte, das mache es ihm zu schwer, nach vorne zu blicken und weiterzumachen. Vielleicht war das unser größtes Problem: Er wollte das alles hinter sich lassen, während ich daran festhalten wollte. Und so zogen und zerrten wir in unterschiedliche Richtungen. Das konnte nicht halten. Es war nur eine Frage der Zeit gewesen, bis der Faden zwischen uns riss.

»Nein, ich möchte darüber sprechen. Aber dabei fange ich jedes Mal an zu weinen. Mein Mann hat das immer an mir gehasst – dass ich jedes Mal losheule, wenn ich über unsere Tochter spreche. Er wollte nicht, dass ich überhaupt davon anfange.«

»Sei mir nicht böse, Kennedy, aber dein Mann scheint ein Arschloch zu sein.«

Ich lachte. »Er hatte seine Phasen. Ich bin mir sicher, dass ich auch nicht gerade die beste Ehefrau gewesen bin. Ich habe es ihm ganz sicher nicht leicht gemacht.«

»Mag sein. Ich kann ihn trotzdem nicht leiden. Aber sprich weiter«, sagte er und stupste mich sanft gegen das Bein. »Erzähl mir von ihr.«

Ich atmete tief ein und ließ die Luft wieder aus meinen Lungen. »Ich hatte sechs wundervolle Jahre mit ihr. Als sie anfing, ihren Namen zu schreiben, hat sie das D immer falschrum geschrieben. Jedes Mal. Und ich habe sie immer wieder korrigiert. Eines Tages, als ich ihr mal wieder gesagt habe, dass sie es andersrum schreiben muss, hat sie die Hände in die Hüften gestemmt und erklärt: ›Es ist gut so, Mommy. Nimm das Leben nicht immer so ernst. Ds können auch mal verkehrtherum stehen.‹« Ich lachte und wischte mir die Tränen aus den Augen. »Ich habe mir dieses Tattoo stechen lassen, um es nicht zu vergessen – dass ich das Leben nicht zu ernst nehmen sollte. Aber es gelingt mir nicht immer.«

»Was noch?«, fragte er.

Ich sah ihn überrascht an. »Du willst noch mehr über sie hören?«

»Ja, wenn du es mir erzählen möchtest.«

Die Schläge meines gebrochenen Herzens nahmen ganz langsam wieder Form an. Ich rutschte auf der Bank hin und her und richtete mich ein wenig auf. »Okay. Sie liebte – und das meine ich *wörtlich* – Seifenblasen. Wenn wir traurig waren, haben wir etwa eine Million Seifenblasen in die Luft gepustet, und zwar so lange, bis wir wieder lachen konnten. Und wir haben festgestellt, dass man einfach nicht traurig sein kann, wenn eine Million Seifenblasen um einen herumtanzen.«

Er lächelte.

Jax lächelte.

Oh, Gott, ich hatte nicht gewusst, wie sehr ich dieses Lächeln gebraucht hatte, bis er es mir wieder schenkte.

»Was noch?«, fragte er.

»Wie meinst du das?«

»Was möchtest du noch über sie erzählen?«

Ich sah ihn überrascht an. »Du willst noch mehr über sie hören?«

»Ja, wenn du es mir erzählen möchtest.«

Und ich erzählte ihm mehr. Ich erzählte ihm alles über meinen kleinen Engel, und wie sie mein Leben bereichert hatte. Von ihrer Lieblingssendung im Fernsehen bis zu ihrer Lieblingsfarbe. Dass sie Schmetterlinge und Schokoladenkuchen geliebt hatte. Und dann ließ er mich von meinen Eltern erzählen. Dass meine Mutter wie ein Engel geklungen hatte, wenn sie sang. Dass Daddy immer die schlechtesten Witze erzählt hatte, die trotzdem irgendwie lustig waren. Dass Mama immer geschnarcht hatte und Daddys Lachen geklungen hatte wie eine Hyäne. Dass Daisy es geliebt hatte, im Regen zu tanzen.

Sobald die Worte aus mir heraussprudelten, verwandelten sich die Tränen, die über meine Wangen liefen, in Lachen. Lachen. Ich lachte bei all den Erinnerungen. Als das Lachen verstummte, saßen wir beide schweigend da, während der Himmel dunkel wurde.

Er räusperte sich. »Ich muss meinen Vater im Pflegeheim besuchen.«

»Oh. Okay. Brauchst du irgendwas? Kann ich etwas tun? Wenn du mit jemandem darüber reden möchtest …«

»Sun.«

»Ja?«

Er lächelte traurig. »So weit bin ich noch nicht.«

Das respektierte ich.

Er stand auf und reichte mir die Hand. »Darf ich dich nach Hause bringen?«

Ich nahm sie. Der Funke war noch da – er war niemals erloschen.

Schweigend gingen wir nebeneinander her, und als wir an meinem Haus ankamen, dankte ich ihm.

Er hatte die Hände tief in den Taschen vergraben und schaukelte auf seinen Füßen vor und zurück, als wollte er noch etwas sagen.

»Was?«

»Gänseblümchen waren die Lieblingsblumen meiner Mutter. Ich habe sie für sie dort auf die Lichtung gepflanzt, und zu hören, dass deine Tochter Daisy hieß, fühlt sich an wie …« Er lachte leise und schüttelte den Kopf. »… Kismet.«

Ich grinste von einem Ohr zum anderen. »Wie bitte? Soll das etwa heißen, Jax Kilter glaubt an das Schicksal?«

»Mach dir keine zu großen Hoffnungen.« Er sah auf meinen Garten und trat ein wenig nervös von einem Bein auf das andere. »Ich kann dir helfen, den Garten anzulegen, wenn du willst. Ohne Lars wird es schwierig werden, jemanden zu finden, der sich darum kümmert. Meine Mutter war Gartenplanerin. Ich habe ihr früher oft geholfen, und ich habe die Lichtung im Wald angelegt. Wenn du also Hilfe brauchst, kann ich das gerne übernehmen.«

Meine Mutter *war* Gartenplanerin.

Das kleine Wörtchen »war« stach stärker heraus, als es mir lieb gewesen wäre.

Oh Jax.

Lass mich dich in den Arm nehmen.

Ich sah ihn mit offenem Mund an. »Ernsthaft?«

»Ich mache es umsonst. Connor kann mir helfen.«

»Ich … Das …« Ich musste mich schwer zurückhalten, um ihn nicht doch in den Arm zu nehmen und seinen Geruch tief einzuatmen. »Ja. Bitte. Das wäre wundervoll.«

»Okay. Ich mache mich jetzt lieber auf den Weg.«

»Danke noch mal, Jax – dass du dir die Geschichten über meine Eltern und meine Tochter angehört hast.«

»Ich höre mir gerne alles an, was du mir über sie erzählen möchtest, wann immer dir danach ist.«

Er verschwand wieder zwischen den Bäumen und ließ einen Schwarm Schmetterlinge in meinem Bauch zurück.

17

JAX

»Augenblick. Moment. Noch mal von vorne. Hast du gerade gesagt, wir steigen in die Gartengestaltung ein?«, fragte Connor, während er an meinem Tisch saß und sich die Pizza reinschob, die ich für uns bestellt hatte. Er hatte keine Ahnung, dass die Pizza sozusagen das Schmiergeld war. Normalerweise bekam er von mir nur Grünkohl-Chips und einen Proteinshake.

Ahnungslos stopfte er sich die Pizza in den Mund, ohne zu wissen, wohin dieses Gespräch führen würde. »Heilige Scheiße.«

»Achte auf deine Sprache«, ermahnte ich ihn.

»Heilige Eierschaukel!«

»Auch nicht besser.«

»Nein, siehst du es denn nicht, Jax? Das ist großartig! Jeder weiß, dass drei meine Glückszahl ist – und genau das wird dieses neue Business-Abenteuer für mich werden! Ich werde drei Unternehmen haben, bevor ich achtzehn bin. Wie viele Unternehmen hatte Bill Gates mit siebzehn? Ganz bestimmt nicht drei, so viel ist sicher.«

»Du hast im Moment genau ein Unternehmen am Start. Lass uns also nicht voreilig werden.«

»Schon gut, Partner. Zwinker, zwinker. Knuff, knuff.« Er stupste mich zwinkernd gegen die Schulter. »Soll ich mir einen Namen für den Laden einfallen lassen? Wie wäre es mit ein paar Entwürfen für Visitenkarten und Werbeslogans? So was wie ›Wir trimmen Ihre Büsche und düngen Ihren Boden!‹ Oh! Oh! Oder ›Zwei Mann und ein Stängel?‹«

»Connor. Komm wieder runter. Wir gründen keine Firma für Gartengestaltung. Wir helfen bloß einer Frau, die Lars gefeuert hat.«

»Lars«, knurrte er. »Die Konkurrenz.«

Ich hatte nicht vor, darüber zu diskutieren, dass Lars nicht unsere Konkurrenz war, da wir ja nicht mal eine Gartenfirma hatten. Es war die vielen Worte nicht wert. »Ein Garten und fertig, verstanden? Ich hab dich nur hergerufen, damit du mal einen Blick auf die Pläne wirfst, die ich gezeichnet habe. Ich habe ein paar Pläne vom Grundstück besorgt. Wir haben mehr oder weniger freie Hand bei der Gestaltung.«

Kennedys einzige Vorgabe lautete: Gänseblümchen und blaue Blumen.

Bei den blauen Blumen musste ich unwillkürlich grinsen – ich war mir sicher, dass sie sie genau deshalb haben wollte, um ihre neugierigen, engstirnigen Nachbarn zu ärgern. Das erinnerte an die alte Kennedy, wie ich sie gekannt hatte. Die hatte sich nie von den Meinungen anderer Menschen beeindrucken lassen.

Connor rieb sich die Hände. »Lass uns die teuersten Materialien einsetzen, um den Preis hochzutreiben. Apropos Preis: Was bekommen wir denn für dieses Projekt? Denn wie ich dich kenne, hast du uns mal wieder unter Wert verkauft. Du musst wirklich unbedingt die Preise für die Installationsarbeiten erhöhen. Du bist ein wahrer Künstler, wenn es ums Rohreverlegen geht, Jax, und wenn du dich unterbewertest, werden alle anderen das auch tun.«

Noch nie hatte ich so heftig die Augen verdreht. »Wir bekommen gar nichts.«

Connor riss die Augen auf und legte ungläubig den Kopf schief. »Ähm, wie bitte?«

»Wir tun ihr einen Gefallen.«

Er lachte, und zwar so heftig, dass er sich nach vorne beugen und den Bauch halten musste vor Lachen. »Oh, mein Gott. Meine Mom sagt immer, ich soll mir die Ohren waschen. Also vergib mir, wenn ich dich falsch verstanden habe. Könntest du bitte wiederholen, was ich für diesen Auftrag bekomme?«

»Nichts. Nada. Es ist ein Projekt aus Leidenschaft.«

»Meine Leidenschaft, Jax, ist Geld.«

Ich seufzte und kniff mir in den Nasenrücken. »Ich kann es nicht komplett alleine machen, Connor. Ich brauche deine Hilfe.«

»Und ich brauche Geld. Seit wann tust du irgendjemandem einen Gefallen, abgesehen von Joy? Über wessen Garten reden wir überhaupt?«

»Den von Kennedy Lost.«

»Oh mein Gott.« Connor verzog das Gesicht zu einem bösen Grinsen und stieß mir gegen den Arm. »Ist das so was wie ein Booty Call? Sag nicht, ihr beide knödelt miteinander?«

»Sag nie wieder ›knödeln‹, okay?«

»Hör zu, wenn ihr beide miteinander knödelt, dann ist das okay. Ich gönne es meinem Bro, wenn er flachgelegt wird, absolut, und wenn du mich als Wingman brauchst, um ein paar Samen zu säen, bin ich dabei. Machst du ihren Garten, um an ihre Grotte zu kommen? Verlegst du ein paar Gurken an ihrem Pfirsichbäumchen? Gibt es eine übergroße Orchidee zu …«

»Connor!«, rief ich. »Halt die Klappe.«

Er kriegte sich nicht mehr ein. Auch wenn ich es nicht besonders witzig fand, konnte er einfach nicht aufhören zu kichern. Ich sage euch, dieser Junge war sein eigener größter Fan.

»Ich schlafe nicht mit ihr«, erklärte ich in der Hoffnung, ihm diese Vorstellung zu nehmen.

Er hob eine Augenbraue. »Kein Sex?«

»Kein Sex.«

»Vielleicht Vorspiel?«

»Nein.«

»Ein kleiner Zungenkuss?«

»Nichts davon.«

Ich hatte ihn noch nie so enttäuscht gesehen. Er stemmte die Hände gegen die Tischkante und schüttelte ungläubig den Kopf. »Okay. Ich bin raus.«

»Connor, komm schon.« Ich verzog das Gesicht uhd seufzte. »Bitte.«

Er sah mich an, als wäre mir ein zweiter Kopf gewachsen. »Hast du … hast du gerade ›bitte‹ gesagt?«, fragte er und drückte erschrocken die Hände an die Brust. »Du hast noch nie ›bitte‹ zu mir gesagt!«

»Jetzt übertreib mal nicht.«

»Ich übertreibe nicht. Du hast noch nie ›bitte‹ zu mir gesagt. Nie.«

»Das hier ist mir wirklich wichtig.«

Ich konnte einfach nicht glauben, dass ich hier gerade einen Siebzehnjährigen mehr oder weniger anflehte, mir zu helfen. Verzweiflung beschrieb es nicht mal annähernd.

»Okay. Aber ich stelle Bedingungen.«

»Nur raus damit.«

»Es gibt dreimal in der Woche Fast Food zum Mittagessen.«

Ich verschränkte die Arme vor der Brust und sah ihn aus schmalen Augen an. »Zweimal.«

»Viermal, und wir haben einen Deal.«

»Keine Chance …« Er erhob sich und machte Anstalten zu gehen. Ich stöhnte. »Meinetwegen. Dreimal.«

»Okay. Cool. Und, du kommst zu meiner Geburtstagsparty, die du letztes Jahr geschwänzt hast, weil du angeblich was anderes vorhattest, was – ganz nebenbei bemerkt – nicht stimmte, denn du hast keine Freunde, also hattest du auch nichts vor. Ich werde achtzehn, Jax, und die Party wird gigantisch. Meine Mom schmeißt die größte Party aller Zeiten für mich, und ich habe gigantische Neuigkeiten zu verkünden, und da brauche ich meinen Partner an meiner Seite. Du musst also kommen.«

»Meinetwegen. Abgemacht.«

»Der Eintritt kostet fünfundzwanzig Dollar, aber für dich sind es hundert.«

Dieser kleine Punk legte es echt drauf an.

Ich zog eine Augenbraue hoch. »Einverstanden. Bist du jetzt fertig?«

Er hielt mir die Hand hin. »Wir sind im Geschäft, Partner.«

»Boss«, korrigierte ich und nahm sie.

»Wie auch immer. Soweit es mich angeht, sind wir ab sofort Partner – fifty-fifty.« Er klappte den Pizzakarton zu und nahm ihn an sich, als hätte ich ihm die ganze Pizza geschenkt. »Ich muss nach Hause und mir die Grundlagen der Gartenplanung reinziehen, damit ich bis morgen Profi bin. Schick mir eine Mail mit deinen Plänen, dann überarbeite ich sie.«

»Danke, Con.«

Er riss die Augen auf. »›Bitte‹ und ›danke‹ in einem Gespräch? Ich muss meiner Mom sagen, dass sie heute Abend Lotto spielen soll, das sieht mir heute nach einem Glückstag aus. Ach so, wenn wir ›Zwei Mann und ein Stängel‹ nicht für unsere Gartenfirma nehmen, dann sollten wir ernsthaft über ›Zwei Mann und ein Klo‹ für unsere Installationsfirma in Betracht ziehen. Klingt ziemlich gut, finde ich.«

»Gute Nacht, Connor.«

»Nacht, Jax.«

Connor hatte es ernst gemeint, als er sagte, er wolle nach Hause fahren und sich die Grundlagen der Gartenplanung reinziehen. Als wir uns am nächsten Morgen wiedertrafen, um Material zu holen, wusste er alles über Werkzeuge, Pflanzen und Erde.

Niemand konnte behaupten, dass Connor nicht hart arbeiten würde. Er investierte all seine Kraft und Energie in jedes einzelne Projekt, das er in Angriff nahm. Kaum waren wir bei Kennedy angekommen, machte er sich daran, den hinteren Garten umzugraben, während ich vorne anfing.

Nachdem sie Connor und mir etwas zu trinken angeboten hatte, kehrte Kennedy auf die Veranda zu ihrem Buch zurück, und ich musste sie jedes Mal anschauen, wenn sie laut auflachte. Ihr Lachen war einer der wundervollsten Laute, die ich je gehört hatte. Ehrlich gesagt, musste ich sie auch dann anschauen, wenn sie nicht lachte.

Manchmal erwischte sie mich dabei, und dann wandte ich mich hastig ab. Dabei verzog ich den Mund zu einem schiefen Lächeln, bevor ich mich wieder an die Arbeit machte. Als ein kleines Mädchen auf dem Fahrrad vorbeifuhr, während ihr Vater neben ihr herlief und sie festhielt, schnellte Kennedys Blick von ihrem Buch hoch.

Ich sah, wie das Licht aus ihren Augen verschwand, während sie den beiden zusah, genau wie letztens, als sie das kleine Mädchen vor der Eisdiele betrachtet hatte. Ob es ihr immer so erging? Erstarrte ihre Seele jedes Mal vor Verwirrung und Schmerz, wenn sie Kinder sah?

»Sun«, rief ich und riss Kennedy so aus ihren Gedanken.

Sie sah zu mir herüber und legte den Kopf schief. »Ja?«

»Mit wem redest du?«

»Wie meinst du das?«

»Mit wem redest du über alles, was du durchgemacht hast?«

Sie sah mich mit einem traurigen Lächeln an und zuckte die Schultern. »Niemandem. Ist schon okay. Es geht mir gut.«

»Du solltest mit einem Therapeuten reden oder so. Die können dir helfen.« Ich war zwar nicht komplett geheilt, aber ich sagte mir, dass jeder Mensch auf dieser Erde ein paar Wunden aus seiner Vergangenheit mit sich herumtrug. Und es hatte mir geholfen, über die Jahre mit Eddie zu sprechen. Manchmal war es gut, einen Profi an seiner Seite zu haben.

»Es geht mir gut, Jax.« Sie zwang sich zu einem Lächeln. »Mach dir um mich keine Sorgen.«

Sie blickte wieder in ihr Buch, und ich tat genau das Gegenteil von dem, was sie gesagt hatte. Ich machte mir Sorgen. Während sie las, grub ich weiter und überlegte.

»Ähm, hallo? Erde an Jax?« Connor stand vor mir und wedelte mit den Armen. »Hey, Mann, bist du taub? Ich versuche seit zwei Minuten irgendwie zu dir durchzudringen, aber du stehst bloß da und starrst wie ein Psycho Kennedy an.«

Ich schüttelte den Kopf. »Was? Ich habe sie nicht angestarrt.«

»Doch, hast du.« Er sah mich aus schmalen Augen an, während Kennedy aufstand und im Haus verschwand. Connor nahm mir die Schaufel aus der Hand. »Ich dachte, du hättest gesagt, ihr beide hättet nichts miteinander.«

»Haben wir auch nicht.«

»Warum ziehst du sie dann vor allen Leuten mit den Augen aus?«

»So was sagt man auch nicht«, stöhnte ich.

»Weich du nicht meiner Frage aus.«

»Du verstehst das nicht. Kennedy und ich … wir haben eine Geschichte.«

Er wackelte erfreut mit den Brauen.

»Nicht diese Art von Geschichte, du Idiot. Entspann dich

wieder«, sagte ich. »Als Kinder waren wir beste Freunde. Es ist lange her, aber sie hat in meinem Leben eine wichtige Rolle gespielt.«

»Moment. Auszeit. Diese scharfe Braut war mal deine beste Freundin?«

»Ja.«

»Und was seid ihr jetzt?«

»Nichts. Bloß zwei Menschen, die in der gleichen Stadt wohnen.«

Connor lachte. »Aber du willst mehr. Will sie auch mehr? Will sie deine Freundin sein oder so was?«

»Nein. Ich meine … ich weiß es nicht.« Verdammt, war es wirklich so heiß hier draußen? Schwitzte ich? Warum stellte Connor mir so viele Fragen? »Vor einiger Zeit hat sie im Wald mal erwähnt, dass wir Freunde sein könnten, aber ich glaube, sie hatte bloß Mitleid mit mir.«

»Oder«, sagte er, »sie will wirklich deine Freundin sein.«

Ich schwieg.

Überlegte.

Schüttelte den Kopf.

»Nein, das glaube ich nicht.«

Connor lachte und verdrehte die Augen. »Für einen großen, starken Kerl, der seine eigene Firma hat, bist du manchmal ganz schön dumm. Wenn das hier kein Drehbuch für einen Disneyfilm ist, dann weiß ich es auch nicht. Du bist Elsa, und sie ist Anna, und du solltest ein wenig Zeit mit ihr verbringen. Warte nicht, bis sie dich anfleht, einen Schneemann zu bauen. Tu's einfach.«

Ich verengte die Augen. »Machst du öfter solche Anspielungen an die *Eiskönigin*, wenn du jemanden ermutigen willst?«

»Offenbar hast du verstanden, worauf ich hinauswollte, also hat es funktioniert. Verdammt, Jax. Diese Frau, diese umwerfend schöne Frau fragt dich, ob du ihr Freund sein und ihr Gesellschaft leisten willst, und du sagst Nein? Bist du wahnsinnig?«

»Ich habe ihr angeboten, ihr mit ihrem Garten zu helfen.«

»Was hat das damit zu tun, ihr Gesellschaft zu leisten? Komm schon, Mann. Ich weiß, dass ich manchmal nervig und anstrengend bin, aber du solltest ihre Freundschaftsanfrage annehmen. Du brauchst mehr Freunde als nur mich.«

»Seit wann sind wir Freunde?«, fragte ich scherzhaft.

»Spiel nicht mit meinen Gefühlen, Jax. Du weißt, wie sensibel ich bin. Aber im Ernst, mach was mit ihr. Was kann schon passieren?«

Ich zuckte die Schultern. Sie könnte merken, dass ich ihre Freundschaft nicht wert war. Aber das sagte ich nicht laut. Es klang zu gefühlig, sogar für jemanden wie mich.

»Finde einfach raus, was ihr gefällt, und dann mach das mit ihr. Danach kann es nur noch besser werden, denn weißt du, was das Beste ist, was passieren könnte?«, fragte Connor.

»Was?«

»Eine Freundschaft mit ein paar Extras.« Er begleitete seine Bemerkung mit eindeutigen Hüftbewegungen.

»Und damit ist diese Unterhaltung beendet.«

»Frag sie, ob sie mit dir ausgeht, Jax.«

»Nein.«

»Frag sie, ob sie als alte Freundin mit dir ausgehen will.«

»Nein.«

»Frag sie einfach …«

»Okay!«, brüllte ich und warf ergeben die Hände in die Luft. »Wenn ich sie frage, ob sie Lust hat, was zu unternehmen, hörst du dann auf, mich zu nerven?«

»Natürlich. Keine Sorge, du kannst mir später dafür danken.«

18

JAX

Ich fuhr Connor nach Hause, sagte seiner Mutter Hallo und fragte, ob sie irgendetwas brauchten. Sie verneinte, dankte mir aber für das Angebot. Bevor ich zu meinem Vater weiterfuhr, hielt ich kurz bei Eddie und Marie. Ein wenig nervös klingelte ich an der Tür. Als Eddie öffnete, sah er mich überrascht an, doch dann breitete sich der Hauch eines Lächelns auf seinem Gesicht aus.

»Du hast mich schon wieder versetzt«, bemerkte er und öffnete die Fliegengittertür.

»Ja, ich weiß. Viel zu tun. Hör zu, kann ich kurz mit dir reden?«

Seine Augen leuchteten hoffnungsvoll, und er trat zur Seite. »Natürlich, jederzeit. Meine Couch steht dir jederzeit zur Verfügung, Jax. Komm rein.«

Ich trat ein und rieb die Handflächen gegeneinander.

Marie kam aus dem hinteren Zimmer und strahlte, als sie mich sah. »Oh, hallo Jax. Wie geht es dir? Ich habe dich nicht mehr gesehen, seit …«

»Marie, könntest du uns einen Kaffee bringen? Wir werden eine spontane Sitzung im Wohnzimmer abhalten.« Eddie schien eindeutig keinerlei Interesse zu haben, meinen letzten Besuch bei Marie und dem Waschbecken im Badezimmer zur Sprache zu bringen.

Ich musste über meinen Therapeuten lächeln. »Ich brauche keinen Kaffee. Ich werde nicht lange bleiben.«

»Bist du dir sicher? Ich habe jede Menge Zeit. Wirklich, es ist gar kein Problem. Ich weiß, das alles mit deinem Vater …«

»Es geht nicht um meinen Vater«, sagte ich.

»So?« Er setzte sich im Wohnzimmer in seinen Sessel und verschränkte die Hände, während ich mich auf das Sofa setzte. Worum dann?«

»Um eure neue Nachbarin, Kennedy.«

»Nun, das hatte ich nicht erwartet. Aber wenn es in deinem Leben eine neue Frau gibt, bin ich gerne bereit …«

»Nein, sie ist nicht in meinem Leben. Ich meine, sie war es, aber jetzt ist sie es nicht mehr. Ich helfe ihr bloß mit ihrem Garten.«

»Wie meinst du das, sie war mal in deinem Leben?«

»Sie war mal meine beste Freundin, als ich jünger war. Wir waren zusammen im Feriencamp.«

Eddie runzelte die Stirn, und er nickte ganz langsam und nach Therapeutenart. »Interessant.«

»Nein, ist es nicht. Es ist nichts.«

»Ach, wirklich?«

»Hör auf, Eddie. Deswegen bin ich nicht hier. Ich bin nicht gekommen, um über meine Vergangenheit mit Kennedy zu reden oder in meine Psyche abzutauchen. Mein Besuch heute hat nichts mit mir zu tun.«

»Warum bist du dann …«

»Sie braucht deine Hilfe.«

Eddie rieb sich über die mit graumelierten Bartstoppeln gesprenkelte Wange. »So funktioniert das nicht, Jax.«

»Sie hat ihre Eltern und ihre Tochter bei einem Autounfall verloren und leidet noch immer unter einem psychischen Trauma. Sobald sie ein Kind sieht, bekommt sie eine Panikattacke.

Joy hat mir erzählt, dass Kennedy seit dem Unfall nicht mehr Auto gefahren ist, und sie hat noch nie professionelle Hilfe in Anspruch genommen.«

»Es tut mir leid, das zu hören, Jax, aber ich kann ihr meine Hilfe nicht aufdrängen, wenn sie nicht ...«

»Du musst keine Sitzungen mit ihr abhalten, Eddie. Sei einfach, ach, ich weiß auch nicht, sei einfach neugierig, so wie die anderen Leute in der Stadt, und besuch sie mal, als freundlicher Nachbar oder so. Es geht ihr wirklich nicht gut, und sie braucht jemanden, mit dem sie reden kann.«

»Kann sie mit *dir* reden?«

»Ich weiß nicht, wie ich sie heilen kann.«

»Das weiß ich auch nicht, Jax. Zumal wir Therapeuten Menschen nicht heilen, denn nach meinem Verständnis sind sie nicht unbedingt krank. Sie sind einfach komplex.«

»Okay, meinetwegen. Dann geh rüber und schau dir ihre Komplexität an.«

»Jax ...«

»Verdammt, Eddie«, rief ich, sprang von der Couch auf und deutete auf Kennedys Haus. »Sie ertrinkt. Sie sitzt da mutterseelenallein in ihrem Haus und ertrinkt in Erinnerungen und Schuldgefühlen. Ich weiß, wie sich das anfühlt. Ich weiß, wie es ist, in diesem Mist zu ertrinken, aber ich hatte wenigstens dich. Ich hatte wenigstens jemanden, mit dem ich reden konnte. Kennedy hat niemanden. Bitte, Eddie ...« Ich seufzte und rieb mir mit den Händen übers Gesicht. »Hilf ihr.«

Ich blickte ihn an und sah Schuldgefühle in seinen Augen.

Er würde ihr nicht helfen.

Verdammt.

»Weißt du was? Vergiss es. Es war dumm von mir, überhaupt herzukommen. Tut mir leid, dass ich deine Zeit vergeudet habe.«

»Du hast meine Zeit nicht vergeudet, Jax. Das ist gut. Das alles ist sehr gut für *deine* Entwicklung«, sagte er, indem er sich von seinem Sessel hochstemmte.

»Meine Entwicklung? Ich habe dir doch gesagt, dass es hier nicht um mich geht.«

Er sah mich mit einem wissenden Blick an, der mich nur noch wütender machte.

»Sie war deine beste Freundin«, sagte er. »Es ist nicht überraschend, dass deine Gefühle für sie wieder hochgekommen sind, als sie hier auftauchte. Das ist vollkommen normal, und du musst keine Angst vor deinen Emotionen haben. Deine Sorge um sie ist vollkommen berechtigt.«

»Ich habe keine Angst vor meinen Gefühlen, weil ich nichts fühle. Was verstehst du daran nicht? Es geht mir gut. Ich bin geheilt. Ich habe meine Therapie gemacht.«

»Du bist geheilt?«, fragte er und schob die Hände in die Taschen seiner Stoffhose.

»Ja. Ich habe meine Hausaufgaben gemacht. Es geht mir besser.«

Er verengte die Augen zu Schlitzen und schaukelte auf seinen Füßen vor und zurück. »Wie läuft es mit deinem Vater, Jax?«

Meine Hände ballten sich zu Fäusten, und meine Nägel bohrten sich tief in meine Haut. »Hör auf damit, Eddie.«

»Womit soll ich aufhören?«

Er wusste genau, was ich meinte. Ich musste nicht mit ihm über meinen Vater sprechen. Ich kam sehr gut alleine damit zurecht. Es ging mir gut. Mehr als gut. Es ging mir besser. Es war Kennedy, die seinen durchdringenden Therapeutenblick brauchte. Sie war es, die innerlich zerfiel.

»Vergiss es. Ich gehe. Danke«, murmelte ich und marschierte zur Tür.

Eddie folgte mir, und als ich auf der Veranda noch einmal stehen blieb, sagte er: »Es ist gut, dass sie dich hat. Vielleicht braucht sie das dringender als eine Therapie – einfach jemanden, der für sie da ist.«

»Ich bin nicht sehr gut darin, für andere da zu sein, Doc. Dieser Mist funktioniert bei mir nicht.«

»Jeder Tag bietet eine neue Möglichkeit, es zu versuchen. Vielleicht kannst du deine alte Freundschaft mit Kennedy wiederaufleben lassen. Es könnte für euch beide heilsam sein.«

Was ist nur los mit diesen Leuten? Erst erklärte Connor mir, ich solle einen verdammten Schneemann mit Kennedy bauen, und jetzt machte mir auch noch Eddie Druck, mich mit ihr anzufreunden. Sogar Joy, da war ich mir ziemlich sicher, würde früher oder später auf diesen Zug aufspringen.

Was genau verstanden diese Leute nicht? Ich brauchte keine Freundin. Ich wollte einfach nur, dass Kennedy die Hilfe bekam, die sie verdiente. Sie war einmal so voller Leben, so fröhlich, so strahlend gewesen. Und jetzt? Ihr Licht war erloschen, was eine Schande war, denn ihr Leuchten hatte selbst den dunkelsten Seelen Licht gespendet.

Ich rieb mir mit der Hand über den Mund. »Das ist nicht fair, Eddie. Sie ist so gut. Sie verdient es nicht, so zu leiden.«

»Niemand verdient das, Jax, auch du nicht. Wenn wir uns nicht auf uns selbst stützen können, ist es gut, andere Menschen zu haben, die uns stützen.« Ich sah ihn mit einem traurigen Lächeln an, und zu meiner Überraschung fügte Eddie hinzu: »Ich werde nach ihr sehen. Du weißt schon, ganz nachbarschaftlich.«

Ich konnte es kaum glauben, mein erstarrtes Herz begann wieder zu schlagen.

»Wirklich?«, fragte ich, und meine Stimme brach.

»Ja. Ich bin mir ziemlich sicher, dass *wir* ihr noch nichts zu essen gebracht haben wie der Rest der Stadt. Ich hatte gehofft, dieses Klischee vermeiden zu können, andererseits kann es ja nicht schaden.«

»Danke, Eddie«, sagte ich ernst.

Er nickte knapp und drehte sich um, um wieder hineinzugehen.

»Chocolate Chip Cookies«, rief ich. »Die mochte sie immer am liebsten.«

»Chocolate Chip – ein echter Klassiker. Einen schönen Abend noch, Jax.«

»Dir auch, Eddie.«

Nach meinem Besuch bei Eddie fuhr ich ins Pflegeheim, um meinem Vater vorzulesen. Er war viel aggressiver an diesem Abend und ärgerte sich über alles und jeden – mich eingeschlossen. Dementsprechend kam ich nicht dazu, ihm viel vorzulesen, und als ich schließlich nach Hause kam, musste ich noch immer an die Situationen denken, in denen er wegen der seltsamsten Dinge wütend auf mich gewesen war. Ich wünschte, ich hätte meine Gedanken abschalten können. Ich wünschte, ich hätte meine Erinnerungen verblassen lassen können, aber das konnte ich nicht. Zu Hause angekommen, goss ich mir ein Glas Whiskey ein und fiel dann erschöpft ins Bett.

19

JAX

Zwölf Jahre alt
Das zweite Jahr im Feriencamp

»Das ist ein Roter Kardinal!«, rief Kennedy und zeigte in den Himmel. Es war der letzte Tag im Feriencamp, und wir hatten die Ferngläser vor den Augen. Die Hälfte der Vogelnamen, die Kennedy rief, waren falsch, aber ich korrigierte sie nicht. Sie war so glücklich, wenn sie einen entdeckte, dass ich sie einfach denken ließ, was sie wollte.

Außerdem wäre sie in der Zeit, in der ich ihr den richtigen Namen genannt hätte, schon längst beim nächsten Vogel gewesen. Ihr Kopf arbeitete so schnell, dass ich nicht immer mitkam, aber das war okay, denn ich mochte es einfach, sie in meiner Nähe zu haben.

Der Sommer war viel zu schnell vergangen, und am liebsten hätte ich Kennedy als Nachbarin gehabt, denn dann hätten wir uns jeden Tag sehen können. Wie sollte ich bloß ein ganzes Jahr ohne sie überstehen?

Vielleicht konnte meine Mom mich mal zu ihr fahren, oder Kennedy konnte mich besuchen.

Als es an der Zeit war, unsere Sachen zu holen, hatte ich einen dicken Knoten im Bauch. Ich wollte nicht, dass sie abfuhr. Zum ersten Mal in diesen Wochen war auch Kennedy ziemlich still. Ich wusste nicht recht, ob ich sie auf ihre Wortkargheit ansprechen sollte, denn ich wollte das Thema nicht aufbringen, wenn sie es nicht tat.

Ehrlich gesagt, dachte ich die ganze Zeit nur daran, ob ich sie wohl noch einmal würde küssen können, bevor wir nach Hause fuhren, und ich wollte sie nicht vor ihrer oder vor meiner Familie küssen. Derek würde sich garantiert für den Rest meines Lebens über mich lustig machen, wenn er sah, wie ich ein Mädchen küsste, selbst wenn dieses Mädchen Kennedy war.

»Alles in Ordnung?«, fragte ich schließlich, als wir auf dem dicken Felsbrocken am Eingang zum Camp saßen und auf unsere Eltern warteten.

»Ja«, murmelte sie, und eine Träne lief über ihre Wange. »Aber ich werde dich noch viel mehr vermissen als letztes Jahr, weil ich jetzt noch viel mehr über dich weiß, was bedeutet, dass ich noch viel mehr zu vermissen habe, und das macht mich traurig.«

»Oh.« Es fiel mir deutlich schwerer als Kennedy, meine Gefühle in Worte zu fassen. Sie war gut darin, Worte auszusprechen. Ich war gut darin, sie aufzuschreiben.

Daher nahm ich sie einfach in den Arm. »Du bist meine beste Freundin«, flüsterte ich.

Sie drückte mich. »Du bist mein bester Freund.«

»Du bist also der Junge, der meiner Tochter hilft, besser zu schreiben«, sagte eine Stimme. Ich ließ Kennedy los und blickte auf. Vor uns stand ein Mann, der genauso aussah wie Kennedy – und dann auch wieder nicht.

»Dad!« Kennedy sprang auf und schlang die Arme um ihn, und er hob sie hoch und wirbelte sie im Kreis herum. »Du hast mir gefehlt!«

»Du mir auch, Kleines«, sagte er und klang dabei genauso aufgeregt wie seine Tochter.

»Lass noch ein bisschen Freude für uns übrig«, sagte Mrs Lost und gesellte sich mit Kennedys Schwester zu den beiden, um ihre Tochter in die Arme zu schließen.

Ich konnte es kaum erwarten, meine Mom auch in den Arm zu nehmen. Die Zeit mit Kennedy war herrlich gewesen, aber Mom hatte mir gefehlt.

»Jax, wir haben so viel Wunderbares über dich gehört«, sagte Mrs Lost. Sie sah wirklich aus wie ihre Tochter. Vielleicht war es das Lächeln, das Kennedys am ähnlichsten war. »Und nun, da ihr beide einen weiteren schönen Sommer miteinander verbracht habt, dachte ich, ihr könntet eine neue Erinnerung auf dem Lost-Mobil verewigen.« Sie zog eine Handvoll Stifte hervor, und Kennedy kreischte vor Freude.

»Ja!«, rief sie, riss ihrer Mutter die Stifte aus der Hand und zog mich zum Auto. »Komm, Jax, lass uns was malen!«

Ich lachte. »Ihr wollt wirklich, dass ich auf eurem Auto male?«, fragte ich nervös. Dad hätte mich umgebracht, wenn ich sein Auto bemalt hätte. Einmal hatte ich aus Versehen eine Limo über den Rücksitz gekippt und eine nie da gewesene Tracht Prügel dafür kassiert.

»Ja! Das ist unser Erinnerungsauto. Hier.« Sie reichte mir einen Stift. »Mal einfach so, wie du denkst, dass dieser Sommer in Erinnerung bleiben soll, okay?«

Ich kaute auf meiner Unterlippe und zog die Kappe ab. Nach einigem Nachdenken malte ich ein Herz und schrieb die Anfangsbuchstaben unserer Namen hinein.

»Da«, sagte ich und reichte ihr den Stift.

Kennedy schrieb *Friends forever* unter das Herz, und ich wusste, dass es stimmte.

Freunde – für immer und ewig.

Während wir lachend mit Kennedys Familie neben dem Auto standen, kam mein Dad ins Camp gefahren.

Sobald er mich sah, drückte er auf die Hupe und brüllte: »Jax! Beweg deinen Arsch hierher, damit wir fahren können.«

Mein Magen schmerzte vor Scham. Wo war Mom? Warum war sie nicht hier, um mich abzuholen? Ich machte den dummen Fehler, Dad diese Frage zu stellen, was ihn dazu brachte, aus dem Auto zu steigen. Fluchend kam er auf mich zu.

»Sie ist krank. Was spielt das für eine Rolle? Ich habe dir gesagt, du sollst deinen Arsch hierher bewegen und einsteigen. Los!«, brüllte er.

Kennedys Dad trat vor. »Hey, nun kommen Sie. Ihre Wut ist ein wenig übertrieben. Die Kinder haben sich doch bloß voneinander verabschiedet.«

Dad musterte ihn von oben bis unten. »Kümmern Sie sich gefälligst um Ihren eigenen Scheiß.«

»Okay, Dad«, sagte ich, am ganzen Körper zitternd. »Lass uns fahren. Ich komme.«

Ich konnte sehen, wie geschockt Kennedys Eltern über Dads Verhalten waren. Wieso sah er es nicht? Wieso merkte er nicht, wie sehr er mich blamierte, wie gemein er war?

Er nahm meinen Koffer, zog ihn zu seinem Pick-up und schmiss ihn hinten auf die Ladefläche.

Mit einem zaghaften Lächeln drehte ich mich noch einmal zu den Losts um. »Es war nett, Sie alle kennenzulernen. Einen schönen Tag noch«, sagte ich.

Kennedys Vater zauste mir die Haare und beugte sich lächelnd zu mir herunter. »Alles in Ordnung, Jax? Ist das okay mit deinem Dad? Wir können dich nach Hause bringen, wenn du willst, oder …«

»Jax! Beweg endlich deinen Arsch hierher!«, brüllte Dad, sodass ich vor Schreck zusammenfuhr. Je mehr ich ihn verärgerte, desto schlimmer würde es für mich werden.

»Alles okay, Mr Lost. Danke. I-ich muss los«, stotterte ich. In diesem Moment wünschte ich, *er* wäre mein Dad. Kennedy wusste gar nicht, was für ein Glück sie hatte, einen so netten Vater zu haben, der sie nicht anschrie und beschimpfte.

Kennedy stürzte sich auf mich und drückte mich noch einmal ganz fest. Sie presste ihre Wange an meine, und ich spürte ihre Tränen auf meiner Haut. »Es tut mir so leid, dass er so gemein ist, Jax.«

»Schon gut«, flüsterte ich. »Ich komme schon klar.«

Sie drückte mich noch fester und sagte dann: »Wenn du jemals davonlaufen musst, lauf zu mir.«

20

JAX

Gegenwart

Es klopfte an meiner Tür, und ich ging rasch nach vorn, um zu öffnen. Kennedy stand vor mir, im strömenden Regen, und sah mich mit einem tiefgründigen, intensiven Blick an. Sie war klatschnass und trug nur ein weißes Trägerhemd und Shorts.

»Hi«, sagte sie atemlos und schüttelte sich das Wasser aus den Locken. »Geht es dir gut?«

Ich sah sie fragend an. »Wieso fragst du?«

»Ich habe das mit deinem Dad gehört. Ein paar Leute in der Stadt haben sich darüber unterhalten. Ich wollte nur sehen, ob es dir gut geht. Ich kann mir vorstellen, was du durchmachst.«

Ich kratzte mir den Bart. Wann hatte es angefangen zu regnen? Als ich mich ins Bett gelegt hatte, war es draußen noch warm und schön gewesen. »Ähm, ja. Ich war eben bei ihm. Es geht ihm gut. Du bist hergekommen, um nach mir zu sehen?«

»Natürlich, Jax. Ich wollte mich davon überzeugen, dass alles okay ist. Darf ich reinkommen?«

Was zum Teufel geht hier vor? Ich wollte sie fragen, aber wenn ich ehrlich war, wollte ein noch größerer Teil von mir sie bei mir im Haus haben. Ich war schon viel zu lange hier alleine. Ein wenig Gesellschaft würde mir sicher guttun.

Also trat ich zur Seite, und sie kam zitternd vor Nässe herein.

»Ich kann dir …« Bevor ich den Satz beenden konnte, presste Kennedy ihren Körper an meinen. Ihre harten Brustwarzen bohrten sich durch ihr Shirt, und sie zog mich in ihre Arme, während ich mir alle Mühe gab, das Gefühl zu ignorieren, das ihr nasser Körper an meinem in mir weckte – oder vielmehr in meinem pochenden Schwanz.

»Es tut mir so leid, Moon«, flüsterte sie, schlang die Arme um meinen Hals und zog mich noch enger an sich. »Es tut mir so leid.«

Bevor ich antworten konnte, presste sie die Lippen an meinen Hals und verabreichte mir unzählige kleine Küsse. »Es tut mir leid, ich … Jax, du hast mir gefehlt.« Wieder küsste sie meinen Hals, und diesmal ließ sie die Zunge über meine Haut gleiten. »Habe ich dir auch gefehlt? Habe ich dir gefehlt, Jax?«

Ihre Worte waren voller Zärtlichkeit und Staunen, und ich legte die Arme um sie und hob sie hoch. Ich drückte sie mit dem Rücken gegen die Wand und schloss die Augen, während meine Stirn sich an ihre schmiegte. »Kennedy, du solltest nicht hier sein. Wir dürfen das nicht …«

Ihre Lippen strichen über meine. »Ich weiß, aber …« Sie saugte sanft an meiner Unterlippe. »Ich möchte es aber. Bitte, Jax … nach all den Jahren … nachdem ich dich so lange verloren hatte … ich kann einfach nicht aufhören, an dich zu denken. Denkst du auch manchmal an mich?« Sie öffnete die Augen und sah mich an. »Denkst du an mich, wie ich an dich denke?«

»Ja.« Ich seufzte, meine Hände noch immer fest um ihre Pobacken gespannt. »Gott, Kennedy, ich denke ständig an dich.«

»Zeig mir dein Schlafzimmer«, flüsterte sie an meinem Ohrläppchen und fing an, daran zu saugen. Sicher, mein Herz war noch immer gefroren, aber mein Schwanz wuchs an diesem

Abend um das Dreifache. *Was macht sie bloß mit mir?* Ach, verdammt, es war mir egal. Ich wollte nur, dass sie weitermachte.

Ich trug sie ins Schlafzimmer und legte sie auf mein Bett. Hastig riss sie sich das Shirt vom Körper und warf es zur Seite, dann öffnete sie ihre Hose und ließ sie die langen braunen Beine hinuntergleiten, gefolgt von ihrem rosafarbenen Slip.

Jetzt war ich an der Reihe.

Ich warf meine Klamotten zur Seite, doch ehe ich mich zu ihr legte, betrachtete ich sie ausgiebig. Das Mädchen, das ich einmal als meine beste Freundin bezeichnet hatte, war kein Mädchen mehr. Nein, sie war eine erwachsene Frau mit dem schönsten Körper, den ich je gesehen hatte. Ihre Brüste waren fest und rund, ihre Brustwarzen hart, und ihre Kurven – *oh Mann* – waren wie ein Kunstwerk, dass es verdiente, in einem Museum ausgestellt zu werden.

Doch es war alles nur für mich.

Ihr Blick wanderte hinunter zu meinem pulsierenden Schwanz, den ich mit einer Hand streichelte, während ich ihren Körper betrachtete. Sie krümmte den Zeigefinger und bedeutete mir mit einem teuflischen Grinsen, näher zu kommen. Ich gehorchte, und für einen Augenblick verharrte mein Körper über ihrem, bevor ich mich auf sie hinabsenkte. Meine Lippen flogen über ihre, und sie legte stöhnend beide Hände auf meinen Rücken und zog mich an sich. Mein Schwanz strich über ihre Vagina, während sie die Beine für mich spreizte.

»Bitte«, flehte sie, und ihre honigbraunen Augen blickten in meine, blickten tief in meine Seele. »Ich will dich ganz, Jax. Alles von dir, jeden Zentimeter.« Ihre Stimme war nur noch ein lustvolles Flüstern. »Fick mich mit deiner Dunkelheit.«

Das musste sie mir nicht zweimal sagen.

Ich glitt tief in sie hinein, und sie schrie vor Lust auf. »Mehr, mehr …«, bettelte sie, flehte, forderte.

Ich konnte ihr keinen ihrer Wünsche und Bedürfnisse abschlagen, denn ihr Wunsch war mir Befehl. Ich wollte sie mehr, als ich jemals jemanden gewollt hatte, mehr als ich je geglaubt hätte, dass ich es verdient hatte, jemanden zu brauchen. Ihr Körper an meinem fühlte sich an wie die Sünde, und ihre Küsse schmeckten wie der Himmel. Sie war der süßeste Teil meiner Vergangenheit, und ich konnte einfach nicht glauben, dass ich sie hier in der Gegenwart hatte.

»Ja, ja, ja«, schrie sie und schlang ihre Beine um meine Hüften, während sie ihre Hände ins Bettlaken krallte. »Genau da, Jax. Ja, bitte«, sagte sie wieder und wieder.

Ich konzentrierte mich darauf, ihr Lust zu bereiten. In diesem Moment war sie alles, was für mich zählte, alles, was ich wollte, was ich brauchte. Alles, wovon ich je geträumt hatte.

Während ich immer schneller in sie hineinstieß, drehte sie den Kopf nach links, zum Fenster, und schnappte leise nach Luft. »Es schneit«, flüsterte sie.

Was zum Teufel?

Ich sah zum Fenster und staunte. Der Regenguss hatte sich in einen Schneesturm verwandelt. Seit wann gab es in Kentucky mitten im Sommer Schneestürme?

Sie legte beide Hände an meine Wangen und zwang mich, sie wieder anzusehen. »Konzentrier dich auf mich, Jax, auf uns«, befahl sie. »Sieh mich an.«

Ich gehorchte, glitt noch tiefer in sie hinein, zog mich langsam zurück und stieß erneut zu. Verdammt, sie fühlte sich so gut an, so nass, und ich wusste, dass sie für mich so nass war. Ich liebte es, dass ich das bewirkt hatte.

»Willst du …« Sie atmete heftig. »Willst du …« Sie seufzte und drängte ihre Hüften gegen meine.

»Was? Sag es, und ich werde es tun«, versprach ich.

»Willst du … oh, mein Gott, ja, genau da, Jax …«

»Sag es«, bat ich. »Sag mir, was du willst.«

Sie sah mir tief in die Augen und sagte todernst: »Willst du …« Stöhnen. »… mit …« Über uns begann es zu schneien. »… mir …« Ihr Orgasmus stand kurz bevor. »… einen …« Im Ernst, es schneite über meinem Bett. »… *Schneemann bauen?*«, schrie sie, als sie zum Höhepunkt kam und ich wie in Trance auf die Schneeflocken blickte, die auf unsere nackten Körper hinabtrudelten.

Ich schüttelte den Kopf, um den abgefucktesten Traum zu vertreiben, den ich je gehabt hatte. »Was zum Teufel?!« Ich starrte auf meinen hellwachen Schwanz. Ich hatte doch wohl keinen Sextraum mit Kennedy Lost gehabt – der irgendwann von einem Disneyklassiker abgelöst worden war, oder?

Ab sofort gab es für mich keinen Whiskey mehr vor dem Einschlafen.

Und ich würde dafür sorgen, dass Connor in meiner Gegenwart keine Disneylieder mehr zum Besten gab.

21

KENNEDY

»Chocolate Chip Cookies? Das nenne ich einen Volltreffer.« Ich lächelte meinem neuesten Besucher vor meiner Tür an.

Eddie reichte mir den Teller mit den frisch gebackenen Keksen. »Ehrlich gesagt, Marie hat sie gebacken – ich bin nur der Lieferservice.«

»Das weiß ich sehr zu schätzen«, erklärte ich. Für einen Moment füllte eine seltsame Stille den Raum zwischen uns. Eddie schaukelte auf seinen Füßen vor und zurück und rieb sich mit dem Daumen die Nase. Ich zog eine Augenbraue hoch. »Wieso habe ich das Gefühl, dass Sie mir irgendetwas verschweigen?«

»Weil ich Ihnen etwas verschweige?« Seine Antwort klang eher wie eine Frage.

»Was ist los, Eddie?«

»Es ist wegen Jax. Er war vor ein paar Tagen bei mir und hat mich gebeten, nach Ihnen zu sehen, wie es Ihnen so geht – als Nachbar, nicht als Therapeut.«

Mein Magen verkrampfte sich. »Natürlich hat er das. Ich weiß nicht, was Jax Ihnen erzählt hat, aber es geht mir gut. Ehrlich. Ich habe einiges durchgemacht, aber ich arbeite mich Stück für Stück voran.«

»Richtig. Natürlich. Und es ist absolut Ihre Entscheidung, ob Sie sich professionelle Hilfe suchen möchten oder nicht. Ehrlich gesagt, ist das auch nicht der Grund, warum ich hier bin.«

Jetzt war ich noch verwirrter. »Warum dann?«

»Wegen Jax«, wiederholte er, und diesmal senkten sich seine Mundwinkel. »Ich mache mir Sorgen um ihn – als Nachbar, nicht als Therapeut. Ich habe Angst, dass er den schlechten Gesundheitszustand seines Vaters nicht gut verkraftet, und ich habe das Gefühl, dass er versucht, sich von seinen eigenen Problemen abzulenken, indem er sich auf Ihre konzentriert. Haben Sie das Gefühl, dass er einigermaßen zurechtkommt?«

Ich schüttelte den Kopf. »Es tut mir leid, aber dazu kann ich nicht viel sagen. Ehrlich gesagt, sprechen wir gerade erst wieder miteinander. Als Kinder waren wir Freunde, aber ich hatte noch nicht die Gelegenheit, Jax als erwachsenen Mann zu erleben.«

»Wirklich?«, fragte er. »Das ist interessant, denn er spricht von Ihnen, als stünden Sie beide sich sehr nahe ... was mich ebenfalls ein wenig verwirrt hat, denn Jax lässt eigentlich niemanden an sich heran.« Er kratzte sich den Bart. »Na, ich will Ihnen nicht länger Löcher in den Bauch fragen. Ich wollte Ihnen nur die Kekse vorbeibringen, weil Jax darauf bestanden hat, dass ich nach Ihnen sehen soll.«

Ich lächelte. »Danke fürs Nachsehen.«

»Es ist ganz untypisch für ihn, wissen Sie – sich um jemanden Gedanken zu machen. Sie bedeuten ihm etwas, auch wenn Sie denken, dass alles noch ganz neu ist. Dass er zu mir gekommen und mich um Hilfe gebeten hat ... das war keine Kleinigkeit für ihn. Von außen mag es nicht so aussehen, aber für Jax ist das ein großer Fortschritt in seinem Entwicklungsprozess. Ich habe keine Ahnung, was Sie mit ihm machen, Kennedy, aber, bitte, machen Sie damit weiter.« Er drehte sich um und ging die Stufen hinunter. »Und falls Sie mal einen Nachbarn brauchen, der zuhört, meine Couch steht Ihnen jederzeit zur Verfügung.«

Während Eddie davonging, biss ich in einen der Kekse und fragte mich, was es wohl zu bedeuten hatte, dass Jax losgezogen war, um jemanden zu suchen, der mir helfen sollte. Jetzt hoffte ich nur noch, dass er selbst auch Hilfe annahm.

Ich hätte nie gedacht, dass Gartenarbeit so sexy sein konnte, bis zu dem Tag, an dem Jax nach der Schaufel gegriffen hatte. Jeden Tag, an dem er und Connor vorbeikamen, fand ich einen Grund, um mich selbst draußen aufzuhalten, und jedes Mal, wenn ich Jax dabei erwischte, wie er mich ansah, flatterte ein neuer Schwarm Schmetterlinge in meinem Bauch. Er redete nicht besonders viel mit mir, und wenn, dann ging es meist um den Garten.

Es war spät an einem Montagnachmittag, und die Sonne brannte so erbarmungslos auf uns herunter, als interessierte es sie keinen Pfifferling, dass sie uns fifty shades dunkler brannte. Die beiden Männer hatten den ganzen Tag hart gearbeitet, und ich hatte ihnen immer wieder etwas zu trinken gebracht. Als ich erneut mit einem Krug Eiswasser nach draußen trat, um ihre Gläser aufzufüllen, wäre ich bei Jax' Anblick beinahe über meine eigenen Füße gestolpert.

Er hockte mit freiem Oberkörper auf dem Boden und pflanzte einen Rosenbusch ein. Seine Muskeln waren steinhart, und seine gebräunte Haut glitzerte in der Sonne. Er hatte sich sein weißes T-Shirt in die hintere Tasche seiner Levi's gesteckt und katapultierte mich ohne Umwege zurück zu meinen Joe-aus-*You*-Stalking-Vibes.

Hatte er immer schon so einen bezaubernd knackigen Hintern gehabt? Himmel, ich musste mich beherrschen, um nicht zu ihm zu gehen, ihm an den Hintern zu fassen und zuzudrücken.

Sieh nicht hin, sieh nicht hin, sieh …

»Ist das für uns?«, fragte Connor hinter mir, und ich zuckte vor Schreck so heftig zusammen, dass der Krug mit dem Eiswasser aus meiner Hand segelte und mit einem lauten Klatschen auf Jax landete.

»Mist!«, rief er aus und sprang erschrocken auf die Füße. Er hüpfte auf und ab und versuchte das eisige Wasser von sich abzuschütteln.

»Oh, mein Gott, entschuldige!«, rief ich und lief zu ihm. »Ich habe mich so erschreckt, bitte, entschuldige.« Ich griff nach dem erstbesten Gegenstand, mit dem ich ihn trockenwischen konnte – das T-Shirt in seiner Gesäßtasche. Und jetzt rieb ich mit beiden Händen über Jax' Brust.

Über seine Bauchmuskeln …

So. Viele. Muskeln.

Ist das eine Six-Pack-Party oder was? Oder habe ich gerade acht gezählt? Und wieso kann ich einfach nicht aufhören, ihm diese Abreibung zu verpassen?

»Ähm, ich glaube, das reicht, Kennedy.« Jax grinste.

»Gut, gut, ja, das reicht«, murmelte ich und rieb weiter.

Er lachte und hielt meine Arme fest. »Es ist okay. Wirklich.«

Oh Jax, wenn du nur wüsstest, wie *okay das ist.*

»Sicher, natürlich.« Noch immer mit seinem T-Shirt in der Hand, trat ich zurück. »Tut mir leid, ich war … Ich habe einen Moment nicht aufgepasst.«

Connor lachte. »Wo hast du eigentlich hingestarrt?«, stichelte er.

Meine Wangen glühten, und ich war mir sicher, dass die beiden mir meine Verlegenheit vom Gesicht ablesen konnten.

»Ja«, fragte Jax. »Was hat dich abgelenkt?«

Ihr Knackarsch, Sir.

Ich schüttelte den Kopf. »Oh, ähm, da war ein Eichhörnchen, das … eine Katze gejagt hat«, platzte es aus mir heraus.

Was? »Ich meine, eine Katze, die ein Eichhörnchen gejagt hat.« Die beiden sahen mich verständnislos an. Ich fächelte mir mit beiden Händen Luft zu. »Wisst ihr was? Vergesst es einfach. Sorry noch mal.«

»Schon gut. Wir wollten eh für heute Schluss machen«, erklärte Jax und fuhr sich mit der Hand durch die nassen Haare. Die Wassertropfen tropften, tropf, tropf, tropf, über seine Brust, Brust, Brust, und, oh, mein Gott, hatte ich gerade zugesehen, wie die Tropfen über seinen Körper gelaufen waren?

Was ist los mit dir? War es so lange her, dass ich einen Mann mit freiem Oberkörper gesehen hatte, dass ich jetzt nicht mehr aufhören konnte, Jax anzustarren?

Aber, nur um fair zu sein, nicht viele Männer hatten einen Oberkörper wie er.

»Okay, dann fange ich mal an, die Sachen in den Wagen zu packen. Jax, warum redest du nicht in der Zwischenzeit mit Kennedy über die Sache, die wir letztens besprochen haben?«, sagte Connor.

Jax sah Connor böse an und zischte mit zusammengebissenen Zähnen: »Das ist jetzt wohl kaum der richtige Zeitpunkt, Connor.«

»Was du heute kannst besorgen …«, sang Connor und klopfte Jax auf die Schulter, als er an ihm vorbeiging, um ein paar Sachen einzusammeln und zum Wagen zu bringen.

Ich sah Jax fragend an. »Alles in Ordnung?«

Er räusperte sich und verzog das Gesicht, bevor er sich am Kinn kratzte. »Ähm, ja. Es ist nur, also … ich …« Er stolperte über seine eigenen Worte, und augenblicklich sah ich wieder den Jungen vor mir, den ich einst gekannt hatte. »Es ist nur, ähm, Connor meint, du brauchst einen Freund.«

Ich straffte die Schultern. »Was?«

Er wedelte abwehrend mit der Hand. »Nein, nicht so, wie du

denkst. Ich meine, ich weiß, dass du Freunde haben könntest, wenn du wolltest. Und du könntest welche haben. Du könntest Freunde haben – ich meine, ich könnte Leute dazu bringen, dass sie das sein wollen, du weißt schon, deine Freunde.« Er wandte sich ab und fuhr sich mit den Händen durch die Haare, wobei er leise »Verdammt!« murmelte. Schließlich drehte er sich wieder zu mir um, verzog das Gesicht und verengte die Augen. »Möchtest du vielleicht meine Freundin sein? Also, um ganz freundschaftlich was zusammen zu unternehmen? Vielleicht ein paar Punkte von deiner Liste abarbeiten? Ich meine, wenn du die Stadt besser kennenlernen möchtest, dann kann ich sie dir zeigen. Ich kenne sie in- und auswendig. Ich kann dir die Welt zeigen … also, jedenfalls die von Havenbarrow.«

Ich kicherte. »Fragst du mich gerade, ob du mein Aladdin sein darfst?«

»So was in der Art.« Er wippte nervös auf seinen Füßen, und auch wenn er kein T-Shirt anhatte, war seine etwas unbeholfene Art unübersehbar. »Leider habe ich keinen fliegenden Teppich. Nur einen alten Pick-up.«

Ich kaute auf meiner Unterlippe und blickte nach links, wo Joy lächelnd in ihr Notizbuch schrieb. Ich war mir ziemlich sicher, dass sie zuhörte und über Jax' Schüchternheit lächelte.

Er rieb sich den Nacken, und dabei fielen ihm die Haare ein wenig ins Gesicht, was ihn deutlich selbstbewusster und noch besser aussehen ließ. »Es macht nichts, wenn du nicht willst. Ja, nein, es war eine blöde Idee. Tut mir leid, dass ich gefragt habe. Hör zu, besser, ich …«

»Können wir mit Marshmallow in dem Café anfangen?«, unterbrach ich ihn, und der nervöse Junge vor mir erstarrte.

»Das Café?«

»Ja. Ich möchte so gerne die Café-Katze kennenlernen. Und außerdem habe ich gehört, dass es dort einen erstklassigen Chai Latte gibt.«

»Richtig. Ja, okay.« Das Leuchten in Jax' Augen ließ mein eigenes Herz erstrahlen. »Ja, das ist eine gute Idee. Okay. Cool. Wie wäre es, wenn ich dich morgen Vormittag abhole? Es sei denn, du hast zu tun, denn wenn du zu tun hast …«

»Neun Uhr passt perfekt.«

Er verzog das Gesicht. »Normalerweise trinke ich um neun mit Joy Kaffee …«

»Oh, sei still, Junge. Fahrt ins Café und besucht die Katze. Ich bin übermorgen auch noch da«, rief Joy und wedelte Jax' Bemerkung einfach weg – und verriet damit, dass sie uns die ganze Zeit belauscht hatte.

Ich lächelte. »Also um neun?«

»Ja«, sagte Jax. Seine Mundwinkel bogen sich nach oben, und ich fühlte mich wie ein Glückspilz. Jax lächelte nicht sehr häufig, und wenn er es tat, fühlte es sich an wie das süßeste Dessert. Er begann, rückwärts zu seinem Wagen zu laufen, wo Connor bereits wartete. »Cool. Super. Wir haben ein Date.« Er blieb stehen, zog die Nase kraus und wand sich unbehaglich. »Ich meine, kein richtiges Date, sondern ein freundschaftliches Date. Du weißt schon, wie …«

»Oh-kay, das war jetzt peinlich genug für uns alle. Ich werde diesen Kerl lieber mal mitnehmen. Einen schönen Abend noch, Kennedy. Jax holt dich morgen früh ab«, sagte Connor und zog seinen Boss mit sich fort. Ich kicherte, als er ihn anraunzte: »Hey, Mann! Ich hab doch gesagt, du sollst cool bleiben, aber das war gerade alles andere als cool! Das war einfach nur uncool!«

Jax fuhr Connor an, er solle verdammt noch mal die Klappe halten, und ich musste noch mehr lachen.

Connor konnte es nicht wissen, aber den uncoolen Jax wiederzusehen machte mich so viel glücklicher, als ich es seit langer Zeit gewesen war. Zum ersten Mal seit Langem fühlte sich alles wieder … normal an.

»Danke, Sweetheart«, sagte Joy, als die beiden weg waren. »Er braucht wirklich dringend eine Freundin.«

Wenn sie wüsste, wie sehr auch ich einen Freund brauchte.

»Ich muss dich warnen: Du könntest ein wenig enttäuscht sein von Marshmallow. Manchmal ist er ein ziemlicher Stinkstiefel«, erklärte Jax, als wir in die Stadt fuhren. Ich gab mir alle Mühe, mir meine Angst im Auto nicht anmerken zu lassen, aber ich verlor den Kampf zunehmend. Zum Glück dauerte die Fahrt nur zehn Minuten.

Ich lächelte angespannt. »Ich kann mir nicht vorstellen, wie ich jemals von einer berühmten Kleinstadtkatze enttäuscht sein könnte. Offenbar habe ich eine Schwäche für die Stinkstiefel dieser Stadt«, scherzte ich, als er vor dem Café hielt.

Er lächelte ein wenig, und mein Herz vollführte einen Salto.

»Ich mag es, wenn du lächelst«, sagte ich und schnallte mich ab. »Es erinnert mich an den Jax von früher.«

»Dein Lächeln bringt mich dazu, häufiger lächeln zu wollen«, gestand er und sprang aus dem Wagen.

Wir gingen ins Café, wo Jax darauf bestand, mich einzuladen. »Du kannst nächstes Mal bezahlen«, bot er an.

Bei dem Gedanken an ein nächstes Mal setzte mein Herz einen Schlag aus. Er hatte ja keine Ahnung, wie viele nächste Male ich mit ihm erleben wollte.

Wir setzten uns an einen der Tische, und ich hielt Ausschau nach Marshmallow, während ich den wohl besten Chai Latte meines Lebens trank. Der allein reichte schon aus, um in Havenbarrow zu bleiben. Und das Bananenbrot? Oh mein Gott, es schmolz in meinem Mund.

»Ich glaube, das ist das Beste, was ich je gegessen habe«, stöhnte ich und leckte mir die Krümel von den Fingern.

Jax lachte. »Pass nur auf, dass Gary das nicht hört. Er und der Besitzer von diesem Café hier streiten seit Jahrzehnten über das beste Bananenbrot.«

»Okay, aber es ist wahr. Ich könnte fünfzig Scheiben davon vertilgen und wäre es immer noch nicht leid. Ehrlich gesagt, habe ich in den letzten Wochen, seit ich hier bin, bestimmt mehr Kohlenhydrate zu mir genommen als in meinem ganzen Leben, weil die Leute mir ständig irgendwelchen Süßkram vorbeibringen. Ich bin mir fast sicher, sie versuchen heimlich, mir so was wie die zusätzlichen Kleinstadtpfunde auf die Hüften zu packen oder so.«

»So wie ich die Frauen in der Stadt kenne, würde ich es ihnen glatt zutrauen.«

»Na ja, solange ich keine Waage besitze, aber noch in meine Yoga-Hose passe, habe ich damit kein Problem«, scherzte ich und beugte mich vor, um mir ein Stück von Jax' Bananenbrot zu mopsen. »Okay, und wo ist jetzt die Katze?«

»Wahrscheinlich schläft er oder pinkelt gerade irgendwem auf die Schuhe«, sagte Jax und blickte sich um. »Kein Scherz, vor drei Jahren hat mir der Mistkerl auf den Schuh gepinkelt, als ich mir hier einen Kaffee geholt habe – wie der letzte Psychopath.«

Ich gab mir alle Mühe, nicht loszulachen, aber ich konnte nicht anders. Die Vorstellung, wie eine Katze Jax anpinkelte, war einfach zu viel. »Was hast du mit ihm gemacht, dass er so sauer auf dich war?«

Jax lehnte sich irritiert zurück? »Was *ich* gemacht habe? Soll das ein Witz sein? Ich habe mir bloß einen Kaffee geholt!«

»Vielleicht war er sauer, weil du in sein Territorium eingedrungen bist. Regel Nummer Eins: Nur ein Arschloch pro Café oder so.«

»Er ist immer so.« Jax zuckte mit den Schultern. »Er ist der Prince Charming der Stadt.«

Ich musste grinsen, als er das sagte. Jax hatte ja keine Ahnung, dass ich ihn in der ersten Woche so genannt hatte – und er würde es auch niemals erfahren.

In diesem Moment kam eine dicke weiße Katze aus einem der hinteren Räume herein und streckte sich gähnend.

»Oh. Mein. Gott!«, quiekte ich und sprang von meinem Stuhl auf. Er war das süßeste Ding, das ich je gesehen hatte. »Hallo, mein Freund.« Freudestrahlend lief ich auf ihn zu.

»Ähm, ich würde das nicht tun, wenn ich du wäre«, sagte Jax und rutschte mit seinem Stuhl von der sich nähernden Katze weg.

Ich grinste ihn an. »Komm schon, jetzt sag nicht, dass du Angst vor dieser kleinen Puss-puss hast.«

»Glaub mir, ich habe keine Angst vor Pussys«, sagte er, und seine doppeldeutige Bemerkung ließ ein kleines Feuer in meinem Bauch auflodern. »Aber vor dem Biest da hab ich echt Respekt.«

Ich verdrehte die Augen, setzte mich vor Marshmallow auf den Boden und streckte die Arme aus. »Komm her und lass dich kuscheln«, befahl ich.

»Sun, warte …« Doch bevor Jax den Satz beenden konnte, lag Marshmallow schon schnurrend auf meinen Beinen. Er rollte sich auf den Rücken, um sich den Bauch kraulen zu lassen, und sah aus, als wäre es ihm nie besser gegangen.

»Ich glaub's nicht«, murmelte Jax. »Er mag dich.«

»Ich bin ja auch ein liebenswerter Mensch.«

Er lächelte, sagte aber nichts weiter. Stattdessen lehnte er sich in seinem Stuhl zurück und sah amüsiert zu, wie Marshmallow und ich dicke Freunde wurden.

»Vielleicht habe ich den Kerl hier missverstanden«, sagte er schließlich, stand auf und trat auf uns zu. Doch sobald er sich näherte, fauchte Marshmallow und lief davon. »Du dich auch, Marsh«, knurrte Jax und zeigte ihm den Mittelfinger.

Ich lachte und stand auf. »Manche Menschen und Katzen passen wohl einfach nicht zusammen.«

»Es hat mich nicht sonderlich überrascht, dass er dich mag. Es ist schwer, dich nicht zu mögen«, sagte Jax und trank einen Schluck. Ich lehnte mich auf meinem Stuhl zurück und sah ihn an, und während ich ihn ansah, starrten alle anderen – und ich meine *alle* anderen – im Café uns an.

»Bilde ich mir das nur ein, oder werden wir beobachtet?«, fragte ich und kaute nervös auf meiner Unterlippe.

»Ja. Diese Stadt hat es sich zur Angewohnheit gemacht, sich ziemlich penetrant in das Leben anderer Leute einzumischen«, erklärte Jax lauter als nötig. Ein paar der Anwesenden schnappten hörbar nach Luft und nannten ihn einen Blödmann.

Ich lachte. »Erst die Katze, jetzt die Leute.«

»Ich verteile meine Abneigung halt gleichmäßig. Ich hasse alles und jeden mit der gleichen Intensität.«

»Selbst mich?«, fragte ich scherzend.

Für einen Moment wurde sein Blick ernst, und das winzige Lächeln auf seinen Lippen verschwand. »Ich könnte dich niemals hassen, Kennedy. Und glaub mir, ich habe es versucht, vor langer Zeit.«

Seine Worte trafen mich hart, und ich sah ihn aus schmalen Augen an. »Moment, was? Wieso hast du versucht, mich zu hassen?«

Er schüttelte den Kopf und räusperte sich. »Spielt keine Rolle mehr. Das ist lange her.«

Ich streckte die Hand aus und legte sie auf seine. »Nein, Jax. Es spielt eine Rolle – für mich zumindest. Wieso hast du versucht, mich zu hassen?«

Ehe er antworten konnte, sagte eine Stimme: »Das ist jetzt nicht dein Ernst, Jax, oder?«

Ich blickte auf und sah eine bildschöne Frau vor uns stehen. Sie hatte lange braune Locken und dazu passende dunkelbraune Augen. Sie trug die Kleidung einer Krankenschwester, und die Traurigkeit in ihrem Blick erfüllte mich mit einem tiefen Schmerz, auch wenn ich nicht einmal wusste, wer sie war.

»Amanda«, sagte Jax ernst.

Sie sagte nichts, doch ihr Blick fiel auf meine Hand, die noch immer auf Jax' lag, bevor sie wieder ihn ansah.

Widerstrebend zog er seine Hand zurück. »Hör zu, Amanda …«

Klatsch.

Schockiert sah ich, wie ihre Hand seine Wange traf, und so wie Jax den Kopf schüttelte, war er genauso überrascht wie ich.

»Fick dich, Jax«, sagte sie, und in ihren Augen standen Tränen. »Du hast mir gesagt, du hättest keine Neue.«

»Hab ich auch nicht«, sagte er.

Ich schlug die Hände vor meine Brust. »Oh, nein. Wir sind nicht … er und ich …«, stotterte ich, ohne zu wissen, warum ich so nervös war. *War es das, was sie dachte? Dass Jax und ich zusammen waren?* »Wir sind nicht zusammen. Wir sind bloß Freunde.«

Sie verschränkte die Arme und musterte mich unverhohlen. »Schon klar. Wir wissen doch alle, dass Jax keine Freunde hat. Er weiß nicht mal, wie man es anstellt, ein Freund zu sein, genauso wenig, wie er weiß, wie man eine Beziehung führt.«

»Augenblick mal …«, setzte ich an, doch Jax hob eine Hand. »Schon okay, Kennedy. Sie hat recht.«

Nein, hatte sie nicht.

Jax zuliebe hielt ich den Mund, aber innerlich kochte ich. Einfach unglaublich, wie gehässig diese Frau war, und das alles nur, weil sie Jax und mich hier hatte sitzen sehen. Die beiden waren offensichtlich mal zusammen gewesen, aber das war ebenso offensichtlich vorbei. Ihn so zu behandeln – ihn zu ohrfeigen – war vollkommen unangebracht.

»Viel Glück«, sagte sie zu mir und richtete den Riemen ihrer Handtasche auf ihrer Schulter. »Aber wunder dich nicht, wenn du versuchst, ihn ein wenig zu öffnen, und auf einen Zementblock stößt. Er ist emotional vollkommen unzugänglich.«

Sie wandte sich wieder an Jax und schnaubte laut. »Ich hätte wissen müssen, dass du am Ende nicht anders bist als dein Vater, du herzloser Mistkerl.« Mit diesen Worten marschierte sie davon und ließ uns beide schweigend zurück.

Ich sah das unsichtbare Messer, das sie ihm tief ins Herz gerammt hatte. Sein Körper wand sich unter ihren schmerzhaften Worten, bis er schließlich den Blick hob und mich ansah. Plötzlich wirkte er, als sei alle Energie aus ihm gewichen, und er sagte: »Vielleicht gehen wir jetzt lieber.«

»Ja, okay.« Ich nahm meine Tasche, und wir gingen zu seinem Wagen. Er fuhr, und ich blinzelte kein einziges Mal. Ich konnte einfach nicht aufhören, ihn anzusehen und mich zu fragen, was wohl gerade in seinem Kopf vorging. Ich wollte ihn fragen, doch zugleich wollte ich ihn auf keinen Fall bedrängen. Seine Knöchel leuchteten weiß, so fest umklammerte er das Lenkrad, und seine Mundwinkel zuckten unentwegt.

Vor meinem Haus schaltete er den Motor aus und sah mich an. »Bitte entschuldige die Szene eben.«

»Du hast nichts falsch gemacht.«

»Ja, schon gut. Also, wir sehen uns …«

»Willst du noch ein bisschen hierbleiben?«, fragte ich. »Ich weiß, das eben war echt heftig, und sie hat dich tief getroffen, aber wir könnten trotzdem noch ein wenig zusammenbleiben. Es ist noch früh, und es ist Samstag, und das Wetter ist schön. Wir könnten uns ins Cabrio setzen und einfach reden, oder auch nicht reden – wozu auch immer du Lust hast.«

Er rieb sich mit dem Daumen die Nase. »Im Augenblick möchte ich gerne eine Weile allein sein, Kennedy.«

»Ja, natürlich. Das kann ich verstehen, wirklich … aber dann sei doch einfach allein mit mir.«

Er zögerte einen Moment, also verlieh ich dem Honigtopf noch ein wenig mehr Süße.

»Ich habe noch eine Flasche von Dads Lieblingswhiskey; die könnten wir leer machen. Und vertrau mir, wenn ich dir versichere, dass mein Vater nur wirklich gutes Zeug getrunken hat.«

Er lachte. »Es ist erst elf Uhr.«

»Oh. Stimmt. Nun, ich habe auch noch den Lieblingskaffee meiner Mutter. Wir könnten also heute Vormittag den Kaffee trinken und dann heute Abend zum Whiskey übergehen.«

»Du willst den ganzen Tag mit mir verbringen?« fragte er überrascht.

»Den ganzen Tag, und den ganzen Abend.«

Und genau das taten wir. Wir gingen ins Haus und tranken zahllose Kaffeevarianten. Dabei übernahm ich den Hauptteil der Unterhaltung, was mich wieder an unsere Kindheit erinnerte, und Jax hörte einfach zu. Ich erzählte ihm noch mehr von meinen Eltern und von Daisy, und weitere Geschichten aus meiner Vergangenheit, und jedes Mal, wenn ich laut auflachte, lächelte er und sah mich an, als wäre ich die Sonne.

Wir redeten über unsere Arbeit, und er erzählte mir, dass er vorhatte, sich jedes Buch zu kaufen, das ich bisher veröffentlicht hatte.

Er erzählte mir von dem Land, das seinem Vater gehörte, und dass er es genauso gestalten wollte, wie seine Mutter es sich immer vorgestellt hatte, sobald es einmal auf ihn übergegangen sein würde. »Sie hat ihren Traum nie verwirklichen können«, sagte er. »Jetzt möchte ich ihn für sie wahr machen.«

Ich spürte, wie schwer es ihm fiel, über seine Mutter zu sprechen, aber ich war froh, dass er es tat. Wenn ich in den letzten Wochen eines gelernt hatte, dann, dass es die Menschen lebendig hielt, die wir verloren hatten, wenn wir über sie sprachen. Genau das brauchte ich jetzt. Und ich war mir sicher, dass es Jax nicht anders ging.

Am Abend gingen wir hinaus zum Cabrio meiner Eltern und nahmen den Whiskey mit, um ihn unter den Sternen und im Mondschein zu trinken.

Es tat gut, neben Jax zu sitzen, denn obwohl wir nicht sprachen und nur schweigend dasaßen, fühlte sich selbst die Stille tröstlich an. Gemeinsam zu schweigen war eines der schönsten Dinge, die wir an diesem Tag teilten.

Nachdem wir ein bisschen zu viel getrunken hatten, verschränkte Jax die Hände hinter dem Kopf und sah hinauf in den Himmel. »Ich will nicht so sein wie er«, gestand er. »Wie mein Vater. Amanda hat das heute Morgen gesagt, und vor ein paar Wochen hat sie es schon einmal gesagt. Ich bin mir sicher, die Leute in der Stadt denken, ich wäre wie er, aber das will ich nicht. Er war ein Monster.«

»Du bist nicht dein Vater.«

Er schüttelte den Kopf. »Wir haben uns seit Jahren nicht mehr gesehen. Das kannst du nicht wissen.«

»Doch, kann ich.«

»Und wieso denkst du das?«

»Weil deine Persönlichkeit sich mit den Jahren nicht verändert hat. Du bist immer noch der sanftmütige Junge von damals. Aber die Leute hier in der Stadt sehen das nicht, weil sie aufgrund einer Tragödie, die sich vor vielen Jahren ereignet hat, viel zu sehr in ihren Vorurteilen und in ihrer Voreingenommenheit versunken sind. Sie sehen nicht die Güte in deinen Augen, wie sehr du anderen hilfst, wenn sie nicht hinsehen, wie du dich still und leise um andere kümmerst. Du bist immer noch dieselbe wundervolle Seele, die ich damals so geliebt habe, Jax, und kein bisschen wie dein Vater.«

Er schloss die Augen. »Versprochen?«

Ich legte meine Hand auf sein Bein. »Versprochen.«

Seine Lider schnellten nach oben, und er sah auf meine Hand. »Jedes Mal, wenn du das machst, fühle ich mich, als würde ich noch einmal erwachen.«

»Wenn ich was mache?«

»Mich berührst.«

Ich schluckte, und ich war mir nicht sicher, ob der leichte Schwindel vom Whiskey kam oder von dem Gefühlschaos, das in mir tobte. »Du hast mir gefehlt, Moon«, gestand ich.

»Du mir noch mehr. Ich habe dein Licht so sehr vermisst. Ich habe so lange in der Dunkelheit gelebt … Du hast mir gefehlt.«

»Was hast du heute Morgen gemeint, als du gesagt hast, du hättest versucht, mich zu hassen?«

»Weil du aufgehört hast zu schreiben«, antwortete er. »Als keine Briefe mehr von dir kamen, wollte ich dich vergessen. Nach dem Tod meiner Mutter habe ich deine Briefe so dringend gebraucht, und als keine mehr kamen, wollte ich dich hassen. Aber ich habe mich selbst noch mehr gehasst, weil ich mir sicher war, du hast zu schreiben aufgehört, weil ich dir erzählt habe, was mit meiner Mom passiert ist. Ich dachte, du hältst mich für einen Mörder.«

Ich schnappte nach Luft, und meine Augen verengten sich zu schmalen Schlitzen. »Ich habe diese Briefe nie erhalten.«

»Was?«

»Jax, *du* hast aufgehört, *mir* zu schreiben. Ich habe nie einen Brief von dir bekommen, in dem stand, was mit deiner Mutter passiert ist oder mit dir. Ich meine, als deine Briefe nicht mehr kamen, habe ich dir noch ein ganzes Jahr lang geschrieben. Ich war auch noch mal im Feriencamp, in der Hoffnung, dass du dort auf mich wartest und mir erklärst, warum du nicht mehr geschrieben hast. Ich hätte niemals aufgehört, dir zu schreiben, und ich hätte niemals so schreckliche Dinge über dich gedacht.«

Er sah mich verwirrt an. »Du hast mir geschrieben?«

»Ja. Ich war todtraurig, als keine Briefe mehr von dir kamen.« Ich setzte mich im Fahrersitz auf und drehte mich zu ihm. »Ich wäre für dich da gewesen, Jax. Ich hätte meine Eltern gezwungen, mich zu dir zu fahren, egal wohin, um dir in deiner Trauer zu helfen. Ich wäre für dich da gewesen.«

»Du warst meine Sonne«, sagte er. »Und als deine Briefe nicht mehr kamen, wurde die Welt so viel dunkler.«

Ich griff nach seinen Händen und drückte sie. »Es tut mir so leid, dass du das durchmachen musstest. Wie furchtbar, dass du die ganze Zeit gedacht hast, ich hätte mich von dir abgewandt. So etwas würde ich niemals tun. Du warst mein Mond, mein bester Freund.«

Er sah hinunter auf unsere Hände. »Kann ich dir ein Geheimnis verraten?«

»Alles.«

»An dem Tag, an dem mir klar wurde, dass du es bist, ist es wieder angesprungen.«

»Was?«

»Mein Herz.«

22

JAX

Seit dem whiskeygetränkten Abend im Cabrio waren Kennedy und ich unzertrennlich. Ich zeigte ihr alles, was Havenbarrow zu bieten hatte, und lustigerweise fing ich selbst allmählich an, diese dumme kleine Stadt zu mögen. Es war einfacher, Dinge zu finden, die einem Spaß machten, wenn man jemanden wie Kennedy hatte, mit dem man sie erleben konnte.

Jeden Tag, wenn wir uns sahen, zwang sie mich, mit ihr ins Café zu gehen und Marshmallow zu besuchen. Der dämliche Kater überschüttete sie mit Liebe, während er mich immer nur anfauchte. Wenn wir nicht zusammen waren, plante ich unsere nächsten Abenteuer. Mit mir an ihrer Seite sollte sie die ganze Welt von Havenbarrow kennenlernen.

Ich war fest entschlossen, die Zeit, in der Kennedy nicht bei mir gewesen war, wieder aufzuholen.

»Lieblingseissorte auf drei«, sagte Kennedy, als wir an einem Sonntagabend im Wald saßen, Müsliriegel aßen und den Vögeln zusahen, die an uns vorbeiflatterten. »Eins, zwei, drei!«

»Schlumpfeis!«, rief ich.

»Kirsch mit Schokostückchen!«, rief sie. Dann zeigte sie auf mich und schnappte nach Luft. »Oh, mein Gott! Wer mag denn Schlumpfeis? Was ist das überhaupt für ein Geschmack? Schlumpfeis? Ist das dein Ernst?«

»Das ist eine wundervolle Eissorte, und sie schmeckt einfach himmlisch, wie das Kind von Froot Loops und Zuckerwatte.«

Sie lachte, und es klang einfach wundervoll. »Hört sich eklig an.«

»Du irrst dich. Und wenn du es mal probiert hättest, wärst du genauso verliebt wie ich.«

»Hört sich nach einer Herausforderung an, und ich habe vor langer Zeit beschlossen, jede Herausforderung anzunehmen, wenn es um Eisessen geht.«

Ich stand auf und reichte ihr meine Hand. »Dann komm. Die Eisdiele in der Stadt hat das beste Schlumpfeis der Welt. Zugegeben, es ist das einzige Schlumpfeis, das ich je probiert habe, aber ich bin mir sicher, es ist das beste.«

Sie nahm meine Hand, und wir zogen los. Der Abend war einfach perfekt, und so beschlossen wir, zu Fuß in die Stadt zu gehen. Den ganzen Weg über plauderte Kennedy über dies und das, und ich hörte ihr aufmerksam zu. Als wir uns in der Schlange vor der Eisdiele anstellten, hörte ich, wie die Leute um uns herum tuschelten, aber ich ignorierte sie.

Es interessierte mich nicht, was diese bornierten Idioten über mich und Kennedy dachten. Sie bestimmten nicht länger, wer ich war. Nur ich allein tat das.

»Hi, wir hätten gerne zwei Hörnchen mit zwei Kugeln Schlumpfeis«, sagte Kennedy, als wir an der Reihe waren. Sie griff in ihre Tasche, um das Eis zu bezahlen, und als ich meine Kreditkarte zückte, schob sie sie beiseite. »Diesmal nicht, Moon. Ich bin dran.«

Sie bezahlte, und wir gingen weiter. Doch nach wenigen Schritten wurden wir von den Zwillingen aus Stephen Kings *The Shining* angehalten. Die beiden trugen das gleiche Outfit. Das. Gleiche. Outfit. Mal ehrlich, wie viele erwachsene Frauen würden in den gleichen Klamotten auf die Straße gehen?

»Ach, sieh mal an, hallo Kennedy«, trällerte Kate in ihrem aufgesetzten Singsang. Ihr Blick glitt zu mir. »Jax.«

»Kate. Louise«, murmelte ich, nicht im Geringsten an der Unterhaltung interessiert, die sich nun anbahnte.

»Habt ihr euch eine kleine Leckerei gegönnt?«, fragte Louise und betrachtete die Eishörnchen in unseren Händen. »Das sieht wirklich köstlich aus. Vielleicht sollte ich mir selbst mal eine Kugel gönnen, sobald ich die Keto-Diät hinter mir habe. Sieht es nicht köstlich aus, Kate?«

»Eher wie eine Kohlenhydrat-Bombe, wenn du mich fragst«, antwortete ihre Schwester. Dann wandte sie sich an Kennedy. »Ich will ja nicht neugierig erscheinen, aber in der Stadt wird ganz schön über euch beide geredet.«

»Ach?« Kennedy zog eine Augenbraue hoch. »Tatsächlich?«

»Nun, ja. Ihr seid das Hauptthema der Stadt. Fast schon prominent, würde ich sagen.« Sie kicherte. Wieso kicherte sie? »Also, ich will mich ja nicht einmischen. Louise und ich sind stolz darauf, sagen zu können, dass wir uns generell aus den Angelegenheiten anderer Leute heraushalten. Aber ist es wahr?«

»Ist was wahr?«, fragte Kennedy.

Louise stupste sie verschwörerisch gegen den Arm. »Du weißt schon – dass ihr beide ein Paar seid? Oder ist es bloß eine kleine Bettgeschichte? Seid ihr vielleicht so was wie Bettgenossen? Oder wie sagt man so schön? *Freunde mit besonderen Vorzügen?* Ich weiß, dass er Ihren Garten anlegt, vielleicht seid ihr euch da im Laufe der Zeit ein wenig nähergekommen. Ich will nicht neugierig sein, aber ich würde ja zu gern wissen, ob ihr beide …«

»Wuff!«

Mit weit aufgerissenen Augen sah ich Kennedy an, die ihrerseits die Zwillinge mit großen Augen ansah. Und bellte. Wie krass war das denn? Kennedy Lost bellte die Zwillinge an, und diese Szene wurde offiziell zum Höhepunkt meines Lebens.

Niemals würde ich Kates und Louises Gesichtsausdruck vergessen.

Kennedy bellte weiter, und die beiden wichen langsam und irritiert zurück.

Und so tat ich das Einzige, was mir einfiel.

Ich bellte mit.

Die beiden wuselten davon wie die Kakerlaken, die sie waren, und ich war mir sicher, dass unser Gebell Thema der nächsten Stadtversammlung sein würde. Und aus irgendeinem Grund gefiel mir das.

»Ich hätte dich schon vor Jahren hier gebraucht«, scherzte ich.

»Ich habe nicht vor, in nächster Zeit fortzugehen. Vielleicht sollte ich also noch an meinem Knurren arbeiten.« Endlich hatte Kennedy Gelegenheit, ihr Eis zu probieren, das ihr bereits über die Finger lief. Sie erstarrte und riss die Augen auf. »Verdammt, Jax! Das schmeckt wie alles Gute auf dieser Welt zusammen.«

»Ich hab's dir gesagt.«

»Nein, ich meine es ernst. Es ist besser als Sex.«

Ich sah sie aus schmalen Augen an. »Dann hattest du mit den falschen Männern Sex.«

Sie kicherte, und ihre Wangen röteten sich ein wenig. »Wer weiß. Ich will damit nur sagen: Du hattest recht.«

Ich zog eine Augenbraue hoch. »Moment. Sag das noch mal. Es klingt einfach zu gut.«

»Ich werde so etwas nie wieder sagen. Du solltest es also gut in Erinnerung behalten.«

Ich stieß sie in die Seite. »Sag es noch einmal.«

»Nein.« Sie kicherte und versuchte mir auszuweichen. »Niemals.« Ich fing an, sie zu kitzeln, und sie quiekte auf. »Lass das!«

»Nur, wenn du es noch einmal sagst.«

»Niemals«, leierte sie, weil ich sie schon wieder kitzelte, und zwar so lange, bis sie sich geschlagen gab. »Okay, okay, du hattest recht!«, rief sie und warf ergeben die Hände in die Luft. Und als ihre Hand noch oben flog, tat ihr Eishörnchen das Gleiche. Sie ließ es los, und wie ein jeder weiß, kommt alles, was nach oben fliegt, irgendwann auch wieder runter.

Direkt auf meinen Kopf.

Kennedy wich mit knallrotem Gesicht zurück, weil sie sich so sehr anstrengen musste, nicht zu lachen, während Schlumpfeis über meine Haut lief und meinen Kopf in blaue Pampe tauchte.

Sie stemmte die Hände in die Hüften und fing an zu lachen. »Wenn das nicht die beste Variante von Instant Karma ist, dann weiß ich auch nicht.« Dabei strich sie mit dem Finger über meine Wange und leckte ihn ab.

Wenn sie nicht so verdammt süß und sexy ausgesehen hätte, als sie ihren Finger ableckte, wäre ich vielleicht wütend gewesen, aber ich konnte es nicht. Ich konnte nichts tun, als wie ein Idiot zu lächeln.

»Du denkst wohl, du bist witzig, hm?« Ich grinste und schüttelte den Kopf, wobei das Eishörnchen von meinem Kopf rutschte.

»Ich bin eine echte Komikerin. Aber es ist schon witzig. Wusstest du, dass das Zeug auf Englisch Blue Moon heißt? Also hat Moon gerade Blue Moon auf dem Kopf. Ihr beide gehört definitiv zusammen. Es muss Schick… – Jax!«, kreischte sie, als ich ihr mein Eis auf den Kopf setzte. Eine Sekunde lang hatte ich Angst, dass sie wütend sein könnte, doch als ich sah, wie ihre Mundwinkel sich noch weiter nach oben zogen und ihr Lachen noch lauter wurde, schlug mein Herz schneller und schneller.

Ich fing an, mit ihr zu lachen, bis mir der Bauch wehtat. Und was es noch witziger machte, waren die Blicke der Leute um uns herum. Als wir uns wieder ein wenig gefangen hatten, sah Kennedy mich mit einem breiten Lächeln an, stemmte die Hände in die Hüften und stellte sich in Pose.

»Wie sehe ich aus?«

»Süß«, antwortete ich, trat vor und strich mit dem Finger über ihre Lippen, auf die blaues Eis tropfte. Ich tat es, ohne nachzudenken. Mein Körper näherte sich ihrem wie magnetisch angezogen. Ich konnte gar nicht anders. Mein Blick hing an ihrem Mund, als sie langsam ihre Zunge über die Unterlippe gleiten ließ und das Eis ableckte, das über ihre Haut rann.

Ich wollte es ebenfalls schmecken, wollte in der Süße ihrer Lippen schwelgen.

Plötzlich war ich ihr noch näher, und Kennedys eisverschmierte Hände lagen auf meiner Brust, auf meinem kaputten Herzen. Ihr Blick ruhte auf mir, und ich fragte mich, ob sie es ebenfalls spürte – das wilde Hämmern in meiner Brust.

»Jax …«

»Ja?«

»Denkst du …«

»Ja. Und denkst du …«

»Mhm.«

Im nächsten Moment lagen ihre Lippen auf meinen, und ich küsste sie voller Leidenschaft, als hätte ich all die Jahre nur darauf gewartet, ihren Mund erneut zu schmecken. Sie zog mich an meinem T-Shirt noch näher an sich heran. Alles um uns herum wurde still, während ich mich in ihrem Kuss, in ihren Lippen, ihrer Zunge, ihren Herzschlägen verlor.

Sie war so unfassbar süß. Ich fühlte mich, als würde ich fliegen, auch wenn meine Füße auf dem Boden blieben.

Es war ein Kuss wie im Himmel erschaffen, und ich war dankbar dafür, trotz meiner Sünden. Ich brauchte Kennedy Lost wieder in meinem Leben. Sie musste mich nach so vielen Jahren wiederfinden. Nachdem ich so lange gar nichts gefühlt hatte, waren diese Gefühle einem Teil von mir ein wenig peinlich. Vielleicht war das alles nur ein Traum, vielleicht hatte ich bloß den Verstand verloren und mich in einer hoffnungslosen Fantasie verloren. Doch das war mir egal. Es war mir egal, ob es echt war oder nicht; ich wusste nur, dass sie mir zum ersten Mal im Leben das Gefühl gab, lebendig zu sein. Ich küsste sie, als würde uns die Zeit davonlaufen, küsste sie für unsere Vergangenheit, und für die Zukunft. Und dann küsste ich sie noch einmal.

Wenn sie nur ein Traum war, dann wollte ich nie wieder aufwachen.

Als wir an diesem Abend zu ihrem Haus zurückkehrten, bot sie mir an, mit hineinzukommen und mir das Eis abzuwaschen. Wir zogen unsere Schuhe aus, und sie führte mich ins Badezimmer, wo sie die Dusche aufdrehte und sich auszog, bis sie nur noch ihren Slip und BH trug. Während ich zusah, wie sie unter die Dusche stieg, fühlte ich mich einen Moment lang, als wäre ich wieder in meinem Schneetraum.

»Ich habe mir gedacht, das ist die beste Möglichkeit, das klebrige Zeug wieder von der Haut zu bekommen«, sagte sie, und mein Schwanz zuckte bei ihrem Anblick.

Ja. Jeden Augenblick würde es anfangen zu schneien.

Sie winkte mich zu sich, und ich zog mich misstrauisch ebenfalls bis auf die Boxershorts aus. Das Wasser lief über uns, und ich konnte den Blick einfach nicht von ihr abwenden. Sie war einfach wunderschön. Die nasse Wäsche klebte ihr an der Haut, und ich wollte sie ihr vom Leib reißen, doch ich hielt mich zurück.

Allein in ihrer Nähe zu sein, fühlte sich an wie ein Geschenk, das ich nicht verdient hatte.

»Hände«, befahl sie.

Ich hielt ihr meine Hände hin. Sie gab ein wenig Shampoo in meine Handflächen, und dann auch in ihre, und wir begannen, uns gegenseitig die Haare zu waschen. Während das süße blaue Eis über unsere Haut lief, wollte ich nichts mehr, als sie gegen die Wand zu drücken und tief in sie hineingleiten, sodass sie nicht anders konnte, als meinen Namen zu schreien.

Doch ich hielt still und überließ ihr die Führung.

Als wir uns das Shampoo aus den Haaren gespült hatten, legte sie den Kopf in den Nacken und sah mich an. Ihre vollen Lippen waren rosig, und ihre Wangenknochen hoch, als sie mich anlächelte.

»Basorexie?«, flüsterte sie.

»Basorexie«, antwortete ich.

Unsere Lippen fanden sich und blieben den Rest der Nacht beieinander.

23

JAX

»Du bist glücklich«, sagte Joy, als wir mit unserem Morgenkaffee auf ihrer Veranda saßen. Mich erwartete ein anstrengender Tag mit zahlreichen Aufträgen überall in der Stadt, daher war ich dankbar für die paar Minuten, um gemeinsam mit ihr in den Tag zu starten.

Und ich war auch dankbar, dass ich am Morgen neben Kennedy hatte aufwachen dürfen. Wir hatten keinen Sex gehabt, aber wir waren noch lange wach geblieben, hatten geredet und uns geküsst und noch ein wenig mehr geküsst. Als sie schließlich in meinen Armen eingeschlafen war, wusste ich, dass ich sie nie wieder gehen lassen würde.

Ich lächelte Joy zu und nickte. »Ja, das bin ich.« Ihre Augen wurden feucht, und ich lachte. »Nicht weinen, Joy.«

»Das sind Freudentränen, Sweetheart«, sagte sie und tätschelte meine Hand. »Bloß Freudentränen. Weißt du, du bist für mich wie der Enkel, der mir nie vergönnt war, und ich wünsche mir einfach nur, dass du glücklich bist.«

»Danke, Joy, dass du immer für mich da bist.«

»Das ist es, wozu eine Familie gut ist, Liebling. Wir halten zusammen, an den guten und an den schlechten Tagen.«

Auch wenn wir nicht miteinander verwandt waren, hatte Joy in den vergangenen Jahren den größten Teil meiner Familie ausgemacht. Nachdem Derek fortgezogen war, hatte ich mich sehr einsam gefühlt. Ohne sie wäre ich nie dort hingekommen, wo ich jetzt war, und ich würde ihr niemals genug für die Liebe danken können, die sie mir immer geschenkt hatte, auch wenn ich keine Ahnung hatte, wie ich mich selbst lieben sollte.

Ich sah auf die Kaffeetasse in meinen Händen. »Manchmal denke ich, dieses gute Gefühl gehört mir gar nicht ... als ob das Universum es nur zufällig bei mir abgeladen hat und wieder wegnehmen wird, sobald ihm auffällt, dass ich es gar nicht verdient habe.«

»Wenn es auf dieser Welt einen Menschen gibt, der dieses gute Gefühl verdient, dann du, Jax. Verdirb es nicht, indem du dir ausmalst, was alles schieflaufen könnte. Wasch es nicht fort, indem du über die Zukunft nachgrübelst. Sei jetzt hier, in diesem Moment, denn das ist alles, was wir haben. Hör auf eine alte Frau – das Glück ist dort, wo du es sein lässt.«

Die Sonne schien auf uns herab, und ich lachte leise und schüttelte den Kopf. »Ist es verrückt, wenn ich glaube, dass ich dabei bin, mich in sie zu verlieben?«

»Das Beste, was wir im Leben tun können, ist mutig zu sein und zu lieben. Verlieb dich in sie und hör nie wieder damit auf – solange du nur weiter vorbeikommst, um den *Bachelor* mit mir zu gucken. Ansonsten wäre deine Liebe zu Kennedy eindeutig übertrieben.«

Ich lachte, bis ich ihr ernstes Gesicht sah. Die Dolche, die ihre Blicke aussandten, reichten aus, um mir eine Höllenangst zu machen.

Ich war fest entschlossen, den Rest ihres Lebens niemals eine Folge *Bachelor* mit ihr zu verpassen. Zumal es schon Tradition war. In meinem Leben gab es nicht viele Traditionen, und deshalb würde ich an den wenigen festhalten, die es gab.

Seit ich Connor abgeholt hatte, grinste er von einem Ohr zum anderen und sah mich an, als hätte ich eine Goldmedaille gewonnen.

»Warum siehst du mich so an?«, fragte ich.

»Du hast es getan, hab ich recht?«, fragte er, als wir vor Garys Café anhielten, wo wir an diesem Tag unseren ersten Auftrag hatten. »Du hast deinen Limettensaft in ihre Kokosnuss gespritzt, nicht wahr?!«, rief er und zeigte mit dem Finger auf mich.

»Wovon zur Hölle redest du?«, knurrte ich und schüttelte den Kopf.

»Ich rede davon, dass ihr beide es miteinander getrieben habt! Dein Gesicht sagt alles.«

Ich zog eine Augenbraue hoch. »Du kannst an meinem Gesicht erkennen, ob ich mit jemandem geschlafen habe? Das hört sich ziemlich abgedreht an.«

»Für die meisten Leute mag es so klingen, aber ich bin darauf trainiert, das Gesicht von Jax Kilter zu lesen – und das ist ein glückliches Gesicht! Und du hast auch nichts gesagt, als ich den Top-Forty-Sender im Radio eingestellt habe. Du hasst Popmusik, aber ich schwöre, bei Taylor Swift hast du sogar mitgesummt.«

»Die Melodie war nicht schlecht.«

»Heiliges Ofenrohr, du hast gerade gesagt, dass Taylor Swift nicht schlecht ist! Das ist das Ende der Welt, wie ich sie kenne. Also los, erzähl, wie war es?«

»Ich werde dir gar nichts erzählen, weil es nichts zu erzählen gibt«, antwortete ich, während ich den Motor abstellte und aus dem Wagen stieg. Ich ging nach hinten und holte meinen Werkzeugkasten von der Ladefläche.

Connor lief zu mir und hielt mir sein Handy unter die Nase. »Und was ist das hier?«

Ich warf einen Blick auf das Bild und riss ihm das Handy aus der Hand. »Wo hast du das her?«, wollte ich wissen, während ich auf das Foto von Kennedy und mir starrte, wie wir uns mitten auf der Straße küssten. Was für billige Paparazzi lebten hier eigentlich?

»Das Foto geht seit gestern Abend in der Stadt rum. Und du sagst, es wäre nichts passiert.«

»Es ist auch nichts passiert«, wiederholte ich. Connor sah mich mit einem Erzähl-keinen-Scheiß-Grinsen an, und ich verdrehte die Augen. »Jedenfalls nichts, das ich mit dir teilen würde.«

»Wow, das war hart. Ich erzähle dir alles, Buddy.«

»Ja, und manchmal wünsche ich mir, du würdest es nicht tun.«

»Ach hör auf. Du liebst meine Geschichten. Also, erzähl. War es so, wie du dir dein erstes Mal vorgestellt hast?«, stichelte er, und ich wollte ihm schon sagen, er sollte die Klappe halten – nur dass ich einfach nicht aufhören konnte, wie ein Vollidiot zu grinsen. Connor griff auch das sofort auf. »Oh, mein Gott, ich bin so stolz auf dich, mein Junge. Ich erinnere mich noch an mein erstes Mal, als wäre es gestern gewesen.«

»Vermutlich, weil es erst gestern war. Übrigens haben wir nicht miteinander geschlafen. Wir haben uns nur … geküsst.«

Er blieb stehen und sah mich verwirrt an. »Moment. Auszeit. Du grinst wie ein Irrer, bloß weil du ein Mädchen geküsst hast?«

Ich zuckte mit den Schultern. »Ja.«

Er schüttelte enttäuscht den Kopf. »Da hatte ich aber mehr von dir erwartet, Jax. Komm wieder, wenn du ein echter Mann geworden bist.«

»Hey, Connor?«

»Ja?«
»Halt die Klappe.«
»Okay, Boss.«

Der Tag verging nur langsam, aber unsere Arbeiten stellten uns vor keine größeren Probleme, und das war gut so. Nichts konnte einem den Tag so effektiv versauen wie Rohre voller Scheiße. Nachdem ich Connor zu Hause abgesetzt hatte, fuhr ich zum Pflegeheim, um nach meinem Dad zu sehen. Ehrlich gesagt, freute ich mich nicht besonders darauf, Amanda über den Weg zu laufen, denn wenn Connor ein Foto von Kennedy und mir beim Küssen hatte, dann hatte es garantiert auch den Weg zu ihr gefunden.

Der Blick, mit dem Amanda mich empfing, als ich durch die Eingangstür trat, bestätigte meine Annahme.

»Nur eine Freundin, hm?«, bemerkte sie höhnisch und verdrehte die Augen, während sie in einer Zeitschrift blätterte. Ich trat an den Tresen, denn obwohl ich nicht das Gefühl hatte, dass ich ihr eine Erklärung schuldete, wusste ich, dass sie es verdiente. Während unserer Beziehung war Amanda nie gehässig oder gemein gewesen. Wir kamen einfach nur aus völlig verschiedenen Umständen. Wir glaubten an unterschiedliche Dinge. Wenn sie über Kinder sprach, redete sie davon, wie sie sie zu Ärzten, Sportlern, Politikern erziehen würde.

Aber das entsprach nicht meinen Vorstellungen.

Ich wollte ein Kind, das glücklich war und alles sein konnte, was er oder sie sein wollte.

Hinzu kam, dass mir die Leidenschaft zwischen Amanda und mir gefehlt hatte. Ich hatte mich nicht darauf gefreut, sie zu sehen, hatte nicht das Gefühl gehabt, dass sie der Mensch war, mit dem ich den Rest meines Lebens verbringen wollte. Ich hatte mit ihr keine Zukunft gesehen.

Sie verdiente einen Mann, der sie ansah, als wäre sie der hellste Stern am Himmel – leider war ich dieser Mann nicht.

»Es tut mir leid, wenn das mit mir und Kennedy dich verletzt, Amanda. Du weißt, dass ich dir nicht wehtun möchte.«

Ihr Gesichtsausdruck blieb der gleiche. »Ja, nun, trotzdem tut es mir weh.«

Ich verzog das Gesicht und fuhr mir mit der Hand durch die Haare. »Hör zu, sei lieber froh, dass du mich los bist. Ich bin ein Arschloch. Ohne mich bist du besser dran.«

»Das weiß ich, Jax. Ich bin ja nicht blöd. Es ist nur …« Ihre Stimme erstarb, und sie senkte den Kopf. »Mit mir hast du das nie gemacht.«

»Was?«

»Gelacht. Wir haben nie zusammen gelacht.«

»Natürlich haben wir das«, erwiderte ich. Es konnte unmöglich sein, dass wir nie gelacht hatten. Wir waren fast zwei Jahre lang zusammen gewesen – da mussten wir doch auch mal gelacht haben.

»Nein, haben wir nicht. Und du hast mich auch garantiert nie so angesehen, wie du sie ansiehst. Tut mir leid, dass ich dir eine Ohrfeige gegeben habe, okay? Es war nur … es war das, was ich haben wollte. Du hast ihr das gegeben, was ich so gerne wollte.«

»Du wirst es bekommen, Amanda. Irgendwo da draußen gibt es jemanden, der dir alles geben wird, was du verdienst, und noch mehr. Du verdienst mehr, als ich dir gegeben habe.«

»Da hast du verdammt recht.« Sie lachte leise. »Na, jedenfalls wünsche ich dir viel Glück.«

Ich dankte ihr und ging zu meinem Dad. Seit einigen Tagen lag er immer bereits im Bett, wenn ich kam. Es war kein guter Besuch, er nuschelte die ganze Zeit vor sich hin, wie beschissen sein Sohn war.

»Bschssn«, sagte er. »Jax bschssn.« Wieder und wieder. Ich gab mir alle Mühe, es zu ignorieren, doch als es mir schließlich zu viel wurde, ging ich hinaus auf den Flur, zog mir einen Stuhl vor seine Tür und wartete darauf, dass er einschlief, um ihm dann vorzulesen. Amanda sah mich dort sitzen und runzelte die Stirn, aber ich war froh, dass sie nicht herkam. Ich wollte nicht, dass sie mich zu trösten versuchte. Vielmehr wünschte ich, Kennedy säße neben mir und gäbe mir einen elektrischen Schock.

Als Dad schlief, ging ich wieder ins Zimmer. Er wirkte mit jedem Tag schwächer, und ich wusste, dass es mit ihm bergab ging. Ich tat mein Bestes, nicht daran zu denken, während ich ihm die Kapitel für diesen Abend vorlas. Allmählich näherte ich mich dem Ende der Geschichte, daher verlangsamte ich das Tempo.

Schon seltsam. Ich konnte einen wunderschönen Tag gehabt haben, aber wenn ich das Pflegeheim verließ, fühlte ich mich jedes Mal vollkommen leer und erschöpft. Normalerweise wäre ich jetzt nach Hause gefahren oder in den Wald gegangen. Früher hatte ich nie allein sein wollen, aber ich hatte das Gefühl gehabt, dass es so sein musste. In letzter Zeit jedoch verspürte ich das innere Ziehen der Einsamkeit nicht mehr, und wenn ich schon allein war, dann wollte ich mit Kennedy allein sein.

Ich stellte den Wagen in ihrer Einfahrt ab und klingelte an der Tür. Als sie öffnete, trug sie bereits ihren Schlafanzug und war so wunderschön wie immer.

»Hey.« Sie lächelte. »Wie war es bei deinem Dad?«

Ich zuckte mit den Schultern. »Eigentlich möchte ich gar nicht darüber reden. Ich hatte bloß gehofft, eine Weile hier bei dir sein zu können, weil ich heute Abend nicht allein sein wollte. Der Zustand meines Dads macht mir ein wenig zu schaffen, deshalb dachte ich, vielleicht kann ich einfach ein bisschen hierbleiben.«

»Natürlich, Jax. Du musst nicht fragen.«

Noch bevor ich ins Haus treten konnte, war sie schon herausgekommen und hatte mich in den Arm genommen, und zum ersten Mal in meinem Leben spürte ich, dass Zuhause kein Ort war, sondern ein Mensch. Als ich mich an diesem Abend verloren gefühlt hatte, war ich zu Kennedy davongelaufen, und was für ein Glück, sie hatte mich reingelassen.

24

JAX

Dreizehn Jahre alt

Ich wünschte, Mom wäre nicht bei der Arbeit.

Ich wünschte, Derek wäre nicht beim Football.

Ich wünschte, ich wäre nicht mit Dad allein zu Hause. Ich hasste es, mit Dad allein zu sein.

»Hör verdammt noch mal endlich auf zu zittern. Du wirst das Vieh noch verjagen«, sagte Dad hinter mir. Er hielt meine Hände am Gewehr fest, damit sie ruhig wurden. Die Hirschkuh stand direkt vor mir, den Kopf gesenkt, und fraß irgendwas, vielleicht einen Zweig oder Gras?

Was fressen Hirsche? Früchte? Beeren? Fressen sie wie in einer Familie und bringen manchmal etwas zu fressen mit nach Hause? Oder kümmert sich jeder nur um sich selbst?

»Hör auf zu zittern«, zischte Dad an meinem Ohr. Seine harte Stimme riss mich aus meinen Gedanken. Die Hirschkuh sah hoch und zögerte einen Moment. Dann streckte sie den Hals und begann, an einem Zweig am Baum zu knabbern.

Zweige! Sie fressen Zweige!

»Sieh dir dieses hübsche Ding an, Jax. Das ist ein wirklich ordentlicher Weißwedelhirsch.«

Mein Herz hämmerte, denn das Tier war wirklich wunderschön – warum sollte ich es also töten? Was hatte es mir getan?

Nichts. Es sah nicht aus, als würde es jemals irgendjemandem etwas zuleide tun. Ich blickte zu meinem Dad hoch und sah, wie stolz er war. Ich konnte mich nicht daran erinnern, wann er zum letzten Mal in meiner Gegenwart stolz gewesen war, und ich wollte ihn nicht enttäuschen.

Dad sagte, echte Männer gingen auf die Jagd, und ich wollte ein echter Mann sein wie er. Derek war beim Football, und Mom hatte Spätschicht im Diner, und so waren Dad und ich allein draußen im Wald. Ich war mir nicht mal sicher, ob wir im Juni überhaupt jagen durften, aber Dad sagte, das hier sei sein Wald, also könne er tun und lassen, was er wollte.

Mein Blick wanderte wieder zu der Hirschkuh. Das Atmen fiel mir immer schwerer. Es fühlte sich an, als hätte jemand die Hand in meine Brust geschoben, mein Herz gepackt und mir versichert, er würde es erst wieder loslassen, wenn ich eine Entscheidung getroffen hatte.

Sei ein Mann oder sei ein Waschlappen.

Die Hirschkuh stand da und kaute vor sich hin, während ich ihr im Schatten der Büsche nachstellte.

»Ich will nicht«, flüsterte ich und fing wieder an zu zittern. Es war einfach nicht *fair.* Sie hatte nichts getan. Wir hatten genug zu essen im Haus. Wir brauchten sie nicht. Wir mussten nicht hungern. Ich war nicht hungrig. Ich war nicht hungrig … »Bitte nicht«, sagte ich leise, vielleicht zu mir selbst, vielleicht zu Gott.

»Nun komm schon. Derek hat letztes Jahr drei Stück ganz alleine erlegt. Wenn du es nicht machst, garantier ich dir, fährst du Ende der Woche nicht ins Feriencamp. Sei nicht so ein Waschlappen«, sagte Dad und drohte mir mit der einen Sache, von der er wusste, dass er mir damit wehtun konnte. Ich wollte unbedingt mit Kennedy ins Feriencamp. Ich hatte das ganze Jahr darauf gewartet.

Als die Hirschkuh den Kopf wieder senkte, um nach weiteren Zweigen zu suchen, senkte ich auch das Gewehr. Keine Ahnung, ob Dad es sehen konnte, aber direkt hinter ihr stand ein Kalb. Seine großen Augen waren weit aufgerissen, und es wirkte verängstigt. Meine Augen füllten sich mit Tränen. *Ich kann das nicht.*

»Verdammt, Jax«, sagte Dad, bevor er sich mit seinem Gewehr, das gut doppelt, wenn nicht dreimal so groß war wie meins, zu Boden gleiten ließ. Er zielte auf die Mutter. Ich spürte, wie mein Magen rebellierte und der widerliche Geschmack von Kotze in meine Kehle stieg. Ich schluckte verzweifelt und stand ganz still. Dabei verlor ich beinahe das Gleichgewicht, weil ich mich so sehr aufs Stehen konzentrierte. Mein Blick hing an dem Kalb, das mein Dad noch immer nicht zu sehen schien. Ich schüttelte den Kopf.

Ich kann nicht!

Ich kann das nicht zulassen! Ich kann die Kuh nicht sterben lassen!

Voller Panik fing ich an, mit den Armen zu wedeln und zu schreien: »Nein! Lauft weg! *Lauft!*« Meine Kehle war wund und rau. Die Hirschkuh blickte erschrocken auf. Ich sprang auf und ab und versuchte sie zum Weglaufen zu bewegen, aber es war zu spät. Dads Gewehr knallte, und die Kuh schaffte es nur wenige Schritte weit, bis sie zusammenbrach.

Mein Blick wanderte zu der Stelle, an der eben noch das Kalb gestanden hatte. Aber es war weg.

»Was zum Teufel?«, brüllte Dad. Er stand auf und schlug mir auf den Hinterkopf. »Pack dein Zeug zusammen und warte hier.« Ich hörte, wie er wütend vor sich hinmurmelte.

Er ging zu der Hirschkuh.

Der *toten* Hirschkuh.

Der Hirschkuh, die *Dad* getötet hatte.

Ich beugte mich vor und erbrach Frühstück und Mittagessen, und vermutlich auch noch die Reste vom letzten Abendessen. Ich hasste es. Ich hasste das Jagen. Ich hasste die Hirschkuh, weil sie so dumm gewesen und nicht schneller davongelaufen war. Ich hasste Derek, weil er besser war als ich. Ich hasste Mom, weil sie nicht da gewesen war, als Dad mich gezwungen hatte, mit ihm in den Wald zu gehen. Ich hasste Dad, weil er mich nicht einfach so mochte, wie ich war. Ich hasste mich selbst, weil ich ihn enttäuscht hatte.

Wahrscheinlich hasste ich mich selbst ein bisschen mehr als alles andere.

»Du hättest ihn nicht dazu zwingen sollen«, sagte Mom später, während ich oben auf dem Treppenabsatz hockte und das Geländer umklammerte. Sie und Dad liefen im Wohnzimmer auf und ab. Sie stritten jetzt schon seit einer Stunde über mich. Mom war nach Hause gekommen und hatte mich weinend im Bett gefunden. Sie hatte mich fest in ihre Arme geschlossen und mir versichert, dass alles gut werden würde.

»Er ist eine einzige Schande! Sein Bruder war viel jünger als Jax, als er seinen ersten Hirsch erlegt hat!«

»Aber er ist nicht Jax«, erwiderte sie. »Jax ist anders. Er ist viel sensibler.«

»Er ist ein Weichei.«

»Rede nicht so über meinen Sohn«, befahl sie, und ihre Stimme klang streng.

»Oh, jetzt ist er also *dein* Sohn?«, gab Dad zurück.

»Wenn du ihn so behandelst.« Moms Stimme brach. Sie verschränkte die Arme vor der Brust und starrte zu Boden. »Du weißt, wie ich das meine, Cole.«

»Nein, weiß ich nicht.« Er kniff sich mit Daumen und Zeigefinger in die Nasenwurzel. »Schon witzig. Derek ist nicht mal mein richtiger Sohn, trotzdem fühlt er sich eher so an wie mein eigenes verdammtes Kind.«

»Sag so etwas nicht. Außerdem ist es ein Unterschied. Derek ist viel älter als Jax. Der Vergleich ist nicht fair.«

Dad knurrte irgendetwas, das ich nicht verstand, und fuhr sich mit beiden Händen durch die Haare. »Wenn du ihn nicht noch mehr zur Memme machen willst, als er es ohnehin schon ist, überlass es von jetzt an mir, ihn zu einem ordentlichen Jungen zu erziehen. Er ist ein Baby, weil du ihn so behandelst, Elizabeth. Das ist alles deine Schuld.«

»Ich werde mir nicht anhören, wie du so über Jax sprichst, nur weil er sich nicht für die gleichen Dinge interessiert wie du.«

»Er hat ständig die Nase in irgendeinem Buch! Er heult beim Angeln, weil er Angst hat, dem verfluchten Fisch wehzutun! Ich meine, heilige Scheiße, er hat letzte Woche beim *König der Löwen* geflennt, weil Mufasa gestorben ist! Jungs heulen nicht beim *König der Löwen*. Er ist ein kleiner, feiger Schwächling, und du solltest froh sein, dass ich hier bin, um einen Mann aus ihm zu machen.«

»Er braucht niemanden, der aus ihm einen Mann macht. Er ist perfekt, so wie er ist.«

»Nein. Er ist schwach. *Du* machst ihn schwach. Du wirst es ja sehen – du wirst ja sehen, dass er nie etwas zustande bringen wird, weil du ihn verzärtelst. Du machst ihn kaputt.«

Sie stritten weiter, und ich fühlte mich schrecklich. Der Knoten in meinem Bauch wurde immer größer. Ich ging zurück in mein Zimmer und weinte noch ein bisschen in mein Kopfkissen.

»Hör auf zu heulen, du Loser«, schluchzte ich. »Sei einfach ein Mann.«

Mom und Dad stritten weiter über mich. Sie stritten nie

über Derek, vielleicht weil er Dad ähnlicher war, oder weil er gut im Sport war, oder weil er stark war.

Stark.

Ich wollte auch stark sein. Ich *musste* stark sein.

»Alles in Ordnung, mein Schatz?«, fragte Mom, als sie noch einmal in mein Zimmer schaute. Es war schon spät, aber ich konnte nicht einschlafen. Mein Herz und mein Kopf schmerzten zu sehr, um schlafen zu können.

»Er hasst mich«, flüsterte ich.

Mom kam zu mir und kroch zu mir ins Bett. Sie legte die Arme um mich und hielt mich ganz fest. »Dein Vater hasst dich nicht, Jax. Er ist nur …« Sie atmete tief durch. »Er ist bloß ganz anders erzogen worden. Er denkt, dass es ganz bestimmte Dinge gibt, die einen Mann ausmachen, aber das stimmt nicht.«

»Ich bin kein Mann.«

»Da hast du recht.« Sie beugte sich vor und gab mir einen Kuss auf die Nase. »Du bist ein toller Junge, der gerade erst anfängt, mehr über sich selbst zu erfahren, das ist alles.«

»Aber ich will stark sein, so wie Dad und Derek. Ich will besser sein als ich.«

»Stark? Jax Kilter, du bist der stärkste Junge, den ich kenne«, versicherte sie mir und rieb mit ihrer Nase über meine. »Und weißt du, was dich so stark macht?«

»Was?«

»Dein Herz. Deine Liebe zu den Tieren, und dein Wunsch, sie zu beschützen. Die Art, wie du ›Bitte‹ und ›Danke‹ sagst. Wie du anderen Menschen die Tür aufhältst. Wie du laut auflachst, wenn du etwas Lustiges gelesen hast, und dann die Stelle noch einmal laut vorliest, damit ich auch darüber lachen kann. Wie du deine Lieblingswitze mit mir teilst. Deine Liebe zu deiner Mama.« Sie lächelte. »Du bist der stärkste Junge, den ich kenne, und eines Tages wirst du der stärkste Mann sein. Nimm das, was dein Vater sagt, nicht zu ernst. Du bist nicht weniger ein Mann, weil du nicht so bist wie er oder wie dein Bruder.«

Ich wollte ihr glauben, aber es war nicht leicht.

»Weißt du eigentlich, dass du mein bester Freund bist, Jax?«, fragte sie.

Ich wusste es. Wahrscheinlich sagte sie es nur, weil sie es sagen musste, aber sie war auch meine beste Freundin.

Mom war meine *einzige* Freundin, abgesehen von Kennedy. Sie passte immer auf mich auf, und sie war immer für mich da, was auch kam.

»Ich hab dich lieb, Mom.«

»Ich hab dich auch lieb, Jax. Darf ich dich etwas fragen?«

»Sicher.«

»Was würdest du sagen, wenn du, Derek und ich uns eine eigene Wohnung suchen würden?«

Ich riss die Augen auf. »Ohne Dad?«

Sie runzelte die Stirn und nickte. Ihre Augen wurden feucht. »Ja. Ich denke, das würde uns guttun. Bald werde ich mein kleines Gartenbauunternehmen starten können, und du kannst meine rechte Hand sein und mir dabei helfen. Wir könnten neu anfangen, ohne euren Vater. Natürlich würde er nicht aus deinem Leben verschwinden, Jax, aber wir hätten unsere eigene Wohnung.«

»Du willst Cole verlassen?«

Ich blickte auf und sah Derek, mit vor Angst weit aufgerissenen Augen, in der Tür stehen.

Mom stand von meinem Bett auf und trat zu ihm. »Derek, es ist noch nichts entschieden, und …«

»Du kannst ihn nicht verlassen! Das kannst du nicht machen. Ich habe schon einmal einen Dad verloren, und du kannst mich nicht zwingen, es noch einmal zu tun. Ich gehe nicht mit. Ich bleibe bei Cole.«

»Beruhige dich, Derek. Es ist noch nichts …«

»Es ist *seinetwegen*, hab ich recht?«, fragte er und zeigte auf mich. »Weil er so ein Freak ist. Ich weiß, dass ihr euch deshalb immer streitet.«

»Derek!«, zischte Mom. »Wage es nicht, so über deinen Bruder zu reden!«

»Wieso nicht? Du weißt, dass es wahr ist. Du behandelst ihn, als wäre er kein Freak, aber das ist er. Cole hat recht – er ist eine kleine Schwuchtel.«

Mom packte Derek am Arm. Nicht hart, aber fest. »Du entschuldigst dich bei deinem Bruder. Sofort!«

»Wieso? Ich sage nur die Wahrheit.«

»Derek«, schalt sie, aber er ließ sich nicht beirren. Mom ließ seinen Arm los und deutete auf die Tür. »Geh in dein Zimmer, und glaube nicht, dass du diese Woche noch mal zum Footballtraining gehst. Du hast Hausarrest.«

»Was? Auf keinen Fall! Wir haben Freitag ein Spiel, und wenn ich nicht zum Training gehe, darf ich auch nicht spielen.« Er stöhnte auf, und sein Gesicht wurde rot vor Wut.

»Darüber hättest du nachdenken sollen, bevor du so über deinen Bruder geredet hast.«

»Verdammte Scheiße«, murmelte er und stampfte wütend davon.

»Zwei Wochen!«, rief Mom, kurz bevor Dereks Zimmertür zuknallte.

Mom seufzte und drückte sich mit Daumen und Zeigefinger den Nasenrücken.

»Er hat recht«, sagte ich. »Es ist alles nur wegen mir.«

Mom kam zu mir, beugte sich herunter, bis unsere Augen auf einer Höhe waren, und legte beide Hände an meine Wangen. »Jaxson Eli Kilter. Nichts von alldem – und ich meine *wirklich* nichts – hat irgendetwas mit dir zu tun. Dein Vater und dein Bruder irren sich. Du bist perfekt, so wie du bist. Und jetzt versuche zu schlafen.« Sie gab mir einen Kuss auf die Stirn und wickelte mich in meine Decke. Dann ging sie zur Tür und wollte das Licht ausschalten.

»Kannst du es anlassen?«, bat ich und kam mir albern vor, weil ich immer noch Angst im Dunkeln hatte.

»Nachtlicht«, sagte sie und zeigte auf die Wand. »Schon vergessen? Mit deinem Nachtlicht ist es niemals dunkel.«

Ich nickte langsam. »Aber könntest du die Tür offen lassen?«, fragte ich.

»Mach ich, mein Schatz«, versprach sie und schaltete das Licht aus.

Ich gab mir alle Mühe, mich daran zu erinnern, was Mom zu mir gesagt hatte, aber es war gar nicht so leicht. Dad hatte seit Tagen nicht mehr mit mir geredet, weil ich mich geweigert hatte, die Hirschkuh zu erschießen. Das Letzte, was er mich genannt hatte, bevor er aufgehört hatte, mit mir zu reden, war »Schwuchtel«.

Jedes Mal, wenn ich einen Raum betrat, ging Dad hinaus. Wenn ich ihn grüßte, blieb sein Mund geschlossen. Wenn ich irgendetwas machte, gab er mir das Gefühl, unsichtbar zu sein.

Unsichtbar.

Ich bin unsichtbar.

25

KENNEDY

Gegenwart

»Hast du Lust auf ein Abenteuer?« fragte Jax, als wir am Morgen zusammen im Bett lagen. Als er am Abend zuvor nach dem Besuch bei seinem Vater vor meiner Tür gestanden hatte, war er vollkommen kraftlos und durch den Wind gewesen. Er wollte nicht darüber reden, und ich hatte ihn nicht dazu gedrängt. Wir machten kein großes Gewese, und als wir ins Bett gingen, wirkte er ein wenig ruhiger. Ich war froh darüber, denn ich hätte alles getan, um seinem Kopf ein wenig Frieden zu schenken.

»Abenteuer ist immer gut«, sagte ich und drehte mich im Bett um. Wie waren wir so schnell an diesen Punkt gelangt? An einem Tag hatten wir noch vorsichtig begonnen, unsere alte Freundschaft wiederzuentdecken, und nun lag er hier ohne T-Shirt neben mir im Bett. Man konnte wohl sagen, dass unsere Freundschaft sich mit der Zeit weiterentwickelt hatte.

Diese Version von uns gefiel mir am besten – die erwachsene, perfekte Version unserer Geschichte.

»An was hast du denn gedacht?«, fragte ich.

»Ich habe gesehen, dass das geheime Zimmer in der Bücherei auf deiner Liste steht. Aber, damit wir uns nicht missverstehen, wir reden hier über eine Fantasiegeschichte. Ich bin mir zu neunundneunzig Prozent sicher, dass dieser Raum nicht existiert.«

»Wunderbar, dann besteht immer noch eine einprozentige Chance, dass es ihn gibt«, sagte ich und rieb mir die Hände.

»Dann mal los. Ich springe schnell unter die Dusche und gehe bei Joy Kaffee trinken. Connor und ich haben ein paar Aufträge abzuarbeiten, aber danach habe ich frei. Wenn du willst, könnten wir heute Nachmittag so gegen fünf zur Bücherei fahren.«

»Klingt gut.«

Bevor er ging, gab er mir noch einen Kuss, und die Schmetterlinge, die dabei in meinem Bauch aufflatterten, ließen mich beinahe nach hinten taumeln. Ich war bereit, den Rest des Tages auf einer Welle des Glücks zu surfen, als mein Handy klingelte und Penns Name auf dem Display aufleuchtete.

Er hatte mich kein einziges Mal angerufen, seit ich ausgezogen war, und abgesehen von den paar Textnachrichten, in denen er geschrieben hatte, dass er mich vermisste, kein einziges Wort an mich gerichtet. Jetzt rief er an, und ich hatte keine Ahnung, was ich tun sollte, also ließ ich den Anrufbeantworter angehen.

Als mein Handy erneut klingelte, zog sich mein Magen zu einem festen Knoten zusammen. Ich schluckte trocken und nahm den Anruf an. Vielleicht war irgendetwas passiert.

»Hallo?«

»Kennedy. Hi. Wie geht es dir?« Er wirkte total ruhig, was mich ein wenig misstrauisch machte, wenn man bedachte, wie er sich mir gegenüber sonst verhalten hatte.

»Wie es mir geht?«, fragte ich irritiert. »Was willst du, Penn?«

»Ich, ähm, ich nehme an, ich habe diesen Ton verdient, so wie ich die Dinge zwischen uns angegangen bin. Ich hätte das alles ein wenig besser handhaben können.«

Ich schnaubte. »Was du nicht sagst. Warum rufst du an?«

»Um dir zu sagen, dass du wieder nach Hause kommen sollst. Du bist jetzt seit Wochen weg, und ich könnte dich hier wirklich gut gebrauchen, Kennedy. Du fehlst mir. Die Leute fragen schon nach dir. Allen ist aufgefallen, dass du nicht da bist.«

»Ist das nicht das, was du wolltest? Du wolltest doch, dass ich aufhöre, dir vor allen Leuten Szenen zu machen.«

»Du hast getrauert … das verstehe ich. Ich meine, verdammt, ich trauere doch auch, und ich habe mich nicht richtig verhalten. Ich spiele mit dem Gedanken, eine Therapie zu machen, um an meinen Wutausbrüchen zu arbeiten … um unsere Ehe zu retten.«

»Wir haben keine Ehe mehr, Penn. Du hast mich aus dem Haus geschmissen. Du hast Geld nach mir geworfen, als wäre ich eine Hure. Du hast gesagt, du wünschtest, ich hätte unsere Tochter damals abgetrieben. Ich will nie wieder etwas mit dir zu tun haben.«

»Baby«, sagte er und schniefte. *Weint er etwa? Nicht wirklich, oder?* Ich hatte Penn seit dem Unfall nicht eine einzige Träne vergießen sehen. »Ich brauche dich. Erinnerst du dich an das Dinner, bei dem wir an dem Abend waren, bevor alles aus den Fugen geriet? Erinnerst du dich an die ältere Dame dort? Laura Smith?«

Die Frau, die angedeutet hatte, dass ich Penn verlassen sollte? Ja, ich erinnerte mich an sie. »Was ist mit ihr?«

»Nun, sie spielt mit dem Gedanken, ein großes Objekt zu erwerben – und damit meine ich riesig, Kennedy. Die Provision würde unser Leben für immer verändern.«

»Du meinst *dein* Leben, Penn. Es würde *dein* Leben verändern.«

Er schwieg einen Moment. »Ja, ich meine … es ist eine unglaubliche Gelegenheit.«

Hatte er nur angerufen, um zu protzen? Um mir zu erzählen, wie großartig die Dinge für ihn liefen? Denn ich war nicht daran interessiert, mir das anzuhören, ganz sicher nicht.

»Schön für dich. Hör zu, wenn du mir sonst nichts zu sagen hast …«

»Sie weigert sich, mit mir zusammenzuarbeiten, wenn du nicht dabei bist«, unterbrach er mich.

»Was?«

»Sie sagt, sie ist nur bereit, über mich ein Haus zu kaufen, wenn du mit ihr essen gehst.«

Ich lachte laut auf. »Soll das ein Witz sein?«

»Nein. Das ist ihre Bedingung. Ich habe keine Ahnung, warum sie sich ausgerechnet mit dir treffen will. Du hast mit nichts, was sie gebrauchen könnte, irgendwas zu tun.«

Und da war es.

Eine von Penns subtilen Beleidigungen, zu denen er später sagen würde, dass ich zu empfindlich sei, wenn ich mich von ihnen getroffen fühlte.

»Leb wohl, Penn.«

»Warte, Kennedy, verdammt …«, stöhnte er ins Telefon. »Warum musst du immer so schwierig sein? Ich habe mich dir gegenüber wie ein Heiliger verhalten, seit du mein kleines Mädchen umgebracht hast, und so vergütest du es mir? Das ist …«

Ich legte auf.

Seine Worte ließen eisige Schauer über meinen Rücken laufen. Das Telefon glitt mir aus der Hand und fiel zu Boden.

Du hast mein kleines Mädchen umgebracht.

Das Messer stieß tief in meine Seele und drehte sich in der Wunde um und um. Er hatte nicht angerufen, weil er mich vermisste. Er hatte angerufen, weil er mich brauchte. Er hatte angerufen, weil ihm ohne mich viel Geld durch die Lappen gehen würde. Es hatte nichts mit Liebe zu tun. Er wollte nicht wirklich, dass ich zu ihm zurückkehrte. Er wollte mich benutzen und dann wie eine alte Puppe entsorgen.

Und ein naiver Teil von mir hätte ihm beinahe geglaubt. Therapie? Aber sicher doch. Als ich ihm nach dem Unfall erzählt hatte, dass ich darüber nachdachte, eine Therapie zu machen, hatte er mir erklärt, das sei Zeitverschwendung. Er hatte gesagt, Therapeuten seien nichts als Schwindler, die den Leuten bloß das Geld aus der Tasche zogen. Und jetzt wollte er selbst eine Therapie machen? Um seine Probleme in den Griff zu bekommen?

Worte – das war alles, was er mir gab. Leere, bedeutungslose Worte, um mich in sein zerstörerisches Netz zurück zu locken. Ich war es so leid. Ich war es leid, mich von ihm niedermachen und mir von ihm wehtun zu lassen.

Ich war mir sicher, dass Lauras Bemerkung Penn gegenüber absolut berechnend gewesen war. Sie wusste, dass ich fort war und er somit keine Chance hatte, an ihr Geld zu kommen. Der Gedanke fühlte sich an wie ein kleiner Girl-Power-Moment, und ich wünschte, ich hätte sie dafür in den Arm nehmen und drücken können.

Mein Handy klingelte erneut, und wieder leuchtete Penns Name auf dem Bildschirm auf.

Ich nahm es und lehnte den Anruf ab.

Ich hatte diesem Mann, der mich in den schlimmsten Tagen meines Lebens erniedrigt hatte, nichts mehr zu sagen. Laura hatte recht – so sollte kein Mann seine Frau behandeln.

Ich würde nie wieder zulassen, dass ein Mann mich so behandelte.

»Du fehlst mir, und ich will nach Hause«, sagte Yoana Sekunden, nachdem sie meinen Anruf angenommen hatte. Es war ein paar Tage her, seit wir das letzte Mal miteinander gesprochen hatten, denn sie und Nathan waren gerade in Südamerika wandern und hatten nur selten Handyempfang. Ich brachte sie rasch über mein Leben in Havenbarrow, die magische Wirkung von Schlumpfeis und jedes Detail über Jax Kilter sowie mein Telefonat mit Penn auf den neusten Stand.

»Du fehlst mir auch, aber in einem Monat oder so bist du ja wieder hier, und dann richten wir uns in unserer neuen Normalität ganz neu ein.«

»Mit deinem neuen festen Freund Schrägstrich altem besten Freund«, gurrte sie, und ich musste lachen.

»Wir sind nicht zusammen. Er ist bloß ein guter Freund, mehr nicht«, sagte ich und klang genau wie damals, wenn Yoana mich mit meiner besonderen Beziehung zu Jax aufgezogen hatte. »Außerdem bin ich vor dem Gesetz immer noch mit Penn verheiratet.«

»Ach, vergiss das Arschloch. Ich kann einfach nicht glauben, dass er versucht hat, dich wieder in sein Leben zu zerren, bloß um ein Haus zu verkaufen. Und ich bin mir sicher, dass er dich, sobald das Geld auf seinem Konto gewesen wäre, wieder auf die Straße gesetzt hätte. Er ist ein Loser und hat dich nicht verdient. Aber dieser Jax klingt gut. Lass uns ein bisschen mehr über ihn reden.«

Schon bei dem Gedanken an Jax begannen meine Wangen zu glühen. Er war so sanft, so gütig zu mir. Er hörte mir zu, wenn ich über meine Träume und Hoffnungen sprach, und er ließ mich von Daisy erzählen. Und wenn ich weinen musste, dann sagte er nicht, dass ich zu emotional sei. Ihm war nie irgendwas an mir zu viel.

Er hörte zu und tröstete mich und wischte mir die Tränen von den Wangen.

Penn hatte schon vor Daisys Tod meine Gefühle untergraben. Jax dagegen erlaubte ihnen, sich zu entfalten, und schien niemals von ihnen überwältigt zu sein. Und das befreite auch mich. Wenn jemand dir erlaubt, der Mensch zu sein, der du bist, dann verdient er deine ganze Liebe.

»Er ist wirklich wundervoll, Yoana. Als er jünger war, hat er selbst einiges durchgemacht, und es fühlt sich gut an, mit jemandem zu sprechen, der weiß, wie es sich anfühlt, die Schuld an einem Unfall zu tragen.«

Sie schwieg einen Moment, und ich wusste, dass sie etwas Wichtiges dachte.

»Was?«, fragte ich.

»Nichts.«

»Yoana, ich kenne dich so gut wie du mich – in- und auswendig. Also, was ist los?«

»Ich will nur sichergehen, dass Jax innerlich gefestigt ist. Ich möchte nicht, dass du dich in jemanden verliebst, der innerlich auch nicht gefestigt ist.«

Innerlich nicht gefestigt.

Sie hielt mich für innerlich instabil. Ich wusste nicht, was ich dazu sagen sollte.

»Denkst du wirklich, dass ich innerlich nicht gefestigt bin?«, fragte ich schließlich mit bebender Stimme.

»Nein, nein! Nicht in diesem Sinne, Kennedy. Ich meine damit bloß, dass du ziemlich viel durchgemacht hast, und ich möchte nicht, dass du jetzt das Gefühl hast, du musst dir jemanden suchen, der ebenfalls eine Last mit sich herumträgt.« Je länger sie redete, desto unwohler fühlte ich mich. Sie seufzte. »Ich kann es einfach nicht so ausdrücken, dass es richtig klingt.«

»Nein, schon gut. Es ist bloß seltsam, weil du vor ein paar Sekunden noch gegurrt hast, dass Jax mein neuer Freund wäre und so.«

»Da wusste ich auch noch nicht, dass er selbst ein Trauma

erlebt hat. Hör zu, ich möchte doch nur, dass du glücklich bist. Wenn jemand das verdient hat, dann du. Ich denke halt bloß wie eine große Schwester, das ist alles. Es ist schließlich meine Aufgabe, dich zu beschützen, und ich will damit nur sagen, dass du gut auf dein Herz aufpassen sollst. Es hat so viel durchgemacht, und ich möchte nicht, dass es noch mal verletzt wird.«

Wie bei meinem Telefonat mit Penn blieb in meinem Mund ein unangenehmer Geschmack zurück. Nach all den Kämpfen und der Anstrengung hatte ich endlich wieder Fuß gefasst, und jetzt sagte meine Schwester mir, ich sollte meinem Glück nicht zu schnell entgegenlaufen.

Das hatte ich nicht hören wollen.

»Ich verstehe, was du sagen willst, Yoana. Ich denke, ich werde jetzt ein wenig spazieren gehen, um wieder einen klaren Kopf zu bekommen. Das war alles ein bisschen viel heute.«

»Es tut mir leid. Ich wollte es nicht noch schlimmer machen, wirklich nicht.«

»Schon okay. Du liebst mich und willst nur mein Bestes, ich verstehe das. Ich würde das Gleiche für dich tun. Lass uns bald wieder telefonieren. Und genieß die Zeit!«

»Werde ich. Hab dich lieb.«

»Ich habe dich auch lieb.«

Nachdem ich aufgelegt hatte, zog ich mir ein Paar Turnschuhe an und ging in den Wald, wo ich mich auf meinen Atem zu konzentrieren und nicht zu viel über das nachzudenken versuchte, was Yoana gesagt hatte. Was, wenn sie recht hatte? Was, wenn Jax nur eine weitere Sackgasse für mich war? Ich hatte mich damals Hals über Kopf in Penn verliebt. Unsere gesamte Beziehung war wie ein Wirbelsturm gewesen, und die Vorstellung, diesen Schmerz noch einmal zu erleben, war einfach zu viel.

Was, wenn Jax mir wehtat? Schließlich war selbst sein Therapeut Eddie besorgt, was sein Wohlergehen betraf und ob er mit dem zunehmend schlechteren Gesundheitszustand seines Vaters zurechtkam. Was, wenn Jax seinen Tod nicht verwinden konnte und austickte? Was, wenn er mich von sich stieß? Was, wenn ich ihn brauchte, und er nicht in der Lage war, mich aufzufangen?

War es naiv zu glauben, dass unser Verhältnis sich auf direktem Weg zum Happy End befand? Ich meine, verdammt, wir waren ja nicht einmal offiziell zusammen.

Stundenlang saß ich im Wald und lauschte den Vögeln, in der Hoffnung, dass sie mir eine Antwort geben, ein paar Geheimnisse mit mir teilen konnten und mir halfen, meine Wunden zu heilen.

26

KENNEDY

»Du hast einen Schlüssel für die Bücherei?«, fragte ich Jax, während er den Schlüsselbund in seiner Hand durchsuchte. Wir standen auf der obersten Stufe der Eingangstreppe zur eindeutig geschlossenen Bücherei. Auf dem Schild stand unmissverständlich, dass sie von neun bis siebzehn Uhr geöffnet hatte. Das wusste Jax doch sicher, oder?

»Heute Abend ja.« Er fand den richtigen Schlüssel und öffnete die Tür. Ich stand reglos.

»Was passiert hier?«, fragte ich. »Brechen wir gerade in die Bücherei ein?«

Er lachte sein tiefes, männliches Lachen, das ich so sehr liebte. »Nein. Hunter, der die Bücherei führt, hat mir gestattet, einen Antrag einzureichen, sie heute Abend zu nutzen.«

»Du hast eine Bücherei beantragt? Willst du mir damit sagen, dass man eine Bücherei ausleihen kann? Denn dann würde ich gerne eine tägliche Ausleihe beantragen.«

»Im Normalfall nicht. Aber ich hatte noch was gut bei ihm.«

»Und was für ein nicht normaler Fall erlaubt die Ausleihe einer ganzen Bücherei?«

Er zog die Nase kraus und rieb sich den Nacken. »Ich habe letztens bei ihm ein verstopftes Rohr auseinandergenommen und ein Spitzenhöschen im Toilettenabfluss gefunden.«

»Und?«, fragte ich, ohne seine seltsame Geschichte recht zu begreifen.

»Ein XL-Spitzenhöschen. Von seiner XS-Gattin war es also ganz offensichtlich nicht. Zumal sie in der Woche vor der Höschen-Verstopfung geschäftlich unterwegs war.«

»Ups!«

»Genau. Er hat mich gebeten, nichts zu verraten – was ich ohnehin nie tun würde. Anderer Leute Angelegenheiten gehen mich nichts an. Solange er die Rechnung bezahlte, war für mich alles gut. Aber als ich ihn heute nach dem Schlüssel für die Bücherei gefragt habe, hat er erst mal Nein gesagt. Doch ich musste bloß ›Spitzenhöschen‹ sagen, und schon hatte ich den Schlüssel.«

Ich lachte. »Du hast ihn mit Unterhosen erpresst?«

»Absolut.«

Ich schauderte bei dem Gedanken daran, dass Jax das Höschen einer anderen Frau in der Hand gehabt hatte. »Du siehst wahrscheinlich so manches Interessante in deinem Job.«

»Lass mich gar nicht erst von den Analkugeln anfangen.«

Ich riss die Augen auf. »Was?«

Er lachte leise und schüttelte den Kopf. »Vergiss es. Lass uns reingehen.«

Wir traten in die Bücherei, und ich war im Himmel. Jax schloss die Tür hinter uns ab, damit niemand sonst hereinkam. Falls ich jemals irgendwo eingeschlossen sein sollte, dann bitte in einer Bibliothek. Mir würde niemals langweilig werden.

»Ich dachte mir, dass es wahrscheinlich einfacher ist, nach dem verborgenen Zimmer zu suchen, wenn wir alleine sind. Außerdem müssen wir uns so nicht benehmen und können laut reden.«

»Was bist du doch für ein Rebell.«

»Was soll ich sagen? Ein böser Junge eben.«

Ich fand die ganze Sache unglaublich aufregend. War es nicht wundervoll, dass Jax sich die Mühe gemacht hatte, einen nach Ansicht mancher Leute lahmen Abend sogar noch zu etwas Besonderem zu machen? Vorne an der Ausleihtheke stand ein Korb mit Köstlichkeiten und zwei tropfsichere Weingläser, die hoffentlich mit Glückseligkeit gefüllt waren.

»Joy hat mir eine Flasche Weißwein mitgegeben. Sie sagt, dass er dir sehr gut geschmeckt hat. Und ich habe mich an einem Chicken Pot Pie versucht, was eindeutig leichter gesagt ist als getan. Aber Joy hat mir auch dabei geholfen.«

Ich riss die Augen auf. »Ich liebe Chicken Pot Pie.«

»Ja, ich weiß – beziehungsweise, ich weiß, dass es früher mal so war. Ich habe mir die alten Briefe noch mal durchgelesen, die du mir geschickt hast, und …«

»Du hast meine Briefe noch?«

Er wurde ein wenig verlegen, verschränkte die Arme und zuckte mit den Schultern. »Ja. Ich weiß, das klingt vielleicht albern, aber sie bedeuten mir sehr viel. Früher habe ich an schlechten Tagen immer deine Briefe gelesen. Sie haben mir durch so einiges hindurchgeholfen.«

Ohne nachzudenken, legte ich die Arme um ihn und zog ihn an mich. Ich musste ihn spüren, um mich zu versichern, dass das alles hier real war, dass *wir* real waren. Ich wusste, dass Yoana sich Sorgen machte, und ich liebte sie dafür, aber Jax war meine Bestimmung. Er war der schwarze Ritter in meinem Märchen, der gefallene Held, der nicht dazu bestimmt war, mich zu retten, aber sich selbst. Und genau das tat er. Tag für Tag arbeitete er hart daran, sich selbst zu retten, was mich unendlich inspirierte und in mir den Wunsch weckte, das Gleiche auch für mich selbst zu tun. Ich wollte nicht, dass Jax mich rettete – das musste ich selbst tun. Aber ich wollte mich von seinem Fortschritt inspirieren lassen, um zu erkennen, dass auch ich wachsen konnte, dass ich meine Wunden heilen, meine aktuelle Situation hinter mir lassen und danach Glück finden konnte.

»Du weckst in mir den Wunsch, daran zu arbeiten, dass es mir wieder besser geht«, flüsterte ich, während seine starken Arme mich an sich zogen.

Er gab mir einen Kuss auf die Stirn. »Du sorgst dafür, dass es mir besser geht«, antwortete er.

Wir beschlossen, erst zu essen und den Wein zu trinken, bevor wir uns auf die Suche machten. Es gab so viele Bücher, die man aus dem Regal ziehen konnte in der Hoffnung, den geheimen Zugang zu dem verborgenen Raum zu finden, und es sah sehr danach aus, als würden wir die ganze Nacht dort verbringen.

Was mich nicht im Geringsten störte. Gemeinsam mit Jax Kilter in einer Bücherei eingeschlossen zu sein – mir wären schlimmere Varianten eingefallen, die Nacht zu verbringen.

Wir erfanden ein Spiel, bei dem wir aus irgendeinem Regal ein Buch herausziehen und einen Absatz vorlesen mussten. Jeder andere hätte uns für die letzten Nerds gehalten, aber ich hatte schon lange nicht mehr so viel Spaß gehabt. Einem großen, starken – und leicht beschwipsten – Mann dabei zuzuhören, wie er Auszüge aus der *Odyssee* vortrug, war sehr viel sexier, als man denken könnte.

Die Art, wie die Worte Jax über die Lippen kamen, ließ wohlige Schauer über meinen Rücken rieseln. Ich hätte ihm für den Rest meines Lebens zuhören können.

»Nimm dir ein Buch und lies auf Seite neunundvierzig Absatz vier«, sagte er in der sechzehnten Runde unseres Spiels.

Ich zog *Midnight Mansion* von Graham Russell, dem Meister des Horrors, hervor und begann zu lesen. »›Von seinen Händen tropfte Benzin, und sein Atem roch nach altem Whiskey, der nicht länger in seiner Kehle brannte. Er trank seit Tagen, doch es fühlte sich an, als wären es nur Stunden gewesen. Die Einsamkeit der vergangenen Wochen tickte dahin, während er die alten Fotos der Frau betrachtete, die er liebte und die nun eine bekannte Auftragsmörderin war. Er fragte sich, wie er einen so finsteren Menschen hatte lieben können, und ihm wurde bewusst, dass die finstersten Menschen diejenigen waren, von denen man sich am liebsten betören ließ. Er sehnte sich danach, enttäuscht zu werden, und Leslie hatte ihm genau das gegeben.‹«

Mein Gott.

Ich vermisste das Schreiben. Jedes Mal, wenn ich starke Worte las, wollte ich wieder schreiben.

»Ich bin dran«, erklärte Jax.

»Okay. Ziehe ein Buch raus. Seite hundertvier, Absatz fünf.«

Er räusperte sich und begann zu lesen. »›Iris, halt dich fest‹, flehte Harry und zerrte an ihrem zerrissenen T-Shirt. ›Wenn du mich jetzt verlässt, bin ich hier ganz allein. Ich habe keine Ahnung, wie ich wieder in die Stadt zurückkomme. Ich weiß nicht, wann oder wohin ich gehen soll. Ich weiß nicht, wie ich atmen soll, wenn du nicht da bist, um mir zu helfen. Alles um mich herum ist Krieg, und du bist mein Frieden. Also bitte, lass nicht los.‹«

Mein Herz schlug mir bis zum Hals, und ich drehte mich nach links, wo Jax stand und ein Buch in der Hand hielt. Und es war nicht irgendein Buch. Es war *mein* Buch.

»Wo hast du das her?«, fragte ich.

»Es stand im Regal.«

Ich schüttelte den Kopf. »Das bezweifle ich.«

»Vielleicht habe ich es ja dort hingestellt.« Er trat zu mir und nahm meine Hand. »Du bist eine großartige Autorin, Kennedy.«

Ich lachte. »Das kannst du nach einem Absatz noch gar nicht sagen.«

»Doch, kann ich«, sagte er. »Weil ich sie alle gelesen habe.«

»Du …« Ich atmete langsam aus. »Du hast mein Buch gelesen?«

»Ja, hab ich. Es ist unglaublich stark und bewegend, genau wie du. Du bist stark und bewegend.«

»Jax …« Bevor ich meinen Gedanken zu Ende denken konnte, trat Jax an eins der Regale, zog ein bestimmtes Buch heraus, und – war es zu glauben? – der verborgene Raum öffnete sich. Es war mit weiteren Bücherregalen gefüllt, einer wunderschönen großen Couch, einem riesigen Sessel und einer Ottomane. Ich hätte ohne Weiteres den Rest meines Lebens in diesem Raum verbringen können.

Ich lachte. »Du hast die ganze Zeit gewusst, wo er ist?«

»Schuldig im Sinne der Anklage.«

Ich wollte ihm auf den Arm hauen, aber noch lieber wollte ich ihn küssen. Ich wollte ihn in diesen wunderschönen versteckten Raum ziehen, mich an ihn schmiegen und ihn küssen. Während ich noch in das Zimmer starrte, drehte ich mich langsam zur Seite, um etwas zu Jax zu sagen, und da war er schon. Er stand vor mir und sah auf mich herunter, wie auf etwas, das er noch vor dem Ende der Nacht vernaschen wollte.

»Ich glaube, ich habe für heute Abend genug gelesen«, flüsterte ich und ließ meinen Finger seine Brust hinuntergleiten.

»Möchtest du gehen?«, fragte er, und sein Blick lag auf meinen Lippen. Als er wieder aufsah, waren seine Augen weit, und die Begierde, die ich empfand, spiegelte sich in ihnen wider.

»Nein«, hauchte ich.

Er trat näher und legte die Stirn an meine. »Möchtest du mit mir in diesen Raum gehen, Sun?«

»Ja.«

»Möchtest du mich hier in diesem Raum küssen, Sun?«

»Ja.« *Ja, ja, ja …*

»Möchtest du hier in diesem Raum deine Kleider ausziehen, Sun?«, fragte er leise an meinem Mund, bevor er an meiner Unterlippe saugte.

»Bitte, Jax!«, flehte ich und stöhnte an seinem Mund, während mich Lust erfüllte. Er hob mich hoch und trug mich hinein, wo er mich gegen ein Regal drückte und küsste, als hätte er den ganzen Abend darauf gewartet, seine Lippen auf meine zu pressen. Ich hatte die Beine um seine Hüften geschlungen und spürte, wie sein hartes Glied sich an mich drückte. Sein Mund glitt an meinem Hals hinab, und ich stemmte stöhnend die Hände auf das Regal, um mich abzustützen. Jax' Stöhnen an meiner Haut entfachte ein Feuer in meinem Unterleib, und ich fing an, mich an seiner Jeans zu reiben.

Nach einer Weile stellte er mich wieder auf den Boden und zog sich bis auf die Boxershorts aus. Ich tat es ihm gleich und riss mir die Kleider vom Leib. Als er wieder zu mir trat, lag sein Blick auf meinem roten Höschen, und er zog die Zähne über die Unterlippe. »Wie schön du bist«, murmelte er.

Er hakte einen Finger unter die Spitze und zog es mir aus, bevor er mich zu dem riesigen Sessel führte. »Setz dich«, befahl er, und – oh Mann, das gefiel mir. Ich mochte seine Befehle.

Ich setzte mich, und er ließ sich vor mir zu Boden sinken und spreizte meine Beine.

Langsam leckte und küsste er sich innen an meinen Schenkeln entlang nach oben. Die Erwartung dessen, was da noch kommen mochte, brachte mich fast um, und ich bohrte meine Fingernägel tief in die Armlehnen des Sessels.

Als Jax schließlich sein Ziel erreichte, schlug seine feuchte Zunge gegen meine Klitoris, und ich stöhnte vor Lust laut auf.

»Du schmeckst so gut, Kennedy … du schmeckst wie alles, was ich mir je gewünscht habe«, schwor er. Dann schob er die Hände unter meine Pobacken und hob meine Hüften ein wenig höher, sodass er mit seiner Zunge noch tiefer in mich hineinstoßen konnte. Dabei leckte er mich nicht nur zum Höhepunkt, er liebte es, mir Lust zu bereiten und liebte meine Lust. Er konzentrierte sich allein auf mich und auf alles, was ich brauchte.

Jax hob eins meiner Beine auf seine Schulter. Seine Zunge spielte mit meinem Kitzler, bevor er zwei Finger in mich hineinschob. Zunge und Finger tanzten und trieben mich immer weiter dem Höhepunkt entgegen.

»Ja, bitte …«, flehte ich. »Mach … weiter … Jax, ich …« Ich hatte nicht gewusst, dass es sich so gut anfühlen konnte, dass ein Mann eine Frau verschlingen konnte, als wäre sie seine Königin und als wäre es seine einzige Aufgabe, ihr in jeder Hinsicht Befriedigung zu verschaffen.

Wie eine Lawine erfasste ein Beben meinen Körper. Während er mich mit seinen Fingern nahm und mit der Zunge liebte, überrollte mich ein stürmischer Orgasmus.

»Ich liebe es, Sun.« Er stöhnte vor Lust, während er nicht aufhörte, mich weiter zu lecken. »Ich liebe deinen Geschmack auf meiner Zunge.«

Ich konnte nicht mehr sprechen, konnte die Worte nicht finden, um ihm zu sagen, was ich wollte, was ich brauchte. Also stammelte ich die drei einzigen Worte, die ich zusammenbrachte.

»Fick mich, Jax«, sagte ich atemlos, und er sah mir fest in die Augen.

»Wirklich?«

»Bitte«, flehte ich. Ich musste wissen, wie es sich anfühlte, ihn in mir zu haben.

Er griff nach dem Portemonnaie in seiner Jeans und zog ein Kondom heraus.

Dann stand er auf, streifte die Boxershorts ab und entblößte sein hartes Glied. Ich bin mir ziemlich sicher, dass ich beim Anblick seiner Größe nach Luft schnappte. Während ich ihm dabei zusah, wie er das Kondom überzog, wäre ich von dem sündhaften Anblick, wie er sich selbst streichelte, fast ein zweites Mal gekommen.

Er reichte mir die Hand, zog mich vom Sessel hoch und führte mich zum Sofa.

Als er sich über mich kniete, hielt er noch einmal inne, während sein Schwanz über meine Vagina rieb. »Ich möchte das hier für immer«, gestand er mit leiser, beinahe zitternder Stimme. Sein Blick hielt meinen fest, als er langsam in mich hineinglitt, und seine Lippen öffneten sich, als er seinen Mund auf meinen presste. »Ich will dich für immer.«

»Ich gehöre dir«, versprach ich und wollte vor Freude weinen, weil er mir alles von sich gab. »Nur dir.«

Und dann liebte er mich in dem geheimen Bibliotheksraum. Er stieß ohne Scheu in mich hinein, liebte mich ohne Zögern. Und ich spürte ihn ganz. Ich spürte sein Licht und seine Dunkelheit, seine Freude und seine Traurigkeit, sein Verlangen nach Ewigkeit, während er im Rhythmus meines Herzschlags in mich hinein- und wieder hinausglitt. Jax liebte mich inmitten Tausender Bücher, und doch würde keine ihrer Geschichten jemals so gut sein wie die, die wir in uns selbst erschufen.

Es hatte etwas unglaublich Mächtiges, mit seinem besten Freund zu schlafen.

Und als wir fertig waren?

Taten wir es noch einmal.

27

KENNEDY

Ich fing wieder an zu schreiben.

Es war nichts, das man in die Welt hinausposaunen konnte, und alles, was ich schrieb, war möglicherweise Mist, aber die Worte gehörten mir, und ich war nie zuvor so dankbar dafür gewesen, etwas erschaffen zu können. Jeden Tag ging ich in die Bücherei und schrieb dort in dem verborgenen Zimmer, bis die Sonne versank. Die Worte kamen schneller, als ich sie tippen konnte.

Ich hatte vergessen, wie es sich anfühlte, inspiriert zu sein und für ein paar Stunden am Tag aus der Welt, die mich umgab, abzutauchen.

Wenn ich nicht schrieb, verbrachte ich so viel Zeit wie möglich mit Jax. Ich konnte einfach nicht genug von ihm bekommen, und als er mir erzählte, dass er für ein paar Tage nach Chicago fahren würde, um seinen Bruder zu besuchen, sank mir ein wenig das Herz. Die Vorstellung, ihn am Wochenende nicht bei mir zu haben, war schrecklich, aber ich kam mir ein wenig albern dabei vor. Noch vor wenigen Wochen war er nicht mal ein Teil meines Lebens gewesen, und nun machte mich schon der Gedanke traurig, ohne ihn zu sein.

»Es ist doch nur für ein Wochenende«, sagte er lächelnd, als wir zusammen im Cabrio saßen. »Ich verspreche dir, dass ich zurückkomme.«

»Das solltest du auch. Sonst finde ich dich auch ein zweites Mal – so wie hier in dieser Stadt«, scherzte ich. »So einfach wirst du mich nicht los.«

»Ich möchte dich auch gar nicht loswerden. Aber ich freue mich darauf, meinen Bruder zu sehen. Wir sehen uns nur einmal im Jahr, an Moms Geburtstag.«

Ich runzelte die Stirn. »Das muss furchtbar schwer sein.« Ich erinnerte mich noch gut daran, wie schrecklich die Geburtstage meiner Lieben für mich gewesen waren.

»Anfangs war es das auch, aber es wird leichter, Kennedy.« Er nahm meine Hand und drückte sie. »Es wird auch für dich leichter werden.«

Das war tröstlich.

»Mein Bruder weigert sich, einen Fuß in diese Stadt zu setzen, deshalb muss ich zu ihm nach Chicago fliegen. Vielleicht ändert sich das nach dem Tod unseres Vaters. Ich glaube, er ist der Grund, warum Derek nach dem Tod unserer Mutter weggezogen ist. Oder vielleicht ist es einfach zu schwer für ihn, nach dem Unfall hier in der Stadt zu sein. Wer weiß? Im Augenblick habe ich kein Problem damit, Havenbarrow für eine Weile zu verlassen, um ihn zu besuchen.«

»Steht ihr beide euch nahe?«

Er lachte. »Nicht so wie du und Yoana«, antwortete er. »Aber wir kommen gut miteinander aus. Er ist mein Bruder, und ich weiß, dass er immer für mich da ist, wenn ich ihn brauche.«

So etwas war tröstlich zu wissen.

Er warf einen Blick auf sein Handy und verzog das Gesicht. »Ich fahre besser nach Hause und packe. Ich muss morgen ganz früh los.«

»Oh, okay.« Ich nickte und stieg aus. »Vielleicht könnte ich mitkommen und dir helfen. Oder dir dabei zusehen. Oder … ich weiß auch nicht …« *Einfach nur in deiner Nähe sein.*

Er lächelte. »Du wirst mich ehrlich vermissen, hm?«

Ich verdrehte die Augen. »Ach, komm schon Jax. Mach es nicht größer, als es ist.«

»Aber es ist groß. Ich würde mich freuen, wenn du mir beim Packen helfen könntest. Und wenn du die Nacht über bei mir bleiben würdest. Ich möchte dich küssen, wenn die Sonne aufgeht, bevor ich fahre.«

Es war mir noch nie leichter gefallen, eine Bitte zu erfüllen.

Wir liefen durch den Wald zu seinem Haus, und dabei fiel mir auf, dass ich noch nie bei ihm zu Hause gewesen war. Ich hatte nie gesehen, wo er wohnte, wo sein Vater gewohnt hatte. Seltsamerweise war ich gleichzeitig aufgeregt und ein wenig nervös, das Haus zu betreten, in dem Jax aufgewachsen war. Ich wusste, dass dort viele schreckliche Dinge passiert waren, und hoffte, dass es in diesem Haus auch zahlreiche gute Erinnerungen gab.

Als wir eintraten und Jax mich herumführte, wurde mir bang ums Herz. Es gab alles, was ein Haus zu einem Zuhause machte. Die Möbel waren eindeutig benutzt, und überall standen Fotos von seiner Familie. An einem der Türrahmen war Dereks und Jax' Wachstum festgehalten worden. Ich ließ meinen Finger über die Striche gleiten und musste lächeln. So etwas war eine ganz besondere Erinnerung.

Doch mit den Lichtflecken kam auch die Dunkelheit. Meine Hände strichen über eine Wand mit einem Loch, das aussah, als hätte es jemand mit der Faust hineingerammt. Überall im Haus fanden sich solche Löcher.

Als Jax sah, wie ich darüberstrich, räusperte er sich. »Das sind Erinnerungen an meinen Vater.«

»Warum hast du sie nie ausgebessert?«

Seine Mundwinkel zuckten, und er vergrub die Hände in den Taschen. »Damit ich niemals vergesse, wie er wirklich war.

Es klingt albern und kleinlich, aber ich wollte nicht, dass seine Krankheit mich dazu bringt, ihm zu vergeben, was er mir angetan hat. Deswegen habe ich die Löcher so gelassen, wie sie waren. Als Andenken.«

»Wie oft hat er die Wand verfehlt und dich getroffen?«

Er schwieg.

Mir stiegen die Tränen in die Augen.

»Es tut mir so leid, Jax.« Was für ein Monster musste man sein, um seine Wut an einem Kind auszulassen? Jax hatte es nicht verdient, so behandelt zu werden. Kein Kind dieser Welt hatte es verdient, von den Menschen verletzt zu werden, deren Aufgabe es war, es zu beschützen.

Er zuckte mit den Schultern. »Es ist lange her.«

»Trotzdem tut es mir leid.«

Er schenkte mir ein halbherziges Lächeln und führte mich ins Schlafzimmer, um seine Sachen zu packen.

Als wir eintraten, sah ich zwei große, offene Kartons auf seinem Schreibtisch. Ich blieb wie angewurzelt stehen. »Was ist das?«, fragte ich und lief hin, um zu sehen, was darin war, auch wenn ich es bereits zu wissen glaubte.

Er sah zum Schreibtisch und wurde ein wenig verlegen. »Das solltest du eigentlich gar nicht sehen.«

»Hab ich aber.« Ich kramte in den Kisten und schüttelte lächelnd den Kopf. »Du hast gesagt, dass du eins meiner Bücher für die Bücherei gekauft hast, aber wie es aussieht, hast du sie alle fünf gekauft! Und zwar jedes fünfmal!«

»Ich wollte dich ein wenig unterstützen.«

Ich lachte. »*Ein* Buch wäre schon ziemlich gut gewesen.«

»Aber was, wenn ich aus Versehen etwas über dieses eine Buch verschütte? Ich wollte lieber noch ein paar in Reserve haben. Eines Tages werde ich eine Bibliothek für all deine Bücher bauen.«

Er war so süß, und ich war so dankbar, dass er in mein Leben zurückgekehrt war. »Vielleicht sind das die einzigen Bücher, die ich schreibe«, scherzte ich.

Er schüttelte entschlossen den Kopf. »Das wird wieder, Kennedy. Ein Schritt nach dem anderen.«

Ich hoffte sehr, dass er recht hatte.

In dieser Nacht liebten wir uns und schliefen eng aneinander geschmiegt ein. Am nächsten Morgen war es mir schier unmöglich, mich von ihm zu verabschieden. Als wir an seinem Auto standen, fühlte ich mich furchtbar.

»Es tut mir so leid, dass ich dich nicht zum Flughafen fahren kann. Ich wünschte, ich hätte das alles besser im Griff, ich wünschte, ich wäre nicht so schwierig.« Was war nur los mit mir? Ich hätte kein Problem damit haben dürfen. Ich hätte in der Lage sein müssen, in dieses Auto zu steigen und ihn zum Flughafen zu fahren, wie jeder andere Mensch auch. Ich wünschte, ich wäre wieder die alte, normale Kennedy gewesen.

Er beugte sich vor, gab mir einen Kuss auf den Mund und dann auf die Stirn. »Das wird wieder, Kennedy«, wiederholte er. »Ein Schritt nach dem anderen.«

Er war noch nicht ganz weg, da vermisste ich ihn schon und begann selbstsüchtig die Stunden bis zu seiner Rückkehr zu zählen.

28

JAX

Es ließ sich nicht leugnen, dass es meinem Bruder Derek finanziell sehr gut ging. Er war ein erfolgreicher Geschäftsmann, der sich im Laufe der Jahre mit enormem Einsatz die Karriereleiter hinaufgearbeitet hatte. Wenn man mich gefragt hätte, was genau er eigentlich machte, hätte ich nur mit den Schultern gezuckt, aber ich wusste, dass er sehr gut davon leben konnte.

Als er in seinem BMW vor dem Flughafengebäude in Chicago hielt, um mich abzuholen, wurde ich wieder daran erinnert, wie gut es ihm ging.

»Na, wenn das nicht mein Lieblingsbruder ist«, sagte Derek und grinste, während er aus dem Auto sprang. Er legte mir beide Hände auf die Schultern und schüttelte den Kopf. »Du hast ganz schön zugelegt, seit ich dich das letzte Mal gesehen habe. Ich sollte wohl auch mal ins Fitnessstudio gehen und ein paar Gewichte stemmen.«

»Wenn du das tust, passt du bald nicht mehr in deine schicken Anzüge«, scherzte ich.

»Dafür gibt es Maßanzüge und Änderungsschneidereien, Bruder.«

Er zog mich in seine Arme, und ich hätte gelogen, wenn ich behauptet hätte, dass es sich nicht gut anfühlte. Es fühlte sich immer gut an, nach Chicago zu kommen und meinen Bruder zu sehen. Und manchmal fühlte es sich ein wenig so an, als würde ich auch Mom besuchen. Sie wäre so stolz auf ihn, wenn sie ihn so sehen könnte.

Als wir uns wieder voneinander lösten, sah ich überrascht, wie eine Frau vom Beifahrersitz des BMW stieg. Sie war sehr hübsch und hatte das strahlendste Lächeln, das ich je gesehen hatte – abgesehen von Kennedys Lächeln natürlich. Es war das erste Mal, dass Derek bei meinen Besuchen mit einer Frau auftauchte. Es war kein Geheimnis, dass er ein Playboy war und mit zahlreichen Frauen schlief, aber bisher hatte er noch keine lange genug behalten, um sie in seinem BMW mitfahren zu lassen.

Und keine einzige hatte ihn je zum Flughafen begleitet, um mich abzuholen.

»Hi!« Sie lächelte. »Ich bin Stacey, Dereks …«

»… Verlobte«, beendete Derek ihren Satz. Stacey kicherte und stieß ihm in die Seite. »Wir hatten abgemacht, dass ich es sagen darf!«

»Entschuldige, ich kann einfach nicht genug davon kriegen, es laut auszusprechen«, antwortete er und gab ihr einen Kuss auf die Stirn.

»Verlobte?«, fragte ich und gab mir alle Mühe, nicht überrascht zu klingen. »Ich wusste gar nicht, dass du überhaupt so etwas wie eine Freundin hast.«

»Ja, ähm, es ging auch alles ziemlich schnell.« Stacey grinste. »Wir kennen uns eigentlich erst seit etwa zwei Monaten, und gestern Abend hat er mir einfach so einen Antrag gemacht.«

Wow.

»Du weißt ja, was man sagt, wenn man weiß, dass es die Richtige ist«, sagte Derek und gab ihr noch einen Kuss auf die Stirn. Die beiden schienen vollkommen vernarrt ineinander zu sein. Es stand Derek gut, ihn so glücklich zu sehen. Manchmal hatte ich das Gefühl, als täte er sich schwer, sich außerhalb der Arbeit im Leben zurechtzufinden. Es gab Zeiten, da wirkte er fast depressiv, doch er ließ niemanden an sich heran. Er sagte immer, eine Therapie wäre nichts für ihn, aber er sei froh, dass es mir helfen würde. Dennoch wünschte ich, er würde mit jemandem reden. Es konnte nicht schaden.

»Herzlichen Glückwunsch!«, sagte ich und reichte Stacey die Hand.

»Oh nein, Sweetheart, ich steh mehr auf Umarmungen«, sagte sie und zog mich in ihre Arme. Während sie mir die Seele aus dem Leib drückte, schielte ich zu meinem Bruder hinüber, der über das ganze Gesicht strahlte, als wäre sie seine Sonne.

Gut für die beiden.

»Keine Sorge, ich werde euch nicht das ganze Wochenende nerven. Ich wollte bloß kurz Hallo sagen. Derek hat mir so viel von dir erzählt.«

»Hoffentlich nur Gutes«, lachte ich.

»Es gibt nur Gutes über dich zu sagen«, erwiderte Derek, was natürlich gelogen war.

Wir fuhren zu seiner Wohnung, die wieder einmal bewies, dass Geld für meinen Bruder kein Thema war. Die Wohnung war riesig, mit drei Schlafzimmern, und lag im siebten Stock mitten in Downtown Chicago. Manchmal fragte ich mich, wo ich wohl heute wäre, wenn ich sein Angebot angenommen hätte, ebenfalls nach Chicago zu ziehen und für seine Firma zu arbeiten. Doch tief in meinem Herzen wusste ich, dass ich ein echter Südstaaten-Junge war. Große Städte waren nichts für mich. Ich gehörte in den Wald.

Stacey blieb nicht lange. Ich sagte, dass sie uns gerne zum Essen begleiten könne, doch sie erklärte, wir bräuchten Zeit für uns.

Derek entschied sich für das beste Steak House der Stadt,

und ich hatte kein Problem damit, mich einladen zu lassen. Ich verdiente nicht annähernd so viel Geld wie er, und der größte Teil meiner Schecks ging zudem für Dads medizinische Versorgung drauf.

»Es ist verdammt gut, dich zu sehen, Jax. Wir sollten uns öfter besuchen. Einmal im Jahr ist mir mittlerweile zu wenig. Erst recht jetzt mit Stacey, die ein absoluter Familienmensch ist. Sie war richtig geschockt, als ich erzählt habe, dass wir uns nur einmal im Jahr sehen«, erklärte Derek und versenkte das Messer in seinem Ribeye-Steak.

»Du bist jederzeit in Havenbarrow willkommen«, antwortete ich, woraufhin er die Nase rümpfte. Seine Reaktion überraschte mich nicht. Ich wusste, dass Derek nicht vorhatte, jemals wieder einen Fuß in seine Heimatstadt zu setzen. Nicht einmal, um mich zu besuchen. Dort hausten noch immer zu viele von seinen Dämonen, und ehrlich gesagt, konnte ich es ihm nicht verübeln, wenn er kein Verlangen danach hatte, ihnen aufs Neue zu begegnen.

»Du weißt, dass ich das nicht kann, Jax.« Seine Stimme sank. »Aber du bist hier jederzeit willkommen.«

»Ich weiß. Ich werde versuchen, öfter herzukommen.«

Vielleicht würde ich Kennedy mitbringen, damit sie Derek und Stacey kennenlernen konnte. Dass ich überhaupt daran dachte, Kennedy mit nach Chicago zu nehmen, überraschte mich. Und dass dieser Gedanke mich glücklich machte, überraschte mich sogar noch mehr.

»Oder du könntest einfach bei mir in der Firma anfangen. Du weißt, dass ich dich immer unterbringen könnte, und nicht als Hilfsarbeiter oder so. Du könntest mit mir zusammenarbeiten, als Partner.«

Ich lachte. »Ich bin kein Geschäftsmann, Derek. Mich zu deinem Partner machen zu wollen ist vollkommen verrückt. Ich würde den Laden in kürzester Zeit an die Wand fahren.«

»Ich könnte es dir beibringen. Im Ernst, Jax. Wir wären ein gutes Team.«

Ich zog eine Augenbraue hoch. »Warum diskutieren wir eigentlich jedes Mal darüber, wenn ich herkomme?«

Er seufzte und legte sein Besteck ab. »Weil du mehr verdient hast als dein Leben da unten in Kentucky.«

»Mein Leben da unten in Kentucky ist ganz in Ordnung. Ich habe meine eigene Firma.«

»Ja, Coles alte Klempnerfirma – nicht deine eigene«, widersprach er. »Du hast sie bloß übernommen, nachdem er seinen ersten Schlaganfall hatte, weil du aus irgendwelchen Gründen das Gefühl hattest, diesem Arschloch irgendwas zu schulden.«

Ich hatte immer das Gefühl, meinem Vater etwas zu schulden, weil ich ihm seine Frau genommen hatte. In meinen Augen war das Grund genug, seine Firma zu übernehmen. »Ich bin gut darin.« Ich zuckte mit den Schultern. Derek würde es nie verstehen, aber mir machte die Arbeit tatsächlich Spaß. Ich war gut in dem, was ich tat, und ich hatte vorläufig nicht vor, damit aufzuhören. »Wieso drängst du mich jedes Mal, Havenbarrow zu verlassen?«

»Weil es eine beschissene Stadt ist. Du brauchst diesen Ort nicht in deinem Leben.«

Ich hatte keine Lust, mit ihm darüber zu diskutieren. Unsere Zeit miteinander war begrenzt, und das Letzte, was ich wollte, war, mich mit ihm zu streiten.

»Themawechsel«, erklärte ich und rutschte auf meinem Stuhl hin und her. »Erzähl mir ein bisschen mehr über Stacey.«

Derek grinste wie ein frisch verliebter Schuljunge. Unser Gespräch wurde wieder lockerer, und als er fertig war, mir von Stacey zu erzählen, berichtete ich ihm alles über Kennedy.

»Im Ernst?«, keuchte er. »Dasselbe Mädchen, in das du schon als Kind verschossen warst?«

»Ja. Genau die.«

»Das klingt wie ein Film von Nicholas Sparks oder so«, scherzte er. »Ihr seid also zusammen?«

Darüber musste ich einen Augenblick nachdenken. Wir sprachen eigentlich nicht darüber, was genau wir waren, aber es war kein Geheimnis, dass Kennedy zu mir gehörte, und ich zu ihr – jedenfalls in meiner Vorstellung, und ich sah auch nicht, dass sich das in nächster Zeit ändern würde. »So könnte man es sagen.«

Er grinste immer noch wie ein Depp. »Das ist gut, Jax. Sieh uns an, beide in einer Beziehung mit einer guten Frau. Mom wäre stolz auf uns.«

Als er Mom erwähnte, zog sich meine Brust schuldbewusst zusammen. »Sie hätte hier sein sollen, um bei deiner Hochzeit dabei zu sein, Derek …« Ich schluckte und senkte den Blick. »Es tut mir leid, dass ich dir das genommen habe.« Ich hatte ihm so viele Erinnerungen vorenthalten, und ich hasste mich dafür. Mom würde niemals ihre Enkel kennenlernen, sie würde niemals auf den Hochzeiten ihrer Söhne tanzen. Und niemals erfahren, wie erfolgreich Derek war.

»Hör auf damit, Jax«, sagte Derek. »Hör auf mit dem Mist, okay? Du musst diese Last nicht auf deinen Schultern tragen.«

»Doch, muss ich, schließlich bin ich der Grund …«

»Bist du nicht!«, rief er so laut, dass die Leute sich nach uns umsahen. Er war rot im Gesicht vor Wut. Doch dann brach seine Stimme, als er leiser weitersprach. »Du bist für diesen Mist nicht verantwortlich, Jax. Es ist lange her, und du kannst es dir nicht dein Leben lang vorhalten. Es war nicht deine Schuld. Irgendwann musst du loslassen.«

»Das wird ganz sicher nicht passieren. Ich bin der Grund dafür, dass sie tot ist, Derek, und ich liebe dich dafür, dass du so tust, als wäre ich es nicht, aber ich weiß es. Entschuldige, dass ich damit angefangen habe. Lass uns über was anderes reden.«

Der einfachste Weg, meinen Bruder wütend zu machen, war zu erklären, dass ich für Moms Tod verantwortlich war. Aber er war dabei gewesen. Er war damals mit mir draußen im Wald, als ich den Abzug gezogen hatte. Er wusste, was passiert war, was ich getan hatte.

Trotzdem quälte es ihn, dass ich mir die Schuld gab, deshalb würde ich mir Mühe geben, das Thema nicht mehr anzusprechen, vor allem, da wir ohnehin nur so wenig Zeit miteinander verbrachten. Den Rest des Abends erzählten wir uns alte Geschichten aus der Vergangenheit und redeten über die Zukunft. Noch bevor wir zu Ende gegessen hatten, stellte Derek mir eine Frage, die mich über alle Maßen ehrte.

»Jax, würdest du mein Trauzeuge sein?«

29

KENNEDY

Jax fehlte mir, und ich fühlte mich wie eine kaputte Schallplatte, so oft sagte ich es mir. Dabei konnte ich kaum glauben, wie sehr ich einen Menschen vermisste, der erst vor Kurzem wieder in mein Leben getreten war. Doch ich versuchte mich zu beschäftigen, und zum Glück flossen die Worte noch.

Den größten Teil des Wochenendes verbrachte ich in der Bibliothek, mit einer kurzen Pause, um bei Gary im Café zu Mittag zu essen. Marty freute sich jedes Mal, mit mir über mein Schreiben zu plaudern, und es stellte sich heraus, dass er selbst ein wenig schrieb. Er bot mir an, so etwas wie einen regelmäßigen Schreibabend einzuführen, falls ich Lust dazu hätte, und die Vorstellung, jemanden zum Reden zu haben, wenn ich in meinem Plot feststeckte, gefiel mir.

Am Samstagnachmittag, als ich gerade im Café saß und mein zweites Stück Red Velvet Cake verputzte, sah ich Connor vor der Tür Flyer an die Passanten verteilen. Ich hatte keine Ahnung, wofür er Werbung machte, aber er sah ziemlich geschäftig aus. Nie zuvor hatte ich einen jungen Menschen mit einer solchen Arbeitsmoral erlebt. Als er ins Café marschiert kam, grüßten ihn alle mit einem breiten Lächeln im Gesicht, denn alle liebten Connor.

»Hey, Kennedy!«, rief er und strahlte. »Wie läuft's?«

»Gut, Connor. Und bei dir? Wie geht es deiner Mom?«,

fragte ich. Vor ein paar Tagen hatte Connor mir erzählt, dass seine Mutter gegen den Krebs kämpfte und sich bislang großartig schlug. Wenn er von seiner Mutter sprach, dann klang es, als wäre sie die großartigste Frau der Welt. Ich mochte das an ihm. Die Liebe eines Sohnes zu seiner Mutter war immer etwas Besonderes.

»Es geht ihr ziemlich gut. Ich bin mir sicher, sie ist auf dem besten Weg.« Er reichte mir einen Flyer und eine Visitenkarte. »Da wir gerade von Wegen sprechen: Ich dachte mir, vielleicht hast du ja Lust, bei Jameda eine Bewertung für JAC Landscaping zu schreiben.«

Ich blickte auf die Visitenkarte und musste lachen. »Weiß Jax, dass du während seiner Abwesenheit eine Firma gegründet hast?«

Er grinste. »Ich dachte mir, es wäre besser, ihn damit zu überraschen, wenn er zurückkommt. Verrat ihm noch nichts, okay? Ich hab schon ein paar potenzielle Kunden, die dein Gartenprojekt gesehen und mich angesprochen haben.«

»Er wird dir den Hals umdrehen, Connor.« Lachend schüttelte ich den Kopf.

»Ach, weißt du, erzähl mir lieber was Neues.« Er warf einen Blick auf sein Handy. »Entschuldige, aber ich muss weiter. Ich muss noch zur Kirche und die Flyer hier verteilen. Die Chorprobe ist gerade vorbei, und ich bin mir sicher, Jesus würde sich freuen, wenn alle da gesegnete Gärten hätten. Bis dann, Kennedy!« Connor verschwand genauso schnell, wie er gekommen war, wobei er jedem, der an ihm vorbeikam, einen Flyer in die Hand drückte.

Jax würde sich nicht mehr einkriegen, wenn er von seiner neuen Firma erfuhr.

Als ich meinen Kuchen aufgegessen hatte und das Café verließ, sah ich eine Frau, die mit ihrem Kinderwagen kämpfte.

Sie hatte ihre Wickeltasche fallen gelassen, und der gesamte Inhalt hatte sich über den Bürgersteig verteilt. Ohne nachzudenken, lief ich zu ihr hinüber, um ihr zu helfen.

»Hier, bitte«, sagte ich und sammelte rasch ihre Sachen auf.

»Du meine Güte, vielen Dank. Entschuldigen Sie, ich bin im Moment ziemlich neben der Spur und habe gar nicht gemerkt, dass ich die Tasche nicht zugemacht habe«, sagte sie. »Und jetzt, wo das Nächste unterwegs ist, wird es bestimmt noch schlimmer werden, von wegen Mutterschaftsdemenz und so.«

Ich sah hinunter in ihren Kinderwagen, in dem nicht eins, sondern zwei Babys saßen. Das eine schlummerte selig, während das andere laut brüllte. Mir wurde schwindelig, und ich wich einen Schritt zurück und schüttelte den Kopf.

Sie legte den Kopf schief und sah mich an. »Ist alles in Ordnung?«

Ich öffnete den Mund, konnte aber nicht sprechen. Panik stieg in mir auf. Es war einfach nicht fair. Sie hatte zwei Babys – und noch eines im Bauch –, und ich hatte meine Daisy nicht mehr.

Daisy.

Sie war tot, wegen mir.

Es war meine Schuld.

Eine Träne lief über meine Wange, und die Frau sah mich mit weit aufgerissenen Augen an. »Oh, mein Gott, ist alles in Ordnung? Habe ich etwas gesagt? Sind Sie …«

»T-tut mir leid«, murmelte ich und starrte noch immer auf den Kinderwagen. Ich konnte mich nicht bewegen. Ich konnte nicht atmen, und diesmal war kein Jax da, um mich nach Hause zu bringen.

Der Blick der Frau folgte meinem, und ihre Angst nahm noch zu, als sie sah, wie ich ihre Kinder anstarrte. Eilig raffte sie ihre Siebensachen zusammen und lief davon.

Beweg dich, Kennedy. Geh weiter. Hör auf damit, befahl ich mir. Doch nichts passierte. Die Panik war zu groß, um vor ihr davonzulaufen. Als sich eine Hand auf meine Schulter legte, zuckte ich erschrocken zusammen. Ich drehte mich um und sah Amanda hinter mir stehen.

»Ist alles in Ordnung?«, fragte sie, eindeutig verwirrt über mein seltsames Verhalten.

»I-ich …« Ich schluckte und schüttelte stumm den Kopf. Ich fühlte mich so beschämt. So schwach und verloren. Amanda führte mich zu einer Bank auf der anderen Seite der Straße. Wir setzten uns, und sie wartete, bis die Panik, die mich überkommen hatte, ein wenig abgeebbt war.

»Steck den Kopf zwischen die Beine und atme ganz ruhig«, befahl sie. Ich gehorchte stumm, denn jedes Wort wäre zu viel gewesen. Sie blieb bei mir, bis mein Atem sich langsam normalisierte und die Panik von einem Gefühl der Scham verdrängt wurde.

»Danke«, murmelte ich und setzte mich wieder auf. Mein Herz raste jedoch noch immer.

»Was ist los mit dir?«, fuhr sie mich an und betrachtete mich, als wäre mir plötzlich ein zweiter Kopf gewachsen, genau wie Penn mich immer angestarrt hatte – wie einen Freak.

»Entschuldige. Manchmal bekomme ich Panikattacken.«

»Wieso?«, fragte sie trocken. Ich war mir sicher, dass sie sich fragte, warum Jax sich bloß für jemanden wie mich hatte entscheiden können, jemanden, der so kaputt war, während sie selbst so … normal und gesund wirkte.

»Ich … ich habe letztes Jahr etwas ziemlich Furchtbares erlebt, und das habe ich noch nicht ganz verarbeitet.«

Sie runzelte die Stirn. Für den Bruchteil einer Sekunde dachte ich, sie empfände Mitgefühl, doch dann sagte sie: »Jax hat was Besseres verdient als dich.«

»Wie bitte?«

»Du hast mich schon verstanden. Er hat genug durchgemacht, und mit seinem Scheißkerl von Vater, der im Sterben liegt, braucht er nicht noch jemanden, der ihn zusätzlich belastet. Wieso musst du ihm jetzt auch noch deinen Mist aufdrängen?«

Mein Herz zog sich bei ihren Worten zusammen. Getroffen lehnte ich mich zurück. »Nein, ich … ich arbeite selbst an meinen Problemen. Ich lade Jax überhaupt nichts auf.«

»Doch, das tust du, und das ist wirklich egoistisch von dir. Und deiner Panikattacke in aller Öffentlichkeit nach zu urteilen, arbeitest du eindeutig nicht hart genug an deinen Problemen. Wenn er dir auch nur das Geringste bedeuten würde, würdest du ihm helfen, sich an den Gedanken zu gewöhnen, dass sein Vater im Sterben liegt. Das Letzte, was er jetzt braucht, ist eine dahergelaufene Frau mit ihren Problemen.«

Und mit diesen Worten stand sie auf und ließ mich verwirrt und tief getroffen zurück.

Ich ärgerte mich, dass ihre Worte mich so sehr verletzten und dafür sorgten, dass ich tatsächlich anfing, meine Beziehung zu Jax zu hinterfragen. Was, wenn Amanda recht hatte? Was, wenn ich für Jax alles nur noch schwieriger machte? Er hatte wirklich mehr als genug durchgemacht, wieso sollte er sich jetzt auch noch mit meinen emotionalen Zusammenbrüchen rumschlagen müssen? Was, wenn Yoana sich irrte und nicht Jax meine Lage verschlechterte, sondern umgekehrt ich das Problem war?

Was, wenn ich ein Problem war, dass sich nie mehr lösen ließ?

An diesem Abend ging ich nach Hause und dachte über all das nach. Ich machte kein Auge zu in dieser Nacht, und als Jax am nächsten Morgen zurückkehrte, tat ich viel zu beschäftigt, um ihn zu sehen. Ich musste mir selbst über ein paar Dinge klar werden, bevor ich bei ihm auftauchte. Er hatte genug eigene Probleme, da war es nicht fair, wenn ich seine Welt auch noch mit meinen Problemen erfüllte.

30

KENNEDY

Ich verbrachte die folgenden Tage in der Bücherei und sagte Jax, dass ich zu sehr mit meinem neuen Buch beschäftigt wäre, um ihn zu sehen. Jedes Mal, wenn er mich fragte, ob alles in Ordnung sei, log ich und sagte Ja. Noch immer wusste ich nicht recht, wie ich ihm nach meiner Unterredung mit Amanda entgegentreten sollte, dabei wünschte ich mir nichts sehnlicher, als in seinen Armen zu liegen und mich wieder von ihm trösten zu lassen.

Am Dienstag blieb ich so lange in der Bücherei, dass ich nicht einmal bemerkte, wie es anfing zu regnen. Als Hunter mich schließlich rausschmiss, starrte ich überwältigt auf die Wassermassen, die vom Himmel fielen.

Mein erster Gedanke war, Jax anzurufen, doch ich wusste, dass ich das nicht tun konnte. Stattdessen zog ich mein Handy heraus und öffnete die Cuber App, die Connor mich vor ein paar Wochen hatte runterladen lassen. Ich tippte »Diamant« als Promotion-Code ein, und es funktionierte. Unwillkürlich musste ich lächeln.

Connor war jung, aber er war ein Genie. Seine App war einfach brillant.

Während ich auf ihn wartete, versuchte ich das Geräusch des Regens um mich herum zu ignorieren. Als er endlich auftauchte, rannte ich die Stufen hinunter und sprang auf den Beifahrersitz. Mein Herz hämmerte bereits wild in meiner Brust, doch ich gab mir alle Mühe, die Panik zu unterdrücken.

»Hi Kennedy! Willkommen bei Cuber, der nächste Stern am Transport-Himmel. Kann ich dir ein Wasser anbieten? Oder ein Minzbonbon? Nimm dir eine Zeitschrift, wenn du magst …«

»Ich brauche nichts, Connor. Ich möchte einfach möglichst schnell nach Hause.«

»Wird gemacht. Wir bei Cuber sind immer darauf bedacht, unseren Passagieren jeden Wunsch zu erfüllen. Ich bringe dich in Nullkommanix nach Hause. Also lehn dich zurück, entspann dich und genieße die Fahrt.«

Unwahrscheinlich.

Der Regen prasselte auf das Autodach, während Connor die Straße hinunterfuhr. Ich hasste den Regen, hasste die Aggression, mit der seine Schreie auf uns hinunterprasselten.

Ich krallte meine Hände ineinander, schloss die Augen und atmete tief durch. Gleich waren wir zu Hause, und ich war drinnen, und alles war okay. Ich war okay.

Ich bin okay.

Jedes Mal, wenn es donnerte, schlug mein Puls aus. Ich konnte das Lied hören, das damals aus den Lautsprechern geplärrt hatte, konnte Mama neben mir singen hören, und ich hätte schwören können, dass Daisy und Dad hinten auf der Rückbank ebenfalls sangen.

Als Connors Handy eine Nachricht meldete, öffnete ich die Augen.

»Was war das?«, fragte ich panisch. Das Herz schlug mir bis zum Hals.

Connor lächelte mir zu und warf schulterzuckend einen Blick auf die Mittelkonsole. »Bloß mein Telefon. Wahrscheinlich meine Mutter, die wissen will, wo ich stecke.« Er griff nach seinem Handy, während der Regen weiter auf uns niederprasselte.

»Nein! Stopp!«, schrie ich und legte eine Hand auf sein Telefon. Er hielt inne und sah mich fragend an. »Schau auf die Straße. Es regnet zu heftig, du solltest nicht auf dein Handy gucken.«

»Keine Angst, Kennedy – ich bin Profi«, erklärte er, zog das Handy aus meiner Hand und begann, durch das Menü zu scrollen.

Mein Herz trommelte wie wild gegen meine Rippen, als versuchte es, sich aus seinem Käfig zu befreien. Ich schüttelte den Kopf. »Anhalten«, befahl ich.

Er zog eine Augenbraue hoch. »Was?«

»Halt an! Halt sofort an!«, schrie ich und schlug mit den Handballen auf das Armaturenbrett. Ich bekam keine Luft. Mein Mund stand offen, während die Panik mich überrollte. »Bitte, Connor! Bitte, halt an, halt an …«

»Okay, okay!«, sagte er und fuhr an den Straßenrand. So schnell ich konnte, sprang ich aus dem Wagen.

Ich bahnte mir einen Weg durch die Wassermassen zu den Bäumen am Rand der Straße, wo ich mich hinhockte, die Arme um die Beine schlang und vor und zurück schaukelte, vor Angst vollkommen erstarrt. Es passierte wieder. Es passierte wieder. Ich verlor sie noch einmal. Ich verlor sie noch einmal.

»Sie ist durchgedreht, Mann, und ich krieg sie nicht wieder ins Auto zurück«, hörte ich Connor zu jemandem sagen, nachdem ein weiteres Auto angehalten hatte. Zitternd hockte ich im kalten Regen, während über uns der Donner grollte. Ich konnte mich nicht rühren. Seit einer Viertelstunde versuchte ich mich zu bewegen, aber es ging nicht. Mein Körper war wie erstarrt, während der Regen auf mich einprügelte. Jeder einzelne Tropfen zündete eine Erinnerung, und jede Erinnerung verstärkte die Panik, die meine Seele zerfetzte.

Lange hatte ich keine so heftige Panikattacke mehr erlebt. Eigentlich hätte es mir mittlerweile deutlich besser gehen müssen. Ich hätte den Weg zu einem Neuanfang beschreiten müssen. Ich hatte wieder angefangen zu schreiben. Ich war glücklich. Jedenfalls hatte ich geglaubt, dass ich glücklich war.

Doch hier hockte ich unter der Eiche, zusammengekauert wie eine Kugel, wie erstarrt vor den Erinnerungen meiner Schrecken.

»Ich kümmere mich um sie«, sagte eine tiefe, ruhige Stimme. Er kam zu mir und beugte sich zu mir herunter. »Hey Sun«, sagte Jax und sah mich mit einem schiefen Lächeln an. »Was ist los?«

»I-i-i-ich k-k-kann n-nicht a-at-« Ich holte tief Luft, schlang die Arme um meinen Körper und schaukelte vor und zurück.

»Doch«, sagte er verständnisvoll. »Du kannst atmen. Du atmest. Dein Atem ist nur ein wenig unregelmäßig. Wir sollten zusehen, dass wir dich aus dem Regen bekommen.«

»Ich k-k-kann nicht. D-das Auto – I-ich k-kann nicht i-ins Auto steigen.«

Er zog nicht verächtlich die Augenbraue hoch oder etwas in der Art, während er meiner Panikattacke zusah. Er stellte auch keine Fragen oder erklärte mir, dass ich sehr wohl ins Auto steigen könne und dass mir nichts passieren würde. Er redete meine Ängste und meine Gefühle nicht klein und sagte auch nicht, ich solle mich nicht so anstellen, so wie mein Ex es immer getan hatte. Er war das Auge im Zentrum meines Hurrikans.

»Dann setzen wir dich eben nicht ins Auto. Aber hier draußen im Regen kannst du nicht bleiben. Also komm …« Er streckte die Arme nach mir aus.

»Was hast du vor?«

»Ich werde dich tragen.«

Mein gebrochenes Herz fing langsam wieder an zu schlagen, während ich den Frieden wahrnahm, den sein Blick mir schenkte. Er war ganz ruhig, während ich in Angst versank. Er war die ruhige See, während mein Verstand auf den brutalen Wellen meiner Verzweiflung trieb.

Ich schüttelte den Kopf. »Nein, Jax. D-das ist zu weit. Das k-kannst du nicht machen. Außerdem bin ich zu schwer, und … und … und …«

»Kennedy«, unterbrach er mich, die Arme noch immer ausgestreckt. »Ich werde dich jetzt tragen.«

Ich schwieg und nickte nur stumm, als er die Arme um mich legte und mich vom Boden hochhob. Dann begann er in Richtung unserer Häuser zu laufen, die noch einige Blocks entfernt waren.

»Was machst du da?«, fragte Connor.

»Ich bringe sie nach Hause.«

»Das ist noch über eine Meile.«

»Das macht nichts«, erklärte er ruhig, obwohl ich wusste, dass es vollkommen verrückt war.

Connor fuhr sich mit beiden Händen durch die Haare und seufzte. »Ich fahre dir hinterher. Für den Fall, dass ihr doch noch einsteigen wollt.«

Er stieg wieder ins Auto und fuhr langsam hinter Jax her. Connor war für Jax das, was Jax für mich war – ein wahrer Freund. Jeder, der bereit ist, dich durch den Regen zu tragen, ist es wert, ihn in seinem Leben zu haben, und jeder, der hinter dir herfährt und darauf wartet, dass du vielleicht doch noch einsteigst, ist es ebenso wert.

In Havenbarrow lebten Männer, die für Liebesromane wie geschaffen waren.

Ich vergrub den Kopf an Jax' Brust, während er mich immer weitertrug, ohne auch nur das geringste Anzeichen von Müdigkeit zu zeigen. Jeder einzelne seiner Schritte wirkte kontrolliert. Während ich seinem Herzschlag lauschte, schien auch meiner sich ein wenig zu beruhigen.

»Danke, Moon«, flüsterte ich, als er mich die Stufen zu meiner Haustür hinauftrug. Connor kam mit meiner Handtasche und meinen Schlüsseln angelaufen. Er reichte sie mir, und ich dankte ihm ebenfalls.

Plötzlich schlang Connor die Arme um mich und drückte mich fest. »Es tut mir so leid, Kennedy. Alles, was ich getan habe.«

Ich versicherte ihm, dass er nichts falsch gemacht hatte, doch als er mich losließ, sah ich Tränen in seinen schuldbewusst blickenden Augen. »Wirklich, Connor. Es geht mir gut.«

Er nickte knapp und rückte seine Baseballkappe gerade. »Ruh dich aus. Jax, kümmere dich ein bisschen um sie, okay?«

Jax rieb sich mit der Hand über den Nacken. »Wird gemacht.«

Connor ging zurück zu seinem Wagen, fuhr davon und ließ den tropfnassen Jax neben mir auf der Veranda zurück. Nun, da ich mich wieder ein wenig beruhigt hatte, kam ich mir ziemlich albern vor.

Meine Hände strichen über meine Wangen, und ich lächelte ihm verlegen zu. »Du solltest nicht in diesen nassen Klamotten hier rumstehen. Es geht mir wieder gut, versprochen. Ich werde mir trockene Sachen anziehen und ins Bett gehen und …«

»Du kannst darüber reden.«

Ich sah ihn fragend an. »Was?«

»Du kannst mir sagen, was du empfindest.«

Ich schüttelte den Kopf. Meine Lippen öffneten sich, doch ich erstickte an meinen Worten. Es war mir unmöglich, die

Gefühle auszudrücken, die so schwer auf meinem Herzen lasteten. »Ich weiß nicht, wie ich darüber reden soll. Ich dachte, ich wäre schon weiter.«

»Du machst große Fortschritte.«

»Nein, mache ich nicht. Ich bekomme immer noch Panikattacken, wenn ich Kinder sehe. Ich bekomme Panikattacken, wenn es regnet. Ich kann kaum in ein Auto steigen. Ich kann nicht selbst fahren. Siehst du das nicht? Ich bin nicht normal. Penn hat immer gesagt, ich wäre ihm zu viel, und das bin ich auch. Amanda hat recht.«

»Amanda?«, fragte er und wölbte die Augenbraue. »Was zur Hölle hat Amanda damit zu tun? Was hat sie zu dir gesagt?«

»Das spielt keine Rolle. Jedenfalls hat sie recht. Du verdienst jemanden, der nicht so kaputt ist wie ich.«

»Unsinn.« Er schüttelte den Kopf. »Du hattest gerade eine Panikattacke – das ist doch nicht das Ende der Welt.«

»Doch, ist es. Siehst du das nicht, Jax? Ich bin vollkommen zerstört. Ich habe einen Dachschaden, und du hast schon so viel Arbeit in dich selbst investiert. Nach allem, was du durchmachen musstest, hast du es einfach nicht verdient, auch noch meine Scherben aufsammeln zu müssen.«

»Sei ehrlich zu mir, und ich werde bleiben«, versprach er. »Was auch immer es ist, Kennedy, ich habe keine Angst. Ich bin hier.«

Ich senkte den Kopf und wischte mir die Tränen von den Wangen, die trotzig weiterliefen. »An manchen Tagen kann ich mich kaum im Spiegel ansehen, ohne die Last meiner Fehler zu spüren.«

Er vergrub die Hände tief in seinen Hosentaschen und betrachtete mich aus schmalen Augen. »Ich weiß, wie sich das anfühlt.«

»Aber du bist schon viel weiter als ich. Du hast schon so viel Arbeit hineingesteckt, um das alles besser in den Griff zu bekommen. Ich habe das Gefühl, ich mache einen Schritt vor und fünf zurück.«

»Es gibt keinen geraden Weg, Kennedy. Heilung ist nicht linear. Der Weg ist voller Kurven und Bodenwellen und Schlaglöcher. Auch ich habe immer noch Tage, an denen ich an meine Mutter denke und am liebsten den Rest meines Lebens im Bett bleiben würde. Ich habe immer noch Wochen, in denen mein ganzer Körper von den Erinnerungen an die Vergangenheit schmerzt, aber ich weiß, dass auch das Teil des Heilungsprozesses ist. Eddie hat einmal gesagt, dass wir nicht gesund werden können, wenn wir zu viel Angst davor haben, auch unsere Schatten zu akzeptieren. Selbst die Sonne wird manchmal von Wolken verdeckt, aber das nimmt ihr nichts von dem Licht, das sie ausstrahlt.«

Ich wusste nicht, was ich darauf sagen sollte. Meine Brust war noch immer wie zugeschnürt, und meine Hände zitterten.

»Darf ich dich in den Arm nehmen?«, fragte er. »Bitte?«

Ich nickte.

Wir gingen ins Haus, und ich zog mir trockene Sachen an. Jax gab ich eine meiner übergroßen Jogginghosen.

Wir krochen ins Bett, und er schlang die Arme um mich, während ich meinen Tränen freien Lauf ließ. Er sagte mir nicht, ich solle mich beeilen. Er sagte nicht, dass man nur eine gewisse Zeit lang leiden dürfe. Er gestattete mir einfach nur, alles zu fühlen, alles auf einmal, und ich spürte, wie wichtig das für mich war. Ich musste mich fallen lassen, und er war da, um meine Scherben aufzulesen.

»Ich spüre immer diese Angst«, gestand ich und blickte hinauf an die Decke meines Schlafzimmers. Lange hatte ich an

Jax' Brust geweint und kehrte nun allmählich emotional zur Erde zurück. »Ich habe Angst, dass es für andere zu schwer ist, mich zu lieben. Dass meine Trauer die Welt abstößt, dass mein Trauma mich in zu viele unliebsame Scherben zerbrochen hat.«

Jax schwieg eine Weile. Es schien, als versuchte er seine Worte perfekt zu wählen, sodass ich seine Gedanken verstehen konnte. Als er schließlich sprach, lauschte ich ihnen mit jeder Faser meiner Seele.

»Ich habe noch nie jemanden geliebt«, sagte er. »Ich war noch nie verliebt, habe nie gewusst, wie Liebe geht, aber ich versuche sie immer besser zu verstehen. Ich versuche, alles über sie zu lernen. Und was ich bisher gelernt habe, ist, dass ich jedes Mal, wenn ich an Liebe denke, an dich denke.«

Schauer liefen über den Rücken. »Jax …«

»Ich liebe deine Scherben, denn sie zeigen, dass du gelebt hast. Sie zeigen, dass du mutig genug bist, um dich in die Welt hinauszuwagen, wie schwer es manchmal sein mag.« Er sah mir in die Augen. »Ich liebe dich, Kennedy. Ich liebe dich auf eine Weise, die größer ist als die Liebe. Ich liebe deine Sonnenstrahlen und deine Mondschatten, und ich werde dich und deine Scherben immer weiter lieben, bis du meine Liebe so stark spürst, dass du vergisst, dass dein Herz überhaupt Risse hat. Und dann werde ich dich noch weiter lieben.«

Seine Worte setzten Teile in mir wieder zusammen, von denen ich gar nicht gewusst hatte, dass sie zerbrochen gewesen waren. Meine Lippen flogen über seine, und ich küsste ihn federleicht. »Ich liebe dich auch.«

»Eines Tages wirst du es schaffen, Kennedy. Eines Tages wirst du in der Lage sein, da rauszugehen und im Regen zu tanzen, so wie du es früher getan hast, und ich werde mit dir tanzen. Aber du brauchst dich nicht zu beeilen. Du darfst es langsam angehen. Für den Heilungsprozess gibt es keine Zeitvorgabe. Du gehst diesen Weg in deinem eigenen Tempo, und wenn deine Beine müde werden, werde ich dich tragen. Du musst diesen Weg nicht alleine gehen.«

Der Sturm tobte weiter ums Haus, doch in dieser Nacht konnte ich zum ersten Mal seit langer Zeit schlafen, weil ich in Jax' Armen lag.

Als ich am nächsten Tag aufwachte, schien die Sonne durch das Fenster. Ich drehte mich im Bett um und sah, dass Jax nicht mehr da war. Rasch setzte ich mich auf und griff nach meinem Handy. Es war schon nach elf. Ich hatte weit länger geschlafen als gedacht.

Ich zog meinen Bademantel über und machte mich auf die Suche nach Jax. War er gegangen, ohne mir Bescheid zu sagen? Da hörte ich draußen ein lautes Surren. Ich ging zur Haustür, und mein Herz hüpfte mir beinahe aus der Brust, als ich Tausende von Seifenblasen auf mich zuschweben sah. Dutzende Seifenblasenmaschinen standen in meinem Vorgarten verteilt, und mitten drin stand Jax, die Hände in den Taschen seiner Jogginghose und ein breites Lächeln im Gesicht.

»Was ist das?« Ich lachte und schüttelte den Kopf.

»Man kann unmöglich traurig sein, wenn eine Million Seifenblasen um einen herumtanzen«, sagte er und kam zu mir. Er nahm meine Hände. »Ich wollte, dass du heute Morgen einen Kuss von deiner Tochter spürst und dich daran erinnerst, dass sie immer da sein wird.«

Tränen traten in meine Augen. »Du bist alles, was ich mir je gewünscht habe, und alles, von dem ich nie wusste, dass ich es haben könnte.«

»Ich gehöre dir«, versprach er. »Ich glaube, das war schon immer so.« Er trat einen Schritt zurück, reichte mir die Hand und verbeugte sich leicht. »Würdest du mir die Ehre erweisen, mit mir durch die Seifenblasen zu tanzen?«, fragte er.

Ich nahm lachend seine Hand. Und wir tanzten.

31

KENNEDY

»Was machst du denn hier?«, fragte ich und schnappte überrascht nach Luft, als ich Yoana den Weg zu meinem Haus herauflaufen sah. Jax und Connor arbeiteten im Garten, und ich hatte gerade mitten in einer Szene meines neuen Buches gesteckt, als ich meine Schwester auf mich zueilen sah.

Ich sprang auf, lief ihr entgegen und zog sie in meine Arme.

»Ihr solltet doch erst in einem Monat wiederkommen«, sagte ich verwirrt.

»Nun, ein kleiner Vogel hier in der Stadt hat mir gezwitschert, dass du ein wenig Familienanschluss gebrauchen könntest. Nathan ist zu Hause und ruht sich aus, also dachte ich, ich schau mal vorbei.« Yoana blickte zu Jax hinüber, der sich alle Mühe gab, so zu tun, als wäre er in seine Arbeit vertieft. »Und du musst Jax sein.« Lächelnd trat sie zu ihm. »Es ist schön, dich nach so vielen Jahren wiederzusehen. Und danke, dass du angerufen hast.« Sie zog ihn ebenfalls in ihre Arme, und jetzt war ich erst recht verwirrt.

»Du hast sie angerufen? Wie?«

Er zuckte mit den Schultern. »Letztens nachts, als du geschlafen hast, habe ich mir dein Handy geschnappt und sie angerufen, weil ich mir dachte, ein paar bekannte Gesichter könnten dir guttun.«

Mein Herz gehörte ihm.

»Danke, Jax«, sagte ich, und er sah mich mit seinem schiefen Lächeln an, bei dem mir innerlich heiß wurde. Ich ging zu Yoana und schloss sie noch einmal in meine Arme.

Sie legte den Arm um meine Schulter und stieß mich spielerisch mit der Hüfte an. »Und? Was hältst du von einer Tasse von Mamas Lieblingskaffee, während wir ein wenig plaudern?«

»Hast du überhaupt keinen Jetlag? Du musst nicht hier bei mir sitzen, wenn du müde bist.«

»Ich bin lieber mit dir müde, als alleine zu schlafen. Und jetzt komm, ich will alles wissen. Vor allem über den heißen Typen da drüben, in den Jax sich verwandelt hat.«

Ich schüttelte den Kopf. »Ich dachte, du machst dir Sorgen wegen ihm.«

»Nach diesem Anruf? Oh nein. Ich habe mich geirrt. Ich habe mich so was von geirrt, sage ich dir. Und jetzt komm – ich brauche Koffein.«

Wir gingen ins Haus, und mein Herz fühlte sich an, als würde es gleich vor Freude darüber, meine Schwester wiederzusehen, explodieren. Ich benötigte sie dringender, als ich gedacht hatte. Wir setzten uns an den Tisch und redeten. Sie erzählte mir von ihrer Reise, und jedes Mal, wenn sie Nathan erwähnte, sah ich, dass sie noch mehr Liebe für ihn empfand als vor ihrem Abflug. Ich hätte nie gedacht, dass Liebe auch nach so vielen Jahren noch wachsen konnte.

»Und dieser Jax«, sagte sie kopfschüttelnd, ihre Kaffeetasse in der Hand. »Er ist es, oder?«

»Ich denke schon. Bei ihm fühle ich mich einfach gut. Er macht mich selbst an Tagen glücklich, an denen ich normalerweise traurig wäre.«

»Gut«, sagte sie und nickte. »Das hast du verdient. Ich will nicht lügen, ich habe mir wirklich Sorgen gemacht, als du mir von seiner Vergangenheit erzählt hast. Ich wollte nicht, dass du verletzt wirst, aber so, wie er sich für dich eingesetzt hat, als es dir schlecht ging, wie er sich um dich bemüht hat … das habe ich mir immer für dich gewünscht. Ich habe dir jemanden gewünscht, der dich wirklich liebt, der dich aufrecht hält, anstatt dich fallen zu lassen. Penn war nicht der Richtige für dich. Jax dagegen … wie er dich ansieht …« Sie legte übertrieben den Handrücken an die Stirn und tat so, als würde sie jeden Augenblick in Ohnmacht fallen. Ich musste lachen.

»Du hast zwei Sekunden lang mitbekommen, wie er mich angeschaut hat, und das hat dir schon gereicht?«

»Ja«, sagte sie ernst. »Und weißt du, warum?«

»Warum?«

»Weil er dich genauso ansieht, wie Daddy Mama angesehen hat – als wärst du die Welt für ihn, und er hätte das Glück, sich in deinem Orbit aufhalten zu dürfen.«

Schmetterlinge flatterten in meinem Bauch. »Genau dieses Gefühl gibt er mir. Dass ich wichtig bin, und gut genug.«

»Weil es so ist, Kenny. Du warst immer gut genug. Ich weiß, du hast eine harte Zeit hinter dir, aber am Ende wirst du stärker daraus hervorgehen. Und ich bin jetzt schon so stolz auf das, was du erreicht hast.«

Ich sah auf den Kaffee in meinem Becher. »Manchmal denke ich, wie dumm ich war, mich so lange nicht bei dir zu melden. Ich hätte schon viel früher hier sein können, bei dir und Nathan, und wäre jetzt vielleicht schon viel weiter in meinem Heilungsprozess.«

»Niemand kann dafür sorgen, dass ein Mensch schneller gesund wird, aber wir hätten auf jeden Fall bei dir im Regen gesessen, das garantiere ich dir.«

Und vielleicht war es ja genau das. Vielleicht ging es gar nicht so sehr darum, in die Sonne zu kommen, sondern vielmehr darum, dass man in der Lage war, den Sturm mit den Menschen auszusitzen, die man am meisten liebte.

»Ich denke darüber nach, mir Hilfe zu holen«, sagte ich. »Jax hat mir erzählt, wie sehr die Therapie ihm geholfen hat, und vielleicht hilft sie mir auch, ein bisschen von dem Chaos in meinem Kopf zu ordnen.«

»Das ist eine großartige Idee. Man muss sehr mutig sein, um sich Hilfe zu suchen. Vergiss nur niemals, dass du nicht allein bist, Kennedy. Ich bin für dich da, was auch passiert, und weißt du, was das Beste an alldem ist?«

»Was?«

»Dass wir jetzt ein ganzes Team von Engeln haben, die jeden Tag auf uns aufpassen. Und wenn das kein Segen ist, dann weiß ich es auch nicht.«

An diesem Abend dankte ich Jax mit Worten und mit meinem Körper. Ich liebte ihn, als wäre es meine Bestimmung. Unsere Körper fügten sich so perfekt zusammen, als wären wir des anderen fehlendes Puzzlestück. Ich liebte die Art, wie er mich liebte, mit seinen Händen und mit seinen Worten.

Als wir zusammen im Bett lagen, meldete sich sein Handy, und er setzte sich auf, um nachzusehen, wer ihm geschrieben hatte. Sein Gesicht wurde ernst, als er die Nachricht las.

»Was ist?«, fragte ich.

»Sie ist von Amanda. Es geht um meinen Vater«, sagte er ernst. »Sie haben lebenserhaltende Maßnahmen einleiten müssen. Es sieht nicht gut aus. Er liegt im Krankenhaus.«

»Oh, mein Gott, Jax, es tut mir so leid.«

Er begann, seine Sachen zusammenzusuchen. »Ich muss da hin. Ich muss hin und nach ihm sehen, ich muss …«, stammelte er, während er sich anzog. »Ich sollte …«

»Hey«, sagte ich und legte ihm beide Hände auf die Schultern, damit er sich ein wenig beruhigte. »Es ist okay. Ich bin bei dir. Ich werde dich fahren.«

»Nein, das kann ich nicht von dir verlangen. Ich weiß, wie schlimm das für dich wäre. Es geht mir gut, ich …«

»Jax, es geht dir *nicht* gut. Du kannst im Augenblick nicht fahren. Ich werde fahren. Gib mir die Schlüssel.«

Widerstrebend reichte er sie mir, und wir sammelten unsere Sachen zusammen und machten uns auf den Weg. Als ich hinters Steuer glitt, nahm ich den wohl tiefsten Atemzug meines Lebens. Es wäre gelogen, wenn ich behaupten wollte, dass meine Nerven nicht massiv überspannt waren, aber ich musste meine Angst unter Kontrolle bringen, und zwar schnell, denn neben mir saß ein Mann, der in meinen Stürmen an meiner Seite gestanden hatte, und jetzt war es an der Zeit, dass ich das Gleiche für ihn tat. Ich drehte den Schlüssel im Zündschloss, gab Gas, und wir fuhren los.

Als wir im Krankenhaus ankamen, sah es nicht gut aus. Jax hatte ein Buch mitgebracht, und die Ärzte erklärten, dass Cole nicht mehr viel Zeit habe und Jax sich darauf vorbereiten solle, sich von ihm zu verabschieden.

Er sagte seinem Vater mit keinem Wort, was er empfand, sprach weder von Liebe noch von Dankbarkeit. Er erzählte nicht davon, wie sein Vater sein Leben verändert hatte. Stattdessen saß er da und las aus *Krieg und Frieden*, las ein Kapitel nach dem anderen, bis er schließlich von seinen Gefühlen übermannt wurde. Als es zu viel wurde und er nicht mehr sprechen konnte, weil er in seinem Schmerz zu ertrinken drohte, nahm ich ihm das Buch ab und begann, an seiner Stelle weiterzulesen.

32

KENNEDY

Cole starb am 5. August. Ich war mit Jax dabei, als es geschah. Wir saßen im Zimmer, und die Pfleger ließen uns allein, während Jax zusah, wie sein Vater seinen letzten Atemzug nahm.

Als es vorbei war, drehte Jax sich zu mir um und fragte leise: »Ist es falsch, dass ich irgendwie erleichtert bin? Ist es selbstsüchtig zu denken, dass er mir jetzt nicht länger wehtun kann? Macht mich das zu einem Ungeheuer?«

»Nein«, sagte ich und nahm seine Hand. »Es macht dich menschlich.«

Am Tag von Coles Beerdigung schien die Sonne, trotzdem wirkte die Welt düster und traurig. Nur wenige Trauergäste hatten sich auf dem Friedhof eingefunden. Cole hatte keine Trauerfeier haben wollen. Jax' Bruder Derek kam mit seiner Verlobten, Stacey. Eddie und Marie waren da, so wie Connor, Yoana und Nathan. Jeder, dem Jax etwas bedeutete, war da.

Mein Herz machte einen Sprung, als ich eine weitere Gestalt auf uns zukommen sah. Joy näherte sich und stellte sich neben Jax.

Er sah sie an, sichtlich erschrocken, dass sie nach so vielen Jahren ihr Haus verlassen hatte. »Was machst du denn hier«, fragte er verwirrt.

Joy schenkte ihm ein Lächeln, das gebrochene Herzen heilen konnte. Sie nahm seine Hand und drückte sie. »Ich gehe dorthin, wo die Liebe ist«, antwortete sie leise. »Und das bedeutet, ich gehe dorthin, wo du bist.«

Mein Herz lief beinahe über, als ich die beiden zusammen sah.

»Danke, Joy«, flüsterte Jax.

»Jederzeit«, antwortete sie.

Als es für Jax an der Zeit war, ein paar Worte zu sagen, wusste er nicht recht, was er sagen sollte. »Die meisten von euch kannten meinen Vater, und wer ihn kannte, wusste, dass er nicht unbedingt der beste Mensch war. Es wäre albern zu behaupten, er wäre mir ein guter Vater gewesen, denn das war er nicht. Er war grausam, und hart, und an den meisten Tagen habe ich ihn gehasst, dennoch …« Er holte tief Luft. »Habt ihr schon mal einen Menschen so sehr gehasst und ihn trotzdem vermisst? So verdreht fühlt sich meine Liebe zu meinem Vater an. Ich wollte immer nur, dass er stolz auf mich war, sogar noch in seinen letzten Tagen.«

Jax griff in die Jackentasche und zog das Buch heraus, aus dem er seinem Vater immer vorgelesen hatte. »Das ist das Buch, in dem meine Mutter gelesen hat, als sie sich zum ersten Mal sahen. Mein Vater sagte, er hätte es ebenfalls gelesen, damit sie etwas hatten, worüber sie sich unterhalten konnten. Ich werde nicht behaupten, dass meine Eltern ein gutes Verhältnis zueinander hatten. Sie hatten Fehler, so wie wir alle, aber dieses Buch hat sie verbunden, und ich wollte ihm dieses Buch vorlesen, bevor er starb, in der Hoffnung, auf diese Weise ebenfalls eine Verbindung zu ihm zu finden. Ich habe es nicht ganz geschafft. Ein paar Kapitel fehlen noch, und genauso fühlt sich auch mein Verhältnis zu ihm an. Uns fehlen ein paar Kapitel.«

Er schniefte, rieb sich mit der Hand unter der Nase und zuckte mit den Schultern. »Ich hoffe, er findet Frieden in der Dunkelheit, und dass, wo auch immer er ist, der Morgen kommen wird und ihm eine neue Chance gewährt, sein Licht zu finden.«

Von seinen Gefühlen übermannt, senkte er den Kopf. Ich ging zu ihm und nahm seine Hand. Eddie trat ebenfalls zu uns und nahm ihm das Buch ab.

»Was hast du vor?«, fragte Jax.

»Ich werde ein paar Kapitel vorlesen«, erklärte Eddie und blätterte durch die Seiten. »Denn das Buch ist erst zu Ende, wenn man die letzte Seite gelesen hat.«

»Es ist aber noch ziemlich viel, Eddie«, widersprach Jax. »Du kannst nicht alles lesen.«

»Ich werde ihn ablösen«, erklärte Yoana, und nach und nach trat einer nach dem anderen vor und las ein Stück, während wir alle um Coles Sarg herumstanden. Er war der schönste Moment, den ich je erlebt hatte. Wir reichten das Buch von einem zum anderen weiter, und als wir auf der letzten Seite ankamen, las Jax die letzten Worte.

Dann legte er das Buch auf den Sarg und verabschiedete sich ein letztes Mal von seinem Vater.

Auf dem Weg zu den Autos hielten wir uns an den Händen, denn wir wussten, dass wir nie wieder allein würden gehen müssen.

33

KENNEDY

Nach der Beerdigung fuhren wir zu Jax. Er hatte sich ziemlich gut gehalten, bis es an der Zeit war, mit Derek gemeinsam die Sachen seines Vaters durchzusehen. Sie waren schon eine Weile in Coles Arbeitszimmer, als ich Jax rufen hörte: »Was ist das denn für ein Scheiß?«

Alarmiert ging ich zu den beiden, um zu sehen, ob alles in Ordnung war, und als ich Jax sah, brach mir das Herz.

Sein Blick war so schwer – so müde –, und seine Hände umklammerten ein Glas Whiskey.

Wir waren noch nicht dazu gekommen, uns nach der Beerdigung umzuziehen. Eigentlich waren wir nicht einmal dazu gekommen, einen klaren Gedanken zu fassen. Jax hatte die Jacke seines schwarzen Anzugs aufgeknöpft und die Krawatte gelockert, und sein inneres Licht war fast erloschen.

»Wir werden eine Lösung finden, Jax, keine Sorge«, sagte Derek traurig. Er ging an mir vorbei aus dem Zimmer und sah mich mit einem schmalen Lächeln an. »Kannst du dich um ihn kümmern?«

»Mache ich.« Derek schloss die Tür hinter sich und ließ mich mit einem extrem aufgewühlten Jax allein. »Alles in Ordnung?«, fragte ich.

»Er war ein Arschloch.« Jax nickte und starrte auf das in seiner Hand zitternde Glas. »Und das sage ich nicht, weil ich einen Vaterkomplex habe oder so. Nein, ich meine es genauso: Er war ein Arschloch. Keiner ist zu seiner Beerdigung gekommen, weil er ein Arschloch war. Keiner außer mir hat ihn im Krankenhaus besucht, weil er ein Arschloch war. Er war ein verdammtes Arschloch, bis zuletzt, er ist sogar noch nach seinem Tod ein Arschloch.« Er lachte, aber wir wussten beide, dass es nicht lustig war. Jedes Lachen war wie ein Stoß, jedes Lächeln eine Qual.

Ich lehnte mich gegen den Türrahmen und betrachtete ihn. »Jax …«

»Nicht«, zischte er und hob sein Glas. »Versuch nicht, mich zu trösten. Ich will dein Licht gerade nicht.«

»Was kann ich tun? Wie kann ich dir helfen?«

»Gar nicht. Du verstehst es nicht. Du weißt nicht, was er gemacht hat …« Er holte tief Luft und trat ans Bücherregal und legte seine Hand darauf. Der Whiskey schwappte im Glas hin und her. Er hatte mir den Rücken zugewandt, aber ich konnte es in seiner Stimme hören – die Ohnmacht, die Verzweiflung.

»Sag es mir«, bat ich.

»Derek ist ausgezogen, nachdem meine Mutter gestorben war, nachdem er erlebt hatte, was für ein Mensch mein Vater wirklich war. Es war klug von ihm, hier zu verschwinden, und ich hätte mit ihm gehen können. Ich hätte fortgehen können. Derek hat mir gesagt, ich sollte mit ihm kommen, aber ich bin geblieben, weil ich dachte, ich würde meinem Vater etwas schulden. Er hat nicht ein einziges Mal etwas zu mir gesagt, was mir das Gefühl gegeben hat, ich wäre gut genug. Er hat mir nie einen Grund gegeben zu bleiben. Ich erinnere mich an jedes einzelne Mal, an dem er mich verprügelt hat, an jede abstoßende Bemerkung, die er mir gegenüber gemacht hat, und ich kann mich beim besten Willen nicht erinnern, dass er mir jemals gesagt hätte, er hätte mich lieb. Kein einziges Mal. Und dann stirbt er. Er *stirbt*, Kennedy. Und er wagt es, mir *das hier* zu hinterlassen.« Er zeigte auf den Schreibtisch.

Mein Blick folgte seiner Hand, bevor ich an den Schreibtisch trat und die Papiere aufnahm. Es war eine Kopie von Coles Testament.

Jax lachte höhnisch. »Seite drei, Absatz vier.« Als ich las, was dort stand, wurde mir flau im Magen, und ich spürte, wie Übelkeit in mir aufstieg.

Ich sah Jax an, und er nickte. Noch einmal las ich den Absatz, in der Hoffnung, einen Fehler zu finden, einen Tippfehler, irgendetwas, aber es stimmte.

»Er hat Derek die Firma hinterlassen, und das Grundstück, das hier …«, sagte er und wies mit dem Kinn auf das Zimmer und das Haus. »Das ist alles, was ich je hatte. Mein Vater und dieses Land waren alles, was ich verdammt noch mal hatte, und er gibt es meinem Bruder, der davongelaufen ist.«

Ich wusste nicht, was ich sagen oder wie ich diese Neuigkeit verarbeiten sollte. Alles, was ich wusste, war, dass Jax im Leben nicht viel Gutes erfahren hatte, und gerade jetzt, wo es bergauf zu gehen schien, war ihm das Leben wieder in die Quere gekommen und enttäuschte ihn erneut.

»Er muss dir doch auch etwas hinterlassen haben. Er muss …« Die Worte kamen mir nur stockend über die Lippen. »Das ergibt keinen Sinn«, sagte ich ungläubig.

»Cole Kilter hat noch nie Sinn ergeben.«

»Er hat dir nichts hinterlassen?«

Jax schüttelte den Kopf und deutete wieder auf das Testament. »Da auf dem Boden steht ein Schuhkarton. Der ist für mich.«

Ich sah hinunter und hob den Karton auf. Darin lagen Briefe – unsere Briefe. Die Briefe, die ich nie von Jax erhalten hatte, und die, die ich ihm geschickt und die er nie bekommen hatte.

Oben auf dem Stapel lag ein Zettel, auf dem stand: *Du hast mir mein Glück genommen, also nehme ich dir deins.*

Als ich aufblickte, merkte ich, dass Jax mich ansah. Ich hatte keine Ahnung, was ich sagen oder denken sollte, und konnte mir deshalb gut vorstellen, was in seinem Kopf vorging.

»Schon witzig, oder?« Er lief im Zimmer auf und ab, und seine Stimme wurde lauter. »Er schafft es sogar, mir aus dem Grab heraus wehzutun.«

»Jax …«

Er schüttelte den Kopf. »Die ganze Zeit habe ich gehofft, dass all das irgendeinen Sinn ergibt, dass es irgendeinen Grund für diesen ganzen Mist gibt, aber den gibt es nicht.«

Wie konnte ich ihm nur helfen? Wie konnte ich diesem Mann, der sein ganzes Leben damit verbracht hatte, für andere zu kämpfen, klarmachen, dass er es ebenfalls wert war, dass man für ihn kämpfte, wenn doch so vieles in seinem Leben das Gegenteil sagte?

»Das ist doch alles ein Witz«, murmelte er. Er trat einen Schritt zurück und starrte auf die Briefe. Ich sah, wie seine Unterlippe zitterte. Das Glas glitt ihm aus der Hand, und als es zersprang, zersprang auch seine Seele. Er fiel auf die Knie, und seine Schultern sackten nach vorn. Er weinte nicht, aber ich wusste, dass er nun endgültig zerschmettert war. Ich schlug die Hand vor den Mund, um mein eigenes Schluchzen für die gebrochene Seele vor mir zu unterdrücken. Wenn er nicht weinen konnte, dann tat ich es für ihn.

Seine Hände landeten in den Glasscherben, die sich tief in seine Haut bohrten. Schweigend trat ich zu ihm. Ich bat ihn nicht, aufzustehen, sagte ihm nicht, er solle versuchen, stark zu sein. Ich setzte mich einfach zu ihm in seinem Sturm und blieb dort sitzen, auch wenn er mir sagte, ich solle ihn allein lassen.

34

KENNEDY

»Wie geht es ihm?«, fragte Derek, nachdem ich Jax dazu gebracht hatte, sich ein wenig hinzulegen. Stacey fuhr in das Bed & Breakfast in der Stadt, in dem sie und Derek übernachten würden, um sich ein wenig auszuruhen, aber Derek wollte nicht gehen, solange er nicht wusste, dass es seinem Bruder gut ging.

Ich setzte mich zu ihm auf die Couch. »Er leidet sehr, und ich kann es ihm nicht verübeln. Was euer Vater …«

»Er war nicht mein Vater«, zischte Derek durch zusammengebissene Zähne. »Und er war auch nicht Jax' Vater. Wie dieses Monster ihn behandelt hat, war einfach nur ekelhaft. Ich kann mir gut vorstellen, was Jax durchgemacht hat, nachdem ich fort war. Ich hätte ihn niemals hier zurücklassen dürfen.«

»Du hast versucht ihn zu überreden, mit dir zu kommen«, sagte ich.

»Ja, aber ich hätte hartnäckiger sein müssen.«

»Du kannst ihm zumindest das Land überlassen«, sagte ich. »Ich bin mir sicher, du kannst es auf seinen Namen überschreiben lassen oder so. Es wird sicher einen Weg geben.«

Derek senkte den Kopf und schwieg. Er hatte die Finger so fest ineinander verschränkt, dass seine Knöchel weiß hervortraten.

»Derek«, drängte ich. »Du kannst die Grausamkeit deines Vaters in etwas Gutes verwandeln.«

»Ich weiß«, stimmte er mir zu. »Und deswegen werde ich dieses Höllenloch an den Höchstbietenden verscherbeln.«

Seine Worte stachen mir ins Herz. »Das kannst du nicht tun. Das alles hier bedeutet Jax so viel.«

»Ach wirklich? Du meinst die Löcher in den Wänden? Sind sie es, die ihn hier festhalten? Oder die Erinnerung daran, wie Cole die Mikrowelle quer durch die Küche geschleudert hat? Oder wie er mich an dem Abend, bevor ich abgehauen bin, bewusstlos geschlagen hat? Ist es das, was ihn hier hält?«, fragte er wütend.

»Nein, natürlich nicht.«

»Was zur Hölle sollte ihn dann einem Ort wie diesem halten?«

»Eure Mutter«, flüsterte ich.

Derek begann, mit dem Fuß auf den Teppich zu tippen. Sein ganzer Körper bebte. »Es gibt noch einen Grund, warum er diesen Ort endlich hinter sich lassen sollte. Zu viel Traurigkeit.«

»Er versucht, sie in etwas Schönes zu verwandeln. Das musst du mir glauben, Derek.«

»Aus unserer Vergangenheit kann man nichts Schönes machen. Glaub mir, ich hab's versucht.«

Ich sah, wie Dereks Anspannung wuchs, während er dort saß. Die Gedanken rasten mit Lichtgeschwindigkeit durch seinen Kopf; er schien wirklich zu glauben, dass er das Richtige tat, wenn er das Land seiner Familie verkaufte.

»Derek …«

»Ich werde mich mit den richtigen Leuten in Verbindung setzen, um das Ganze so schnell wie möglich in die Wege zu leiten.« Er stand vom Sofa auf und rieb sich mit dem Daumen über die Augenbrauen. »Wir fliegen morgen ganz früh zurück nach Chicago, aber ich werde mich bei Jax melden.«

»Warte. Nein. Bitte, überlege es dir mal«, flehte ich und sprang ebenfalls auf. »Das wird ihn umbringen, Derek. Wenn du ihm das Haus noch wegnimmst, bricht er zusammen.«

Sein Mundwinkel zuckte, und er wich meinem Blick aus. »Er hat Schlimmeres durchgemacht und überstanden. Ich bin mir sicher, er wird auch das überstehen und am Ende sogar froh darüber sein. Jetzt kann er endlich ein neues Leben anfangen.«

»Er hat ein Leben. Hier.«

»Nein, er hat einen Käfig, und in dem sitzt er schon viel zu lange. Hör zu, Kennedy, ich verstehe ja, was du mir sagen willst. Du machst dir Sorgen um ihn. Ich auch. Und das ist der Grund, warum ich diese Entscheidung getroffen habe. Er selbst würde es niemals tun. Ich habe in meinem Leben viele Fehler gemacht und immer wieder falsche Entscheidungen getroffen, aber diesmal spüre ich tief in meiner Seele, dass es die richtige Entscheidung ist.«

»Und wo soll er dann hin?«, flüsterte ich kopfschüttelnd. »Ohne sein Zuhause, wo soll er denn dann hin?«

»Das ist ja das Schöne daran«, murmelte er und strich sich den Designeranzug glatt. »Er kann überallhin gehen. Sag ihm tschüss von mir, ja?«

»Wie wäre es, wenn du es ihm selbst sagst? Sei ein Mann. Schau deinem Bruder in die Augen und sag ihm, was du vorhast.«

»Ich war noch nie ein besonders mutiger Mensch.« Derek senkte für eine Sekunde den Kopf und seufzte. »Sag ihm einfach, dass es so am besten ist und dass ich mich melde.«

»Du bist ein Feigling!«, rief ich angewidert bei der Vorstellung, dass Derek einfach verschwinden wollte, ohne Jax zu sagen, was er vorhatte. Dass er nicht mal den Mumm hatte, seinem Bruder ins Gesicht zu sehen und ihm die Wahrheit zu sagen. »Er liebt dich, und du wirst ihn zerschmettern.«

»Er wird mir vergeben, denn so ist Jax. Er vergibt den Menschen.«

»Das gibt dir nicht das Recht, ihn auszunutzen.«

»Du hast recht, und vielleicht werde ich einiges wiedergutmachen müssen, aber zumindest kann ich besser schlafen, wenn ich weiß, dass mein Bruder nicht länger in diesem Gefängnis hocken muss. Ich sehe, dass er dir wichtig ist. Verdammt, ich bin froh, dass er jemanden hat, der für ihn kämpft, aber ich kämpfe ebenfalls für ihn. Es tut mir leid, dass du das im Moment nicht so siehst, aber mit der Zeit wirst du es verstehen. Bis dann, Kennedy.«

Und mit diesen Worten ging er hinaus und ließ mich mit den Neuigkeiten zurück, von denen ich wusste, dass sie den Mann zerstören würden, den ich liebte.

Und da stand ich nun, mit einer tickenden Zeitbombe in den Händen, die Jax' Seele in Stücke reißen würde.

Jax reagierte nicht wütend, als ich ihm sagte, dass Derek weg war. Er wurde nicht laut oder weinte. Er wirkte vielmehr ... erschöpft, beinahe wie betäubt, als hätte er jede einzelne Emotion durchlebt und spürte nur noch Leere.

»Du solltest auch gehen«, sagte er, als wir auf seiner Bettkante saßen.

»Nein, Jax. Ich werde dich nicht allein lassen.«

Ich wiederholte, dass ich nicht fortgehen würde, doch ich war mir nicht sicher, ob er mich überhaupt hörte.

Es war, als hätte er komplett abgeschaltet – von seiner Umgebung, von seinen Gefühlen. Von mir.

Er rutschte auf der Matratze hin und her und räusperte sich. »Ich muss mal ins Bad.«

Als er aufstand, erhob ich mich ebenfalls. Er lächelte schwach. »Du musst mir nicht bis aufs Klo folgen, Sun. Ich denke, das schaffe ich allein.«

»Richtig. Natürlich. Okay. Ich warte hier.« Ich setzte mich wieder hin, und er ging aus dem Zimmer. Wenige Augenblicke später hörte ich den Motor seines Pick-ups aufheulen. Ich rannte hinaus und sah nur noch, wie er davonfuhr.

»Er geht nicht an sein Handy. Ich versuche schon die ganze Zeit, ihn anzurufen. Er ist jetzt seit vier Stunden weg«, erklärte ich meiner Schwester, als sie bei mir ankam. »Ich mache mir ernsthaft Sorgen.«

»Ich bin mir sicher, es geht ihm gut. Vielleicht musste er einfach mal raus, um seine Gedanken zu ordnen. Das war alles ganz schön viel für ihn.«

»Ich möchte nicht, dass er da draußen allein ist. Ich möchte bei ihm sein. Ich habe das Gefühl, dass er jemanden braucht, aber er stößt alle von sich. Ich weiß, wie es sich in dieser Hölle anfühlt. Ich habe dich ein ganzes Jahr lang von mir gestoßen, weil ich wusste, dass du mich trösten wolltest, aber ich dachte, ich verdiene es nicht.«

Diese traurige Wahrheit trieb Yoana die Tränen in die Augen. »Du liebst ihn, nicht wahr?«

Ich nickte. »Mit jeder Faser meines Seins.«

Sie sah mich mit einem traurigen Lächeln an und stupste mich aufmunternd gegen den Arm. »Weißt du, was man macht, wenn man jemanden liebt?«

»Was?«

»Man liebt ihn noch mehr an den schlechten Tagen. Jax leidet, und er braucht dich, auch wenn er es momentan vielleicht nicht glaubt. Er braucht dich mehr als je zuvor. Weißt du, was ich tun würde, wenn es Nathan wäre?«

Ich wartete auf ihre Antwort.

Sie stand auf, ging zur Tür und zog sich ihre Turnschuhe an. »Ich würde jeden Winkel der Welt absuchen, um ihn zu mir nach Hause zu holen. Also los, fahren wir.«

Ich schnappte mir meine Schuhe, und los ging's.

35

JAX

»Whiskey«, murmelte ich und schob dem Barmann mein leeres Glas hin. Ich hatte keine Ahnung, wie lange ich schon dort saß. Ich war vor Kennedy und ihrem Trost geflüchtet, weil ich einfach zu durcheinander gewesen war. Ich musste da weg, doch als ich die Stadt hinter mir gelassen hatte, wusste ich nicht, wo ich überhaupt hinsollte.

Ich kannte nichts als diese verdammte Stadt.

Und so landete ich in Ray's Bar and Grill und kippte mir einen Whiskey nach dem anderen hinter die Binde. Mittlerweile war ich an dem Punkt, an dem der Whiskey nicht mehr in der Kehle brannte und mein Kopf vollkommen leer war. *Gut so.* Schließlich wollte ich auch nichts fühlen. Ich wollte nicht darüber nachdenken, dass ich nach all den Jahren, in denen ich versucht hatte, meine Fehler wiedergutzumachen, trotzdem versagt hatte. Ich war obdachlos und besaß nichts mehr.

Ich hatte meinem Vater alles gegeben, was ich hatte, und er hatte mich eiskalt verarscht. Obwohl er mir gesagt hatte, dass ich das Land eines Tages erben würde. Obwohl er mir geschworen hatte, es mir zu hinterlassen. Es war mein Fehler gewesen – ich hatte einem Lügner geglaubt. Da hätte ich ebenso gut an den Weihnachtsmann glauben können.

»Bist du sicher, dass du nicht langsam genug hast, Jax?«, fragte Ray und sah mich aus schmalen Augen an. Wieso benannten eigentlich alle Leute hier in der Stadt ihre Läden nach ihrem Vornamen? Fiel ihnen wirklich nichts Besseres ein?

Scheiße.

Ich war betrunken.

»Ich hab heute ein Arschloch unter die Erde gebracht, Ray. Da kann ich noch ein paar Whiskeys vertragen«, murmelte ich.

Ray runzelte die Stirn. »Hab davon gehört.« Er verzichtete auf die Beileidsbekundung, denn er war ein ehrlicher Mensch. Er war nicht traurig darüber, dass mein Vater gestorben war. Konnte ich ihm nicht verübeln. Er schob mein Glas wieder zu mir zurück und stellte die Whiskeyflasche daneben.

Ich fuhr mir mit den Händen durch die Haare, die ohnehin schon wirr und zerzaust waren, und goss mir das Glas wieder voll. Dann schaltete ich mein Handy aus, weil Kennedy immer wieder anrief. Ich war noch nicht bereit, mich wieder gut zu fühlen. Ich war noch nicht bereit für ihre Liebe.

Im Augenblick wollte ich nichts, als in meinen erbärmlichen Gedanken zu ertrinken.

Ich wollte in Ruhe gelassen werden. Sonst nichts.

Leider war mir das nicht vergönnt. Das wurde mir klar, als ich vom Eingang der Bar lautes Kichern hörte. »Oh, mein Gott, Lars! Hör auf damit«, grunzte Amanda.

Ich warf einen Blick über die Schulter und sah zwei Amandas und drei Lars in die Bar stolpern. Die beiden waren ziemlich angesäuselt und fingen sofort an, zu dem Countrysong zu tanzen, der aus den Lautsprechern plärrte. Seit wann lief hier Musik?

Vielleicht schon die ganze Zeit.

Ich blinzelte ein paarmal und schüttelte den Kopf. Offenbar waren es doch nur eine Amanda und ein Lars. Auch egal.

Ich kümmerte mich wieder um meinen Whiskey und versuchte mich nicht davon beeindrucken zu lassen, als Lars brüllte: »Na, wenn das da an der Bar mal nicht Jax Kilter ist. Was für eine freudige Überraschung für uns alle hier!« Er klatschte.

Meine Brust zog sich zusammen, doch ich ignorierte ihn.

»Lass ihn in Frieden, Lars«, sagte Amanda. »Er hat heute genug durchgemacht.«

»Oh ja. Hab ich ganz vergessen. Wahrscheinlich hockt er deshalb hier. Bin mir sicher, er trinkt auf seinen Versager von Vater. Hab ich recht, Jax?« Lars kam zu mir und legte die Hände auf meine Schultern.

Meine Hände umklammerten mein Glas, doch ich sagte nichts.

»Lars, komm jetzt. Lass uns einen Tisch suchen und was essen«, sagte Amanda, als wäre sie überrascht, dass Lars sich wie ein Arschloch aufführte. Dabei lag es in seinen Genen. »Lass ihn in Ruhe.«

Hatte sie wirklich geglaubt, Lars würde auf sie hören? Er hatte mich noch nie in Ruhe gelassen. Wieso also sollte er heute damit anfangen? Zumal es zu seinen Lieblingsbeschäftigungen gehörte, Leute zu treten, die bereits am Boden lagen.

»Setz du dich schon mal hin. Ich plaudere nur noch kurz mit meinem alten Freund hier«, sagte er.

»Ich bin nicht dein Freund«, murmelte ich.

Er legte den Kopf schief und kam noch ein wenig näher. »Was hast du gesagt?«

Amanda trat ein paar Schritte auf uns zu. »Lars …«

»Nun geh schon«, sagte er mit seinem üblichen großkotzigen Lächeln.

Ich sah zu Amanda hinüber. Sie wirkte besorgt, aber ich war mir nicht sicher, ob ihre Sorge mir galt oder ihr selbst.

»Lass nicht zu, dass er so mit dir spricht«, sagte ich leise. »Lass nicht zu, dass irgendjemand so mit dir spricht.«

»Jax …«, begann sie, aber Lars fiel ihr erneut ins Wort.

»Ich habe gesagt, du sollst dich hinsetzen!«, fuhr er sie an.

Wie war sie nur an diesen Typen geraten? Sie hatte was Besseres verdient. Aber so, wie sie nun ihre Hand wieder fallen ließ und loszog, um einen Tisch für sie beide zu suchen, war ihr offensichtlich nicht klar, dass sie ohne ihn besser dran war.

Sie wusste, dass ich kein großer Fan von Lars war, und ich fragte mich unwillkürlich, ob sie sich vielleicht auf ihn eingelassen hatte, um meine Aufmerksamkeit zu erregen.

»Stört dich das?«, fragte Lars noch immer ganz nah. »Das ich deine Ex rannehme?«

»Ist das dein Ernst, Mann? Wir sind fast dreißig. Werd endlich erwachsen«, brummte ich.

»Es muss dich echt wahnsinnig machen. Ehrlich gesagt, war ich ein wenig überrascht, dass Amanda es so lange mit dir ausgehalten hat. Und weißt du was? Wenn ich mit ihr fertig bin, nehme ich mir deine Neue vor.«

Jetzt reichte es. »Wage es ja nicht, auch nur in ihre Nähe zu kommen«, zischte ich und drehte mich zu ihm um.

»Oho, da ist er ja.« Er grinste. »Das Monster erwacht.«

»Was willst du, Lars?«

»Ich will, dass du aus dieser Stadt verschwindest. Ohne dich sind wir hier sehr viel besser dran. Du hältst dich wohl für besonders clever, was? Eine Gartenbaufirma aufzuziehen? Mir meine Kunden wegzunehmen?«

»Ich gründe keine Gartenbaufirma«, murmelte ich.

»Und was, verdammte Scheiße, ist das hier?«, brüllte er und schleuderte mir eine Visitenkarte entgegen.

Ich nahm sie und versuchte meinen Blick so zu fokussieren, dass ich sie lesen konnte. Natürlich. Connor hatte Visitenkarten gedruckt und sie in der ganzen Stadt verteilt. Ich hätte wissen müssen, dass er früher oder später damit anfangen würde.

»Das ist nicht ernst gemeint«, sagte ich.

»Für mich ist es sehr ernst, wenn die Leute mir sagen, dass sie sich erst noch ein Angebot von einer anderen Firma geben lassen wollen. Du versuchst mir meine Einnahmen zu klauen, und das kann ich nicht zulassen.«

»Niemand klaut dir deine Einnahmen«, stöhnte ich. Ich war eindeutig zu betrunken für das hier. Wieso redete Lars überhaupt mit mir? Hatte er nicht ein Date, das auf ihn wartete?

»Natürlich tust du das nicht, weil du ein Versager bist, genau wie dein Scheißvater. Niemand in dieser Stadt will mit dir arbeiten, außer wenn es darum geht, ihre vollgeschissenen Klos zu reparieren. Ein Scheißtyp, der sich um die Scheiße in der Stadt kümmert, das ist alles, was du bist. Am besten hättest du dich selbst gleich mit erschossen, als du deine Scheißmutter umgebracht hast«, flüsterte er leise und voller Gift.

Und einfach so fingen all die tauben Teile meiner Seele Feuer, als er so über meine Mutter sprach. »Was willst du, Lars?«, knurrte ich und stand von meinem Barhocker auf. »Mich dazu bringen, dass ich ausflippe? Dass ich mich vergesse? Willst du dich mit mir prügeln? Beweisen, was für ein Arschloch ich bin? Meinetwegen, hier bin ich, scheiß Jax Kilter! Das Arschloch, das gar nichts hat. Du willst, dass die Monster in mir erwachen? Da hast du sie! Nur zu! Zeig mir, was du draufhast«, zischte ich mit weit ausgebreiteten Armen. Was hatte ich schon zu verlieren?

»Du willst dich mit mir schlagen, Kilter?«, fragte Lars ein wenig überrascht.

Nein. Ich wollte mich *nicht* mit ihm schlagen. Ich wollte gar nichts. Ich war betrunken, alles drehte sich um mich, und die Taubheit, um die ich mich so bemüht hatte, verschwand allmählich wieder.

Ich schüttelte den Kopf. »Vergiss es«, murmelte ich.

»Was ist los mit dir, hm? Wieso bist du so ein verdammter Freak? Wieso murmelst du immer nur irgendeinen Scheiß vor dich hin?«, brüllte Lars. »Ich kapier nicht, wie Amanda das ausgehalten hat.«

Ich wollte nichts mit ihm zu tun haben. Ich wollte mit niemandem irgendwas zu tun haben. Ich wollte einfach nur in Ruhe gelassen werden.

Als ich mich umdrehte, um zu gehen, hielt Lars mich an der Schulter fest und drehte mich herum, sodass ich ihn wieder ansehen musste. »Ich war noch nicht fertig, Arschloch!«, brüllte er, und ich donnerte ihm, ohne zu überlegen, meine Faust ins Gesicht.

Das war nicht geplant gewesen. Ich hatte einfach weggehen wollen. Ich wollte einfach nach Hause.

Aber ich hatte kein Zuhause mehr …

Verdammte Scheiße.

Bevor ich mich auf ihn konzentrieren konnte, stürzte Lars sich auf mich und warf mich zu Boden, wo wir weiterkämpften, während alle in der Bar zu johlen anfingen. Amanda klang, als würde sie weinen. Ein paar Leute feuerten uns an, andere versuchten uns zu trennen.

»Raus hier!«, brüllte Ray und zog uns auseinander.

»Tut mir leid, Ray«, sagte Lars. »Er hat angefangen.«

»Halt die Klappe, Lars. Du bist echt ein Arsch, Jax ausgerechnet heute so anzugehen. Sieh zu, dass du verschwindest«, befahl er. Dann streckte er eine Hand nach mir aus. »Alles in Ordnung, Jax?«

Ich nickte stumm und rappelte mich auf. Mein Gesicht tat mir weh. Mein Kopf tat mir weh. Und mein Herz auch.

Ich griff in die Tasche, zog ein paar Scheine heraus und warf sie auf den Tresen. »Tut mir leid, Ray«, murmelte ich und torkelte aus der Bar.

Draußen klopfte ich gerade meine Taschen nach meinem Autoschlüssel ab, als ich jemanden meinen Namen rufen hörte.

»Jax!«

Ich blickte auf und sah vier Kennedys auf mich zukommen.

Zwei Kennedys.

Nein. Nur eine.

»W-was machst d-du denn hier?«, stotterte ich und stolperte. Am liebsten hätte ich mich hier und jetzt einfach auf den Boden gelegt.

»Ich bin hier, um dich nach Hause zu bringen«, erklärte sie und hakte sich bei mir unter.

Ich riss mich los. »Nach Hause?«, lachte ich höhnisch. »Guter Witz, Kennedy.«

Ich drehte mich um und lief in die andere Richtung, doch sie kam hinter mir her. »Warte, Jax. Jetzt komm schon. Du kannst bei mir wohnen. Du musst das nicht alleine machen.«

»Wieso nicht? Ich habe immer alles alleine gemacht.«

»Du bist betrunken«, zischte sie, während sie wieder zu mir trat und meinen Arm nahm. Der elektrische Strom, den sie jedes Mal durch mich hindurchjagte, wenn sie mich berührte, war immer noch da. Ich hasste es, wie warm sie sich anfühlte. Ich hasste es, dass schon ihre Nähe alles ein wenig besser machte.

»Ich bin erledigt.« Ich seufzte. »Ich sollte verschwinden. Ich sollte diese Stadt verlassen. Ich muss …«

»Komm mit mir«, unterbrach sie mich, und ihre honigbraunen Augen sahen mich durchdringend an.

»Wohin?«

»Irgendwohin. Überallhin. Wohin auch immer du gehst, nimm mich mit.« Sie nahm meine Hände und zog mich zu sich heran. Ich wollte mich losreißen, aber noch mehr wollte ich bei ihr sein. Ihre Stirn berührte meine. »Geh nicht, Jax.«

»Sun …«

»Geh nicht, Moon«, flüsterte sie und legte beide Hände auf meine Brust.

Ich schloss die Augen. Alles drehte sich.

»Bleib bei mir«, flehte sie.

»Ich habe gar nichts, Kennedy. Ich habe nichts, das ich dir geben könnte.«

»Gib mir dein Herz. Das ist alles, was ich brauche. Bitte, Jax. Bitte«, flehte sie und strich sanft mit ihren Lippen über meine. »Wenn du bleibst, werde ich dich für immer lieben.«

Ich öffnete die Augen, und da war sie. Meine Geliebte. Meine Freundin. Meine Sonne.

»Was soll ich nur tun?«, fragte ich, und meine Stimme brach.

»Lass uns nach Hause gehen. Und morgen finden wir eine Lösung. Okay?«

Wir finden eine Lösung.

Wir.

Es ging nicht mehr nur um mich. Ich war nicht allein, denn Kennedy hatte den Mut, mit mir zu gehen.

Ich nickte langsam und nahm ihre Hand. »Okay.«

36

KENNEDY

»Was machst du denn hier? Woher weißt du, wo ich bin?«, fragte Derek am nächsten Morgen.

»Das hier ist das einzige Bed & Breakfast in der Stadt. Es war nicht besonders schwierig.« In der vergangenen Nacht hatte ich kein Auge zugetan, weil Jax nicht schlafen konnte, und so war ich mit ihm wach geblieben, bis die Sonne durch die Fenster hereinschien.

»Kann ich dir etwas zeigen?«, fragte ich.

Derek kratzte sich den Bart und räusperte sich. »Stacey und ich müssen gleich zum Flughafen. Eigentlich habe ich keine Zeit.«

»Es dauert nicht lange. Ich möchte es dir nur zeigen.«

»Was möchtest du mir zeigen?«

»Was Jax erschaffen hat. Bitte, komm einfach mit und sieh es dir an. Ich verspreche dir, dann wirst du verstehen, warum Jax euer Land behalten muss.«

Er warf einen Blick auf seine Uhr und verschränkte die Arme. »Ich habe maximal zwanzig Minuten.«

»Ich verspreche dir, es wird nicht lange dauern.«

Er sagte nichts weiter und nickte nur.

Ich führte Derek in den Wald seiner Familie. Wir sprachen kein Wort. Als wir auf der Lichtung ankamen und er die zahllosen Blumen sah, wurden seine Augen feucht.

»Gänseblümchen«, murmelte er und klang dabei genau wie sein Bruder.

»Ja.«

»Das waren ihre Lieblingsblumen.« Er räusperte sich. »Jax hat diesen Ort für *sie* erschaffen?«

»Ja. Und er hat noch jede Menge Ideen. Er hat all ihre alten Pläne behalten und …«

»Scheiße«, flüsterte Derek, und dann rief er: »Verdammter Mist!«

Sein Ausbruch überraschte mich, und ich wusste nicht recht, was ich sagen sollte. »Es tut mir leid, wenn es zu schwer für dich ist. Vielleicht hätte ich dich lieber nicht herbringen sollen.« Ich fühlte mich schuldig. Ich hatte gedacht, es würde ihm helfen.

»Nein, du verstehst nicht«, sagte er, und Tränen liefen ihm über die Wangen. Er legte eine Hand auf seinen Kopf und ließ ihnen freien Lauf. »Du verstehst nicht.«

»Was verstehe ich nicht?«

»Du verstehst gar nichts.« Er schluckte und verschränkte die Hände hinter dem Kopf. »Alles, was mein Bruder durchgemacht hat, ist allein meine Schuld.«

Ich kniff die Augen zusammen und sah ihn verwirrt an. »Wovon redest du?«

»All sein Leid, all sein Schmerz, dass er hier mit Cole festgesessen hat, all das ist meine Schuld. Und was macht er? Pflanzt Gänseblümchen für Mom, weil er sich für etwas verantwortlich fühlt, für das er überhaupt nichts kann.«

»Derek. Was ist los?«

»Der Unfall. Er war es nicht.« Derek ließ den Kopf hängen, und immer neue Tränen liefen über seine Wangen. Sein ganzer Körper bebte, während er aussprach, was die Welt auf den Kopf stellte. »Ich war es, Kennedy. Ich war es. Ich habe sie erschossen. Ich habe unsere Mutter erschossen, nicht Jax.«

Seine Worte trafen mich ins Mark, und die Stille, die plötzlich den Wald erfüllte, machte mir Angst.

Ich wich ein paar Schritte zurück. »Was? Nein. Es war Jax. Sicher fühlst du dich schuldig, weil du ihn mit in den Wald genommen hast, aber …«

»Nein«, widersprach Derek. »Ich war es. Ich habe geschossen, Kennedy. Sein Gewehr war noch gar nicht entsichert. Ich war es. Es tut mir so leid. Es tut mir so leid. Ich habe sie erschossen. Ich habe meine eigene Mutter getötet.«

Er begann heftig zu schluchzen, während er mir seine Wahrheit gestand. »Es tut mir so leid. Es tut mir so leid …«

Ich wusste nicht, was ich tun sollte. Ich wusste nicht, wie ich mit dem umgehen sollte, was Derek gerade gesagt hatte. Er hatte seine Mutter erschossen? Er hatte Elizabeth umgebracht und zugelassen, dass Jax all die Jahre mit dem Gedanken hatte leben müssen, dass *er* geschossen hatte?

Was zur Hölle ging hier vor?

37

DEREK

Siebzehn Jahre alt

Cole verbot Jax, ins Feriencamp zu fahren. Er musste zu Hause bleiben, weil er den Hirsch nicht geschossen hatte. Mom stritt mit Cole und versuchte ihn zu überzeugen, Jax fahren zu lassen, aber es war sein Geld, und unter keinen Umständen würde er seinen Schwächling von Sohn ins Feriencamp schicken.

Mom und Cole stritten sich in letzter Zeit ständig. Es war unerträglich. Es war genau wie vorher, als Mom sich mit meinem Dad gestritten hatte. Ich hasste das Gebrüll, aber noch schlimmer war die Vorstellung, Cole zu verlassen. Doch genau das würde Mom tun, wenn Jax sich nicht endlich zusammenriss. Ich hatte schon einmal einen Dad verloren, und ich wollte das nicht noch einmal durchmachen.

In den meisten Dingen entsprach Cole allem, was ich mir von einem Vater wünschte. Er kam zu meinen Footballspielen. Wir fuhren zusammen zum Angeln, wir gingen Jagen. Er war einfach großartig. Ja, meinem kleinen Bruder machte er es nicht unbedingt leicht, aber daran war Jax selbst schuld. Er benahm sich ja auch wie ein Baby. Wenn er sich mal wie ein echter Junge benehmen würde und nicht wie ein kleines Mädchen, dann würde Cole ihn auch so behandeln, wie er mich behandelte. Dann wären Mom und Cole wieder glücklich miteinander, und alles wäre gut. Und dafür musste ich sorgen.

»Raus aus dem Bett!« An einem Abend, nachdem Mom und Cole wieder den ganzen Tag gestritten hatten, marschierte ich in Jax' Zimmer und stieß ihn gegen die Schulter. »Wir müssen uns beeilen.«

»Womit?«

»Du musst einen Hirsch schießen, wenn du willst, dass Cole dir jemals vergibt.«

Jax sah mich angsterfüllt an. »Nein, nein. Ich k-k-ann das nicht«, stotterte er.

Ich riss ihm die Decke weg und zog ihn aus dem Bett. »Doch, du kannst, Jax. Du hast bloß Schiss. Verdammt noch mal!«

»Hab ich nicht«, log er. Dabei hatte er so was von Schiss.

»Doch, hast du. Und jetzt komm. Willst du wirklich dafür verantwortlich sein, dass Mom Cole verlässt? Willst du, dass unsere Eltern sich trennen?«

»Nein.«

»Dann komm endlich.«

»Wir kommen nicht mal an die Gewehre. Dad schließt sie immer ein.«

Ich ließ Coles Schlüsselbund vor seinem Gesicht hin und her baumeln. »Schon erledigt. Und jetzt komm, bevor sie merken, dass wir nicht im Bett liegen.«

Einen Moment lang stand Jax reglos. Ich stöhnte und schlug mir die flache Hand vor die Stirn. »Jax, wenn, dann jetzt. Mach dir ein Leben lang vor Angst in die Hose, oder bring es endlich hinter dich«, sagte ich und bohrte meinen Blick förmlich in seinen. Seiner war so sanft, genau wie Moms. Er war genauso weich wie sie. Emotional. Cole sagte immer, die beiden seien sensibler, als es ihnen guttat.

»Willst du nicht, dass Cole dich genauso lieb hat wie mich?«, fragte ich.

Das brachte ihn endlich in die Gänge.

Ich zerrte ihn aus seinem Zimmer und zwang ihn, seine Turnschuhe anzuziehen. Er folgte mir in den Schuppen, wo wir uns die Gewehre holten. »Du nimmst Coles«, erklärte ich. »Es wird ihm gefallen zu hören, dass du den Hirsch mit seinem Lieblingsgewehr erlegt hast.«

Als wir draußen waren, sorgte ich dafür, dass Jax die Waffe ruhig hielt. Er zitterte viel zu sehr.

Es war dunkel, und ich wusste, wie sehr er die Dunkelheit hasste. Eigentlich gab es nicht viel, vor dem Jax keine Angst hatte.

Das einzige Licht, das wir hatten, war eine Laterne mit einer flackernden Kerze, die ich mitgenommen hatte, weil ich davon ausging, dass eine Taschenlampe die Tiere nur vertreiben würde.

Mein eigenes Gewehr hatte ich ebenfalls mitgenommen, für den Fall, dass Jax Hilfe brauchte.

Alles, was wir tun mussten, war einen Hirsch zu töten. Jax musste nichts weiter machen, als den Abzug zu ziehen, und Cole würde ihn mögen. Dann würde wieder alles so sein wie früher. Mom und Cole würden aufhören zu streiten, und wir könnten eine Familie bleiben.

Die Laterne sollte uns helfen, die Tiere zwischen den Bäumen zu entdecken. Cole hatte mir beigebracht, dass man Geduld haben musste, um eine Schönheit wie den Weißwedelhirsch zu erlegen.

Und so warteten wir, und warteten, und warteten.

Endlich tauchte das Tier auf. Es war riesig, gut zwei Nummern größer als das Tier, das ich im vergangenen Herbst geschossen hatte.

»Da hast du ihn, Jax. Er ist eine Schönheit! Hol ihn dir!«, befahl ich, auch wenn Jax' Hände zitterten.

Da hörten wir plötzlich eine Stimme im Wald, die nach uns rief. »Jax! Derek!«

Mom.

Sie kam näher.

Sie wusste, dass wir nicht im Bett lagen.

Mist.

»Schieß endlich!«, zischte ich. Jax zuckte erschrocken zusammen und warf die Laterne um.

»Au Mann, Jax, nun mach endlich! Du hast ihn. Schieß einfach. Schieß einfach, schieß …«

Ein Schuss knallte, und Jax ließ seine Waffe fallen.

Wir hörten einen Schrei.

Das Gewehr fiel mir aus den Händen, und ich versuchte in die Dunkelheit zu spähen. Als ich in die Richtung lief, aus der der Schrei gekommen war, hörte ich ein Schluchzen. Eine Welle der Panik überkam mich, als ich das Blut im Gras und an den Zweigen ringsum sah. Ich starrte in zwei Rehaugen, die vor Todesangst weit aufgerissen waren.

»Mom!«, schrie ich. Jax kam angerannt, genauso panisch wie ich.

»Jungs«, hauchte Mom und zitterte, während Tränen über ihre Wangen strömten.

Was?

Wie?

Nein …

Jax nahm ihre Hände, und ich fing an zu schreien. »Hilfe!«, brüllte ich, und Panik erfüllte jede Faser meines Seins. Mein Brustkorb hob und senkte sich in rasendem Tempo, und es fühlte sich an, als würde mir jemand das Herz aus der Brust reißen.

»Schon gut, Schatz«, weinte Mom und drückte Jax' Hände in ihren.

»Es tut mir so leid, Mom«, schluchzte Jax.

Ihre Worte verebbten, während die Schwärze der Nacht mich verschlang.

Nein, nein, nein …

»Was habe ich getan?!«, schrie Jax, während Panik mich ergriff. Es war alles meine Schuld.

Tränen erfüllten meine Augen, als er auf Mom hinunterblickte. »Oh, mein Gott!«, schrie ich und lief verzweifelt auf und ab. Er war es nicht gewesen. Er war es nicht gewesen …

Sag ihm, dass es mein Gewehr war. Sag ihm, dass ich geschossen habe. Sei verdammt noch mal nicht so feige!

Aber ich konnte es nicht. Ich brachte die Worte nicht über die Lippen.

Stattdessen sagte ich etwas, das niemals über meine Lippen hätte kommen dürfen, während mein kleiner Bruder schluchzend unsere Mutter in den Armen hielt. »Jax!«, rief ich, und meine Stimme überschlug sich. »Was hast du getan?«

38

KENNEDY

Gegenwart

Schweigend hörte ich Derek zu.

Noch immer stand er schluchzend zwischen den Blumen. Ich schüttelte den Kopf. »Du musst ihm die Wahrheit sagen.«

»Nein, das kann ich nicht, das kann ich nicht ... Es wird ihn umbringen«, keuchte er. »Er wird mir niemals vergeben.«

»Darum geht es nicht, Derek. Er ist durch die Hölle gegangen und hat sein ganzes Leben lang mit dieser Schuld an etwas gelebt, das er nicht getan hat! Du schuldest ihm wenigstens das! Du hast kein Recht, es vor ihm zu verschweigen. Tut mir leid, aber wenn du es ihm nicht sagst, werde ich es tun.«

»Was ist denn hier los?«, fragte eine Stimme hinter uns. Ich drehte mich um und sah Jax, der uns verwirrt anstarrte. »Derek, ist alles in Ordnung? Ist es, weil Dad gestorben ist?«, fragte er besorgt.

Derek schüttelte den Kopf. »Es tut mir so leid, Jax.«

»Es ist okay. Was auch immer es ist, es ist okay.« Vollkommen ahnungslos ging er zu seinem Bruder. Er wusste nicht, warum Derek weinte, doch er spendete ihm Trost, den dieser meiner Meinung nach nicht verdient hatte.

»Sag es ihm«, befahl ich Derek, dem seine Schuld ins Gesicht geschrieben stand.

»Was soll er mir sagen?«, fragte Jax. »Was ist hier los?«

Derek senkte den Kopf und hörte nicht auf, sich zu entschuldigen, und mit jedem Mal wirkten seine Worte weniger aufrichtig.

»Was tut dir leid?«, fragte Jax. »Was zum Teufel geht hier vor?«

Derek holte tief Luft und sagte seinem Bruder die Wahrheit. Seine Worte brannten, als sie ihm endlich über die Lippen kamen und Jax' Seele trafen.

Jax wich vor seinem Bruder zurück. »Nein. Du hast mich …« Er schloss die Augen und holte tief Luft. »Mein ganzes Leben lang habe ich geglaubt, dass ich …«

»Ich weiß«, gestand Derek und nickte. »Ich weiß. Ich kann es nicht zurücknehmen, und es tut mir leid. Ich bin damals weggegangen, weil ich nicht länger mitansehen konnte, was ich angerichtet hatte, Jax. Ich war ein Feigling. Ich war so kaputt, dass ich einfach gegangen bin. Ich bereue es jeden einzelnen Tag.«

»Jedes Mal, wenn ich dich angerufen habe, hast du gesagt, es sei nicht meine Schuld gewesen. Du hast geradezu versucht, es mir in den Kopf zu hämmern. Du hast mir immer wieder gesagt, ich soll aufhören, mir die Schuld zu geben, und ich habe nie verstanden, warum. Ich dachte immer, du wolltest mich trösten, in Wirklichkeit hast du versucht, mir die Wahrheit zu sagen.«

Derek weinte weiter, und Jax stand still.

Ich wusste nicht, was ich hätte tun oder sagen können, um irgendetwas besser zu machen, und ich war mir fast sicher, dass Jax jeden Moment ausrasten würde. Ich hätte ganz sicher den Verstand verloren, wenn ich so etwas erfahren hätte. Doch zu meiner Überraschung – zur Überraschung aller – blieb er ganz ruhig.

»Gib es mir«, sagte Jax zu seinem Bruder. »Das Land – gib es mir. Mehr will ich nicht, aber das bist du mir schuldig. Ich will weder deine Zeit noch deine Entschuldigungen, aber gib mir das Land, und dann sehen wir weiter.«

»Es gehört dir«, erklärte Derek und ließ erschöpft die Schultern hängen. »Es gehört dir.«

Und noch immer Entschuldigungen murmelnd, ging er davon.

Ich lief zu Jax und nahm seine Hände. »Ich kann mir gar nicht vorstellen, wie du dich fühlen musst oder was gerade in deinem Kopf vorgeht, aber denke bitte daran: Ich bin für dich da. Ich bin an deiner Seite, Jax, und da werde ich auch bleiben.«

Er schloss die Augen und legte die Lippen an meine Stirn. Dann zog er mich an sich und hielt mich fest. »Es ist alles so verworren.«

»Ich weiß.«

»Aber ich habe immer noch dich.«

»Ja, Jax. Ich bin hier, egal, was passiert. Ich bin hier.«

»Ich liebe dich, Kennedy.«

»Ich liebe dich auch.«

Ich wusste, es würde nicht einfach werden. Ich wusste, dass Jax sehr viel würde verarbeiten müssen, aber ich würde für ihn da sein. Ich würde seine Hand halten, in allen Stürmen, die ihn noch erwarteten.

In den nächsten Wochen, die sich bald zu Monaten ausdehnten, blieb ich an Jax' Seite. Er tat sich schwer, die Wahrheit über den Unfall zu verarbeiten. Derek rief immer wieder an und versuchte mit ihm zu reden, doch Jax ging gar nicht erst dran.

»Irgendwann werde ich mit ihm reden müssen«, sagte er. »Aber nicht heute.«

Das war mehr als verständlich.

Nach allem, was geschehen war, hätte ich es auch verstanden, wenn er nie wieder mit seinem Bruder geredet hätte, aber ich kannte Jax. Seine Liebe war größer als sein Hass. Die Beziehung zu seinem Bruder würde nie wieder dieselbe sein, aber ich war mir sicher, dass er früher oder später wieder auf ihn zugehen würde.

Zuerst aber hatte er angefangen, gemeinsam mit Connors und meiner Hilfe das Land seiner Familie neu zu gestalten. Mit den Händen in der Erde zu arbeiten, schien ihm gutzutun. Jedes Mal, wenn er einen Fleck seiner Vergangenheit ausgrub, schien er zugleich eine neue Form der Zukunft zu entdecken, etwas, was das Potenzial hatte, schön und gesund zu werden. Endlich fand er einen Weg, neu zu beginnen.

Und ich tat das Gleiche.

Eddie – beziehungsweise Dr. Jefferson an diesem Nachmittag – reichte mir noch ein Taschentuch. In den letzten Wochen war ich zweimal pro Woche bei ihm gewesen, und unsere Sitzungen hatten immer damit geendet, dass ich in Tränen ausgebrochen war.

»Das ist gut, Kennedy. Deine Gefühle herauszulassen ist sehr gesund«, ermutigte er mich, und ich wusste, dass er recht hatte, auch wenn es mir an manchen Tagen schwerfiel. Zudem hatte er mir ein paar Tipps gegeben, mit denen ich meine Panikattacken ein wenig besser in den Griff bekam.

»Jedes Mal, wenn du ein Kind siehst, denke ›Daisy‹ oder etwas Ähnliches. Betrachte diese Augenblicke als Momente, in denen deine Tochter dir ihre Liebe sendet, nicht als Augenblicke des Verlustes. Auf diese Weise kann sie auf diese Weise weiterleben, und wenn du es zulässt, kann das ein wunderschönes Geschenk sein.«

Ich versuchte es schon seit einiger Zeit, und auch wenn es

nicht immer funktionierte, konnte ich in solchen Momenten manchmal lächeln. Dann erzählte ich den Menschen, die ich liebte, den Menschen, die immer bereit waren, mir zuzuhören, von meiner Tochter.

An diesem Nachmittag wartete Jax nach meiner Sitzung mit Eddie auf mich.

»Tränen?«, fragte er mit einem schmalen Lächeln auf den Lippen.

»Natürlich.« Ich lachte. »Wäre es eine Therapie, wenn Eddie es nicht schaffen würde, mich zum Heulen zu bringen?«

»Er ist ziemlich gut in dem, was er tut«, stimmte Jax mir zu.

Ich kniff die Augen zusammen und stieß ihn freundschaftlich gegen die Brust. »Vielleicht solltest du ihm auch mal wieder Gelegenheit geben, in dem, was er tut, gut zu sein.«

Er gab mir einen Kuss auf die Stirn und zog mich an seine Seite. »Wir können nicht beide gleichzeitig an uns arbeiten, Sun. Wir brauchen mindestens eine instabile Hälfte in unserer Beziehung«, scherzte er.

Ich blieb stehen. »Ich meine es ernst, Jax. Geht es dir gut? Du sagst zwar immer, dass es so ist, aber geht es dir *wirklich* gut?«

»Irgendwann wird es mir wieder gut gehen. Versprochen. Ich brauche bloß noch ein wenig Zeit. Ein Tag nach dem anderen. Ich muss einfach jeden Morgen aufstehen und mir mehr für mein Leben wünschen.«

Ich lächelte. »Gut.«

»Ja. Ein Schritt nach dem anderen. Das ist alles, was ich gerade tun kann.«

Und ich war fest entschlossen, jeden einzelnen dieser Schritte mit ihm gemeinsam zu gehen. Solange wir uns in die richtige Richtung bewegten, war alles gut.

»Können wir jetzt endlich auf diese Party gehen? Ich habe Connor versprochen zu kommen.« Jax warf mir die Autoschlüssel zu und kletterte auf den Beifahrersitz seines Pick-ups. Er ließ mich fahren, wann immer ich ihn darum bat, damit ich mich wieder daran gewöhnen konnte, hinter dem Lenkrad zu sitzen. Wir fuhren nie länger als zehn Minuten, aber zu unserem Glück brauchte man in Havenbarrow auch nie länger, um irgendwo hinzukommen.

Heute war Connors große Geburtstagsparty, und mit »groß« meine ich »gigantisch«. So ziemlich alle in der Stadt mochten Connor, und das Stadtzentrum sah aus wie ein Jahrmarkt. Es gab ein Riesenrad, Spielbuden und eine Walzerbahn.

Alle waren gekommen, um Connors achtzehnten Geburtstag zu feiern, was so ziemlich Jax' Vorstellung der Hölle entsprach. Er hasste die Leute in der Stadt immer noch – aber er liebte Connor mehr, als er jemals zugegeben hätte.

Wir parkten den Wagen, den ich perfekt hergefahren hatte, und Jax schnappte sich Connors Geschenk vom Rücksitz.

Die Leute liefen lachend und rufend über das Gelände und stopften sich mit Popcorn und Zuckerwatte voll. Es war alles total überzogen und einfach nur herrlich. Connor hatte ein solches Fest wirklich verdient.

Als Connor erklärt hatte, der Eintritt koste fünfundzwanzig Dollar, war das ernst gemeint gewesen. Vorne am Haupttor standen zwei Teenager und sammelten das Geld ein. Ich gab ihnen einen Fünfziger, denn ich hatte die erste Fassung meines Manuskripts abgeschlossen und fühlte mich deshalb besonders spendabel. Gut möglich, dass meine Agentin es nicht würde verkaufen können, sodass ich noch eine Weile von meinen Ersparnissen würde leben müssen, aber es fühlte sich gut an, wieder in die Spur zurückgekehrt zu sein.

»Partner, du bist tatsächlich gekommen!«, rief Connor und

kam mit einem breiten Grinsen auf Jax und mich zu. Und das war nicht das Einzige in seinem Gesicht. Wie sich herausstellte, gab es auch Kinderschminken, und Connor hatte sich in einen Tiger verwandelt. Ich hoffte, er würde sich niemals allzu sehr verändern. Sein Licht war einfach zu strahlend, um jemals zu verschwinden.

Jax lächelte. »Wir hatten schließlich einen Deal. Happy Birthday.« Er gab Connor sein Geschenk.

»Ich hoffe, da sind auch die hundert Dollar drin, die du mir schuldest.«

»Ja, ja, du Punk. Die hab ich schon den beiden Mädels vorne am Eingang gegeben.«

Connor öffnete eilig sein Geschenk und fing laut an zu lachen, als er sah, was es war. Ein wenig überrascht und verwirrt betrachtete ich das etwas ungewöhnliche Geschenk.

»Heilige Scheiße!«, rief Connor.

»Achte auf deine Sprache«, ermahnte Jax ihn.

»Vergiss es, Jax. Ich bin jetzt achtzehn und kann sagen, was ich will. Aber im Ernst, das ist das beste Geschenk, das ich je bekommen habe.«

Ich zog eine Augenbraue hoch. »Sind das … Analkugeln?«

»Sind es.« Connor grinste von einem Ohr zum anderen. »Sag mir die Wahrheit, Jax, sind das Eddies?«

»Moment, was?!«, rief ich.

»Vergiss es«, antworteten beide im Chor.

Wisst ihr was? Ich würde es tatsächlich einfach vergessen, denn ich wollte in meiner nächsten Sitzung bei Eddie nicht dasitzen und heulen, während ich mir vorstellte, was er mit diesen Kugeln anstellte.

»Und ich habe noch das hier für dich«, erklärte Jax und zog sein Portemonnaie heraus.

Connor wackelte mit den Augenbrauen. »Mehr Geld?«

»Nein, aber ich denke, es wird dir gefallen.« Er reichte ihm eine Visitenkarte, und plötzlich war Connor gerührt.

Er wedelte mit der Karte. »Ist das dein Ernst?«

»Ja.«

Connor reichte mir die Karte, damit ich sah, was ihn so gerührt hatte, und ich las laut vor: »Kilter & Roe Gartengestaltung. Zwei Mann und ein Stängel.« Sehr schick. Gefiel mir.

»Und du willst wirklich mit mir eine Firma aufbauen?«, fragte Connor.

»Es wäre mir eine Ehre.« Jax reichte ihm die Hand. »Was sagst du, Partner?«

»Ich sage: Verdammte Scheiße, ja!« Connor hüpfte vor Aufregung auf und ab. »Oh! Ich hätte fast vergessen, euch die besten Nachrichten über meine Mom zu erzählen: Sie hat es geschafft. Der Krebs ist besiegt!«

Mit Tränen in den Augen schlang Jax die Arme um Connor und wirbelte ihn im Kreis herum. »Ja, verdammt!«, rief er.

Connor lachte. »Achte auf deine Sprache, Jax! Außerdem habe ich endlich genug Geld zusammen, um diesen Winter mit ihr nach Disney World zu fahren. Und ich wollte euch fragen, ob ihr mitkommt. Ihr wisst schon, ich brauche einfach meinen Partner, um den glücklichsten Ort auf dieser Welt so richtig zu genießen.«

»Das werden wir uns nicht entgehen lassen«, erklärte Jax mit einem breiten Grinsen. Und in diesem Augenblick wurde mir wieder etwas sehr Wichtiges bewusst: Auch wenn es dunkle Momente im Leben gab, so gab es auch solche, die von Licht erfüllt waren. Die Krankheit von Connors Mutter hatte ein gutes Ende gefunden, und ich wusste, dass es in unserem Leben noch viele lichte Momente geben würde. Ich freute mich darauf, alle Momente gemeinsam mit Jax zu erleben. Die guten und die schlechten.

»Nur damit das klar ist, ich werde euch nicht einladen. Also fangt schon mal an zu sparen. Ich will euch dabeihaben, aber bezahlen müsst ihr selbst«, erklärte Connor grinsend, bevor er davonlief, um sich um seine anderen Gäste zu kümmern.

Jax zog mich in seine Arme und drückte mich fest. Wir betrachteten die Leute um uns herum, und mein Herz füllte sich mit Freude, als ich ein kleines Mädchen mit dem Gesicht voll Zuckerwatte sah.

»Daisy«, murmelte ich leise.

»Was hast du gesagt?«, fragte Jax lächelnd.

»Nichts.« Ich stellte mich auf die Zehenspitzen und küsste ihn. »Ich habe einfach eine Welle der Liebe gespürt, das ist alles.«

Den Rest des Abends verbrachten wir damit, unser Geld an den Spielbuden zu verlieren und uns auf dem Walzer herumwirbeln zu lassen. Als ich später am Abend mit Jax nach Hause ging, empfand ich tiefe Dankbarkeit. So viel war in meinem Leben geschehen, und doch war ich immer in der Lage, zu lächeln. Ich war dankbar für die Stürme, die mich zu ihm zurückgeführt hatten.

»Willst du sie lesen?«, fragte ich, als wir zu Hause ankamen. Wir saßen mit dem Karton voller Briefe, die wir uns im Laufe der Jahre geschrieben hatten, auf dem Bett. Seit Tagen überlegten wir, was wir mit ihnen tun sollten.

Er schüttelte den Kopf. »Nein, ich glaube nicht. Als ich sie geschrieben habe, ging es mir wirklich schlecht. Ich habe dieses Gefühl über so viele Jahre immer wieder durchlebt, und jetzt bin ich diese Geschichte leid. Ich möchte nach vorne schauen, und dafür muss ich mich von diesen Briefen trennen.« Er zog mich an sich. »Wir haben noch eine Ewigkeit Zeit, uns gegenseitig Liebesbriefe zu schreiben.«

Ich küsste ihn, doch da klingelte es an der Tür. »Erwartest du jemanden?«

»Nie.« Er stand auf, und ich folgte ihm, um zu sehen, wer es war.

Zu unserer Überraschung stand Amanda vor der Tür, mit einem Karton in der Hand. Ihr Blick lag auf mir, während sie Jax schüchtern anlächelte.

»Hey, tut mir leid, dass ich störe. Ich dachte mir, es wird langsam Zeit, dir deine Sachen zu bringen, die noch bei mir waren. Keine Ahnung, warum ich sie so lange festgehalten habe, aber hier sind sie.« Sie reichte Jax den Karton.

»Danke«, sagte er.

»Ja. Und das da letztens in der Bar tut mir leid. Was Lars getan hat, war nicht richtig. Er kann manchmal ein ziemlicher Idiot sein. Das hattest du nicht verdient.« Sie spielte nervös mit ihren Fingern und vermied es, ihn anzusehen. »Du verdienst es, glücklich zu sein.«

»Du auch, Amanda. Du verdienst mehr als Lars.«

»Vielleicht.« Sie lachte nervös. »Die Zeit wird es zeigen.« Sie sah mich an und lächelte traurig. »Pass gut auf ihn auf, ja? Es fällt ihm nicht leicht, einen anderen Menschen zu lieben. Eine Weile dachte ich, er wäre gar nicht dazu fähig, aber ich sehe, wie er dich anschaut. Du machst ihn vollständig. Du bist das Teil, das ihm gefehlt hat. Kannst du mir einen Gefallen tun?«

»Was?«, fragte ich.

Sie lächelte uns beiden zu und seufzte tief. »Bleib.«

39

JAX

Kennedy wich keinen Schritt von meiner Seite. Sie blieb in meinen finstersten Momenten bei mir und erklärte, sie würde ohne mich nirgendwohin gehen. Mit jedem Tag öffnete sie mein Herz ein wenig mehr und schien keine Angst vor dem zu haben, was sie dort fand.

Als es an der Zeit war, den nächsten Schritt in meinem Heilungsprozess zu gehen, wusste ich, an wen ich mich wenden musste.

»Ich muss zugeben, ich bin überrascht«, erklärte Eddie, als ich sein Büro betrat. »Als ich deinen Namen auf meinem Plan gesehen habe, dachte ich, das muss ein Tippfehler sein.«

Ich lachte und setzte mich auf den nur zu vertrauten Platz auf der anderen Seite seines Schreibtischs. »Tja, was soll ich sagen? Ich mag es, andere zu überraschen.« Mittlerweile war es einige Wochen her, dass Derek in der Stadt gewesen war, und ich hatte es noch immer nicht verdaut. Jeder Tag forderte mich neu heraus, und ich hatte so ziemlich jede Emotion durchlebt, die man durchleben konnte, aber ich musste all das nicht mehr allein durchmachen. Ich musste nicht länger allein in der Dunkelheit leben, denn Kennedy war da, um mir zu leuchten.

Ehrlich gesagt, hatte ich ein ganzes Team an meiner Seite, das mir half, nicht vom richtigen Weg abzukommen, und dazu gehörte auch Eddie und meine Therapiesitzungen bei ihm. Dort lernte ich, was es bedeutete, meine Dämonen zu besiegen. Es war nichts, das man einmal tat, um dann für immer Ruhe zu haben. Nein, das Leben war fest entschlossen, einen mit allem möglichen Mist zu bombardieren, wie sehr man sich auch bemühte, glücklich zu sein.

Doch ich hatte schnell gelernt, wie wichtig es war, sich nicht kampflos in sein Schicksal zu fügen.

Das war das Problem mit den Stürmen des Lebens: Wenn man sich mittendrin befand, konnten sie einem beinahe übermächtig erscheinen. Sie schienen das ganze Leben zu bestimmen und einen mit sich zu reißen, so wie es ihnen gerade gefiel. Und deswegen war es so wichtig, sich mit Menschen zu umgeben, die einen liebten. Wenn man sich den Stürmen gemeinsam entgegenstellte, wenn man die Hände der Menschen hielt, die man liebte, und mit beiden Beinen fest auf der Erde stand, konnte man nicht so schnell umgeworfen werden. Die Stürme konnten einen nicht davonwehen, weil man mit der Welt durch die mächtigste Waffe, die Liebe, verbunden war.

Und wenn der Sturm sich beruhigte? Dann stand man mit den Menschen, die man liebte, zusammen und betrachtete den Regenbogen. Kennedy war mein Lebensanker. Ihre Hand, die meine hielt, half mir, auf dem Boden zu bleiben, und mit ihrer Liebe überstand ich auch die heftigsten Stürme.

Eddie und ich redeten eine Weile. Meine Stunde war schon lange verstrichen, doch es schien ihn nicht weiter zu stören. Als ich mich schließlich erhob, um zu gehen, lehnte er sich in seinem Sessel zurück und betrachtete mich mit feucht glänzenden Augen.

Ich lachte. »Wirst du jetzt etwa sentimental, Doc?«

»Es ist nur ...« Er räusperte sich, nahm die Brille ab und wischte sich über die Augen. »Das ist gut. Das ist unglaublich, Jax. Es war mir eine Ehre, erleben zu dürfen, wie du dich zu dem Mann entwickelt hast, der du heute bist. Du bist das perfekte Beispiel dafür, dass es möglich ist, seine Vergangenheit hinter sich zu lassen und seine Wunden heilen zu lassen. Du hast hart an dir gearbeitet, und das ist das Ergebnis.«

Auch ich spürte es. Ich spürte, wie meine Wunden langsam verheilten, wie ich allmählich wieder zu einem ganzen Menschen wurde.

Ich bat Derek, nach Havenbarrow zu kommen, unter dem Vorwand, noch ein paar Unterlagen zur Übertragung des Grundbesitzes mit ihm durchgehen zu wollen.

Als er ankam, wirkte er zerknirscht und voller Schuldgefühle. Noch bevor er sich aufs Neue entschuldigen konnte, nahm ich ihm den Wind aus den Segeln.

»Komm einfach rein«, sagte ich und ging vor ins Haus. Er folgte mir.

Im Wohnzimmer blieb er stehen und sah mich fragend an. »Was geht hier vor?«

Überall im Raum standen Farbeimer und Material, um das Haus wieder auf Vordermann zu bringen. Ich setzte mich vor ihm aufs Sofa und faltete die Hände. »Ich bin dieses ganze schwere Zeug leid. Ich habe keine Lust mehr, ständig darüber nachzugrübeln, warum du es wohl getan hast und wie mein Leben verlaufen wäre, wenn du die Wahrheit gesagt hättest. Ich habe es satt, dich hassen zu wollen, und ich habe es satt, Mitleid mit dir zu haben wegen der Last, die du auf deinen Schultern trägst. Ich habe keine Lust mehr auf die Vergangenheit, Derek. Deshalb habe ich angefangen, die Löcher im Haus zu füllen. Ich befreie mich von den Erinnerungen an das, was Dad mir angetan hat, fülle die Löcher, die mich an die Vergangenheit erinnern, und ich möchte, dass du mir dabei hilfst.«

Er räusperte sich und verschränkte die Arme vor der Brust. »Ich erwarte nicht, dass du mir vergibst, Jax.«

»Ja, ich weiß. Aber eines Tages werde ich das wohl. Es wird noch eine Weile dauern. Im Augenblick brauche ich nur deine Hilfe, um die Wände hier zu streichen.«

Wir mussten nicht alles sofort lösen. Wir mussten uns nicht in die Arme fallen und alles vergeben und vergessen. Wir mussten unsere Wunden nicht gleich vernähen, dazu waren sie noch viel zu frisch. Aber wir konnten zusammen das Haus streichen. Wir konnten die Vergangenheit überdecken und eine hellere Zukunft schaffen. Heilung geschah in Wellen, und ich war bereit, diese Welle bis zum Ende zu reiten.

Eine Woche später flog Derek zurück nach Chicago. Wir trennten uns höflich und freundlich, und ich ging davon aus, dass es mit der Zeit noch besser werden würde. Wenn man ganz unten angekommen war, konnte es nur noch bergauf gehen. Doch mir war klar, dass es mehr als eine Woche Hausrenovierung bedurfte, um unsere Probleme zu lösen.

Als Derek fort war, fuhr ich zu Kennedy. Es war Sonntagnachmittag, und sie war mit Yoana unterwegs. Die beiden gönnten sich einen Wellnesstag, an dessen Planung ich nicht ganz unbeteiligt gewesen war. Als ich in den Garten kam, legte Connor gerade letzte Hand an. Am Vorabend hatten wir Lichterketten aufgehängt, und nun, da es allmählich dunkel wurde, leuchtete der Garten von einem Ende bis zum anderen. Kennedy hatte es noch nicht gesehen, denn ich wollte sie damit überraschen. Ich wollte dabei sein, wenn sie ihren neuen Garten zum ersten Mal sah.

In den Bäumen hingen Papierschmetterlinge, wie ihre Tochter sie geliebt hatte; die Seifenblasenmaschinen in den Büschen liefen, und links neben dem Zaun befand sich ein Beet voller Gänseblümchen unter einem Schild, auf dem »Daisys Blumen« stand, mit einem umgekehrten »D«.

Connor trat zu mir und klopfte mir auf den Rücken. »Zufrieden, Boss?«

Ich lächelte und legte ihm einen Arm um die Schultern. »Es ist mehr als perfekt, Partner.«

Connor sah mich an und strahlte von einem Ohr zum anderen. Und es stimmte. Dieser junge Kerl war der beste Partner, den ich mir hätte wünschen können. Sein Humor und seine Güte hatten mir über die härtesten Tage geholfen, und ich war dankbar, einen Menschen wie ihn in meinem Leben zu haben.

»Versprich mir, dass du mich nicht vergisst, wenn du mal Millionär bist, Con, okay?«, sagte ich.

»Sei nicht albern, Jax.« Er schüttelte den Kopf. »Ich werde *Milliardär* sein. Wahrscheinlich werde ich dir am Ende deine Firma unterm Hintern wegkaufen. Aber ich mache dir ein gutes Angebot.«

Ich lachte. Genauso würde es kommen.

»Ihr beide, macht euch bereit«, sagte Joy und kam in den Garten gelaufen. »Sie kommen.«

Nervös wartete ich darauf, dass die beiden auftauchten, und musste lachen, als Yoana mit Kennedy an der Hand um die Ecke kam.

»Wieso habe ich das Gefühl, ich hätte das hier schon einmal erlebt?«, lachte Kennedy mit verbundenen Augen. »Yoana, ich weiß mittlerweile, wie das Haus aussieht. Muss ich wirklich diese Augenbinde tragen?«

»Musst du«, erklärte ich.

Kennedy richtete sich überrascht auf. »Jax?«, fragte sie. »Was machst du denn hier?«

»Der Garten ist fertig, und wir wollten dich damit überraschen.« Ich trat zu ihr und gab ihr einen Kuss auf die Stirn. »Bist du bereit?«

»Ja!«, rief sie. »Schon die ganze Zeit!«

»Okay. Und vergiss nicht, wenn es dir nicht gefällt, es ist Connors Werk«, scherzte ich. Ich nahm Kennedy die Augenbinde ab, und sie schnappte überwältigt nach Luft.

»Oh, mein Gott.« Sie sah sich mit feucht glänzenden Augen um, und als sie nach den Büschen schaute und die Schmetterlinge entdeckte, liefen ihr die Tränen über die Wangen. Noch schlimmer wurde es, als sie das Schild bei den Gänseblümchen entdeckte. Als Yoana sah, wie gerührt ihre Schwester war, heulte sie mit ihr, und auch ich hätte beinahe feuchte Augen bekommen, denn Kennedy glücklich zu sehen, ließ mein Herz höherschlagen.

»Gefällt es dir?«, fragte ich.

»Ob es mir gefällt? Jax, es ist wundervoll. Ich hätte mir niemals etwas so Schönes auch nur vorstellen können.«

Ich nahm ihre Hand und führte sie durch den Garten. »Komm, ich zeige dir alles.« Ich erklärte ihr all die Details, die sie vermutlich gar nicht interessierten, aber ich war so aufgeregt, und nervös, und verdammt, es fiel mir beinahe schwer zu atmen.

Ich führte sie zu dem Beet mit den Gänseblümchen und zeigte auf die Blumen. »Das sind ganz besondere Gänseblümchen. Man erzählt sich, dass sie Dinge mit sich wachsen lassen.«

Kennedy lachte. »Ich verstehe nicht mal, was das bedeutet.«

»Du musst einfach nur genau hinsehen.«

Sie sah mich aus schmalen Augen an und ging dann in die Hocke, um nach etwas zu suchen, das sie offenbar finden sollte. »Da ist nichts«, sagte sie verwirrt.

»Weil ich es schon aufgehoben habe«, erklärte ich.

Als sie sich umdrehte, kniete ich vor ihr, mit einem Gänseblümchen in der Hand. Auf dem Blümchen lag ein Diamantring, der darauf wartete, auf ihren Finger zu gleiten.

Kennedy schlug die Hand vor den Mund und schnappte nach Luft. »Jax …«

»Kennedy, als ich dich zum ersten Mal gesehen habe, wusste ich, dass du etwas Besonderes bist. Zugegeben, du warst ein bisschen seltsam, aber deswegen habe ich mich ja in dich verliebt.« Sie kicherte leise durch ihre zitternden Hände. »Du bist der stärkste Mensch, den ich kenne. Du bist der hellste Augenblick meines Tages. Deine Liebe schließt die Risse in meinem Herzen, von denen ich glaubte, dass sie für immer bleiben würden. Du bist meine beste Freundin, meine Seelenverwandte, meine liebste Blume, und wenn du es mir erlaubst, dann würde ich gerne der Mann sein, der dich für den Rest deines Lebens lächeln lässt. Willst du mich heiraten?«

»Ja!«, rief sie und zog mich hoch, um mein Gesicht mit Küssen zu bedecken. Ich lachte.

»Du musst mich dir den Ring anstecken lassen, glaub ich«, sagte ich.

»Ach ja, richtig! Natürlich.« Sie hielt mir ihre Hand hin, und alle um uns herum jubelten. Ich konnte kaum glauben, wie sehr sich mein Leben verändert hatte. Es fühlte sich an, als lägen nun alle Puzzleteile an der richtigen Stelle. Der Sturm war endlich vorüber und hatte Platz für bessere Tage gemacht.

Mir war bewusst, dass das Leben neue Herausforderungen bringen würde, aber auch die würde ich meistern, denn ich war umgeben von Liebe, von Freundschaft, von Kennedy. Sie war meine Sonne, ich war ihr Mond, und wir würden uns den Rest unseres Lebens daran erinnern, im Regen zu tanzen.

EPILOG

JAX

Drei Jahre später

»Oh, mein Gott, Kennedy, ich habe immer gewusst, dass Sie etwas Besonderes sind! Habe ich das nicht gleich gesagt, Kate? Habe ich dir nicht immer wieder gesagt, wie besonders Kennedy ist?«, schwärmte Louise, als sie meiner Frau am Tisch gegenüberstand.

Meiner Frau.

Ich liebte den Klang dieses Wortes.

Es war einfach genial, Louise und allen anderen zuzusehen, wie sie Kennedy umschwärmten. Heute fand in Havenbarrow die Signierstunde für ihr neuestes Buch statt. Über fünfzehn Monate war es her, dass Kennedy den Vertrag mit einem großen Verlag unterschrieben hatte. Ihr neues Buch *Nicht befugt* war sofort ein Riesenerfolg gewesen.

An dem Tag, als das *Oprah Magazine* es auf seine Leseliste setzte, weinte Kennedy. Und als es auf der *New-York-Times*-Bestseller-Liste landete – wo es seit mittlerweile zehn Monaten stand –, hätte sie sich vor Aufregung fast übergeben.

Nach einiger Überredung hatte Kennedy sich schließlich zu einer Signierstunde im Ort bereit erklärt, und die Zwillinge waren die Ersten in der Schlange.

Kennedy hätte zu den beiden Frauen unfreundlich sein können, die ihr gegenüber vom ersten Tag an so gehässig und gemein gewesen waren. Aber das war sie nicht. Sie war freundlich und zeigte sich unendlich dankbar. Manchmal wünschte ich, sie könnte so ein Arschloch sein wie ich, aber nein, sie war die Sonne. Sie war *meine* Sonne. Ich hatte mich in die Sonne verliebt, und sie sorgte dafür, dass mein kaltes Herz dauerhaft gewärmt wurde.

»Danke, dass Sie gekommen sind, Ladys, aber ich fürchte, ich werde diese Signierstunde abkürzen müssen«, sagte Kennedy und stand auf. Durch Gary's Café zog sich eine lange Schlange bis hinaus auf die Straße. Die Leute stöhnten auf, weil sie Angst hatten, Kennedy könnte verschwinden, ohne ihre Bücher zu signieren.

Ich sah sie fragend an. Was hatte sie vor?

»Ich weiß, und es tut mir leid. Ich verspreche, dass wir so schnell wie möglich einen neuen Termin festlegen, aber meine Fruchtblase ist gerade geplatzt, und ich fürchte, ich muss ins Krankenhaus«, erklärte sie.

Oh. Richtig. Das ergab Sinn.

Ein paar Sekunden lang starrte ich sie an, bevor ich endlich realisierte, was sie gerade gesagt hatte.

Oh!

Richtig!

Das ergab Sinn!

Wir bekamen ein Baby! Also, *sie* bekam das Baby, ich war sozusagen nur der Assistent. Assistent. Fahrer. Auto. Schlüssel. Baby! Oh je, Panik!

»Keine Panik«, sagte Kennedy, die mit den Händen auf dem Bauch auf mich zukam.

»Panik? Warum sollte ich in Panik geraten? Ich bin ganz ruhig! Ich brauche bloß meinen Schlüssel«, erwiderte ich und klopfte meine Taschen ab. »Schlüssel, Schlüssel, ich brauche meinen …«

»Hier«, sagte sie und ließ ihn vor meinem Gesicht hin und her baumeln. »Ich bin hergefahren, schon vergessen?«

»Richtig. Natürlich. Okay. Also los.« Ich rannte nach draußen, bis mir auffiel, dass ich meine hochschwangere, kurz vor der Geburt stehende Frau vergessen hatte. Also zurück. »Hab ich ganz vergessen … du musst ja mitkommen.«

Sie kicherte und versuchte, sich auf ihre Atmung zu konzentrieren. »Ja, das muss ich wohl.«

Wir fuhren ins Krankenhaus, wo alles problemlos lief – bis auf den Moment, in dem ich ohnmächtig wurde, aber das ist jetzt nicht so wichtig.

Nach zwölf Stunden harter Arbeit seitens meiner wunderschönen Frau konnten wir schließlich unsere wunderschöne Tochter in den Armen halten.

Elizabeth Daisy Kilter.

Nach meiner Mutter und ihrer Tochter.

Elizabeth war ein Traum, und als ich sie zum ersten Mal in den Armen hielt, wusste ich, dass ich sie nie wieder würde loslassen können.

»Sie ist perfekt«, sagte ich und schaukelte sie sanft hin und her. Dann sah ich zu meiner erschöpften Frau und gab ihr einen Kuss auf die Stirn. »Du bist perfekt.«

An diesem Tag wurden all meine Träume war. Hier saß ich neben der Liebe meines Lebens und schaute unserer kleinen Tochter in die Augen. Was mehr hätte ich mir wünschen können? Ich wusste, dass jeder Tag ein Segen sein würde, und schwor mir, niemals irgendetwas als selbstverständlich zu betrachten. Ich würde jeden einzelnen Tag so leben, als wäre es mein letzter – was bedeutete, dass ich meiner Familie immer wieder zeigen würde, wie sehr ich sie liebte.

Vor allem meiner Frau. Meiner Sonne. Meiner besten Freundin.

Freunde für immer.

Liebende fürs Leben.

Fünf Jahre später

»Daddy, kann ich einen Müsliriegel haben?«, fragte Elizabeth, als wir durch den Wald liefen. Wir waren schon eine Weile unterwegs und näherten uns dem Ziel. Die Sonne würde bald untergehen, und wir liebten es, ihr dabei vom Cabrio aus zuzusehen, das wir zwischen den Bäumen geparkt hatten.

Das alte gelbe Auto hatte seit damals, als Kennedy und ich uns wiederbegegnet waren, noch so manche künstlerische Ergänzung erfahren. Joy hatte letzten Monat etwas gemalt, um ihren fünfundneunzigsten Geburtstag zu feiern. Nathan und Yoana hatten letztes Jahr ein Bild hinzugefügt, um die Geburt des kleinen Elijah zu feiern, und erst kürzlich hatte Elizabeth ein Bild von ihrem ersten Schultag gemalt.

Ich liebte es zuzusehen, wie das Auto sich mit unseren Erinnerungen veränderte.

Als wir dort ankamen, kletterten wir auf den Rücksitz und sahen zu, wie die Sonne versank und die Nacht sich über den Wald legte.

»Hattest du nicht schon einen Müsliriegel?«, fragte Kennedy ihre Tochter.

»Ja, Mama, deswegen habe ich ja Daddy gefragt. Der sagt immer Ja, wenn du Nein sagst«, erklärte sie nüchtern.

Da hatte sie recht. Es fiel mir schwer, meinem kleinen Schatz etwas abzuschlagen. Das lag ganz sicher an ihren Augen. Sie hatte die gleichen Augen wie ihre Mutter.

»Nun, wie wäre es, wenn wir mit dem Müsliriegel warten, bis du etwas zu Abend gegessen hast?«, schlug Kennedy vor.

Natürlich war Elizabeth ganz und gar nicht einverstanden, doch als sie sah, dass es keinen Müsliriegel geben würde, erklärte sie mit dem tiefsten Seufzer der Welt: »Kind sein ist blöd.«

»Oh ja.« Ich lachte und zog sie auf meinen Schoß. »Keine Sorge, eines Tages bist du erwachsen, und dann kannst du so viele Müsliriegel essen, wie du willst.«

Ihre Augen leuchteten. »Wirklich?«

»Aber ja.«

»Auch die mit Schokolade?«, fragte sie.

»Sogar die.« Kennedy nickte und gab Elizabeth einen Kuss auf die Stirn.

Wir blickten in den Himmel hinauf, und Elizabeth zeigte wie jedes Mal auf den Mond, sobald er sichtbar wurde. »Da ist er! Das bist du, Daddy, nicht wahr? Du bist der Mond.«

Ich lächelte. »Ja, ich bin der Mond.«

Elizabeth kniff die Augen ein wenig zusammen. »Und Mama ist die Sonne?«

»Ganz genau«, antwortete ich.

»Heißt das, Daisy und ich können die Sterne sein?«, fragte sie und blickte wieder hinauf in den Himmel.

Das Herz wollte mir aus der Brust springen.

Kennedys Augen wurden feucht, und sie lächelte. »Ja, mein Schatz. Du und deine Schwester, ihr könnt die Sterne sein.«

Wir erzählten Elizabeth jeden Tag die Geschichten ihrer Lieben. Wir erzählten sie ihr, damit sie für immer lebendig blieben, und es wärmte mir das Herz, zu wissen, dass Elizabeth verstand, selbst wenn ein Mensch gestorben war, war er niemals ganz fort – solange wir ihn in unserem Herzen trugen. An diesem Abend waren unsere Lieben uns sehr nah. Ich konnte sie im Wind spüren und fühlte ihre Liebe und ihren Schutz jedes Mal, wenn ich in den Himmel sah.

An diesem Abend saßen wir unter dem Nachthimmel, und die Sterne strahlten auf uns herab.

DER ERSTE TANZ

KENNEDY

Zwölf Jahre alt
Das zweite Jahr im Feriencamp

»Was willst du mal machen, wenn du groß bist, Jax?«, fragte ich. Wir saßen auf dem Steg und schauten aufs Wasser. Wir hatten Steine springen lassen, bis wir keine mehr gefunden hatten, die wir springen lassen konnten, und nun saßen wir herum und langweilten uns. Es war ein ruhiger Tag im Feriencamp, und so gab es nicht viel zu tun. Aber wenigstens hatte ich Jax, mit dem ich nichts tun konnte, und das war schon mal gut.

Außerdem war ich kurz in den Speisesaal gelaufen, um ein paar Lollis zu mopsen, und so hatten wir wenigstens die.

Der Himmel war voller Wolken. Ein Gewitter zog auf. Ich freute mich darauf, denn ich liebte es, wenn es regnete. Jax war kein großer Freund von Gewittern, aber ich versicherte ihm immer wieder, dass er noch lernen würde, sie zu mögen.

»Keine Ahnung. Ich denke nicht viel über die Zukunft nach«, sagte er und leckte an seinem Lolli. »Was willst du mal machen?«

»Ich glaube, ich will Bücher schreiben und die ganzen komplizierten Wörter benutzen, die du mir beigebracht hast. Meine Bücher sollen so dick sein und so gut, dass sie die Menschen glücklich machen, wenn sie sie gelesen haben. Ich möchte, dass die Leute ganz aufgeregt sind und ungeduldig auf die nächsten Bücher von mir warten. Und, und, und in jedem Buch wird ein Wort stehen, das du mir beigebracht hast. Dann bist du auch immer ein Teil meiner Bücher.«

Einen Moment lang fürchtete ich, er würde mich auslachen und sagen, wie albern er meinen Traum fand, aber er machte einfach das, was er immer tat. Er schwieg und lutschte seinen Lolli, gerade schnell genug, dass er keine klebrigen Hände bekam. Und dann sagte er: »Ich werde jedes Buch von dir fünf Millionen Mal lesen.«

Ich lächelte.

»Hey, Jax?«

»Ja, Kennedy?«

»Werden wir auch in Zukunft noch Freunde sein?«

»Freunde für immer«, antwortete er.

»Für immer und ewig.«

Er legte seine freie Hand auf den Steg, und ich legte meine direkt daneben. Sein kleiner Finger berührte meinen, und ich spürte es in meinem Herzen.

Ich liebte Jax Kilter, und eines Tages, so hoffte ich, würde er mich auch lieben.

Doch an diesem Nachmittag war das nicht so wichtig. Wir waren noch Kinder, und wir hatten noch eine Ewigkeit Zeit, uns ineinander zu verlieben. Es musste nicht an diesem Nachmittag geschehen. Jetzt brauchten wir nichts weiter zu tun, als auf dem Steg zu sitzen und auf den Regen zu warten.

Und als er schließlich kam, stand ich auf und fing an zu tanzen. Ich hüpfte und zappelte und wand und drehte mich. Und ich konnte nicht glauben, was dann geschah.

Zum ersten Mal, seit ich ihn kannte, tanzte Jax mit.

DANK

Ich widme dieses Buch meiner Familie – meinem Stamm, der mich durch alle Höhen und Tiefen meiner Laufbahn als Schriftstellerin unterstützt hat. Ohne eure Liebe und eure Unterstützung wäre ich nicht da, wo ich jetzt bin.

Danke auch meinem unglaublichen Redaktionsteam. Caitlin, Ellie, Jenny und Jenn – ihr rettet mich jeden Tag aufs Neue.

Ich danke meinem wundervollen ARC-Team, das alles Menschenmögliche tut, um mir irgendwie zu helfen. Ladys, ihr seid die Besten!

Dieses Buch ist auch für meine Agentinnen Flavia und Meire. Mir ist absolut bewusst, dass ich ohne euch niemals dort hingekommen wäre, wo ich heute stehe.

Danke allen Leser:innen und Blogger:innen, die mir noch immer treu sind. Danke, dass ihr meine Bücher lest. Danke für all eure Liebe und eure Unterstützung. Danke, dass ihr meine Sonne seid, wenn ich mich wie der Mond fühle. Diese Welt ist wunderschön, weil es euch gibt.

Bis zum nächsten Mal.
BCherry

Triggerwarnung

Dieses Buch enthält Elemente, die triggern können.

Diese sind:
Autounfall mit Todesfolge, Todesfall in der Familie, Tod eines Kindes, Bodyshaming, sexuelle Belästigung, Panikattacken, Toxic Masculinity, Jagdunfall.